KB125214

EXPANSE

칼리반의 전쟁 ❷

CALIBAN'S WAR

THE
EXPANSE

칼리반의 전쟁 ❷

CALIBAN'S
W A R

제임스 S. A. 코리 지음 박슬라 옮김

아작

우리를 여기까지 데려와 준
알프레드 베스터와
아서 C. 클라크에게

차례

28
아바사랄라

에너지 수치가 또다시 급상승했다. 세 번째다. 이번에는 바비가 목격했던 괴물과 연관성을 발견할 수가 없었다. 그러므로 어쩌면…, 정말로 우연의 일치인지도 모른다. 그렇다면 또 다른 의문점이 생겨난다. 그것이 금성에서 온 게 아니라면 도대체 어디서 비롯된 것인가?

그러나 세상은 아바사랄라가 생각에 잠길 수 있게 내버려 두지 않았다.

"그 여자는 우리가 생각했던 사람이 아닙니다." 소렌이 말했다. "저도 조국에게 버림받은 화성인이라는 연극에 깜박 속아 넘어갔어요. 솜씨가 아주 좋더군요."

아바사랄라는 의자 등받이에 몸을 기댔다. 화면 위의 정보부 보고서에는 그녀가 지금까지 로버타 드레이퍼라고 불렀던 여성이 민간인 복장으로 찍은 사진이 떠 있었다. 평상복 때문인지 그녀의 체구가 더 커 보였다. 사진 밑에는 '아만다 텔렐레'라는 이름이 적혀 있었다. 화성 정보부 소속의 독립 요원이었다.

"아직 계속 알아보는 중입니다." 소렌이 말했다. "로버타 드레이퍼라는 해병이 실제 존재하는 건 사실입니다만, 가니메데에서 다른 군인들과 같이 사망했습니다."

아바사랄라는 그만하면 됐다고 손짓하며 보고서를 읽어 내렸다. 바비라고 주장하는 공작원과 루나에 있는 화성 정보부원 사이에 비밀 회선을 통해 오고 간 영상에 숨긴 스테가노그래피 메시지 교환은 아바사랄라가 그녀를 고용한 첫날부터 시작되었다. 아바사랄라는 날카로운 배신감과 두려움이 가슴을 조여오기를 기다렸다. 그러나 그 느낌은 찾아오지 않았다. 그녀는 계속 보고서를 넘기고 새로운 정보를 흡수하며 신체적인 반응을 기다렸지만, 그런 일은 일어나지 않았다.

"어쩌다 이런 걸 찾아볼 생각을 한 거지?" 아바사랄라가 물었다.

"그냥 감이 좋았다고나 할까요." 소렌이 대답했다. "차장보님이 안 계실 때 하는 태도가 너무…, 자연스러웠거든요. 뭔가 이상했습니다. 그래서 뒤에서 한 번 조사해 본 겁니다. 그쪽엔 차장보님 지시라고 했습니다."

"내가 이중첩자를 측근으로 고용한 머저리처럼 안 보이게 하려고?"

"그래야 할 것 같아서요. 물론 제 뛰어난 업무 능력을 치하하실 생각이라면 보너스와 승진의 형태가 좋겠군요."

"씨발, 당연히 그렇겠지." 아바사랄라가 말했다.

소렌은 기다렸다. 발가락에 힘을 주고 조바심을 내듯 몸을 앞으로 살짝 기울인 채 기다렸다. 아바사랄라가 바비를 체포하고 그녀가 어떤 임무를 띠고 침투했는지 완전한 정보를 토해 내게 하라고 지시하기를 기다렸다. 물론 '완전한 정보'란 수사적인 표현에 불과했지만, 그들은 화성과 전쟁 중이었고, UN 정부의 심장부에 심어진 고급 첩보원은 매우 귀중한 정보를 알고 있을 게 분명했다.

아바사랄라는 생각했다. '그런데 왜 이렇게 아무렇지도 않은 거지?'

그녀는 화면 위로 손을 뻗었다가 미간을 찌푸리며 다시 거둬들였다.

"사무차장보님?"

그것은 너무나도 작고 사소하고, 전혀 예상치 않은 것이었다. 소렌이 아랫입술을 사려 물었다. 아주 작고 미묘한 동작이라 얼핏 눈치채기도 힘들었다. 마치 포커 테이블에서 나타나는 사소한 신호처럼. 그래서 그것을 본 순간, 아바사랄라는 알았다.

생각할 필요도 없었다. 고민하거나 갈등하거나 추측을 할 필요도 없었다. 그것은 그녀가 지금껏 항상 알고 있었던 것처럼 선명하고 확연했고, 아무런 설명도 덧붙일 필요 없이 그저 완벽했다. 소렌이 초조해하는 까닭은 아바사랄라가 보고 있는 이 보고서가 정밀 검토를 통과하지 못할 것이기 때문이다.

보고서가 정밀 검토를 통과하지 못하는 이유는 그것이 가짜이기 때문이다.

그것이 가짜인 이유는 소렌이 실은 다른 누군가를 위해 일하고 있기 때문이다. 아바사랄라의 책상 위에 놓일 정보를 통제하고 싶어 하는 사람. 응우옌 제독이 그녀의 눈을 피해 함대를 재정비할 수 있었던 것은 소렌이 그의 데이터트래픽을 감시하고 있었기 때문이다. 아바사랄라를 통제하고 고삐를 채워야 한다는 것을 알고 있는 사람. 이 모든 것이 가니메데가 잘못되기 전부터 차곡차곡 준비됐다. 프로토분자 괴물의 가니메데 습격은 이미 예정된 일이었다.

그러므로 범인은 에린라이트였다.

그는 아바사랄라가 평화회담을 열게 내버려 두었고, 그녀가 응우옌 제독의 세력을 약화시켰다고 믿게 내버려 두었고, 바비를 고용하게 내버려 두었다. 그런 식으로, 그녀가 의심하지 않게 만들었다.

가니메데에 나타난 것은 금성에서 온 것이 아니었다. 그것은 군사 프로젝트였다. 금성에서 발생하고 있는 일이 끝나기 전에 지구가 경쟁상대를 꺾기 위해 손에 넣고자 했던 무기였다. 누군가, 아마도 마오-크비코프스키가 방화벽을 갖춘 독자적인 실험실에 프로토분자 샘플을 보유하고 있었고 그것을 무기화하여 경매에 부친 것이리라.

가니메데에서 일어난 공격은 일종의 현장 테스트이자 한편으로는 외행성의 식량 공급에 타격을 주기 위한 수단이었다. OPA는 입찰에 참여할 기회조차 없었다. 그 후 응우옌 제독이 목성계에 상품을 가지러 갔을 때 제임스 홀던과 그의 귀염둥이 식물학자가 거래 현장에 끼어들었고, 화성은 그들이 입찰에서 패배했음을 알아차린 것이다.

아바사랄라는 에린라이트가 화성을 제치기 위해 줄스-피에르 마오에게 얼마나 많은 금액을 제시했을지 궁금해졌다. 아마 단순히 금전만 오고 가지는 않았을 것이다.

지구가 인류 최초의 프로토분자 생물 무기를 손에 넣을 기회를 앞두고, 에린라이트는 그녀를 처음부터 끝까지 철저하게 배제했다. 왜냐하면 그녀가 그것을 좋아하지 않으리라는 것을 알았기 때문이다. 아바사랄라는 태양계에서 유일하게 그를 저지할 수 있는 사람이었다.

과연 지금도 그러할지는 의심스럽지만 말이다.

"고맙네, 소렌." 아바사랄라가 말했다. "정말 고마워. 바비는 어딨지?"

"사무차장보님을 찾고 있습니다." 소렌이 대답했다. 그의 입술에 약삭빠른 미소가 걸려 있었다. "사무차장보님이 지금 주무시고 있다는 착각을 하고 있을 가능성이 크지요. 꽤 늦은 시간이니까요."

"내가 잔다고? 아, 그래, 기억이 날 것 같기도 하군." 아바사랄라가 대답했다. "에린라이트와 통화를 해야겠어."

"그녀를 체포할까요?"

"아니, 그러지 마."

소렌은 실망의 기색을 거의 드러내지 않았다.

"앞으로 '어떻게' 할까요?" 소렌이 물었다.

"에린라이트와 얘기를 할 거야." 아바사랄라가 말했다. "차를 가져다주겠어?"

"네, 사무차장보님." 소렌은 거의 절을 하다시피 고개를 숙여 인사한 다음 집무실에서 나갔다.

아바사랄라는 의자 깊숙이 몸을 기댔다. 마음이 차분해졌다. 길고 효과적인 명상을 막 끝낸 것처럼 몸도 가뿐하고 고요했다. 그녀는 연결 요청을 한 다음 에린라이트나 그의 보좌관이 응답하기까지 시간이 얼마나 걸리는지 쟀다. 그녀가 통신을 요청하자마자 '우선 대기' 신호가 떴다. 3분 후에 에린라이트가 나타났다. 그는 핸드터미널로 전화를 받고 있었는데, 그가 타고 있는 자동차가 덜컹거리거나 커브를 돌 때마다 배경 화면이 오르락내리락했다. 그가 있는 곳은 완연한 밤이었다.

"크리스젠!" 에린라이트가 말했다. "무슨 일이야?"

"딱히 무슨 일이 있는 건 아닙니다." 아바사랄라는 속으로 욕을 퍼부으며 말했다. 그녀는 그의 얼굴을 자세히 보고 싶었다. 그녀에게 태연하게 거짓말을 늘어놓는 얼굴을 보고 싶었다. "소렌이 아주 재미있는 자료를 가져왔더군요. 정보부에서는 제 화성군 연락책이 스파이라고 생각한답니다."

"정말인가?" 에린라이트가 말했다. "그거 안타까운 일이군. 체포할 건가?"

"아니요." 아바사랄라가 말했다. "아예 그쪽 채널을 제가 직접 관리하려고요. 구관이 명관이라 하지 않습니까. 그렇게 생각하지 않으세요?"

거의 감지하기도 힘든, 찰나에 가까운 망설임이 지나갔다.

"좋은 생각이야. 그렇게 해요."

"감사합니다."

"통화하는 김에 말인데, 부탁할 게 있네. 혹시 요즘 반드시 집무실에서 처리해야 할 일이 있나? 그게 아니면 성간 여행을 좀 해줄 수 있겠나?"

아바사랄라는 빙그레 웃었다. 다음 단계에 돌입하겠다는 거군.

"무슨 일인데요?"

에린라이트가 탄 자동차가 평탄한 도로로 진입했는지 드디어 그의 얼굴이 화면에 선명하게 잡혔다. 에린라이트는 짙은 색 양복에 옷깃을 세운 셔츠를 입고 넥타이는 매고 있지 않았다. 마치 성직자 같은 모습이었다.

"자네가 가니메데로 가줬으면 해. 우리가 그곳의 사태를 매우 심각하게 여기고 있다는 걸 보여줘야 할 필요가 있어. 사무총장이 고위급 인사가 몸소 움직여줬으면 하고 바라더군. 직접 가서 인류애적인 관점에서 상황을 보고해줬으면 하고 말이야. 이번 일에서는 자네가 그 포지션을 맡고 있으니 사무총장은 자네가 적격이라고 생각하고 있어. 내가 보기에도 사건의 추이를 이해하는 데 좋은 기회가 될 것 같아."

"우린 화성과 전면전을 치르는 중입니다." 아바사랄라가 대답했다. "그러니 이 늙은 몸뚱이를 거기까지 나르겠답시고 함선을 차출하면 군부가 별로 좋아하지 않을 것 같은데요. 그리고 전 지금 금성을 조사 중이고요. 백지수표니 뭐니 한 거 기억나시지요?"

에린라이트가 바로 그런 반응을 원했다는 듯이 히죽 웃었다.

"그건 내가 해결해 줄 수 있어. 줄스-피에르 마오가 자사의 인도주의 조치와 구호활동을 감독하기 위해 개인 요트를 타고 루나에서 가니메데로 갈 예정이야. 자기 요트에 자리를 하나 더 마련해 줄 수 있다고 하더군. 정부 돈으로 가는 것보다 훨씬 편안하게 갔다 올 수 있을 거야. 광대역 상태도 더 좋을 테고. 금성은 거기서도 감시할 수 있잖나."

"언제부터 마오크비크가 우리 정부의 일원이 됐죠? 그건 몰랐는데요." 아바사랄라가 말했다.

"우리는 다 같은 편이야. 마오크비크도 다른 모든 사람만큼이나 가니메데 주민들을 걱정하고 있거든."

집무실 문이 열리더니 로버타 드레이퍼가 들어왔다. 꼴이 가관이었다. 잠을 너무 오래 못 잔 사람처럼 안색은 파리하고 턱은 단단하게 다물려 있었다. 아바사랄라가 턱 끝으로 의자를 가리켰다.

"저는 데이터를 아주 많이 잡아먹을 겁니다." 아바사랄라가 말했다.

"그런 건 문제가 안 될 걸세. 자네가 모든 통신 채널을 우선적으로 사용할 수 있을 테니까."

바비가 책상 맞은편에 앉았다. 카메라의 시야각에서 벗어난 자리였다. 그녀는 링에 오르기 전에 대기 중인 레슬러처럼 허벅지에 손바닥을 올리고 팔꿈치를 옆으로 뺐다.

아바사랄라는 그녀를 쳐다보지 않으려고 안간힘을 썼다.

"조금 생각할 시간을 주시겠습니까?"

"크리스젠." 에린라이트가 핸드터미널 위로 몸을 기울이자 그의 둥글고 큼지막한 얼굴이 화면을 가득 채웠다. "나도 사무총장에게 그가 원하는 대로 되지는 않을 거라고 말해 뒀어. 아무리 성능 좋고 호화로운 요트를 타더라도 목성계까지 가는 건 너무 멀고 힘드니까. 자네가 할 일이 너무 많거나 거기까지 가는 게 힘들면 부담 없이 사양해도 좋아. 그럼 다른 사람을 찾아볼 테니까. 물론 자네만큼 유능하진 않겠지만 말이야."

"오, 저만한 사람이 누가 있겠어요?" 아바사랄라가 손을 내저으며 말했다. 배 속에서 분노가 들끓었다. "좋아요. 저를 설득하셨네요. 언제 출발해야 합니까?"

"요트는 나흘 뒤에 출발이야. 일정을 너무 급하게 변동시켜서 미안하군. 하지만 나도 겨우 한 시간 전에 받은 지시라."

"타이밍 한 번 완벽하군요."

"내가 종교적인 사람이었다면 거기에 심오한 의미가 있다고 했겠지. 자세한 내용은 소렌에게 보낼게."

"그냥 저에게 곧바로 보내 주시죠." 아바사랄라가 말했다. "지금 소렌은 해야 할 일이 너무 많아서요."

"원하는 대로." 에린라이트가 말했다.

그녀의 상사가 전쟁을 일으킨 흑막이었다. 그는 포에베에서 병 속의 지니를 꺼내 에로스를 희생양 삼아 전 인류를 위협한 문제의 그 회사와 손잡고 있었다. 그는 진정한 위협을 마주하고는 너무 무서운 나머지 시선을 돌려 자신이 이길 싸움을 고른, 값비싼 양복을 입은 비겁한 꼬마 소년이었다. 아바사랄라는 에린라이트에게 빙그레 웃어 보였다. 좋은 사람들, 훌륭한 사람들이 그와 응우옌 제독 때문에 목숨을 잃었다. 가니메데에서는 어린아이들이 죽었다. 벨트인들은 식량부족에 허덕이게 될 것이다. 어떤 이들은 굶어 죽을 것이다.

에린라이트의 둥그스름한 뺨이 1밀리미터쯤 아래로 처졌다. 그의 미간에 살짝 주름이 졌다. 그는 그녀가 안다는 것을 알았다. 그렇고말고. 그들 정도 되는 진짜배기 선수들은 속임수를 쓰지 않는다. 그들은 상대가 실상을 정확히 파악하고 있다는 것을 알면서도 게임에서 승리한다. 지금 그가 그녀를 상대로 승리를 거둔 것처럼.

"괜찮은 거야?" 에린라이트가 물었다. "자네가 비속어를 한 번도 쓰지 않다니, 이건 10년 만에 처음 있는 일인 것 같은데."

아바사랄라는 화면을 향해 활짝 웃으며 에린라이트의 얼굴을 어루만지려는 것처럼 손가락을 뻗었다.

그리곤 또박또박 말했다. "씨발 새끼."

연결이 끊어지자 아바사랄라는 얼굴을 두 손에 파묻고 숨을 길게 내쉬었다가 다시 깊이 들이마셨다. 허리를 펴고 앉자, 바비가 그녀를 지그시 응시하고 있었다.

"어서 와." 아바사랄라가 말했다.

"사무차장보님을 찾고 있었습니다." 바비가 말했다. "전화를 걸려고 했는데 제가 차단되어 있더군요."

아바사랄라가 끙 소리를 냈다.

"드릴 말씀이 있습니다. 어떤 사람에 관한 건데요, 정확히 말하자면 소렌입니다." 바비가 말했다. "며칠 전에 소렌에게 처리하라고 맡긴 데이터 기억나십니까? 그 사람이 그걸 다른 사람한테 주는 걸 봤습니다. 누군지는 모르지만 군 관계 인사라는 건 압니다. 맹세할 수 있어요."

'그래서 그렇게 벌벌 떤 거군.' 아바사랄라는 생각했다. 쿠키단지에 손을 넣었다가 딱 걸린 거다. 그 가엾은 머저리 자식이 그녀가 총애하는 화성 해병을 과소평가했다.

"그래?" 아바사랄라가 말했다.

"제 말을 믿으실 이유가 없다는 거 압니다." 바비가 말했다. "하지만…. 잠깐만요. 왜 그렇게 웃으시는 겁니까?"

아바사랄라는 의자에서 일어나 어깨 관절이 시원해질 때까지 한껏 기지개를 켰다.

"지금 이 시점에서, 자네는 문자 그대로 내가 여기서 유일하게 믿을 수 있는 사람이거든. 내가 가니메데 공격 사건이 우리가 한 짓이 아니라고 말한 거 기억나나? 그땐 그랬지만 이젠 아니야. 내 생각엔 우리가 그걸 사들였고, 자네들에게 사용하려고 계획하고 있는 것 같아."

바비가 벌떡 일어났다. 조금 전까지 생기 없던 얼굴이 이제는 새파랗게 질려 있었다.

"제 상관에게 알려야 합니다." 목소리는 거칠고 갈라져 있었다.

"아니, 안 돼. 그들도 이미 알고 있어. 그리고 나나 자네나 사실을 입증할 방법이 없어. 지금 그들에게 알리면 온통 떠들썩해질 테고, 지구는 부인할 거고, 어쩌고저쩌고 기타 등등 그다음은 뻔하지. 그보다 더 심각한 문제는 자네가 나와 같이 가니메데로 가야 한다는 거야. 명령을 받았어."

아바사랄라는 바비에게 모든 것을 설명하기 시작했다. 소렌의 가짜 정보부 보고서, 그 의미, 에린라이트의 배신, 그리고 마오크비크 요트에 탑승하는 가니메데행 임무.

"가시면 안 됩니다." 바비가 말했다.

"환장할 노릇이지." 아바사랄라가 맞장구를 쳤다. "내 모든 통신 내용이 도청될 거야. 뭐 여기서도 그랬겠지만. 나를 가니메데로 쫓아낸다는 건 거기에선 아무 일도 없을 거라는 뜻이야. 너무 늦어서 내가 손도 쓸 수 없는 상황이 될 때까지 날 상자에 가둬서 한쪽 구석에 처박아 두겠단 심보지. 놈들이 원하는 건 그거지만, 염병, 난 아직 이 게임을 단념하지 않았어."

"그 배에 타시면 안 됩니다." 바비가 거듭 말했다. "함정입니다."

"누가 아니래." 아바사랄라가 손바닥을 흔들며 말했다. "하지만 아무것도 모르는 척 걸려줘야 하는 함정이란 말이야. 사무총장의 요청을 거절하라고? 그 사실이 알려지면 모두 내가 은퇴 준비를 하고 있다고 생각할걸. 내년에 때려치울 플레이어를 지지할 사람이 어디 있겠어. 우리가 하는 게임은 장기전이고, 그건 다시 말해 어떻게든 계속 권력을 갖고 있을 것처럼 보여야 한다는 의미야. 에린라이트는 그걸 알아. 그래서 이런 식으로 플레이하는 거지."

어디선가 또다시 셔틀이 이륙하고 있었다. 아바사랄라는 벌써 우주선 분사구가 내뿜는 포효와, 출발과 함께 덮쳐오는 무거운 추진력, 그리고 그녀의 등을 내리누르는 존재하지 않는 압력을 느낄 수 있었다. 그녀가 지구의 중력 우물 밖으로 나가 본 지 벌써 30년이나 되었다. 이번에는 그다지 유쾌하지 않은 여행이 될 것이다.

"그 배에 타면 차장보님은 죽을 겁니다." 바비가 단어 하나하나에 힘을 주어 말했다.

"이 게임은 그런 식으로 하는 게 아니야." 아바사랄라가 말했다. "그들이 원하…."

문이 벌컥 열렸다. 소렌이 쟁반을 들고 있었다. 쟁반 위에는 무쇠 주전자와 손잡이 없는 법랑 잔 하나가 놓여 있었다. 그는 뭔가 말하려는 듯이 입술을 달싹였다가 바비를 발견했다. 소렌처럼 키가 큰 남자가 바비 앞에서 움츠러드는 것을 볼 때까지는 바비의 체격이 얼마나 큰지 깜박하기가 쉽다.

"드디어 차가 왔군! 잘했어. 자네도 들겠나, 바비?"

"아니요."

"그래. 쟁반이나 내려놔, 소렌. 내가 차를 마시는 동안 계속 그렇게 멀뚱멀뚱하게 들고 서 있을 건가?"

아바사랄라는 소렌이 바비에게 등을 돌리고 선 모습을 지그시 지켜보았다. 그의 손은 떨리지 않았다. 그 점은 높이 살 만했다. 아바사랄라는 조용히 서서, 그가 장난감을 물어온 강아지처럼 찻잔을 건네주길 기다렸다. 소렌이 찻잔을 내밀자 그녀는 찻물에 입김을 불어 모락모락 올라오는 김의 베일을 걷어 냈다. 그는 고개를 돌리지 않았다. 그의 등 뒤에는 바비가 있었다.

"더 시키실 일은 없습니까, 사무차장보님?"

아바사랄라는 미소를 지었다. 이 청년의 거짓말로 얼마나 많은 사람이 죽었던가? 그녀는 영원히 알 수 없을 것이며, 아마 그도 알지 못할 것이다. 이제 아바사랄라가 할 수 있는 최선의 길은 더 이상 '누구도' 죽지 않게 하는 것이다.

"소렌." 아바사랄라가 말했다. "그들은 알아낼 거야."

더 이상은 무리였다. 소렌이 어깨너머로 바비를 돌아보았다. 그리곤 핏기가 가신 얼굴로 고개를 돌려 다시 아바사랄라를 쳐다보았다.

"누구를 말씀하시는 겁니까?" 소렌이 태연함을 가장하며 물었다.

"그 사람들 말이야. 그들이 자네가 승진할 수 있게 밀어줄 거라고 생각하고 있다면, 그럴 리가 없다고 말해주고 싶군. 실수를 저질렀다는 게 발각되면 자넨 아무 쓸모도 없어질걸. 실수 같은 건 절대 용납하지 않는 작자들이니까."

"저는⋯."

"그리고 나도 그렇지. 책상에 사적인 물품은 하나도 남기지 말고 챙겨가도록 해."

소렌의 눈 속에서, 아바사랄라는 보았다. 그가 꿈꾸고 계획하고 노력했던 미래, 소렌이라는 인간을 규정하던 미래가 무너져 내렸다. 그리고 기본 보장에 의존하는 삶이 그 자리를 대신했다. 이것만으로는 충분하지 않다. 전혀 턱도 없다. 하지만 그것이 지금 당장 그녀가 내릴 수 있는 정의의 심판이었다.

문이 닫히자 바비가 헛기침하며 목청을 가다듬었다.

"앞으로 저 사람은 어떻게 됩니까?"

아바사랄라는 차를 한 모금 마셨다. 훌륭한 맛이었다. 갓 우려낸 차는 완벽했다. 진하고, 달콤하고, 쏩쓸한 맛은 티끌만큼도 없었다.

"내가 알게 뭐야?" 아바사랄라가 대답했다. "마오크비크의 요트는 나흘 뒤에 출발해. 시간이 얼마 없지. 그리고 거기에 타면 우리 둘 다 똥을 눌 때도 나쁜 놈들 감시를 받게 될 테니, 출발하기 전에 내가 밥을 같이 먹거나 술을 마시거나 차를 마셔야 할 사람들의 명단을 주지. 자네가 할 일은 그 사람들과 약속을 잡는 거야."

"그럼 이제 제가 차장보님 비서가 된 겁니까?" 바비가 발끈하며 물었다.

"자네와 내 남편은 내가 아는 한 날 말리지 않는 유일한 사람들이야." 아바사랄라가 말했다. "지금 내 처지가 그 정도로 절박하단 소리야. 나는 반드시 이 일을 해야 하고, 달리 의지할 사람이 없어. 그러니까 그래, 대답은 예스야. 이제부터 자네는 내 비서야. 경호원이기도 하고. 정신과 상담의이기도 하지. 전부 다 자네가 해야 해. 전부 다."

바비는 고개를 숙이고 콧김을 내뿜었다. 입술을 꼭 다문 채 커다란 머리를 빠르게 움직였다. 왼쪽으로 한 번, 오른쪽으로 한 번.

그리곤 다시 정중앙으로 돌아왔다.

"좆되셨군요." 그녀가 말했다.

아바사랄라는 다시 차를 홀짝였다. 그녀는 몰락한 것인지도 모른다. 어쩌면 그녀는 지금 흐느끼고 있어야 할지도 모른다. 아바사랄라는 자신이 행사할 수 있는 권력과 단절되었고, 꼼수에 속아 넘어갔다. 줄스-피에르 마오가 저기 앉아 있었다. 지금 그녀가 있는 자리에서 1미터도 떨어지지 않은 곳에 앉아 속으로 양껏 그녀를 비웃었겠지. 에린라이트와 응우옌 제독, 그리고 또 누가 같은 패거리든 간에 그들은 그녀를 농락했다. 아바사랄라는 집무실 의자에 앉아 진짜배기 일을 하고 있다고 착각하며 줄을 당기고 호의를 교환했지만 몇 달, 어쩌면 몇 년 동안 실은 자신이 고립되고 폐기 처분되고 있다는 사실을 까맣게 모르고 있었다.

그들 모두가 그녀를 바보로 만들었다. 그녀는 수치심을 느껴 마땅했다. 하지만 아바사랄라는 그 어느 때보다도 자신이 살아있다는 느낌을 받았다. 이것은 그녀가 잘하는 게임이었다. 하프타임에서 뒤처지면 그들은 그녀가 졌다고 생각할 테지만, 글쎄 게임에서 과소평가 당하는 것보다 더 좋은 것은 없다.

"자네 총 갖고 있나?"

바비는 웃음을 터트릴 뻔했다.

"당신네가 화성군 병사가 UN 청사에서 총을 갖고 다니는 걸 좋아하겠습니까? 전 심지어 포크스푼으로 밥을 먹어야 했다고요. 우린 지금 전쟁 중이니까요."

"그래그래, 알겠어. 요트에 오르고 나면 보안 문제는 자네한테 맡기지. 그러자면 총이 있어야 할 테니까 내가 방법을 알아볼게."

"그게 가능하긴 합니까? 솔직히 말하자면 전 총보다 슈트를 갖고 싶은데요."

"슈트? 무슨 슈트?"

"지구에 올 때 제가 사용하던 강화복도 같이 갖고 왔습니다. 그 괴물의 영상도 거기서 뽑아낸 겁니다. 원본 영상이 조작된 게 아니라는 걸 보여주려고 통째로 당신네한테 넘긴다고 했습니다."

아바사랄라는 바비를 물끄러미 응시하며 차를 홀짝였다. 마이클이라면 그것이 어디 보관되어 있는지 알고 있을 것이다. 내일 아침 그에게 전화를 걸어 '의복'처럼 평범한 라벨을 붙여 마오크비크 요트에 싣게 해야겠다는 생각이 들었다.

아바사랄라를 설득해야 한다고 여겼는지 바비가 말을 이었다. "진짭니다. 저한테 총이 있으면 전 군인입니다. 하지만 슈트가 있으면 슈퍼 영웅이죠."

"그게 아직 우리한테 있다면 자네한테 갖다 주지."

"네, 알겠습니다." 바비가 대답했다. 그녀가 씩 웃었다. 바비를 알게 된 후 처음으로, 아바사랄라는 그녀가 무서워졌다.

'바비가 그걸 입고 상대하는 모두에게 신의 가호가 있기를.'

29
홀던

알렉스가 엔진을 발진시키자 중력이 돌아왔다. 홀던은 온화한 0.5g 속에서 화물실 에어록 바닥에 잔잔히 가라앉았다. 괴물을 함선 밖으로 쫓아낸 마당에 굳이 전속력을 낼 필요는 없었다. 거리를 좀 벌린 다음 드라이브의 분사 가스로 태워버리면 놈은 원자 단위로 흩어질 것이다. 아무리 프로토분자라도 이온으로 분해되면 별수 없을 것이다.

적어도 그러길 바랐다.

홀던은 갑판에 내려앉으면 벽면 모니터로 배의 후방 카메라를 확인해 볼 작정이었다. 놈이 불타는 장면을 직접 보고 싶었다. 그러나 바닥에 체중이 닿는 순간, 무릎에서 뜨겁다 못해 새하얀 통증이 솟구쳤다. 그는 외마디 비명을 지르며 무너졌다.

에이모스가 급히 다가와 자석 부츠를 벗어 던지고 무릎을 꿇었다. "괜찮습니까, 선장님?" 그가 물었다.

"그래. 내 말은 무릎이 나가긴 했지만, 그럭저럭 괜찮은 것 같아."

"중력이 없을 땐 관절 부상도 꽤 견딜 만한데 말이죠."

홀던이 막 대답을 하려는 순간 로시난테 호의 측면에 무시무시한 충격이 내리꽂혔다. 선체가 징처럼 부르르 진동했다. 그 즉시 엔진이 꺼지고, 중심을 잃은 로시난테 호가 마구잡이로 회전하기 시작했다. 에이모스가 순식간에 반대쪽으로 날아가 에어록 외부 문에 매섭게 꽂혔다. 홀던은 바닥을 미끄러져 에이모스의 옆에 있는 격벽에 선 채로 부딪쳤다. 무릎의 격통이 너무 지독해 거의 졸도할 뻔했다.

홀던이 턱으로 헬멧 안의 버튼을 누르자 장갑복이 각성제와 진통제를 주입했다. 얼마 지나지 않아 지끈거리긴 해도 무릎의 통증이 아까보다 훨씬 견딜 만한 수준으로 떨어졌다. 어둡고 위험한 터널 비전이 사라지고 에어록이 밝아 보였다. 심장이 마구 두근박질치기 시작했다.

"알렉스." 홀던은 이미 대답을 알면서도 물었다. "이게 뭐야?"

"우리 밀항자 친구에게 불이 붙자마자 화물실 폭탄이 터졌습니다." 조종사가 대답했다. "화물실과 바깥쪽 선각, 그리고 엔진실이 심각한 손상을 입었습니다. 반응로는 비상정지 모드고요. 화물실이 제2의 드라이브처럼 돼서 지금 배가 정처 없이 회전 중입니다. 어떻게 손을 쓸 수가 없어요."

에이모스가 앓는 소리를 내며 팔다리를 꿈틀거렸다. "지랄 맞군."

"회전부터 멈춰야 해." 홀던이 말했다. "자세제어 추진기를 살리려면 어떻게 해야 하지?"

"선장님." 나오미가 끼어들었다. "에어록에 있던 프락스가 부상을 당한 것 같습니다. 움직이지를 않아요."

"죽은 거야?"

찰나의 망설임이 아주 길게 느껴졌다.

"슈트의 반응으로 보아 그런 것 같지는 않습니다."

"그럼 우리 배부터 해결하자고." 홀던이 말했다. "응급처치는 나중에 하지. 알렉스, 무선통신이 돌아왔다. 조명도 돌아왔고. 방해전파가 없어졌다는 뜻이고, 배터리도 아직 작동할 거야. 그런데 왜 추진기가 말을 안 듣는 거지?"

"제 생각엔…. 주 펌프와 보조 펌프가 둘 다 나간 것 같습니다. 수압이 표시되지 않습니다."

"확인했습니다." 잠시 후 나오미가 말했다. "주 펌프는 폭발 범위 안에 없습니다. 만일 그게 날아갔다면 엔진실이 만신창이가 됐겠죠. 보조 펌프는 화물실 바로 위 갑판에 있습니다. 물리적인 손상을 입진 않았지만, 반응로가 꺼지기 직전에 전력이 급증했어요. 그 충격에 타버렸거나 차단기가 고장 났을 수 있습니다."

"알겠다. 우리가 처리하지. 에이모스." 홀던은 몸을 일으켜 정비공이 누워 있는 화물실 에어록의 바깥쪽 문으로 향했다. "같이 가겠어?"

에이모스가 한 손으로 벨트식 경례를 하더니 신음했다. "끙, 그냥 힘이 좀 빠진 것뿐입니다."

"일어나게, 친구." 홀던이 발에 힘을 주어 바닥을 밀며 말했다. 급회전이 만들어낸 불완전한 중력 속에서 다리는 납처럼 무겁고, 화끈거리고, 판자때기처럼 뻣뻣하게 느껴졌다. 몸속에 약물을 때려 붓지 않았다면 서 있는 것만으로도 비명을 질러댔을 것이다. 하지만 그는 다리에 더 큰 압력을 부과하며 에이모스를 일으켰다.

'나중에 이 대가를 톡톡히 치르겠지.' 홀던은 생각했다. 그러나 암페타민은 '나중에'가 아득히 먼일처럼 느껴지게 해주었다.

"왜요?" 에이모스가 구겨진 발음으로 웅얼거렸다. 어쩌면 뇌진탕인지도 모른다. 하지만 지금은 치료보다 배를 정상으로 되돌리는 게 시급하다.

"보조 물 펌프로 가야 해." 홀던은 약 기운에도 될 수 있는 한 천천히 말해주었다. "가장 가까운 접근 패널이 어디지?"

"기계제작실이요." 대답을 끝낸 에이모스가 눈을 감고 선 채로 잠에 빠지는 듯 보였다.

"나오미." 홀던이 말했다. "거기서 에이모스의 장갑복을 조종할 수 있어?"

"네."

"센 거로 한 방 놔줘. 도저히 정신을 차리게 할 수가 없는데, 난 이 친구가 필요해."

"알겠습니다." 그녀가 대답했다. 몇 초 후, 에이모스가 눈을 번쩍 떴다.

"젠장." 그가 말했다. "제가 깜빡 잠이 들었나요?" 발음은 여전히 흐트러져 있었지만, 이제는 약간 들뜬 듯한 기색이 섞여 있었다.

"기계제작실에 있는 격벽 접근 패널로 가야 해. 펌프를 다시 작동시키는 데 쓸모 있을 것 같은 도구는 몽땅 챙겨 와. 차단기가 날아갔거나 아니면 어디선가 합선이 일어난 것 같아. 조금 있다 거기서 보자고."

"예." 에이모스가 대답하고는 바닥에 설치된 고리를 이용해 안쪽 에어록 문으로 향했다. 잠시 후 에어록이 열리고 그가 시야 밖으로 사라졌다.

우주선의 회전 중력이 홀던을 갑판과 우현 격벽 사이로 끌어당기고 있었다. 무중력이나 가속 중에 사용하는 사다리나 고러도 올바른 방향으로 놓여 있지 않았다. 사지가 멀쩡할 때는 별문제가 안 될 테지만 다리 하나가 무용지물인 지금은 사정이 달랐다.

그리고 당연하게도, 배의 회전축을 지나고 나자 이번에는 모든 것이 반대 방향으로 돌기 시작했다.

일순 홀던의 지각능력이 뒤틀렸다. 사악한 코리올리 효과가 귀 안의 작고 미세한 뼈들을 흔들었다. 그는 빙빙 돌며 자유낙하 중인 금속 덩어리 안에 있었고, 다음 순간에는 가장 밑바닥에서 납작하게 깔리기 직전에 있었다. 홀던은 진땀을 삘삘 흘리며 메스꺼운 속을 붙잡고 왜 이런 감각을 느끼는지 열심히 이론을 세웠다. 턱으로 헬멧 버튼을 눌러 엄청난 양의 비상용 멀미약을 혈관 속에 투입했다.

그리고는 생각할 틈도 없이 부벽 고리를 붙잡고 내부 에어록 안쪽으로 몸을 들이밀었다. 에이모스가 서랍과 로커에서 다양한 연장과 도구들을 끄집어내 플라스틱 양동이를 가득 채우고 있었다.

"나오미." 홀던이 말했다. "난 엔진실을 점검하러 갈 거야. 거기 아직 돌아가는 카메라가 있어?"

나오미가 신경질적으로 툴툴거리는 소리를 냈다. 홀던은 그 반응을 아니라는 대답으로 해석했다. 나오미가 말했다. "선내 곳곳의 시스템이 꺼졌습니다. 고장 났거나 동력이 나간 것 같습니다."

홀던은 엔진실과 기계제작실 사이에 있는 가압문으로 몸을 끌어 올렸다. 해치 옆 상태표시기가 성난 듯한 붉은 빛으로 점멸하고 있었다.

"씨발, 이럴까 봐 걱정이었는데."

"뭐가요?" 나오미가 물었다.

"거기서도 환경상태 수치가 안 보이지?"

"네, 적어도 엔진실은 알 수 없습니다. 모조리 다운됐어요."

"별수 없지." 홀던이 한숨을 깊게 내쉬며 말했다. "해치의 정보에 따르면 반대쪽에는 공기가 없어. 소이탄이 격벽에 구멍을 내서 엔진실이 진공이 됐지."

"어, 이런." 알렉스가 말했다. "화물실도 그렇습니다."

"그리고 화물실 문은 날아갔죠." 나오미가 덧붙였다. "화물실 에어록도요."

"그리고 빌어먹을 '배나무 위에 자고새 한 마리도 날아갔죠.'" 에이모스가 콧방귀를 뀌며 캐럴 한 소절을 불렀다. "이 염병할 배를 멈추기만 하면 그건 제가 나중에 알아서 처리하겠습니다."

"에이모스 말이 맞아." 홀던이 해치를 단념하고 일어나며 말했다. 그는 휘청거리며 가파른 격벽을 따라, 양손에 양동이를 들고 접근 패널 옆에서 기다리고 있는 에이모스에게로 다가갔다. "일단 급한 일부터 해결하자고."

에이모스가 토크 렌치로 패널을 분리하는 사이에 홀던이 말했다. "나오미, 기계제작실 공기도 다 빼 버리지? 4번 갑판 밑으로는 완전히 비워 버려. 안전장치를 오버라이드해서 필요하면 우리가 직접 엔진실 해치를 열 수 있게 해줘."

에이모스가 마지막 볼트를 돌려 패널을 격벽에서 떼어 냈다. 그 뒤에 나타난 어둡고 비좁은 공간은 파이프와 얼기설기 엉킨 전선들로 빽빽했다.

"아, 그리고 혹시 우리가 고치지 못할 경우를 대비해서 구조신호를 보낼 준비를 해두는 게 좋겠어."

"그것참 좋은 생각입니다, 선장님. 당장에라도 우리를 도와주고 싶어서 안달이 난 인간들이 수두룩하니까요." 에이모스가 대꾸했다.

에이모스가 외각과 내각 사이의 좁은 공간 속으로 사라졌다. 홀던이 그 뒤를 따랐다. 해치에서 약 2미터쯤 안쪽에 궤도 기동 추진기의 수압을 조절하는 뭉툭하고 복잡해 보이는 펌프 장치가 있었다. 에이모스가 그 앞에서 멈춰 부품들을 분해하기 시작했다. 홀던은 뒤에서 묵묵히 기다렸다. 공간이 워낙 좁아 덩치 큰 정비공이 정확히 무엇을 하고 있는지 볼 수가 없었다.

"어때?"

한참 동안 에이모스가 내뱉는 욕지거리를 감상하던 홀던이 물었다.

"여긴 괜찮아 보이는데요." 에이모스가 말했다. "혹시 모르니까 차단기를 교체하긴 하겠는데, 펌프가 문제인 것 같진 않습니다."

'젠장.'

홀던은 정비용 해치에서 물러 나온 다음 기울어진 격벽을 반쯤 기다시피 타고 올라 엔진실 해치로 향했다. 화가 난 듯한 적색등은 시무룩한 황색등에 자리를 내주었고, 해치를 사이에 둔 양쪽 공간에는 모두 공기가 없었다.

"나오미." 홀던이 말했다. "엔진실에 들어가 봐야 해. 안에서 무슨 일이 있었는지 봐야겠어. 안전장치는 해제했어?"

"네. 하지만 안쪽 센서가 작동하지 않습니다. 어쩌면 방사능이 가득할 수도 있어요….”

“기계제작실에는 센서가 작동하고 있지? 내가 해치를 열었는데 방사능 경고가 울리면 알려줘. 즉시 닫을 테니까.”

“짐.” 나오미가 말했다. 지난 며칠간 그와 말을 섞을 때마다 드러나던 단호함이 다소 누그러졌다. “도대체 몇 번이나 그런 방사능 소굴에 자진해서 기어들어갈 건데요?”

“적어도 한 번 더?”

“의료실 침대를 하나 준비해 놓으라 이르겠습니다.” 그녀가 웃음기 하나 없는 목소리로 말했다.

“고장 나지 않은 것으로 부탁해.”

홀던은 일말의 주저함도 없이 갑판 해치의 열림 버튼을 눌렀다. 그는 문이 열리는 동안 숨을 멈췄다. 해치 반대편에서 파괴와 혼돈의 구렁텅이가 드러나고 뒤이어 슈트가 방사능 경고 알람을 시끄럽게 울려댈지도 모른다며 단단히 마음을 다졌다. 그러나 격벽에 폭발로 인한 구멍이 뚫려 있는 것을 제외하면 엔진실은 큰 이상이 없어 보였다.

홀던은 두 팔을 벌려 해치의 가장자리를 붙잡고 몸을 안쪽으로 들이민 채 한참 동안 엔진실 내부를 샅샅이 살펴보았다. 중앙에 있는 거대한 핵융합 반응로는 손상되지 않은 듯 보였다. 우현 격벽은 위태로울 정도로 휘어 있고, 중앙에 나 있는 검게 그을린 구멍은 조그만 화산이 솟아난 것 같았다. 홀던은 두꺼운 방사선 차폐벽을 그렇게 훼손할 정도면 폭발 에너지가 얼마나 어마어마했을지 생각하며 부르르 몸서리쳤다. 하마터면 반응로에 구멍이 뚫렸을지도 모른다. 폭탄이 조금만 강력했어도 차폐벽이 찌그러지는 것을 넘어 반응로에 구멍이 날 수도 있었다.

"맙소사, 정말 아슬아슬했군." 그는 저도 모르게 소리 내어 말했다.

"일단 제가 생각할 수 있는 건 깡그리 교체했습니다." 에이모스가 말했다. "여긴 아무 문제 없습니다."

홀던은 해치 가장자리를 놓고 50센티미터쯤 아래에 비스듬히 누워 있는 격벽 위를 미끄러져 갑판으로 떨어졌다. 벽에 뚫린 구멍 외에 눈으로 확인할 수 있는 유일한 피해를 본 곳은 큼지막한 파편이 박혀 있는 반응로 맞은쪽 벽이었다. 홀던은 어떻게 그 파편이 반응로를 건드리지 않고 거기 박혀 있을 수 있는지 이해할 수가 없었다. 두 개의 격벽 사이를 교묘한 각도로 튕겨 반응로를 피해가기라도 한 걸까. 반응로가 멀쩡한 걸 보니 후자가 확실하리라. 도저히 있을 수 없는 일 같지만, 눈앞에 증거가 있으니 믿을 수밖에 없다.

"정말 아슬아슬했어." 홀던은 날카롭고 뾰족한 파편의 가장자리를 손으로 쓸며 중얼거렸다. 파편은 벽에 15센티미터는 족히 박혀 있었다. 그 정도면 반응로의 차폐벽을 뚫기에 충분했다.

어쩌면 그보다 더 심각한 피해를 주는 것도 가능했다.

"선장님 카메라를 연결 중입니다." 나오미가 말했다. 잠시 후 그녀가 휘파람을 불었다. "장난 아닌데요. 그곳 벽은 대부분 케이블입니다. 그런 구멍이 났으니 난리가 안 날 수가 없죠."

홀던은 손으로 파편을 잡아 빼 보려다 실패했다. "에이모스, 집게나 펜치 좀 가져와. 수선용 케이블 한 아름하고."

"그럼 조난 신호는 보낼 필요가 없는 겁니까?" 나오미가 말했다.

"그래. 하지만 누구 선미 카메라가 보이는 사람 있으면 우리가 그놈 때문에 이 고생을 한 보람이 있다고 말해 줘. 그래야 그나마 속이 시원할 것 같군."

"제가 직접 봤습니다, 선장님." 알렉스가 말했다. "놈은 완전히 증발했습니다."

홀던은 의료실 침상에 누워 진찰을 받고 있었다. 조작팔이 주기적으로 그의 무릎을 찔러댔다. 무릎은 벌써 멜론만큼 큼지막하게 부어올라 피부가 북에 씌운 가죽처럼 팽팽해졌다. 하지만 진통제를 잔뜩 맞은 덕분에 바늘이 수시로 찔러대고 쑤셔대도 통증은 없고 가벼운 압력으로만 느껴졌다.

머리 옆에 있는 패널이 움직이지 말라는 경고를 보냈다. 두 개의 조작팔이 그의 다리를 붙잡고, 세 번째 팔이 바늘처럼 가느다란 튜브를 무릎에 찔러 넣어 관절경 수술 비슷한 것을 하기 시작했다. 홀던은 어렴풋이 밖에서 잡아당기는 느낌을 받았다.

옆 침상에는 프랙스가 누워 있었다. 머리에 감겨 있는 붕대 밑에는 3센티미터 남짓한 열상이 봉합되어 있다. 눈은 꼭 감겨 있었다. 뇌진탕이 아닌 것으로 밝혀진 에이모스는 머리에 보기 흉한 혹이 났는데, 지금 아래 갑판에서 빌어먹을 괴물 자식이 남긴 폭탄의 후유증을 임시로 해결하고 있었다. 그중에는 엔진실 격벽에 생긴 구멍을 막는 것도 포함되어 있었다. 하지만 화물실 문은 타이코에 정박하기 전에는 수리할 수 없을 것이다. 알렉스는 수리 작업을 용이하게 할 수 있도록 온건한 4분의 1g로 비행 중이었다.

홀던은 타이코로의 귀환이 지체된다고 해서 별로 개의치 않았다. 사실 그는 굳이 서둘러 타이코에 가서 프레드를 대면하고 싶지

34

않았다. 가니메데에서 목격한 사실들을 곱씹으면 곱씹을수록, 최초에 덮친 공포와 당혹감에서 차차 벗어날수록, 홀던은 나오미의 말이 옳다는 생각이 들었다. 프레드가 이 모든 일의 흑막이라고는 믿을 수가 없었다.

그러나 확신할 수는 없다. 홀던은 의심의 여지가 없는 분명한 확신을 원했다.

프락스가 뭐라 웅얼거리며 머리를 더듬더듬 만졌다. 그리고는 붕대를 풀기 시작했다.

"나 같으면 그냥 두겠습니다." 홀던이 말했다.

프락스는 고개를 주억거리고 다시 눈을 감았다. 잠이 들거나 아니면 적어도 그러려는 것 같았다. 자동의료 시스템이 홀던의 무릎에서 튜브를 빼고 소독제를 살포한 다음, 붕대로 단단히 감았다. 홀던은 의료 포드가 할 일을 완료하자 몸을 옆으로 돌려 침상에서 일어났다. 그의 다리는 4분의 1g에서도 체중을 지탱하지 못했다. 홀던은 한쪽 다리로 경중거리며 로커로 다가가 목발을 꺼냈다.

프락스의 침상 옆을 지나는데 그가 홀던의 팔을 붙잡았다. 생각보다 꽤 아귀힘이 셌다.

"죽었습니까?"

"그래요." 홀던이 그의 손을 토닥이며 말했다. "해치웠습니다. 잘했어요."

프락스는 대답하지 않았다. 그저 옆으로 돌아누워 몸을 떨었을 뿐이다. 홀던은 잠시 후에야 프락스가 흐느끼고 있다는 것을 알았다. 홀던은 아무 말 없이 자리를 떴다. 그런 상황에서 무슨 말을 하겠는가.

홀던은 사다리 리프트를 타고 올라갔다. 원래는 관제 갑판에 가서 나오미와 로시난테 호가 작성 중인 피해분석 보고서를 읽을 생각이었다. 하지만 개인 선실 갑판에서 두 사람의 목소리가 들려오자 발이 저절로 멈췄다. 무슨 이야기를 나누고 있는지는 알 수 없지만 그중 한 명은 나오미였다. 홀던은 그녀가 격렬한 대화를 할 때마다 사용하는 특유의 어조를 알아들을 수 있었다. 목소리는 주방 쪽에서 흘러나오고 있었다. 관음증 환자가 된 것 같은 죄책감이 들었지만, 홀던은 대화 내용을 알아들을 수 있을 때까지 주방 해치로 살금살금 접근했다.

"훨씬 심각해." 나오미가 말하고 있었다. 홀던은 막 주방으로 들어서려던 찰나에 놀라 우뚝 멈춰 섰다. 나오미가 그에 관해 얘기하고 있다는 끔찍한 생각이 들었다. 그와 헤어지겠다고 털어놓고 있는지도 몰랐다.

"왜요?" 다른 목소리가 말했다. 에이모스였다.

"넌 가니메데에서 닭고기 통조림으로 사람을 때려죽일 뻔했잖아." 나오미가 대답했다.

"어린애 생명이 왔다 갔다 하는데 그까짓 먹을 거 갖고 유세를 떨었다고요! 니미럴, 그 새끼가 지금 여기 있으면 또다시 아작을 내줄 겁니다."

"넌 날 믿어, 에이모스?" 나오미가 물었다. 그녀의 목소리는 침울했다. 아니, 겁에 질려 있었다.

"그럼요. 누구보다도요." 에이모스가 대답했다.

"난 무서워서 미칠 것 같아. 짐은 타이코에 가서 멍청한 짓을 하려고 하지, 새로 배에 탄 사람은 신경쇠약에 걸리기 일보 직전이지…."

"그게, 그 사람은…."

"그리고 너." 나오미가 말을 이었다. "난 너한테 아주 많이 의지
하고 있어. 무슨 일이 있어도 내 등을 맡길 수 있는 친구라고 말이
야. 하지만 지금은 아니야. 왜냐하면 내가 아는 에이모스는 빼빼
마른 어린애를 반죽음으로 두들겨 패지 않을 테니까. 그 녀석이 닭
고기 통조림을 얼마나 많이 달라고 했든 상관없어. 다들 미쳐가는
것 같아. 그러니 어떻게 된 건지 알아야겠어. 왜냐하면 이젠 정말
로, 불안해서 죽을 것 같거든."

홀던은 지금 당장 주방으로 달려가 나오미의 두 손을 잡고 꼭
끌어안고 싶었다. 그녀의 목소리에서 느껴지는 간절함이 제발 그
렇게 해달라고 애원하고 있었다. 그러나 홀던은 움직이지 않았다.
해치 안쪽은 고요했다. 뭔가 바닥에서 끌리는 소리가 나더니 유리
와 금속이 부딪치는 쨍한 소리가 났다. 누군가 커피에 설탕을 넣
고 젓고 있었다. 소리가 너무 생생해 그 모습이 눈앞에 선히 보이
는 것 같았다.

"볼티모어 말인데요." 에이모스가 말했다. 흡사 날씨 이야기라
도 하는 듯 느긋한 말투였다. "별로 좋은 동네는 아니죠. 스퀴즈
라는 게 뭔지 들어본 적 있어요? 스퀴즈 거래라든가, 매춘부 스퀴
즈라든가."

"아니. 그게 뭔데? 마약이야?"

"아니요." 에이모스가 피식 웃었다. "그런 게 아니라, 매춘부를
스퀴즈한다는 건 여자를 거리에 내보내서 몸을 팔게 시키고 그러
다 애를 배면 임신부한테 환장하는 놈들한테 돌리고, 애를 낳은 뒤

에는 다시 거리로 돌려보내서 완전히 쫙쫙 쥐어짜는 겁니다. 출산 제한 정책 때문에 배부른 여자랑 하는 걸 좋아하는 새끼들이 꽤 많거든요."

"쥐어짠다고?"

"예. '강아지를 짜냈다', 그런 거요. 그런 말 못 들어봤어요?"

"몰라." 나오미가 혐오감을 애써 숨기며 대답했다.

"그렇게 해서 태어난 애들 있죠? 그 애들은 존재 자체가 불법입니다. 하지만 그렇다고 뿅 하고 사라지진 않죠." 에이모스가 말을 이었다. "다 쓸모가 있거든요."

홀던의 가슴이 철렁 내려앉았다. 그것은 그가 생각조차 해본 적이 없는 이야기였다. 잠시 후 들려온 나오미의 목소리도 그와 똑같은 경악을 내비치고 있었다.

"하느님 맙소사."

"하느님하곤 아무 상관도 없는 얘깁니다." 에이모스가 말했다. "스퀴즈 거래에는 하느님 같은 게 존재하지 않아요. 어떤 애들은 포주가 되기도 하죠. 어떤 애들은 길거리로 나가고…."

"그리고 어떤 애들은 배를 타고 심우주로 나가 다시는 돌아오지 않고?" 나오미가 조용하게 물었다.

"어쩌면요." 에이모스가 말했다. 그 어느 때보다도 무미건조하고 스스럼없는 목소리였다. "어떤 애들은 그러겠죠. 하지만 대부분은…, 대부분은 그냥 사라집니다. 결국에는요. 쓰임새가 다하는 거죠. 대부분은."

한동안 아무도 입을 열지 않았다. 홀던은 누군가 커피를 마시는 소리를 들었다.

"에이모스." 나오미가 낮게 잠긴 목소리로 말했다. "난 전혀…."

"그래서 전 어떤 사람이 그 아이를 다 써버리기 전에, 그래서 그 애가 사라지기 전에 찾고 싶은 겁니다. 그 애를 위해서 그렇게 하고 싶어요." 에이모스가 말했다. 목소리가 갈라지자 그가 커다랗게 기침을 하며 목청을 가다듬었다. "그 애 아버지를 위해서요."

홀던은 그들의 대화가 끝났다고 생각했다. 자리를 뜨려는 순간, 냉정함을 되찾은 에이모스의 나지막하고 차분한 목소리가 들렸다. "그런 다음에 그 납치범 새끼를 죽여 버릴 겁니다."

30
바비

바비는 아바사랄라와 함께 UN에서 일하기 전에는 마오-크비코프스키 무역이라는 이름을 들어본 적이 없었다. 들은 적이 있더라도 기억하지 못하는 것일 테다. 마오크비크 사의 화물선이 태양계 전역에 실어 나르는 상품을 입고 먹고 그 위에 앉아 지냈으면서도 이제까지 전혀 몰랐다. 아바사랄라가 준 파일을 전부 읽은 바비는 마오크비크의 어마어마한 사업 규모와 범위에 경악했다. 회사가 소유한 수백 대의 선박과 수십 개의 스테이션, 수백만에 달하는 직원까지, 줄스-피에르 마오는 태양계에 거주 가능한 모든 행성과 위성에 상당한 재산을 보유하고 있었다.

심지어 18살밖에 안 된 그의 딸도 경주용 보트를 갖고 있었다. 그가 '별로 좋아하지도 않던' 딸이 말이다.

바비는 순전히 경주용으로만 사용되는 우주선을 갖고 있을 만큼 돈이 많다는 건 어떤 건지 상상해 보려다 곧 단념하고 말았다. 부잣집에서 가출해 OPA 반란군이 된 소녀라면 부와 행복의 상관

관계에 대해 할 말이 많을 테지만, 바비는 그런 철학적 사고를 하기가 어려웠다.

바비는 화성의 중산층 가정 출신이었다. 아버지는 화성군에서 부사관으로 20년간 복무했고 제대 후에는 사설 치안대 고문으로 일했다. 바비의 가족은 늘 좋은 집에서 살았다. 그녀와 두 오빠는 사립 초등학교에 다녔고 두 오빠는 대학에 갈 때도 학자금 대출을 받을 필요가 없었다. 그녀는 자라면서 한 번도 자신이 가난하다는 생각을 하지 않았다.

하지만 지금은 달랐다.

경주용 보트를 갖고 있다는 것은 단순히 돈이 많다는 의미가 아니다. 그것은 완전히 다른 세계에서 사는 다른 부류의 인간이라는 뜻이었다. 경주용 보트는 반응로 드라이브를 갖춘 파라오의 피라미드 같은, 고대 지구의 왕족들이나 가질 수 있는 물건이었다. 바비는 그것이 평생 들어본 중 가장 어이없는 과소비라고 생각했다.

그런데도 바비는 셔틀을 타고 줄스-피에르 마오의 사유 재산인 L5 스테이션에 도착한 참이었다.

마오는 그의 개인 우주선을 공영 스테이션 궤도에 정박시키지 않았다. 마오크비크 사 소유의 스테이션을 사용하지도 않았다. L5는 지구 궤도를 돌고 있는 완벽한 우주 스테이션으로 오직 마오의 개인용 선박만 사용할 수 있었으며 모든 시설과 설비들이 공작새 깃털처럼 화려하게 치장되어 있었다. 이렇게까지 돈을 낭비하는 것이 가능하다는 사실이 놀라울 따름이었다.

바비는 바로 그런 이유로 마오가 위험인물이라고 생각했다. 마오가 보여주는 모든 것은 그가 공적 제재로부터 자유롭다는 선언이나 다름없었다. 그는 무엇도 두려워하거나 얽매이지 않았다. UN 정부의 고위인사를 암살한다면 사업에 지대한 영향을 받게 되고 비싼 대가를 치러야 할 수도 있다. 그러나 이 정도 수준의 부와 권력을 지니고 있다면 그리 큰 타격은 되지 않을 것이다.

아바사랄라는 그 점을 보지 못했다.

"난 회전 중력이 싫어." 아바사랄라가 부연 김이 올라오는 차를 홀짝이며 말했다. 그들이 스테이션에 머무르는 시간은 셔틀에서 마오의 요트에 화물을 옮겨 싣는 데 걸리는 세 시간 남짓에 불과했다. 그런데도 그들은 침실이 네 개나 있고 각각의 침실에 샤워실이 딸려 있으며 으리으리한 거실까지 갖춘 스위트룸을 배정받았다. 창문인 척 벽에 달린 커다란 화면에는 검은 우주를 배경으로 구름에 뒤덮인 초승달 모양의 지구가 떠 있었다. 스위트룸 주방에는 직원이 세 명이나 일하고 있었는데, 지금까지 그들에게 주어진 가장 중요하고 거창한 임무는 아바사랄라 사무차장보의 차를 끓이는 것이었다. 바비는 순전히 그들에게 할 일을 주려고 푸짐한 식사라도 주문할까 심각하게 고려했다.

"정말로 제 발로 저 사람 배에 탈 작정이라니 아직도 믿을 수가 없습니다. 이런 초갑부가 감옥에 가는 거 본 적 있으세요? 아니면 기소되기라도 한 경우는요? 이 사람은 지금 이 방에 들어와서 당신 얼굴에 총을 쏘고 그게 전 태양계에 생방송으로 방영되더라도 무죄로 방면될 인간이란 말입니다."

아바사랄라가 껄껄 웃었다. 바비는 부아를 내고 싶은 마음을 꾹 눌러 참았다. 그녀의 분노는 그저 빠져나갈 구멍을 찾고 있는 두려움의 발로에 지나지 않았다.

"게임은 그런 식으로 하는 게 아니야." 아바사랄라가 말했다. "아무도 총에 맞지 않아. 초라하게 전락할 뿐이지. 그렇게 되느니 차라리 죽는 게 나을걸."

"아니요. 틀렸습니다. 전 사람들이 죽는 걸 봤습니다. 제 친구들이 죽는 걸 봤어요. 차장보님이 '게임은 그런 식으로 하는 게 아니야'라고 말씀하실 때는 차장보님 같은 사람들을 두고 하는 말이죠. 저 같은 사람이 아니란 말입니다."

아바사랄라의 표정이 싸늘하게 굳었다.

"그래, 그건 그렇지." 나이 든 여인이 말했다. "우리가 하는 게임은 자네들이 하는 게임과는 규칙이 달라. 바둑과 비슷하지. 여기서 중요한 건 영향력을 행사하는 거야. 판을 장악하지 않고도 판을 좌지우지하는 거지."

"포커도 게임인데요⋯." 바비가 말했다. "하지만 가끔 판돈이 너무 커지면 같은 테이블에 앉아 있는 인간들한테 총을 갈겨버리고 혼자 판돈을 챙기는 일도 비일비재하죠."

아바사랄라는 바비의 말을 곰곰이 생각하는 표정으로 묵묵히 고개를 끄덕였다. 바비의 배 속에서 부글거리던 분노가 갑자기 이 오만하고 성질 고약한 노인네에 대한 격렬한 애정으로 탈바꿈했다.

"그래." 아바사랄라가 찻잔을 든 손을 무릎 위에 올려놓으며 말했다. "자네가 무슨 말을 하고 싶은지 알겠어, 중사. 난 그럴 가능성은 희박하다고 보지만, 내 옆에 그런 충고를 해주는 자네가 있어 정말 다행이야."

'하지만 제 말을 진지하게 생각하진 않잖습니까.' 바비는 아바사랄라의 얼굴에 대고 그렇게 소리 지르고 싶었지만, 대신에 옆에서 서성거리고 있는 직원에게 버섯과 양파 샌드위치를 주문했다. 바비가 샌드위치를 먹는 동안 아바사랄라는 차를 홀짝이고 쿠키를 오물거리며 전쟁과 그녀의 손녀딸에 관해 수다를 떨었다. 바비는 전쟁과 관련된 대목에서는 우려가 가득한 신음을 내고, 아이들이 화제에 올라올 때는 '아우' 탄성을 지르려 노력했다. 그러나 실제로 그녀의 머릿속을 채우고 있는 생각은 적이 통제권을 쥔 우주선에서 아바사랄라의 신변을 보호하는 것이 전술적으로 얼마나 끔찍한 악몽이 될까 하는 것이었다.

지금 그녀의 정찰용 강화복이 담긴, '정장'이라고 적힌 커다란 궤짝이 마오의 요트에 실리고 있었다. 마음 같아서는 몰래 화물칸에 숨어 들어가 그거라도 입고 싶었다. 그래서 바비는 아바사랄라가 한동안 말을 멈춘 것을 눈치채지 못했다.

"바비." 아바사랄라가 못마땅한 표정으로 물었다. "내 사랑스러운 손녀딸 얘기가 지루한가?"

"네." 바비가 대답했다. "엄청나게요."

바비는 요트에 타기 전까지 마오 스테이션이야말로 그녀가 본 중에 가장 한심하고 쓸모없는 부의 과시라고 생각했다.

그나마 스테이션은 호화롭긴 해도 주어진 기능과 역할에 충실했다. 그것은 줄스 마오가 사적으로 소유한 궤도 선박장이었고, 그는 그곳에 자신의 함선으로 구성된 선단을 보관하고 정비했다. 그 현란한 겉치레 아래에는 가동 중인 진짜 스테이션이 존재했으며 정비공과 보급직원들이 실질적으로 업무를 수행했다.

'관세음'이라는 이름의 마오의 요트는 200명의 승객을 수용할 수 있는 평범한 싸구려 여객수송선과 비슷한 크기였지만 실제 개인용 선실은 열두 개밖에 되지 않았다. 화물실은 장기간 여행에 필요한 물자도 충분히 실을 수 있을 만큼 널찍했다. 속도가 유독 빠른 것도 아니었다. 관세음호는 어떤 합리적인 기준으로 판단해도 우주선으로는 형편없는 실패작이었다.

그러나 관세음호의 목적은 실용성에 있지 않았다.

관세음호의 목적은 안락함을 만끽하는 것이었다. 그것도 극한의 수준까지 말이다.

배 안은 호텔 로비를 연상시켰다. 발밑에는 보드랍고 폭신한 카펫이 깔렸고 천장에서는 진짜 크리스털 샹들리에가 반짝였다. 날카로운 모서리가 있어야 할 곳은 전부 둥글게 다듬었다. 벽에는 진짜 대나무와 천연섬유로 만든 벽지가 발라져 있었다. 바비가 처음 이곳을 보고 가장 먼저 떠올린 생각은 청소가 고역이겠다는 것이었고, 두 번째는 그런 특별한 노고의 필요성이 일부러 의도된 점이라는 것이었다.

열두 개의 스위트룸은 각각 갑판 하나를 통째로 차지했다. 모든 스위트룸에는 전용 욕실과 미디어센터, 오락실과 미니바가 딸린 라운지가 갖춰져 있었다. 라운지에는 거대한 위용을 자랑하는 스크린이 바깥 경치를 비추고 있었는데, 상상을 초월하는 엄청난 고화질이 아니라면 진짜 유리창일 것이다. 미니바 옆에는 소형 승강기와 인터컴이 설치돼 있었다. 시간에 구애받지 않고 언제든 코르동블루 출신의 주방장에게 요리를 주문하고 받기 위한 것이었다.

카펫이 얼마나 두꺼운지 이 위에서는 자석 부츠도 무용지물일 것이다. 하지만 걱정할 필요는 없었다. 이런 종류의 배는 절대로 고장 나거나 망가지지 않는다. 운항 중에 엔진이 멈추는 일도 없다. 관세음호를 타는 사람들은 평생 우주복을 입어본 적조차 없을 것이다.

바비의 욕실은 무려 눈에 보이는 모든 표면에 도금이 씌워져 있었다.

바비와 아바사랄라는 UN에서 일하는 아바사랄라의 경호팀장과 함께 라운지에 앉아 있었다. 코티야르는 희끗희끗한 머리에 인상이 좋은 쿠르드계 사내였다. 처음에 그를 만났을 때는 약간 미덥지 못했다. 군인이라기보다는 고등학교 교사처럼 온화한 인상이었기 때문이다. 하지만 그가 능숙하고 효율적인 솜씨로 아바사랄라의 방을 점검하고 경호 및 경비 계획을 설명하고 팀원들에게 지시를 내리는 모습을 보자 바비의 불안감도 이내 썻은 듯이 사라졌다.

"그래, 감상은?" 아바사랄라가 두 눈을 감고 안락의자에 기대앉아 물었다.

"이 방은 안전하지 않습니다." 코티야르가 말했다. 그의 억양은 바비의 귀에 무척 이색적으로 들렸다. "여기서는 민감한 사안을 논의하시면 안 됩니다. 차장보님의 개인 침실을 그런 대화에 알맞게 깨끗하게 처리해두었습니다."

"이건 함정이라고요." 바비가 말했다.

"그 이야기는 끝난 거 아니었나?" 아바사랄라가 몸을 앞으로 기울이며 바비를 쏘아보았다.

"중사의 말이 맞습니다." 코티야르가 침착하게 대답했다. 보안을 보장할 수 없는 방에서 이런 대화를 나눈다는 것이 탐탁지 않은 듯했다. "제가 센 승무원만 열네 명입니다. 이 배를 운용하는 데 필요한 전체 승무원의 3분의 1도 되지 않는 숫자죠. 그렇지만 고작 여섯 명으로는 차장보님의 안전을….."

"일곱입니다." 바비가 손을 들며 끼어들었다.

"말씀하신 대롭니다." 코티야르가 고개를 끄덕이며 말을 이었다. "일곱 명으로는 이 배의 관제 시스템에 영향을 끼칠 수 없습니다. 반면에 그들은 우리가 있는 갑판을 폐쇄하고 공기를 방출하기만 해도 암살이 가능하지요."

바비가 코티야르를 가리키며 말했다. "제가 그랬잖습니까."

아바사랄라가 파리를 쫓듯이 손을 저었다. "통신 상태는 어떤가?"

"아주 탄탄합니다." 코티야르가 대답했다. "전용 네트워크를 생성하고 백업용 좁은광선과 통신 어레이를 부여받았습니다. 광대역도 아주 강력합니다. 지구에서 멀어지면 멀어질수록 시간 지연이 발생하긴 합니다만."

"좋아." 아바사랄라가 배에 오른 후 처음으로 웃음기를 띠며 말했다. 얼마 전부터 그녀는 피곤한 것이 아니라 피곤함이 일종의 삶의 방식으로 보이는 수준에 도달했다.

"하지만 그중 무엇도 보안을 장담할 수는 없습니다." 코티야르가 말했다. "우리 팀만 사용하는 내부통신망을 보안 처리할 수는 있습니다만, 만일 그들이 우리가 사용하는 어레이로 송수신 트래픽을 감시하고 있다면 우리는 그걸 감지할 방법이 없습니다. 다시 말하지만 우리는 이 배의 관제 시스템에 접근할 수가 없으니까요."

"그래서 날 여기로 보낸걸." 아바사랄라가 말했다. "나를 병에 가둬서 멀리멀리 내던진 다음에 내 좆같은 메일을 몰래 읽어보려고 말이야."

"그게 다면 차라리 좋게요." 바비가 말했다. 아바사랄라의 지치고 피곤한 모습을 마주하고 있으니 자신도 얼마나 지쳐 있는지 실감이 났다. 서서히 눈이 감기며 몽롱해졌다.

아바사랄라가 무어라 말을 마치자 코티야르가 고개를 끄덕이며 알겠다고 대답했다. 그녀가 바비를 쳐다보며 말했다. "자네도 동의하나?"

"음⋯." 바비는 방금 지나간 대화를 머릿속으로 재생하려 했지만 실패했다. "저는⋯."

"자네 지금 그 의자에서 굴러떨어지기 직전인 것 같은데. 도대체 잠을 제대로 잔 게 언제야?"

"아마 차장보님과 비슷할 겁니다." 바비가 대답했다. '제 분대원들이 전부 살아있을 때요. 태양계가 전쟁에 휘말리지 않게 당신이 여기저기 뛰어다니지 않던 시절이요.' 바비는 그렇게 지치고 무기력한 상태로는 해야 할 일도 제대로 못 할 거라는 따끔한 일침과 타박이 날아오길 기다렸다.

"알 것 같군." 아바사랄라가 말했다. 다시금 아바사랄라에 대한 따뜻한 애정이 솟구쳤다. "마오가 오늘 저녁에 환영 만찬을 열겠다고 하는데, 난 자네와 코티야르가 같이 참석해줬으면 좋겠어. 코티야르는 경호를 맡을 테니까 뒤쪽에 서서 험상궂은 척만 하고 있으면 되겠지."

바비는 저도 모르게 웃음을 터트렸다. 코티야르가 싱긋 웃으며 그녀에게 한쪽 눈을 찡긋했다.

"자네는 내 비서 자격으로 동행해." 아바사랄라가 말을 이었다. "다른 사람들과 잡담을 좀 나눠 봐. 승무원들이 어떤지 떠보고 배의 분위기도 살펴봐. 알겠어?"

"알겠습니다."

"그러고 보니." 아바사랄라가 상대방이 달갑지 않을 부탁을 할 때의 어조로 슬그머니 덧붙였다. "우리가 에어록에서 승선 인사를 할 때 부선장이 자네를 빤히 쳐다보던데."

바비가 고개를 끄덕였다. 그녀도 눈치챘다. 간혹 어떤 남자들은 몸집이 큰 여자들을 좋아하는데, 바비는 그가 그런 족속이라는 느낌을 받았다. 그런 치들은 고질적인 마더 콤플렉스 경향이 있어서 그녀는 될 수 있으면 그런 남자들을 피하려고 노력하는 편이었다.

"그 사람과 저녁 식사를 할 생각은 없나?" 아바사랄라가 말을 마쳤다.

바비는 웃음을 터트렸다. 그녀는 다른 사람도 같이 웃을 거라고 생각했다. 그렇지만 심지어 코티야르마저 아바사랄라가 너무나도 당연하고 합리적인 부탁을 했다는 듯이 그녀를 물끄러미 쳐다보고 있었다.

"음, 싫은데요." 바비가 말했다.

"싫다고?"

"네, 싫습니다. 젠장, 싫습니다. 염병할, 절대로 싫습니다. 나인 운트 아베르말스 나인! 니엣! 라! 시에이!" 바비는 자기가 아는 모든 언어를 총동원했다. "그리고 지금 좀 화가 나는데요."

"왜? 그 사람하고 자라고 한 것도 아닌데."

"다행이군요. 왜냐하면 전 섹스를 무기로 사용하지 않습니다." 바비가 말했다. "저는 무기를 무기로 사용합니다."

＊

"크리스젠!" 줄스 마오가 아바사랄라의 손을 감싸 쥐고 흔들었다.

마오크비크 제국의 황제는 아바사랄라의 머리 위로 우뚝 서 있었다. 그는 바비가 본능적으로 호감을 느끼고 싶은 수려한 용모와 주변에서 뭐라 하든 개의치 않고 의료시술을 받지 않은 탈모 증세를 지니고 있었다. 돈으로 간단히 해결할 수 있는 탈모를 손대지 않고 그대로 내버려 뒀다는 것은 반대로 그가 얼마나 강력한 권력을 가졌는지를 보여주는 방증이었다. 줄스 마오는 맞춤 양복처럼 잘 어울리는 헐렁한 스웨터와 면바지를 입고 있었다. 아바사랄라가 바비를 소개하자 그는 환한 미소를 지으며 바비는 쳐다보지도 않고 고개를 끄덕였다.

"다들 지내기는 편안하지요?" 바비 덕분에 아바사랄라의 다른 수행원들이 생각났다는 듯이 마오가 물었다. 바비는 이를 악물었지만, 무표정으로 일관했다.

"네." 아바사랄라는 누가 봐도 진심임이 분명한 따뜻하고 다정한 말투로 대답했다. "숙소가 정말 훌륭하더군요. 승무원들도 친절하고요."

"다행입니다."

마오는 아바사랄라의 손을 자신의 팔에 얹고 그녀를 커다란 식탁으로 안내했다. 식탁 주위에서 대기 중이던 검은 나비넥타이와 흰 재킷을 입은 남자 중 한 명이 잽싸게 튀어나와 의자를 뒤로 빼 주었다. 마오는 그곳에 아바사랄라를 앉혔다. "마르코 주방장이 오늘 저녁에 아주 특별한 요리를 준비했답니다."

"솔직한 대답은 어떻습니까? 그건 메뉴에 없습니까?" 바비가 웨이터가 빼 준 의자에 앉으며 물었다.

마오가 호스트가 앉는 상석에 앉았다. "대답이요?"

"당신네가 이겼잖습니까." 바비는 웨이터가 앞에 놓은 따끈한 수프를 무시하며 말했다. 마오가 자신의 수프 그릇에 소금을 치더니 식사 중에 평범한 잡담을 나누는 듯이 태연하게 수프를 먹기 시작했다. "UN의 사무차장보가 이 배에 탔잖습니까. 인제 와서 발뺌할 필요가 없잖아요. 무슨 짓을 하려는 겁니까?"

"인도주의적인 지원을 하고 있는데요." 마오가 대답했다.

"웃기지 마십시오." 바비가 뱉었다. 그녀는 아바사랄라에게 힐끔 눈길을 보냈지만, 노인네는 가만히 미소를 짓고 있을 뿐이었다. "목성계 사람들한테 쌀과 주스 상자를 나눠주는 걸 구경하려고 몇 달이나 걸려서 거기까지 간다고요? 게다가 이 배는 장기적 변화는커녕 가니메데 사람들한테 점심 한 끼 먹일 구호물자도 싣고 있지 않은데요?"

마오가 의자에 깊숙이 기대앉았다. 흰색 재킷들이 부산이 움직이며 수프 접시를 내갔다. 바비는 손을 휘저어 한 입도 먹지 않은 수프를 물렸다.

"로버타." 마오가 입을 열었다.

"절 로버타라고 부르지 마십시오."

"중사, 그런 문제는 내가 아니라 UN 외무부에 있는 당신 상관한테 물어봐야 하는 거 아닙니까?"

"저도 그러고 싶지만, 보아하니 이 '게임'에서는 질문을 던지는 게 규칙에 어긋나는 것 같더군요."

마오의 미소는 상냥했고, 아랫사람을 내려다보듯 자애로웠으며, 아무 감정도 없이 공허했다. "난 그저 사무차장보님이 새로 부여받은 임무를 수행하실 수 있도록 내 배로 최대한의 편의를 제공하고자 한 것뿐입니다. 그리고 중사가 아직 만나보지 못했을 뿐이지, 이 배에는 일단 여러분이 가니메데에 도착하고 나면 그곳 주민들에게 유용한 도움을 줄 전문가들이 타고 있습니다."

바비는 게임이 눈앞에서 어떻게 진행되고 있는지 파악할 수 있을 정도로 아바사랄라와 오래 지냈다. 마오는 지금 그녀를 비웃고 있었다. 그는 이 모든 것이 연극에 불과하다는 것을 알고 있었고, 그녀 또한 그 사실을 알고 있다는 것도 알았다. 그러나 그가 침착한 태도로 트집 잡을 수 없는 대답을 내놓는 한에는 아무도 그를 비난하지 못하리라. 마오는 면전에 대고 거짓말쟁이라는 비난을 퍼붓기에는 너무나 큰 권력자였다.

"당신은 거짓말쟁이입니다. 거기다…." 문득 그가 한 말이 떠올랐다. "잠깐만, '일단 여러분이 가니메데에 도착하고 나면'이라니, 당신은 같이 안 가는 겁니까?"

"불행히도 그렇습니다." 마오가 대답하며 그의 앞에 두 번째 접시를 놓는 흰 재킷에게 웃어 보였다. 접시 위에는 초점 없는 눈에서 꼬리에 이르기까지 생선 한 마리가 통째로 얹혀 있었다.

바비는 멍청한 얼굴로 아바사랄라를 쳐다보았다. 아바사랄라는 이맛살을 찌푸린 채 마오를 응시하고 있었다. "이번 구호활동을 몸소 지휘하고 있다고 들었습니다만." 아바사랄라가 말했다.

"원래는 그럴 예정이었지요. 한데 피치 못할 사정이 생겨서 어쩔 수 없게 되었습니다. 이 근사한 저녁 식사를 마치고 나면 저는 셔틀을 타고 스테이션으로 돌아갑니다. 하지만 이 배와 승무원은 사무차장보님이 가니메데에서 볼일을 마치실 때까지 편하게 이용하셔도 됩니다." 아바사랄라는 마오를 지그시 노려보았다. 바비는 그녀가 말문을 잃은 것을 처음 보았다.

흰 재킷이 바비에게 생선 요리를 날라 왔다. 바비가 갇혀 있는 호사스러운 감옥은 목성을 향해 4분의 1g로 평화롭게 날아가고 있었다.

아바사랄라는 리프트를 타고 스위트룸으로 내려가는 동안 한마디도 하지 않았다. 그녀는 라운지에서 멈춰 서 미니바에서 진 병을 골라잡더니 바비에게 손가락을 까딱였다. 바비는 아바사랄라를 따라 침실로 들어갔다. 코티야르가 그 뒤를 따라붙었다.

문이 닫히고 코티야르가 휴대용 보안터미널로 도청기를 찾아 방 안을 샅샅이 점검하고 나자 아바사랄라가 말했다. "바비, 배를 탈취할 방법을 생각해내든가 아니면 여기서 내릴 수 있는 계획을 짜내 봐."

"포기하십시오." 바비가 말했다. "그보단 마오가 타고 돌아가겠다는 셔틀을 탈취하죠. 스테이션 근처에 대기하고 있을 겁니다."

놀랍게도 코티야르가 고개를 주억거렸다. "중사의 말에 동의합니다. 여기서 떠날 계획이라면 셔틀을 탈취하는 게 가장 간단한 방법입니다. 승무원을 제압하기도 훨씬 쉽고요."

아바사랄라가 침대에 걸터앉아 길게 들이켠 숨은 곧 무거운 한숨으로 변했다. "지금 떠날 순 없어. 이건 그런 식으로 하는 게 아니거든."

"빌어먹을 놈의 게임!" 바비가 폭발했다.

"그래." 아바사랄라가 톡 쏘아붙였다. "그래, 빌어먹을 놈의 게임 맞아. 난 내 상관에게서 분명한 지시를 받았어. 지금 이 배를 떠나면 탈락이라고. 그들은 안타깝다는 듯이 내게 건강상의 문제가 생겼거나 잠시 휴식이 필요하다고 말하겠지. 하지만 얼마 있으면 그 변명은 내가 이제 일을 할 수 없다는 근거로 사용될 거야. 일신의 안전은 확보할 수 있을지 몰라도 이빨 빠진 호랑이처럼 힘을 잃게 돼. 하지만 적어도 주어진 일을 하는 동안에는 계속 이 바닥에 붙어 있을 수 있어. 난 아직도 UN 행정부의 사무차장보이고, 연줄을 활용할 수 있지. 그렇지만 지금 달아나면 그런 것까지 전부 잃게 돼. 그리고 그걸 잃으면 저 씨발 놈들이 날 쏴 죽여 버릴 거야."

"하지만…." 바비가 끼어들었다.

"하지만!" 아바사랄라가 말했다. "내가 계속 뭔가를 하려 든다면 날 쳐낼 방도를 궁리하겠지. 원인을 알 수 없는 통신두절 사태가 일어난다거나 그런 거 말이야. 뭐든 좋아. 어떻게든 저것들은 내가 네트워크에 접속하지 못하게 할 텐데, 그런 일이 일어나면 난 선장에게 가까운 스테이션으로 배를 돌려 통신장비를 수리하자고 명령할 거야. 내 짐작대로라면 선장은 내 지시를 거부하겠지." 아바사랄라가 말했다.

"아." 바비가 말했다.

"오." 잠시 후에 코티야르가 말했다.

"그래." 아바사랄라가 말했다. "그때 나는 이 배가 내 신변을 불법적으로 억류하고 있다고 선포할 테니, 자네들이 이 배를 탈취해."

31
프락스

하루하루가 지날 때마다 프락스의 고민도 조금씩 다가오고 있었
다. 이다음에는 무엇을 해야 할까? 가니메데가 엉망이 되고 무슨
일을 할지 목록을 만들던 끔찍한 시절이 반복되는 것 같았다. 다만
지금은 메이를 찾아 헤매고 있지 않을 따름이다. 프락스는 스트릭
랜드를 찾고 있었다. 그리고 영상 속에서 봤던 정체 모를 여자도.
아니면 그들이 발견한 비밀 연구실의 주인을 찾고 있었다. 그런 점
에서 사실 가니메데 시절보다는 나은 상황이었다.

지구와의(루나라고 해야 할지도 모른다. 퍼시스-스트로크스 보안 컨
설팅 회사는 중력 우물이 아닌 궤도에 자리 잡고 있다) 시간 지연은 20
분이 조금 넘었다. 그래서 실시간 대화가 거의 불가능했기 때문에,
화면 속의 길쭉하고 모난 얼굴의 여자는 점점 더 프락스가 듣고 싶
은 것을 정확히 겨냥한 홍보 영상을 늘어놓고 있었다.

"우리 회사는 핑크워터 사와 정보를 공유하는 협력관계를 맺고
있으며, 핑크워터는 현재 외행성 내에서 물리적으로나 실질적으로

나 활동 범위가 가장 넓은 보안업체입니다. 또한 우리는 알 아비크와 스타 헬릭스와도 합동작전 계약을 맺고 있습니다. 다시 말해 문자 그대로 태양계 어느 행성, 어떤 스테이션에도 자사의 협력사를 통해 즉각적으로 행동을 취할 수 있다는 뜻이지요."

프락스는 혼자 고개를 끄덕였다. 그가 필요한 것도 바로 그것이었다. 태양계 전체에 눈과 귀를 가진 이들, 온 세상에 연락책을 가진 사람들, 그를 도울 수 있는 자들 말이다.

"관련 서류를 첨부했으니 읽어보십시오. 우리 회사는 경비 일체를 청구하지만, 먼저 고객님이 대금을 지불할 수사 범위에 대해 철저한 합의를 거치는 것을 원칙으로 합니다. 일단 그에 관한 정보를 알려주시면 제가 상세한 기획서와 항목별 요금표를 보내드릴 것이며, 그에 따라 고객님의 필요에 맞춰 적절한 범위를 조정할 수 있습니다."

"고맙습니다." 프락스가 말했다. 프락스는 서류를 뽑아 서명한 후 전송했다. 그 자료가 루나에 도착하려면 20분이 걸릴 것이다. 그리고 그것이 돌아오기까지는 또다시 20분이 걸린다. 그 사이에 무슨 일이 생겨 시간이 얼마나 지체될지도 모를 일이다.

하지만 이제부터 시작이다. 그렇게 생각하니 기분이 조금 나아지는 것 같았다.

로시난테 호에는 마치 무슨 일이 생기길 고대하는 것처럼 묘한 긴장감이 감돌고 있었다. 하지만 프락스는 그게 뭔지 딱히 짚을 수가 없었다. 그중 일부는 분명 타이코 스테이션에 도착하는 데 대한 기대감이겠지만, 그 이상은 확실히 알 수가 없었다. 그는 선실에서 나와 빈 주방을 지나 사다리를 타고 관제 갑판으로 향했다.

작은 방은 침침했고, 대부분의 빛은 새하얀 별빛과 아득히 먼 태양, 그리고 점점 다가오고 있는 거대한 타이코 스테이션으로 시야각의 270도를 가득 메우고 있는 고화질 화면과 제어 패널에서 새어 나오고 있었다. 타이코 스테이션은 마치 사막 속 오아시스와 비슷해 보였다.

"어서 오십시오, 박사 양반." 조종사 소파에 앉아 있던 알렉스가 말했다. "경치 구경이라도 하시려고요?"

"그게…. 음, 그래도 괜찮다면요."

"괜찮다마다요. 로시난테 호에는 부조종사가 없거든요. 거기 앉아요. 무슨 일이 생겨도 아무것도 만지지 말고요."

"절대로 안 그러겠습니다." 프락스가 충격 흡수 소파에 구겨 앉으며 단호하게 대답했다. 처음에 스테이션은 점점 불어나는 것처럼 보였다. 각기 반대 방향으로 회전하는 고리는 프락스의 엄지손가락만 했고, 두 고리가 에워싸고 있는 둥근 구체는 풍선껌만 한 크기였다. 거리가 줄수록 흐릿하게 보이던 건설 스테이션의 가장자리가 기이한 공기역학적 형태를 지탱하고 있는 지지대와 거대한 조작팔로 변했다. 건조 중인 선박은 아직 반쯤 헐벗은 상태라 뼈대인 세라믹과 철근이 훤히 드러나 있었다. 그 안팎에서 작은 반딧불이 같은 것이 깜박였다. 아직 거리가 너무 멀어 용접공과 그들이 튀기는 용접 불꽃을 불빛과 구분할 수가 없었다.

"대기권용 선박입니까?"

"아니요. 하지만 생긴 게 그렇게 보이긴 하죠. 저건 체서피크 호입니다. 뭐, 체서피크 호가 될 예정이죠. 고중력을 견딜 수 있게 설계됐어요. 주워듣기론 한두 달 정도 8g로 달릴 거랍니다."

"어디로요?" 프락스가 머릿속으로 숫자를 끄적이며 물었다. "그 속도면…, 어디든 갈 수 있겠는데요."

"예, 아주 멀리멀리 갈 예정이죠. 노부 호의 뒤를 쫓아서요."

"에로스를 태양에 가져다 박으려 했던 그 세대 우주선 말입니까?"

"예, 그거요. 계획이 실패했을 때 엔진을 껐는데도 그 뒤로도 계속 날아가는 중이라지요. 아직 미완성이라 원격 조종으로 방향을 바꿔 다시 데려올 수도 없습니다. 그래서 대신에 그걸 회수할 배를 건조하기 시작한 겁니다. 이게 성공했으면 좋겠네요. 노부 호는 정말 끝내주는 물건이었거든요. 물론 그걸 회수해 온다고 해도 모르몬교도들이 타이코를 고소하는 걸 막을 수는 없겠지만요. 그래 봤자 쓸데없는 짓일 테지만."

"왜요?"

"OPA는 지구 법정도 화성 법정도 인정하지 않거든요. 소행성대에서 따로 사법부를 운영하고 있지요. 판결 효력이 없는 곳에서 이기든가, 아니면 효력이 있는 곳에서 지든가 둘 중 하나죠."

"오." 프락스가 말했다.

화면 위에서는 타이코 스테이션이 점점 팽창하며 세밀한 모습을 드러내고 있었다. 정확히 어떤 부분이 단서가 되었는지는 모르겠지만, 프락스는 문득 눈앞에 있는 스테이션의 규모를 이해하고는 작은 탄성을 뱉었다. 둥근 공 모양의 건설 기지는 지름이 500미터로, 완벽한 형태의 농장 돔 두 개가 서로 마주 붙어 있는 것과 비슷했다. 거대한 구체가 서서히 화면을 가득 메웠다. 우주 공간에 떠다니던 별빛이 건설 장비와 유리로 된 관측 돔에서 나오는 빛으로 바뀌었고, 검은 공간은 강철과 세라믹 판과 비계들로 채워졌다. 하늘에 떠 있는 도시처럼 스테이션 전체를 태양계 어디로든 이동시킬 수 있을 만큼 거대한 드라이브가 눈에 들어왔다. 추진 중력이 회전 중력을 대체하고 나면 저 복잡한 회전 고리가 거인이 만든 수평 유지 장치처럼 스테이션을 안정시켜 줄 것이다.

숨이 멎을 것 같은 광경이었다. 충실한 기능성과 그에 못지않은 우아함은 나무의 이파리나 뿌리 군집처럼 아름답고 단순하고 효율적이었다. 인간의 지성이 창조했으나 진화의 결실과 이토록 흡사한 것을 보는 것만으로도 경외감이 들었다. 이것이야말로 창의력의 절정이자 불가능의 실현이었다.

"굉장하네요." 프락스가 말했다.

"그렇죠." 알렉스가 말했다. 그리곤 선내 전체 채널을 켰다. "도착했습니다. 도킹할 테니 안전띠를 매 주십시오. 수동으로 갑니다."

프락스는 소파에서 반쯤 일어섰다.

"선실로 가야 하나요?"

"아무 데나 상관없습니다. 뭐에 부딪히지만 않게 잘 붙들고 있어요." 알렉스가 대답했다. 그러더니 이번에는 조금 사무적이고 어색한 말투로 말했다. "타이코 관제탑, 여기는 로시난테 호다. 도킹 허가를 내주기 바란다."

프락스는 누군가 알렉스에게 말하는 희미한 목소리를 들었다.

"알겠다." 알렉스가 말했다. "진입한다."

프락스가 가니메데에서 봤던 드라마나 액션 영화에서 우주선 조종은 상당히 체력이 필요한 일처럼 보였다. 다들 땀을 뻘뻘 흘리며 제어 손잡이를 힘겹게 끙끙 잡아당기곤 했기 때문이다. 하지만 알렉스는 전혀 달랐다. 조이스틱 두 개를 쥐고 있는 것은 똑같았지만 움직임은 작고 조용했다. 알렉스가 뭔가를 가볍게 툭 건드리자 중력이 변해 프락스가 앉아 있는 소파가 미세하게 움직였다. 다시 한 번 두드리자 또 소파가 움직거렸다. 머리 위 디스플레이에 푸른색과 금색 궤적을 그리며 오른쪽으로 휘어져 고리의 가장자리에서 끝나는 터널이 표시됐다.

프락스는 알렉스에게 방대한 양의 데이터가 전송되는 것을 보고 말했다. "왜 굳이 조종해야 하죠? 그냥 이 데이터를 써서 자동으로 도킹하게 하면 되지 않나요?"

"왜 조종을 하냐고요?" 알렉스가 너털웃음을 터트렸다. "왜냐하면 그게 재미있으니까요, 박사. 재미있으니까 하는 겁니다."

타이코의 관측 돔에서 비쳐 나오는 길쭉한 푸른색 불빛이 얼마나 밝은지 밖에서 그들을 쳐다보고 있는 사람들의 얼굴이 보일 정도였다. 하마터면 조종실의 화면이 창문이 아니라는 것을 잊을 뻔했다. 밖을 내다보며 손을 흔들고, 또 누군가 그에게 손을 흔들어 화답하는 모습을 보고 싶어졌다.

알렉스의 통신선에서 홀던의 목소리가 들렸다. 의미를 알아들을 수는 없었지만, 뉘앙스는 분명했다.

"괜찮아 보입니다, 선장님." 알렉스가 대답했다. "10분만 더 있으면 됩니다."

충격 흡수 소파가 좌우로 흔들렸다. 스테이션의 넓은 면이 아래에서 둥글게 돌아가자 알렉스가 로시난테 호를 스테이션의 회전 속도에 맞췄다. 이렇게 넓은 고리에서 3분의 1g를 생성하려면 상당한 관성력이 필요하지만, 알렉스의 손 밑에서 함선과 스테이션은 천천히, 그리고 우아하게 한데 어우러져 돌고 있었다. 프락스는 결혼 전에 신도교(新道教)의 전통춤을 본 적이 있다. 처음 한 시간은 끔찍하게 지루했지만, 어느 순간부터 팔과 다리와 몸통의 미묘한 동작들과 동시에 흔들리고 구부러지다 찬찬히 잦아드는 그 모습에 넋을 잃고 말았다. 로시난테 호는 피부와 근육 대신에 초고장력 강철판과 살아있는 핵융합 반응로로 만들어져 있을 뿐, 프락스가 그 춤에서 봤던 것과 똑같이 아름답고 우아한 동작으로 에어록 포트 안으로 미끄러져 들어갔다.

로시난테 호가 스테이션에 안착하기 전에 마지막으로 위치를 수정하자 소파의 수평 유지 장치가 다시 진동했다. 마지막 회전은 그저 들어가는 길에 알렉스가 살짝 손을 비튼 것에 불과했다. 마침내 도킹 고리가 로시난테 호와 맞물리자 깜짝 놀랄 정도로 커다란 소리가 났다.

"타이코 관제탑." 알렉스가 말했다. "여기는 로시난테 호, 도킹을 완료했다. 에어록은 밀폐 상태고 고정 장치도 정상 수치다. 확인해 줄 수 있겠나?"

잠시 후에 웅얼거리는 대답이 돌아왔다.

"고맙다, 타이코." 알렉스가 말했다. "돌아오니 좋군."

배 안의 중력이 미묘하게 변했다. 드라이브의 추력이 만들어내던 중량감의 환상이 이제는 그들이 매달려 있는 회전 고리로 옮겨간 것이다. 프락스는 바닥에 똑바로 설 때마다 옆으로 기우는 느낌 때문에 반대쪽으로 몸을 밀어 어떻게든 수직을 유지하고 싶은 충동을 느꼈다.

홀던은 주방에 있었다. 그가 커피를 따르자 까맣고 뜨거운 액체 줄기가 가볍게 휘어지는 게 보였다. 코리올리 효과다. 고등학교에서 배웠던 내용이 어렴풋이 떠올랐다. 에이모스와 나오미가 함께 주방에 들어섰다. 다들 한자리에 모였으니, 프락스는 마침내 그들에게 감사를 표하기에 적당한 때라는 생각이 들었다. 어쩌면 벌써 죽었을지도 모를 메이를 위해 그들 모두가 해 준 일에 대해 고맙다고 말하고 싶었다. 하지만 프락스는 홀던의 얼굴에 떠오른 괴로운 표정을 보고 입을 다물고 말았다.

어깨에 더플백을 멘 나오미가 홀던에게 다가갔다.

"가는 거군." 홀던이 말했다.

"그래요." 산뜻하지만, 오만가지 복잡한 의미가 담겨 있는 말투였다. 프락스는 두 눈을 끔벅였다.

"어쩔 수 없지." 홀던이 말했다.

한동안 누구도 움직이지 않았다. 그러다 나오미가 몸을 기울여 홀던의 뺨에 가볍게 입을 맞췄다. 홀던이 그녀를 끌어안으려는 듯이 팔을 내밀었지만, 나오미는 벌써 뒤로 물러나 있었다. 그녀는 모든 것을 뒤로하고 떠나가는 여자 특유의 분위기를 풍기며 좁다란 복도를 빠져나갔다. 홀던이 커피를 호로록 마셨다. 에이모스와 알렉스가 눈빛을 교환했다.

"어, 선장님?" 알렉스가 물었다. 방금 우주 공간에서 빙빙 도는 강철 바퀴에 원자력 전함을 맞춰 끼운 사람치고는 망설임과 우려로 가득한 목소리였다. "우리 새 부선장을 찾아야 하나요?"

"내가 그러자고 할 때까지는 아니야." 홀던이 말했다. 그러더니 한층 심각한 목소리로 덧붙였다. "하지만 맙소사, 제발 그럴 일은 없었으면 좋겠군."

"예." 알렉스가 말했다. "저도요."

네 명의 남자들은 한참 동안 어색한 침묵 속에 서 있었다. 정적을 깨트린 것은 에이모스였다.

"있잖습니까, 선장님." 그가 말했다. "제가 예약한 방이 원래 2인용인데요. 혹시 잠잘 곳이 필요하면 저랑 같이 쓰셔도 됩니다."

"아니야." 홀던이 말했다. 그는 그들을 쳐다보지도 않고 손을 내밀어 벽을 짚었다. "난 로시난테 호에 있을 거야. 여기 말이야."

"괜찮겠습니까?" 에이모스가 물었다. 프락스가 이해하는 것 이상의 뭔가 다른 것을 묻는 것 같았다.

"난 아무 데도 안 가." 홀던이 말했다.

"음, 알겠습니다."

프락스가 무슨 말을 하려는지 목청을 가다듬었다. 에이모스가 그의 팔꿈치를 잡았다.

"박사님은 어떻습니까?" 에이모스가 물었다. "잠잘 곳은 있어요?"

프락스는 거창한 연설을 준비했다. '제가 여러분께 얼마나 감사하고 있는지….' 하지만 에이모스의 질문에 막혀 그만 생각이 두 갈래로 탈선하고 말았다.

"저는…. 음…. 아니요, 하지만…."

"잘 됐군요. 짐이나 들고나와요. 나랑 같이 갑시다."

"음. 네, 감사합니다. 그런데 저, 제가 할 말이 있…."

에이모스가 그의 어깨를 기운차게 다독였다. "지금은 그냥 저랑 같이 가는 게 어떻습니까?"

홀던은 이제 벽에 기대 서 있었다. 금세라도 절규하거나 구토하거나 아니면 흐느낄 것처럼 턱에 힘이 잔뜩 들어가 있었다. 그는 로시난테 호를 보고 있었지만 실은 아무것도 보고 있지 않았다. 프락스는 선장을 보며 거울 속 자신을 볼 때처럼 안타까운 심정이 북받쳐 올라왔다.

"예." 프락스가 대답했다. "그럽시다."

에이모스의 방은 로시난테 호의 승무원 선실보다 더 작았다. 비좁은 방 두 개와 로시난테 호의 주방의 절반도 되지 않는 거실, 그리고 접이식 세면대와 샤워부스 안에 변기가 있는 욕실이 하나. 에이모스까지 한 공간에 있었더라면 없던 폐소공포증도 생겼을 것이다.

그렇지만 에이모스는 프락스를 데려다 놓고 서둘러 샤워를 마친 다음 다시 넓고 편안한 스테이션으로 나갔다. 사방에 식물이 있었지만, 대부분은 장식용인 것 같았다. 길이 휘어진 곡선이 너무 완만해서 가끔은 가니메데에 와 있는 것 같은 착각마저 일었다. 튜브를 잡아타면 그의 구멍에 도착할 것만 같았다. 메이가 거기서 기다리고 있을지도 모른다. 프락스는 바깥쪽 문을 닫고 핸드터미널을 꺼내 현지 네트워크에 접속했다.

퍼시스-스트로크스에서는 아직 답장이 오지 않았다. 하지만 어차피 연락이 오기에는 아직 너무 일렀다. 문제는 돈이었다. 혼자서는 메이를 찾는 데 필요한 돈을 마련할 수가 없었다.

다시 말해, 니콜라가 필요하다는 뜻이다.

프락스는 터미널을 고정하고 카메라를 제 쪽으로 돌렸다. 화면 속에 비친 얼굴은 깡마르고 지쳐 보였다. 가니메데에서 보낸 몇 주일은 그의 몸을 혹사시켜 허약하게 만들었고, 로시난테 호에서 보낸 시간만으로는 완전히 회복할 수가 없었다. 어쩌면 다시는 예전처럼 돌아가지 못할지도 모른다. 앞으로도 계속 저 핼쑥한 뺨을 달고 살아야 할지도 모른다. 하지만 그런 건 상관없었다. 프락스는 녹화를 시작했다.

"안녕, 니콜라." 그가 말했다. "내가 무사하다는 걸 알려주려고 연락했어. 지금은 타이코 스테이션에 있는데, 아직도 메이를 찾지 못했어. 그래서 보안 컨설턴트를 고용하려고 해. 그 사람들한테 내가 아는 걸 전부 알려줬는데, 아주 큰 도움이 될 것 같아. 그렇지만 그러려면 돈이 들어. 아주 많이 들 수도 있어. 그리고 어쩌면, 메이는 벌써 죽었을 수도 있어."

프락스는 잠시 숨을 골랐다.

"어쩌면 벌써 죽었을 수도 있어." 그는 재차 말했다. "그래도 시도는 해 봐야지. 당신 형편도 썩 좋은 건 아니라는 거 알아. 재혼한 남편도 생각해야 하고. 하지만 혹시 조금이라도 여유가 있다면…. 나를 위해서가 아니야. 난 당신한테 아무것도 바라지 않아. 메이를 위해서, 우리 딸을 위해서야. 그 애에게 뭐든 주고 싶다면 지금이 마지막 기회가 될 거야."

프락스는 잠시 말을 멈추고 '고마워'와 '빌어먹을 이게 당신이 최소한으로 할 수 있는 일이야' 사이에서 갈등했다. 결국 그는 아무 말도 덧붙이지 않고 녹화를 끝내고 전송했다.

세레스와 타이코 스테이션의 상대적 위치를 고려하면 지연 시간은 15분일 것이다. 그렇지만 세레스의 시간대를 알 수가 없었다.

어쩌면 프락스의 메시지는 한밤중이나 식사시간에 도착할지도 모른다. 니콜라가 그와는 한마디도 하고 싶지 않을 수도 있다.

상관없다. 어쨌든 프락스는 해봐야 했다. 할 수 있는 모든 일을 했다는 확신이 없이는 잠을 이룰 수도 없을 것이다.

프락스는 어머니에게 메시지를 보내고, 해왕성의 스테이션에서 일하는 대학 시절 룸메이트와 박사 후 과정의 지도교수에게도 보냈다. 메시지를 녹화할 때마다 점점 더 사정을 설명하기가 쉬워졌다. 여러 가지 정보들이 한데 합쳐지고, 하나가 다른 하나로 이어졌다. 프로토분자에 대해서는 함구했다. 자칫했다간 그들에게 겁을 주거나, 최악의 경우에는 그가 딸의 실종 때문에 미쳤다고 생각할지도 모를 일이기 때문이다.

마지막 메시지를 전송한 후에, 프락스는 한참 동안 하릴없이 앉아 있었다. 네트워크에 접속이 가능해진 지금, 그에게는 아직 할일이 하나 더 남아 있었다. 그리 내키는 일은 아니었다.

프락스는 녹화를 시작했다.

"바샤." 그가 말했다. "프락시디케입니다. 카토아가 죽었다는 걸 알려드리려고 연락했습니다. 그 아이의 시신을 봤습니다. 카토아는… 고통스럽게 간 것 같지는 않았어요. 내가 당신 입장이라면, 음…, 막막하게 계속 걱정하는 것보다 사실을 아는 게 나을 거 같아서요. 미안합니다. 나는 그저…."

프락스는 거기서 녹화를 중단하고 메시지를 전송한 다음, 작은 침대 안으로 기어들어갔다. 딱딱하고 불편할 줄만 알았는데 뜻밖에 매트리스가 충격 흡수 젤처럼 그를 포근하게 감싸 안아주었다. 프락스는 금방 잠이 들었다. 그러다 네 시간 뒤에 누가 스위치를 켜기라도 한 것처럼 선뜻 눈을 떴다. 스테이션 시간으로 한밤중이건만 에이모스는 아직도 돌아오지 않았다. 퍼시스-스트로크스에서도 연락이 오지 않았다. 그래서 그는 메시지가 중간에 실종되었을까 봐 아주 정중한 어조로 문의 메일을 작성했고, 확인 차 돌려보고 나서 그냥 지워버렸다. 프락스는 아주 긴 시간 동안 샤워를 하고 머리를 두 번이나 감고 면도를 한 다음, 이번에는 그나마 덜 미치광이처럼 보이는 문의 메시지를 녹화했다.

메시지를 전송하고 10분 뒤에 새 메시지가 도착했다. 그가 방금 보낸 재촉 메일에 대한 답변일 리가 없다. 지연 시간을 고려하면 그가 전송한 메시지는 아직 루나에 도착하지도 않았을 것이다. 메시지를 열어 보았다. 니콜라가 보낸 영상이었다. 하트 모양 얼굴이 그가 기억하는 것보다 더 나이 들어 보였다. 관자놀이에 처음 보는 희끗희끗한 흔적이 있었다. 하지만 니콜라가 다정하면서도 서글픈 미소를 짓자 프락스는 다시 스무 살로 돌아가 그녀와 마주 보고 앉아 있었다. 방그라 음악이 시끄럽게 울려 퍼지는 그랜드파크, 머리 위 얼음 돔에서 번득이는 레이저가 실시간으로 예술작품을 그리던 그때 그 시절로 말이다. 프락스는 그녀를 사랑한다는 것이 어떤 느낌이었는지 떠올렸다.

"당신 메시지 받았어." 니콜라가 말했다. "나는…, 정말 미안해, 프락스. 내가 할 수 있는 일이 더 있으면 좋으련만. 세레스도 별로 좋은 상황은 아니거든. 하지만 타반과 얘기해 볼게. 나보다 수입이 더 많으니까. 무슨 일이 생겼는지 이해한다면 그도 돕겠다고 할지 몰라. 나를 위해서라도 말이야. 부디 몸조심해. 많이 힘들어 보여."

화면 속에서 니콜라가 몸을 앞으로 기울여 녹화를 중단했다. 80

퓨전텍 레알의 전송 승인 코드 아이콘이 나타났다. 프락스는 환율을 계산해 보고 회사발행 화폐를 UN 달러로 환전했다. 거의 일주일 치 월급이었다. 하지만 충분하지는 않았다. 사실 필요한 돈의 쥐꼬리만큼도 되지 않았다. 그래도 그녀에게는 상당한 희생이었을 것이다.

프락스는 메시지를 다시 불러내 그녀가 단어 사이에서 주저하는 장면에서 멈췄다. 터미널 속에서 니콜라가 그를 바라보고 있었다. 약간 벌어져 있는 입술 사이로 흰 치아가 살포시 드러났다. 눈빛은 우수에 젖어 있지만 약간의 장난기가 어려 있다. 그는 늘 그녀의 명랑한 기운이 단순히 생리적인 실수가 아니라 니콜라의 영혼에서 우러나는 것이라고 생각했었다. 그가 틀렸다.

자리에 조용히 앉아 이제까지 있었던 일과 온갖 상상과 상념 속에 묻혀 있는데 새로운 메시지가 도착했다. 루나에서 온 메시지였다. 퍼시스-스트로크스. 프락스는 희망과 걱정 사이를 오가며 요금표를 클릭했다. 첫 번째 숫자만 보고도 가슴이 덜컹 내려앉았다.

저 우주 어딘가 메이가 있었다. 메이는 아직 살아있을지도 모른다. 스트릭랜드와 그 패거리들도 거기 있을 것이다. 그들을 찾아낼 수 있을지도 모른다. 그들을 잡을 수 있을지도 모른다. 정의를 실현할 수 있을지도 모른다.

그러나 프락스에게는 그럴 돈이 없었다.

32
홀던

홀던은 엔진실의 접이식 의자에 앉아 손상 부위를 살피고 타이코의 수리공들에게 줄 메모를 작성했다. 로시난테 호의 다른 동료들은 전부 나가고 없었다. '한 사람은 완전히 떠나 버렸지.' 그는 생각했다.

'우현 엔진실 격벽 교체 요망.'

'좌현 동력 케이블 접합부에 심한 손상, 배선장치 전체를 교체해야 할 수도 있음.'

이 두 줄의 문장은 수백 시간의 노동과 수만 달러의 비용을 의미했다. 그것은 또한 이 배와 승무원이 그야말로 한 끗 차이로 고열의 화염 속에서 생의 종지부를 찍을 뻔했음을 보여주는 것이기도 했다. 그 사연을 단 두 문장으로 표현한다는 것이 거의 신성모독으로 느껴졌다. 홀던은 타이코 팀이 구할 수 있을 법한 화성 전투선과 호환되는 민간용 부품에 대한 주석도 덧붙였다.

홀던의 등 뒤에 있는 벽면 모니터에서는 세레스의 뉴스 방송이 흐르고 있었다. 로시난테 호의 상태를 점검하고 기록하는 동안 머릿속을 비울 요량으로 일부러 틀어놓은 채널이었다.

하지만 당연하게도, 이건 전부 헛짓거리였다. 타이코에서 로시난테 호 수리를 대부분 책임지고 있는 샘은 그의 도움 따위는 필요하지 않았다. 그가 적어 놓은 부품 목록도 필요 없었다. 샘은 지금 홀던이 하고 있는 일에 대해 모든 면에서 그보다 월등한 실력을 지녔다. 하지만 홀던이 그녀에게 일을 맡기는 순간 그는 더 이상 배에 남아 있을 이유가 없어진다. 그때가 되면 홀던은 프레드를 찾아가 가니메데에서 발견한 프로토분자에 관해 추궁해야 할 것이다.

그리고 그 과정에서 그는 나오미를 잃을지도 몰랐다.

만일 홀던이 처음 의심했던 대로 프레드가 프로토분자를 일종의 교환 화폐로 사용했거나, 그보다 더 최악의 경우 무기로 사용했다면 홀던은 그를 죽일 것이다. 홀던은 자신이 그러고야 말리라는 것을 자기 이름만큼이나 분명하게 알고 있었고, 그래서 두려웠다. 프레드를 살해하는 것이 중범죄이고 그 자리에서 즉결처분을 받게 되리라는 사실은 별로 중요하지 않았다. 그보다 더 중요한 것은 나오미가 그를 떠난 것이 올바른 판단이었다는 것이다. 그가 정말로 나오미가 우려한 바와 같은 사람이 되어 버렸고, 제2의 밀러 형사가 되어 총으로 정의를 실천하려 했다는 것이다. 프레드가 죄를 시인하고 아무리 진심 어린 애원을 한들, 홀던은 자신이 그를 죽이지 않으리라고는 상상할 수 없었다. 한때는 홀던도 다른 선택을 우선하는 부류의 인간이었건만, 이제는 '그런' 사람이었다는 게 어떤 것이었는지도 기억나지 않았다.

그리고 만일 홀던이 틀렸고 프레드가 가니메데의 비극과 아무 관련도 없다면, 그 경우에도 나오미가 줄곧 옳았으며 그는 그것을 보지 못할 만큼 앞뒤가 꽉 막히고 고집 센 인간이었다는 의미가 된다. 굴욕감을 무릅쓰고 나오미에게 사과한다면 그녀를 되찾을 수 있을지도 모른다. 어리석음은 대개 독선적인 자경단 노릇보다는 용서하기 더 쉬운 범죄니까.

하지만 외계 종족의 슈퍼 바이러스로 신 노릇을 하고 있는 것이 프레드가 '아니라면' 인류는 엄청난 위기에 봉착한 셈이다. 인류에게는 비보가 그에게는 가장 바람직한 결과가 될 것이라 생각하니 마음이 착잡했다. 이성적으로는 자신이 인류를 위해 목숨이나 행복도 서슴지 않고 내던지리라는 것을 알면서도 머릿속에서 은밀하게 속닥이는 목소리를 무시할 수가 없다. '염병할, 다 쳐 죽으라고 해. 난 내 여자 친구만 있으면 된다고.'

그때 그의 무의식에서 희미한 기억이 표면으로 부상했다. 홀던은 보충해야 할 보급품 목록에 '커피 필터'를 적어 넣었다.

등 뒤에 있는 벽 패널에서 경고음이 울리자마자 핸드터미널이 진동했다. 누군가 에어록에서 승선 요청을 하고 있었다. 홀던은 화면을 두드려 에어록 바깥쪽 문 카메라를 확인했다. 알렉스와 샘이 통로에서 기다리고 있었다. 샘은 그가 기억하는 그대로 헐렁한 회색 작업복을 걸친 붉은 머리 요정 같았다. 그녀는 손에 커다란 공구 상자를 들고 환하게 웃고 있었는데, 알렉스가 뭐라고 말하자 거의 포복절도하다가 공구 상자를 떨어뜨릴 뻔했다. 인터컴이 꺼진 상태에서 보니 무성 영화의 한 장면 같았다.

홀던이 인터컴 버튼을 누르고 말했다. "어서 오게, 친구들." 버튼을 한 번 더 두드리자 외부 에어록 문이 빙글 돌아가며 열렸다.

샘이 카메라를 향해 손을 흔들며 문 안으로 들어갔다.

몇 분 후 엔진실과 연결된 가압 해치가 큰 소리를 내며 열리고 사다리 리프트가 내려왔다. 샘과 알렉스가 리프트에서 내렸다. 샘이 쿵 소리를 내며 금속 갑판 위에 공구 상자를 내려놓았다.

"잘 있었어?" 샘이 홀던을 포옹하며 말했다. "내 예쁜이를 또 총 알받이로 만든 거야?"

"'네' 예쁜이라고?" 알렉스가 말했다.

"이번에는 내가 안 그랬어." 홀던이 엔진실의 손상된 격벽을 손짓했다. "화물실에서 폭탄이 터져서 구멍이 나는 바람에 파편이 저 배선장치에 날아가 박혔어."

샘이 휘파람을 불었다. "파편이 알아서 옆으로 돌아갔거나 아니면 반응로가 피하는 법을 알았던 모양이네."

"얼마나 걸릴까?"

"격벽이야 간단하지." 샘이 터미널에 뭔가를 입력하더니 터미널 모서리로 앞니를 툭툭 치며 대답했다. "수리용 패치를 통째로 화물실로 들여오면 되니까. 그러면 일이 훨씬 간단해지거든. 배선장치는 그보다 오래 걸리긴 할 텐데 별로 심각한 문제는 아니야. 지금 당장 시작하면 나흘 정도면 될 것 같네."

"그건 그렇고." 홀던이 범죄를 자백하는 사람처럼 움츠리며 말했다. "화물실 문도 날아갔어. 고치거나 아예 교체해야 할 거야. 화물실 에어록도 엉망으로 박살 났고."

"그럼 며칠 더 해야지 뭐." 샘이 말했다. 그녀가 바닥에 무릎을 꿇고 공구 상자에서 연장을 꺼내기 시작했다. "지금 사이즈 좀 재 봐도 돼?"

홀던이 벽을 손짓했다. "원하는 대로."

"뉴스 보고 있었나 봐?" 샘이 아직도 떠들고 있는 벽면 모니터를 가리키며 말했다. "가니메데가 완전히 난리가 났다면서?"

"그래." 알렉스가 대답했다. "상당히."

"하지만 아직까진 가니메데뿐이야." 홀던이 말했다. "그건 아직 내가 알아내지 못한 게 있다는 뜻이지."

"나오미가 우리 집에 와 있어." 샘이 갑자기 태연하게 화제를 바꿨다. 홀던은 얼굴이 굳는 것을 느끼며 억지로 미소를 지어 보였다.

"아, 잘 됐군."

"걔는 말을 안 하지만, 여기 계신 선장님이 개 같은 짓을 한 거면 이걸로 네 거시기를 뽑아줄 거야." 샘이 토크 렌치를 들어 보이며 말했다. 알렉스가 떨떠름하게 웃음을 터트렸다가 점차 끝을 흐리며 거북한 표정을 지었다.

"경고를 받은 셈 치지." 홀던이 말했다. "나오미는 어떻게 지내?"

"조용하게." 샘이 대답했다. "이제 됐어. 필요한 건 다 얻었으니 가서 격벽을 막을 패치를 조립해야겠어. 그럼 나중에들 봐!"

"잘 가, 샘." 알렉스가 대꾸했다. 그는 샘이 사다리 리프트를 타고 내려가 등 뒤로 가압문이 닫힐 때까지 그녀의 뒷모습을 묵묵히 지켜보았다. "내가 스무 살이나 많은 데다 샘의 취향에 안 맞는 게 가랑이에 달려 있긴 하지만 그래도 좋은 건 어쩔 수가 없네요."

"에이모스랑 네가 저 아가씨를 두고 다투고 있는 거야?" 홀던이 물었다. "혹시 둘이 새벽에 권총 결투를 하거나 그럴 건 아니지?"

"제 사랑은 순수하다고요." 알렉스가 활짝 웃으며 말했다. "쓸 데없이 들이댄다거나 해서 내 순정을 망치진 않을 겁니다."

"시를 쓰는 종류의 사랑이군."

"그럼." 알렉스가 벽에 기대서서 자신의 손톱을 뜯어보며 말했다. "우리 부선장 문제에 관해 얘기해 볼까요."

"싫어."

"오, 제발요, 해 봅시다." 알렉스가 한 발짝 다가서더니 더 이상은 빠져나갈 수 없다는 듯이 단호하게 팔짱을 끼었다. "저 혼자 이 배를 몬 지 1년이 조금 넘었는데요, 이건 나오미가 진짜 끝내주는 운항사라 그런 겁니다. 덕분에 제가 여유를 부릴 수 있는 거고요. 나오미가 없으면 우린 항해를 할 수가 없어요. 이건 명백한 사실입니다."

홀던은 핸드터미널을 주머니에 넣고 반응로 차폐막에 툭 기댔다. "나도 알아, '안다고.' 나오미가 진짜로 이럴 줄은 몰랐지."

"떠나는 거요?" 알렉스가 물었다.

"그래."

"우리는 돈 얘기도 한 번도 한 적이 없죠?" 알렉스가 말했다. "우린 월급을 안 받으니까요."

"월급?" 홀던이 얼굴을 찌푸리며 등 뒤의 원자로를 북을 치듯 빠르게 주먹으로 쳤다. 금속으로 만들어진 무덤처럼 텅 빈 소리가 울려 퍼졌다. "프레드가 준 돈에서 배를 운영하는 데 들어가고 남은 건 내가 계좌를 개설해서 넣어 뒀어. 돈이 필요하면 그중 4분의 1은 네 몫이야."

알렉스가 고개를 모로 저으며 손사래를 쳤다. "아니, 오해하지 마십시오. 돈이 필요하다는 게 아니에요. 선장님이 우리 돈을 꿀꺽했다고 비난하는 것도 아니고요. 다만 우리가 급여 얘기를 한 적이 없다고 지적하는 겁니다."

"그래서?"

"그렇다는 건 우리가 일반적인 승무원이 아니라는 겁니다. 우린 돈 때문에 여기서 일하는 것도 아니고 정부에 소집 당해서 끌려온 것도 아니에요. 우리가 여기 있는 건 우리가 원하기 때문입니다. 단지 그 이유뿐이라고요. 우린 대의를 믿어요. 선장님 하는 일에도 동참하고 싶고요. 그런 마음가짐을 잃으면 우린 정말로 돈이나 받고 일하는 용병이 되는 겁니다."

"하지만 나오미는….." 홀던이 입술을 달싹거렸다.

"선장님 '애인'이었죠." 알렉스가 소리 내어 웃었다. "젠장, 짐, 나오미가 어떻게 생겼는지 알잖아요? 나오미 정도면 남자 따위 아무나 원하는 대로 골라잡을 수 있어요. 사실 나만 해도…."

"무슨 말인지 알겠어. 알겠다고. 내가 망친 거지. 다 내 잘못이야. 그건 나도 알아. 안다고. 하지만 먼저 프레드를 만나본 다음에 모든 걸 제자리로 되돌려 놓을 방법을 생각해 봐야 해."

"그 짓을 한 게 프레드가 아니라면 말이죠."

"그래, 프레드 짓이 아니라면…."

"언제쯤 들를지 궁금했습니다." 프레드 존슨이 사무실 안으로 들어오는 홀던에게 말했다. 프레드는 1년 전 홀던과 처음 만났을 때보다 더 좋아 보이기도 했고 나빠 보이기도 했다. 전자는 프레드 존슨이 명목상 수장을 맡은 외행성 연합이 이제 테러리스트 조직이라는 굴레에서 벗어나 내행성 정부들과 함께 협상 테이블에 앉을 수 있는 실질상의 정부가 되었기 때문일 터다. 프레드는 더 이상 자유의 투사가 될 필요가 없다는 안도감과 함께 새로운 행정 관료의 역할을 기껍게 수용했다. 그것은 느긋하게 힘이 빠져 있는 그의 어깨에서, 그리고 이제 기본 표정이 된 희미한 미소에서 찾아볼 수 있었다.

그리고 후자는 지난 1년간 정부의 통치라는 온갖 부담과 압력 때문에 그도 나이가 들었다는 의미였다. 머리숱이 줄고 흰 머리가 늘었으며 목살은 처지고 근육은 물렁물렁해졌다. 요즘에는 눈 밑에서 다크서클이 떨어질 때가 없었다. 커피색 피부는 주름살이 많지는 않아도 생기를 잃고 푸석해졌다.

그러나 프레드가 홀던에게 짓는 미소는 진심에서 우러나온 것이었다. 그는 책상 뒤에서 돌아 나와 홀던과 악수를 하고 의자를 권했다.

"가니메데에 관한 보고서를 읽었습니다." 프레드가 말했다. "자세히 좀 이야기해 봐요. 현지에서 받은 인상이라든가."

"프레드." 홀던이 말했다. "그것 말고 다른 할 말이 있습니다."

프레드가 고개를 끄덕이더니 책상에 앉았다. "말해보십시오."

홀던은 입술을 달싹이다가 다물었다. 프레드가 그를 지그시 응시했다. 표정은 변함이 없었지만, 눈빛만은 한층 예리하고 강렬해졌다. 돌연 프레드가 자신이 이야기하려는 것이 뭔지 이미 알고 있을지도 모른다는 근거 없는 두려움이 일었다.

사실을 말하자면 홀던은 늘 프레드가 두려웠다. 그에게는 상대방을 안절부절못하게 하는 이중성이 있었다. 프레드는 로시난테 호가 가장 도움이 필요하던 적확한 순간에 그들에게 손을 내밀었다. 그 뒤로 그는 항상 그들을 뒷받침하고 지원해 주었고, 지난 1년 동안에는 그들의 꽁무니를 따라다니는 적들을 피할 수 있게 안식처를 제공해주었다. 그런데도 홀던은 그가 프레드릭 루시우스 존슨 대령이라는 사실을 잊을 수가 없었다. 앤더슨 스테이션의 도살자. 목적의 달성을 위해서라면 살인과 테러도 서슴지 않는 OPA를 과거 10년간 조직하고 운영한 조력자. OPA가 저지른 살인들 가운데 여러 건을 프레드가 직접 지시했다는 데에는 의심의 여지가 없었다. OPA의 지도자 프레드가 UN 해병대 대령 시절의 프레드보다도 더 많은 목숨을 빼앗았을 가능성도 다분했다.

그러한 그가 과연 자신의 목적을 위해 프로토분자를 사용하기를 주저할 것인가?

어쩌면…. 어쩌면 그건 지나친 억측일지도 모른다. 적어도 그는 홀던의 친구였다. 그러니 변호의 기회를 주어야 한다.

"프레드, 저는…." 홀던이 입을 열었다가 다시 다물었다.

프레드가 다시 고개를 끄덕였다. 미소가 사라지고 약간의 찌푸림이 그 자리를 대신했다. "별로 달갑지 않은 이야기일 것 같군요." 추측이 아니라 사실에 관한 서술이었다.

홀던은 의자 손잡이를 굳게 붙잡고 발바닥으로 바닥을 밀며 일어났다. 하지만 스테이션은 0.3g를 유지하고 있었고, 그래서 의도했던 것보다 훨씬 더 격렬하게 공중으로 붕 떠오르고 말았다. 프레드가 킬킬거리자 이맛살의 주름이 다시 커다란 미소로 바뀌었다.

그것이 도화선이었다. 프레드의 웃음소리가 망설임과 두려움을 깨트리고 분노에 불을 붙였다. 홀던은 바닥에 발을 내려놓자마자 몸을 앞으로 기울이며 손바닥으로 프레드의 책상을 쾅하고 내리쳤다.

"당신." 홀던이 말했다. "웃지 마십시오. 내가 당신이 한 짓이 아니라는 걸 확신할 때까지는 안 됩니다. 만약에 당신이, 내가 지금 당신이 했을지도 모른다고 의심하는 짓을 정말로 저질렀고 그러고도 웃고 있는 거라면 당장 이 자리에서 쏴 버릴 테니까."

프레드의 미소는 변함이 없었다. 그러나 그의 눈빛은 변해 있었다. 프레드는 누군가로부터 위협을 받는 데 익숙하지는 않았지만 그렇다고 그에게 완전히 낯선 영역도 아니었다.

"내가 했을지도 모를 짓이라…." 프레드가 말했다. 되묻는 것이 아니라 그저 홀던의 말을 되풀이하는 것이었다.

"프로토분자였습니다, 프레드. 가니메데에 프로토분자가 있었다고요. 어린애들을 실험체로 이용한 연구실이 있었고, 검은 필라멘트도 있었고, 그 괴물이 우리 배를 날려버릴 뻔했습니다. 내가 '현지에서 받은 인상'이요? 누군가 바이러스를 갖고 장난을 쳤고, 그게 누출되었을 가능성이 있습니다. 내행성은 가니메데 궤도에서 서로 대포를 쏴대고 있고요."

"그리고 당신은 내가 그랬다고 생각하고." 프레드가 말했다. 이번에도 단순히 사실을 서술하는 담담한 말투였다.

"우리가 그 빌어먹을 것을 금성에 처박았잖습니까!" 홀던이 포효했다. "내가 '유일한 샘플'을 '당신'에게 넘겼습니다. 그런데 갑자기 가니메데에서, 당신이 꿈꾸는 미래 제국의 곡창지대에서, 내행성이 어떤 일이 있어도 절대로 포기하지 않을 곳에서, 그게 튀어나와요?"

프레드는 짧은 침묵으로 대답을 대신했다.

"지금 내가 프로토분자를 이용해 가니메데에서 내행성 군대를 몰아내 외행성에서의 내 영향력을 공고히 했냐고 묻는 건가?"

프레드의 차분한 목소리 덕분에 홀던은 자신이 얼마나 큰 소리로 떠들고 있었는지 깨달았다. 그는 심호흡하며 마음을 가라앉혔다. 마구잡이로 뛰던 심장박동이 조금 가라앉았을 즈음 홀던이 말했다. "예, 정확합니다."

"당신." 프레드가 눈가까지 미치지 않는 커다란 미소를 띠며 말했다. "당신이 나한테 그런 걸 물어선 안 되지."

"뭐라고요?"

"혹시 잊었는지 모르겠는데, 당신은 우리 정부의 고용인이요." 프레드가 의자에서 일어나 커다란 몸을 죽 폈다. 그는 홀던보다 10센티미터 이상 컸다. 얼굴에는 여전히 미소가 떠올라 있었지만, 그의 몸짓은 달랐다. 갑자기 프레드가 아주 크고 장대해 보였다. 홀던은 저도 모르게 뒤로 물러났다.

"나는 당신에게 진 빚이 없어." 프레드가 말을 이었다. "최근에 맺은 계약을 제외하고는 말이지. 정신이 나가기라도 한 건가, 젊은이? 다짜고짜 나한테 손가락질을 해? 소리를 지르고? 대답을 '종용해'?"

"당신 말고는 아무도…." 홀던이 입을 열었으나, 프레드가 말을 잘랐다.

"그래, 당신이 우리가 알고 있는 유일한 샘플을 줬지. 하지만 당신이 모르는 것이 존재한다면? 그러면 그건 존재하지 않는 게 되나? 난 벌써 1년간이나 당신 어리광을 참아 줬어." 프레드가 말했다. "온 우주가 당신한테 빚을 졌다는 오만, 주변 사람들에게 몽둥이처럼 마구 휘두르는 독선적인 정의감. 하지만 난 당신의 그런 헛짓거리를 참아줄 '필요'가 없어."

홀던은 대답 없이 고개를 저었다. 입을 열면 우는 소리가 나올 것 같았기 때문이다.

"왜냐하면 내가 대장이거든." 프레드가 말했다. "이 조직을 운영하는 건 나야. 당신은 제법 유용했고 앞으로도 꽤 유용하게 쓰일 수도 있겠지. 그렇지만 나를 이용해서 또다시 그런 '성전(聖戰)'을 벌이려고 하는 건 도저히 용납할 수가 없군."

"그래서…." 홀던이 뜸을 들이며 말했다.

"그래서, 당신은 해고야. 이게 우리와의 마지막 계약이 될 거야. 로시난테 호는 수리해 주고 남은 보수도 지급해 주지. 이미 있는 계약을 파기하고 싶진 않으니까. 하지만 이젠 당신 도움 없이도 우리 영토를 순찰할 수 있을 것 같군. 설사 그렇지 않더라도 당신하곤 끝이야."

"해고란 말이죠." 홀던이 중얼거렸다.

"이제 당장 내 집무실에서 나가. 내가 로시난테 호도 징발해 버리기 전에. 지금은 원래 있던 부품보다 타이코에서 교환한 부품이 훨씬 많지 않나? 내 생각엔 내가 그 배의 소유주라고 주장해도 그쪽에서 할 말이 없을 것 같군."

홀던은 문 쪽으로 뒷걸음질 치며 프레드가 얼마나 진지하게 협박하고 있는지 고민했다. 프레드는 꼼짝도 하지 않고 서서 그가 나가는 모습을 지켜보고 있었다. 홀던이 문에 다다른 순간, 프레드가 말했다. "내가 아니야."

아주 긴 시간 동안, 두 사람의 시선이 부딪쳤다.

"내가 한 일이 아니야." 프레드가 다시 말했다.

홀던이 대답했다. "알겠습니다." 그리곤 문밖으로 나갔다.

문이 닫히고 프레드가 시야에서 사라지자 홀던은 긴 한숨을 내쉬며 무너지듯 벽에 기댔다. 한 가지 점에서만큼은 프레드의 말이 옳았다. 홀던은 너무 오랫동안 두려움을 변명 삼아 살아왔다. '주변 사람들에게 몽둥이처럼 마구 휘두르는 독선적인 정의감.' 그는 인류가 어리석음으로 인해 멸망할 뻔한 것을 보았다. 그 경험은 그를 근간부터 뒤흔들었고, 에로스 사건 이후로 그는 두려움과 아드레날린을 연료 삼아 늘 도망치고 있었다.

그렇지만 그것은 변명이 될 수 없다. 더 이상은 안 된다.

홀던은 핸드터미널을 꺼내 나오미에게 전화를 걸려다, 순간 벼락을 맞은 듯이 경악했다. '나 해고된 거야?'

홀던은 1년이 넘도록 프레드와 독점 계약을 맺고 있었다. 타이코 스테이션은 그들의 본거지였다. 샘은 에이모스에게도 뒤지지 않을 시간을 투자해 로시난테 호를 두들기고 조이고 땜질했다. 앞으로는 어떤 지원도 받을 수 없다. 그들은 새로운 일감을 찾고, 전용 항구를 구하고, 수리공을 고용해야 한다. 간섭할 후원자도 없다. 참으로 오랜만에 홀던은 드디어 독립 선장이 된 것이다. 그는 이제 우주선을 운영하고 선원들을 먹여 살리기 위해 나름의 방법으로 돈을 벌어야 했다. 홀던은 잠시 이 새로운 사실을 만끽하는 시간을 가졌다.

기분이 끝내줬다.

33
프락스

에이모스는 의자에 앉아 몸을 앞으로 기울였다. 그의 물리적 질량 때문에 방이 더욱 좁게 느껴졌다. 그의 몸뚱이에서 술 냄새와 찌든 담배 냄새가 열기처럼 모락모락 올라왔다. 그는 이보다 더 다정할 수 없는 표정을 짓고 있었다.

"어떻게 해야 할지 모르겠어요." 프락스가 말했다. "뭘 해야 할지도 모르겠고. 전부 제 잘못입니다. 니콜라는 그냥…, 그냥 너무 화가 나고 당혹스러웠던 거예요. 저는 매일 아침 눈을 뜰 때마다 힘들어하는 그녀를 봐야 했죠. 그리고 메이는 그런 어머니 밑에서 성장해야 했고요. 니콜라가 딸애를 사랑하게 만들려고 해 봤지만, 니콜라가 원하는 건 그 애와 떨어지는 것뿐이었어요. 저도 그게 나을 거라고 생각했죠. 그래서 니콜라가 헤어지자고 했을 때 전 각오가 되어 있었습니다. 무슨 뜻인지 알겠죠? 그래서 메이가…, 메이한테 말을 해야 했을 때…."

프락스는 두 손에 머리를 묻고 몸을 앞뒤로 흔들었다.

"다시 토하고 싶습니까, 박사?"

"아니요. 괜찮습니다. 제가 조금만 더 잘했더라면 그 애도 지금 내 곁에 있었겠지요."

"누구한테 더 잘해야 했었다는 겁니까? 메이요? 아니면 전처?"

"니콜라한테는 관심 없어요. 만약에 그때 메이와 같이 있었다면, 경고 방송을 듣자마자 그 애를 찾으러 갔더라면, 돔에서 조금만 더 서둘렀다면…. 대체 제가 왜 그랬을까요? 고작 작물일 뿐이었는데. 어차피 다 죽을 게 뻔했는데요. 그나마 마지막 한 포기를 건져오긴 했지만, 그마저 잃어버렸어요. 한 포기도 살리지 못했죠. 그 시간에 메이를 찾으러 갔었어야 했는데. 그랬다면 그 앨 잃어버리지 않았을 텐데. 만약에 내가…."

"메이가 납치된 게 전투가 일어나기 전인 건 기억하지요, 예?"

프락스는 고개를 저었다. 사실이 그렇다고 자신을 용서할 수 있는 것은 아니다.

"그리고 지금은 이렇잖아요. 그때 기회가 있었는데 그냥 빠져나와 버렸어요. 돈도 조금 있었는데…. 제가 바보짓을 했어요. 메이를 구할 유일한 기회였는데 제가 바보짓을 했다고요."

"예, 뭐, 박사님도 처음 겪는 일이었잖습니까."

"메이한테는 더 좋은 아빠가 필요해요. 나 말고 더 좋은 아빠가 있었어야 해. 그 애는 정말이지…, 정말이지 너무 착한 애라고요."

에이모스가 그에게 손을 댄 것은 처음이었다. 커다란 손이 그의 어깨와 쇄골, 어깨뼈를 덮더니 힘을 주어 프락스의 척추를 똑바로 세웠다. 에이모스의 눈은 핏발이 서 있다는 말로는 부족할 정도로 붉은 실핏줄로 덮여 있었다. 숨결은 뜨겁고, 시큼한 냄새가 났다.

그는 육지에 상륙할 때마다 진탕 먹고 마시는 방탕한 선원들의 모범이었지만 목소리만큼은 분명하고 뚜렷했다.

"메이는 좋은 아버지를 가졌어요, 박사. 지금도 열심히 애를 쓰고 있잖습니까. 이 정도면 대부분의 아빠보다 훨씬 낫다고요."

프락스는 마른 침을 삼켰다. 그는 피곤했다. 강한 척하는 것, 희망을 품는 것, 최악의 결과에 대비하는 것에는 신물이 났다. 프락스는 이제 그 자신이 되고 싶지 않았다. 누구도 되고 싶지 않았다. 에이모스의 손이 쥠쇠처럼 강인하게 프락스가 어둠 속으로 고꾸라지지 않게 붙들고 있었다. 하지만 그가 원한 것은 그냥 내버려 두는 것이었다.

"메이는 가버렸어요." 프락스가 말했다. 그것은 좋은 변명처럼 느껴졌다. 좋은 설명처럼 들렸다. "어떤 사람들이 그 애를 데려갔는데 난 그게 누군지도 모르고 딸을 되찾을 수도 없어요. 도무지 이해할 수가 없습니다."

"아직 끝나지 않았습니다."

프락스는 고개를 끄덕였다. 실제로 그 말에 위안을 느껴서가 아니라 그렇게 반응해야 할 타이밍이었기 때문이다.

"난 다시는 그 애를 못 보겠죠."

"그런 말 마십시오."

딩동 소리와 함께 문이 열리더니 홀던이 들어왔다. 처음에 프락스는 그가 왜 달라 보이는지 이해하지 못했다. 하지만 뭔가, 무슨 일이 있었던 게…, 뭔가 변한 게… 틀림없었다. 얼굴도 몇 시간 전과 똑같고 옷도 갈아입지 않았는데 말이다. 프락스는 언젠가 들었던 변신에 관한 으스스한 강의를 떠올렸다.

"잘들 있었습니까." 홀던이 말했다. "왜 그래? 무슨 일이라도 있었던 거야?"

"좀 삐거덕대는 것뿐입니다." 에이모스가 말했다. 프락스는 자신이 느끼고 있는 당혹감이 에이모스의 얼굴에도 고스란히 나타나 있는 것을 보았다. 그들은 홀던의 변신을 눈치챘지만, 그것이 정확히 무엇인지는 알지 못했다. "여자랑 자기라도 한 겁니까, 선장님?"

"아니." 홀던이 대답했다.

"제 말은, 음, 그런 거면 얼굴에 쓰여 있다고 말하려고 했죠." 에이모스가 말했다. "내 상상은 아닌 거 같은데…."

"여자랑 안 잤어." 홀던이 머뭇거리며 말하더니 뒤이어 거의 눈부신 미소를 지어 보였다. "해고당했어."

"선장님만요? 아니면 우리 전부 다요?"

"우리 전부 다."

"허." 에이모스가 말했다. 그는 한참 동안 잠자코 앉아 있다가 어깨를 으쓱 퉁겼다. "그렇군요."

"나오미한테 할 얘기가 있는데 내 연락을 도통 받지를 않네. 어디 있는지 알아?"

에이모스가 시디신 레몬이라도 먹은 것처럼 얼굴을 일그러뜨리며 입술을 꾹 다물었다.

"싸우려는 게 아니야." 홀던이 말했다. "우리 둘 다 제대로 끝맺음을 못 했거든. 다 내 잘못이니까, 내가 바로잡아야지."

"샘이 지난번에 말해 준 술집에서 자주 노는 건 아는데요. 블라우어 블로머요. 하지만 가서 지랄 떨 거면 내가 말해 준 거 아닙니다."

"걱정하지 마." 홀던이 말했다. "고마워."

선장이 몸을 돌렸다가 문 앞에서 멈춰 섰다. 그는 아직도 반쯤 꿈을 꾸고 있는 사람 같았다.

"삐거덕대다니?" 그가 물었다. "뭐가 삐거덕댄다는 거야?"

"박사님이 루나에서 무슨 사설업체를 고용해서 애를 추적하려고 했던 모양입니다. 그런데 그게 잘 안 돼서 속이 상한 거죠."

홀던이 얼굴을 찡그렸다. 프락스는 목구멍으로 뜨거운 기운이 울컥 밀려오는 것을 느꼈다.

"난 '우리'가 메이를 찾고 있는 줄 알았는데요." 홀던은 진심으로 혼란스러워하는 것 같았다.

"박사님은 확신이 없었나 봅니다."

"오." 홀던이 말했다. 그는 프락스를 돌아보았다. "당신 딸은 우리가 찾을 겁니다. 다른 사람은 고용할 필요 없어요."

"하지만 전 돈이 없습니다." 프락스가 말했다. "제 돈은 몽땅 가니메데에 있어요. 계좌가 아직 살아있다면요. 하지만 시스템에 접속할 수가 없어서 지금은 친지들이 보내 주는 것밖에 없습니다. UN 달러로 천 달러 정도는 모을 수 있을 것 같은데, 그걸로 될까요?"

"안 되죠." 홀던이 대답했다. "그걸로는 일주일 치 공기도 못 삽니다. 물은 말할 필요도 없고요. 그 부분은 어떻게든 해결해야겠군요."

홀던이 무슨 소리라도 들리는 것처럼 고개를 한쪽으로 기울였다.

"전처한테는 진작 연락해 봤습니다." 프락스가 말했다. "부모님한테도요. 그 외에는 생각나는 사람이 없고요."

"세상 사람들은 어때요?" 홀던이 말했다.

✳

"제 이름은 제임스 홀던입니다." 로시난테 호 조종실 캡슐의 커다란 화면 위에서 선장이 말했다. "저는 지금 여러분께 도움을 요청하려 합니다. 넉 달 전, 가니메데에서 첫 전투가 발생하기 직전에 치명적인 유전병을 앓던 어린 소녀가 어린이집에서 납치당했습니다. 혼란스러운 분위기 속에서…." 알렉스가 재생을 중단했다. 프락스는 일어나 앉으려 했지만, 부조종석 의자가 수평유지장치를 가동하는 바람에 뒤로 드러누워 버렸다.

"흠, 잘은 모르겠는데 배경이 녹색이라 얼굴이 좀 희멀게 보이지 않습니까." 알렉스가 조종석에서 말했다.

프락스가 눈매를 좁히고 한참 화면을 들여다보다가 고개를 끄덕였다.

"선장님은 저 색을 잘 안 받네요." 프락스가 말했다. "이거보다 더 짙은 색이 나을 거 같은데."

"한 번 조절해 보죠." 조종사가 화면을 두드리며 말했다. "원래 이런 건 나오미 담당이거든요. 통신 쪽은 엄밀히 말해서 내 분야가 아니에요. 그래도 그럭저럭 괜찮게 뽑아낼 수 있을 겁니다. 이건 어때요?"

"훨씬 낫네요." 프락스가 대답했다.

"제 이름은 제임스 홀던입니다. 저는 지금 여러분께 도움을 요청하려 합니다. 넉 달 전…."

에이모스의 핸드터미널로 녹화한 이 짧은 영상에서 홀던의 비중은 1분도 되지 않았다. 에이모스와 프락스는 그 뒤로 거의 한 시간을 투자해 영상의 나머지를 채웠다. 로시난테 호에 있는 더 좋은 장비를 사용하자고 제안한 것은 알렉스였다. 기술을 활용하니 그들에게 있는 정보를 취합하는 것이 아주 간단해졌다. 프락스는 주로 니콜라와 부모님에게 보낸 영상을 활용했고, 나머지는 알렉스의 도움을 받아 녹화했다. 메이가 앓고 있는 병을 설명하고, 스트릭랜드와 의문의 여인이 메이를 어린이집에서 데리고 나가는 보안 카메라 영상을 추가하고, 그들이 발견한 비밀 연구소에서 빼내온 데이터와 프로토분자 필라멘트를 찍은 사진, 메이가 공원에서 도는 사진과 이마에 케이크 크림을 묻힌 두 돌 생일파티의 영상도 뽑아 덧붙였다.

영상 속의 제 모습을 보니 기분이 이상했다. 프락스는 이제껏 수없이 자신이 녹화한 영상을 봐 왔지만, 영상 속의 사내는 그가 알던 것보다 훨씬 마르고 나이 들어 있었다. 목소리는 실제 그가 귀로 듣는 것보다 약간 높고 더 자신감에 찼다. 태양계 주민들이 보게 될 영상 속의 프락시디케 멩은 과거의 그와는 완전히 다른 사람이었지만, 그래도 이 정도면 얼추 비슷했다. 이것이 메이를 찾는 데 도움이 된다면 상관없다. 딸을 되찾을 수만 있다면 그는 뭐든 될 수 있다.

알렉스가 손가락으로 제어 버튼을 조작해 영상을 편집하고 홀던이 찍은 영상과 메이의 사진을 순서대로 붙였다. 그들은 소행성대에 있는 신용조합에 비영리단체 단기 옵션 계좌를 열어 기부금을 자동으로 받을 수 있게 설정해 두었다. 프락스는 옆에서 말을 보태거나 간섭을 하고 싶어 안달이 나 있었지만 더 이상 그가 할 일은 없었다.

"됐습니다." 알렉스가 말했다. "이게 최선이에요."

"그럼 괜찮겠죠." 프락스가 말했다. "이제 어떻게 하죠?"

알렉스가 그를 돌아보았다. 피로해 보였지만 동시에 약간 흥분한 것 같기도 했다.

"전송 버튼을 눌러요."

"하지만 검토라도 해 봐야…."

"검토할 시간 같은 건 없습니다, 박사님. 무슨 정부발표문 같은 것도 아니고. 젠장, 심지어 우린 무슨 회사도 아니라고요. 우주선을 타고 날아다니면서 엉덩이에 불만 붙지 말라고 비는 처지에 뭘…."

"오." 프락스가 말했다. "진짜요?"

"선장님이랑 같이 다니다 보면 익숙해집니다. 하지만 하루 정도 생각해 보는 것도 나쁘지 않죠. 고민해 보십시오."

프락스는 한쪽 팔꿈치를 세웠다.

"뭘 고민해 봐요?"

"이걸 보내는 거 말입니다. 만약에 이게 우리 예상대로 된다면, 박사님은 어마어마한 관심을 받게 될 겁니다. 그게 우리가 바라는 방식대로 될 수도 있고, 안 될 수도 있어요. 어쨌든 내 말은, 계란을 깨기 전으로는 돌아갈 수 없을 거란 소립니다."

프락스는 잠시 그 말을 곱씹어 보았다. 화면이 은은하게 빛나고 있었다.

"하지만 메이 일인걸요." 프락스가 말했다.

"좋습니다." 알렉스가 통신 제어권한을 부조종사 스테이션으로 보냈다. "직접 누르는 영광을 누리시겠습니까?"

"이게 어디로 가죠? 내 말은, 어디로 보내는 겁니까?"

"그냥 날리는 겁니다." 알렉스가 말했다. "소행성대에 있는 지역 피드가 포착할 가능성이 가장 크겠죠. 하지만 이건 우리 선장님이 내보내는 거예요. 그러니까 상당한 관심을 끌 거고, 네트 전역에 퍼질 겁니다. 그리고…."

"그리고?"

"우리 배에 탔던 히치하이커 이야기는 뺐지만, 유리 상자에서 나온 그 검은 섬유질 같은 거 있지요? 우린 지금 프로토분자가 아직 있다고 선포하는 거나 마찬가지입니다. 그것만으로도 엄청난 반응이 일어날 겁니다."

"그리고 우린 그게 메이를 찾는 데 도움이 될 거라고 생각하고요?"

"우리가 처음으로 이런 일을 했을 때는 전쟁이 일어났죠." 알렉스가 말했다. "'도움'은 좀 강한 표현일지도 모르겠군요. 하지만 한바탕 소동이 일어나긴 할 겁니다."

프락스는 어깨를 으쓱하고는 전송 버튼을 눌렀다.

"발사 완료." 알렉스가 키득거리며 말했다.

프락스는 공기 재생기의 나지막한 소음을 자장가 삼아 잠들었다. 에이모스는 프락스에게 기다리지 말라는 메모를 남긴 채 다시 방을 비웠다. 회전 중력이 낮게 느껴지는 것은 그의 상상에 불과할 것이다. 타이코처럼 커다란 물체가 회전할 때에는 코리올리 효과가 딱히 불편하게 느껴지지 않는 법이고, 특히 지금처럼 컴컴한 방에 꼼짝도 하지 않고 홀로 누워 있을 때는 더욱 그렇다. 그런데도 프락스는 왠지 불편한 느낌이 들었다. 자신이 실제로는 우주 공간 속에서 회전하고 있고, 관성이 그가 진공 속으로 날아가지 않게 얇은 매트리스 속으로 내리누르고 있다는 사실을 뇌리에서 지울 수가 없었다. 적어도 로시난테 호를 타고 있을 때는 아래쪽으로 거대한 위성의 중력이 작용하고 있다고 자신을 속일 수 있었다. 마침내 그는 중력을 생성하는 것이 인공물이냐 아니냐는 그리 중요하지 않다고 결론 내렸다.

프락스의 정신은 서서히 나선형을 그리며 추락하고 자아는 대기권에 들어선 운석처럼 산산조각으로 파열되고 있건만, 감사의 마음만큼은 하염없이 충만했다. 그는 홀던에게, 에이모스에게, 그리고 로시난테 호의 모든 승무원에게 가슴 깊이 감사했다. 반쯤 잠이 든 상태에서 프락스는 가니메데로 돌아가 있는 꿈을 꾸었다. 주린 배를 안고 얼음 복도를 배회하는데, 그가 키우던 콩 포기 중 하나가 프로토분자에 감염돼 복수심을 불태우며 그를 맹렬히 쫓아왔다. 그러다 갑자기 시간과 공간을 뛰어넘어 이번에는 타이코에서 일자리를 찾아 헤매고 있었다. 이력서를 내밀 때마다 사람들은 고개를 절레절레 흔들며 프락스가 알지도 못하고 이해할 수도 없는 무슨 학위가 부족하다거나 자격증이 없다고 퇴짜를 놓았다. 그나마 견딜 수 있었던 건 그가 뼛속까지 깊숙이, 진심으로 깊숙이 그것이 현실이 아님을 알고 있었기 때문이다. 실은 그가 잠을 자고 있고, 잠에서 깨면 안전한 곳에 있음을 알고 있었기 때문이다.

프락스를 잠에서 깨운 것은 향긋한 구운 쇠고기 냄새였다. 자는 중에 흐느끼기라도 했는지 눈에는 눈곱이 잔뜩 붙어 있고 볼에는 짭짤한 소금 자국이 있었다. 욕실에서 샤워기가 물을 뿜고 물방울이 부딪쳐 튀기는 소리가 났다. 프락스는 점프슈트를 꺼내 입었다.

등에 왜 '다치'라고 적혀 있는지 궁금했다.

식탁 위에서 아침 식사가 그를 기다리고 있었다. 스테이크와 달걀, 또띠야, 블랙커피. 진짜 음식이라니 상당한 거금이 들었을 것이다. 식탁 위에는 2인분이 놓여 있었기 때문에 프락스는 주저 없이 의자에 앉아 1인분을 먹기 시작했다. 니콜라가 보내 준 돈의 10분의 1이 날아간 셈이지만 그만큼 맛있었다. 에이모스가 샤워를 마치고 허리에 수건을 두른 채 욕실에서 나왔다. 오른쪽 복부에서부터 배꼽 중앙까지 하얗고 긴 흉터 자국이 나 있고 심장 위에는 구불거리는 머리칼과 아몬드형 눈을 가진 포르노에 가까운 젊은 여자의 문신이 새겨져 있다. 프락스는 여자의 얼굴 밑에 글씨가 새겨져 있는 것 같아 일부러 쳐다보지 않았다.

"잘 잤습니까." 에이모스가 말했다. "어제보다 좋아 보이네요."

"잠을 좀 잤거든요." 프락스가 대답했다. 에이모스가 자기 방으로 들어가 문을 닫았다. 프락스는 목소리를 조금 키웠다. "고맙다는 말을 하고 싶습니다. 어제는 제가 좀 울적했지요. 당신과 다른 사람들이 정말로 메이를 찾는 걸 도와줄지 확신할 수가…."

"왜 우리는 그 애를 못 찾을 거라고 생각한 겁니까?" 에이모스가 문 반대편에서 말했다. "설마 이젠 날 존경하지 않는 겁니까, 박사 양반?"

"아니요." 프락스가 말했다. "아니, 그런 뜻이 아니라요. 당신이랑 선장님이 나한테 이렇게 잘해주는 게…, 너무 큰 일이라서…."

에이모스가 히죽거리며 방에서 나왔다. 몸의 흉터와 문신은 언제 거기 있었냐는 듯 감쪽같이 점프슈트 아래로 자취를 감췄다.

"무슨 뜻인지 압니다. 장난 좀 친 거 갖고 참. 스테이크는 먹

을 만합니까? 도대체 여기서 어떻게 소를 키우는 걸까요? 박사님
은 알아요?"

"아, 이건 진짜 소가 아니라 접시에서 배양한 겁니다. 근육 섬유
질을 보면 알 수 있죠. 여기 이 층 보여요? 배양 고기가 진짜 쇠고
기보다 마블링이 더 훌륭하죠."

"젠장, 진짜요?" 에이모스가 맞은편에 앉으며 말했다. "그건 몰
랐네."

"생선도 저중력에서 기른 게 영양가가 더 풍부합니다." 프락스
가 한입 가득 달걀을 우물거리며 설명했다. "지방질이 증가하거든
요. 정확한 이유는 아직 밝혀지지 않았는데 흥미로운 연구가 몇
개 있긴 해요. 중력이 낮기 때문이라기보다는 물고기가 계속 헤엄
치게 물살을 지속적으로 돌리기 때문이라는 가설도 있고요. 물이
멈춰 있으면 수중 산소가 고갈되어서 생물들이 다 질식해 버리거
든요."

에이모스가 또띠야 한 조각을 떼어 달걀흰자에 담갔다.

"박사님 댁에선 밥 먹을 때 이런 이야길 합니까?"

프락스가 두 눈을 깜박였다.

"보통은요. 왜요? 당신들은 무슨 이야기를 하는데요?"

에이모스가 킬킬거렸다. 오늘은 유독 기분이 좋은 것 같았다.
어깨는 편안하게 늘어져 있고 턱 근육도 긴장이 풀려 있다. 프락스
는 간밤에 에이모스가 선장에게 한 말을 떠올렸다.

"여자랑 잤군요, 그렇죠?"

"뭐 당연한 거 아닙니까." 에이모스가 대답했다. "하지만 그보
다 더 좋은 건 따로 있습니다."

"그래요?"

"그것도 좋긴 한데, 해고당한 바로 다음 날에 일자리를 얻은 것만큼 기분 좋은 일도 없죠."

당혹감이 프락스를 덮쳤다. 그때 에이모스가 주머니에서 핸드터미널을 꺼내 톡톡 두드린 다음 식탁 너머로 밀었다. 붉은색 보안표시 밑에 알렉스가 어젯밤에 만든 신용조합 이름이 적혀 있었다. 프락스는 계좌의 잔액을 보고 두 눈이 휘둥그레졌다.

"이거…, 이거…?"

"이거면 로시난테 호를 한 달간 굴릴 수 있습니다. 7시간 동안 들어온 게 이 정도예요." 에이모스가 말했다. "그렇게 원하시던 수색팀을 고용하신 겁니다, 박사 양반."

"나는 전혀…, 진짜요?"

"그게 다가 아니에요. 들어오는 메시지들을 보십시오. 우리 선장도 상당한 유명인이지만, 당신 딸 메이요? 가니메데 사건은 이제 하나의 상징을 갖게 됐습니다. 메이 말입니다."

프락스는 자신의 핸드터미널을 꺼냈다. 그가 어제 발신한 영상과 연결된 메일함에 500개의 영상메시지와 수천 개의 문자메시지가 들어와 있었다. 그는 메시지를 하나씩 훑어보기 시작했다. 그가 알지도 못하는 숱한 사람들이 분노와 기도, 그리고 지지를 보내 주겠다고 약속하고 있었다. 어떤 이들은 울기도 했다. 덥수룩한 회색 머리의 벨트인이, 프락스는 거의 알아들을 수도 없는 방언으로 분통을 터트리고 있었다. 프락스가 이해한 것은 기껏해야 이 사내가 그를 대신해 누군가를 죽여주겠다고 제안하고 있다는 것뿐이었다.

30분 후, 프락스의 달걀은 차갑게 식어 있었다. 세레스의 한 여성은 이혼 때문에 딸을 빼앗겼다며 그녀가 한 달간 씹는 담배에 쓰는 돈을 보내 왔다. 루나에 있는 식품공학자들은 모자를 돌려 프락스가 식물학자로 일하던 시절의 한 달 급여에 맞먹는 액수를 보냈다. 초콜릿색 피부에 머리에 흰설탕가루를 뿌린 듯한 나이 많은 화성인은 머나먼 태양계 저편에서 진지한 표정으로 카메라를 응시하며 프락스를 응원하겠다고 말했다.

다음 메시지도 다른 것들과 별반 다르지 않아 보였다. 영상 속의 인물은 다소 나이가 많았고(80대, 어쩌면 90대일지도 모른다) 뒤통수에는 헝클어진 흰 머리 한 줌이 붙어 있었으며, 뼈가 앙상한 얼굴을 하고 있었다. 그렇지만 프락스의 흥미를 끈 것은 그의 표정이었다. 거기에는 망설임이 있었다.

"프락스 박사." 남자가 입을 열었다. 그는 프락스의 조부를 연상케 하는 뭉개지고 질척한 발음으로 말했다. "박사와 박사 가족이 겪은, 아니 겪고 있을 고통을 생각하니 정말 가슴이 아픕니다." 남자가 입술을 핥았다. "박사가 올린 보안 카메라 영상 말입니다, 난 거기 찍힌 남자가 누군지 압니다. 하지만 그 사람 이름은 스트릭랜드가 아닙니다…."

34
홀던

스테이션 안내서에 의하면 '블라우어 블로머'는 두 가지로 유명
했다. 하나는 블루 미니라고 불리는 칵테일이었고, 다른 하나는 엄
청난 규모의 골고 테이블이었다. 안내 프로그램은 미래의 예비 손
님들에게 블루 미니가 일인당 두 잔으로 판매가 제한되어 있다고
경고하고 있었는데 왜냐하면 이 칵테일이 에탄올과 카페인, 그리
고 정신자극제인 메틸페니데이트라는 치명적인 조합으로 구성돼
있었기 때문이다. 물론 홀던은 거기에 청색 식용색소도 첨가되어
있으리라 짐작했다.

타이코의 유흥 지구를 따라 걸어가는데 안내서가 골고 게임의
규칙을 설명하기 시작했다. 홀던은 도대체 무슨 소리인지 어리둥
절해 하다가 "수비가 슛을 쳐 낼 때 골은 이른바 '대여'됩니다"라는
말을 듣고는 안내서를 꺼 버렸다. 어차피 그는 골고를 하지 않을 테
고, 이성과 자제심을 박탈하고 본능과 정력만을 남기는 마실 것은
지금도 충분했다.

솔직히 말하자면 홀던은 평생 지금처럼 기분 좋은 적이 없었다.

그는 지난 1년간 많은 것을 엉망으로 만들었다. 동료들을 거부하고 밀쳐 냈고, 일신의 안위를 얻겠다고 자신이 동조하는지도 확신할 수 없는 이들과 손을 잡았다. 지금까지 건전하다고 말할 수 있는 유일한 연인관계를 망쳐버렸을 수도 있다. 홀던은 두려움 때문에 진정한 자신을 버리고 다른 사람이 되었다. 겁먹고 있다는 사실을 잊어버리려고 폭력으로 대응하는 사람, 나오미가 사랑하지 않는 사람, 동료들이 존경하지 않는 사람, 그 자신조차도 별로 좋아하지 않는 사람이 되고 말았다.

그렇다고 두려움이 사라진 것은 아니다. 그것은 항상 거기 있었다. 가니메데에 대해 생각할 때마다, 실험실에서 탈출해 가니메데에서 번성하고 있을지도 모를 것을 생각할 때마다 머리칼이 쭈뼛 곤두서는 것 같았다. 그러나 참으로 오랜만에 홀던은 자신이 두려워하고 있다는 사실을 인정하고 그것으로부터 숨거나 달아나지 않았다. 두려움을 느껴도 괜찮다고 자신을 다독이자 모든 것이 바뀌었다.

홀던은 블라우어 블루머를 보기도 전에 소리로 알아차렸다. 처음에는 거의 들리지도 않던 쿵쿵거리는 음파가 조금씩 커지더니 종국에는 울부짖는 전자음과 힌두어와 러시아어가 섞인 여성의 노랫소리로 변했다. 클럽 입구에 도착했을 즈음에는 두 남자가 선율에 맞춰 말다툼이라도 벌이는 것처럼 번갈아 중얼거리는 소리로 바뀌었다. 전자 비명은 성난 기타 소리로 바뀌었지만, 베이스라인은 그대로였다.

클럽 내부는 그야말로 인간의 오감에 대한 총공격과도 같았다. 중앙에 놓인 널찍한 무대 위에서는 수십 명이 음악에 맞춰 번쩍이는 빛무리 속에서 온몸을 비비 꼬고 있었다. 클럽 밖에서도 들릴 정도로 커다란 음악 소리는 실내에서는 고막을 터트릴 정도였다. 한 쪽 벽에 붙은 기다란 크롬색 바에서 바텐더 대여섯 명이 정신없이 주문을 받고 있었다.

뒤쪽 벽에 걸린 '골고'라고 적힌 간판 위에서 화살표가 안쪽 복도 끝을 가리키고 있었다. 홀던은 화살표를 따라갔다. 발을 내디딜 때마다 음악 소리가 조금씩 잦아들었고, 게임 테이블이 있는 뒷방에 도착했을 때는 베이스라인이 거의 들리지도 않았다.

한 테이블에 나오미가 수리공 샘과 다른 벨트인 한 무리와 함께 앉아 있었다. 나오미는 화려한 장식처럼 보이는 넓은 빨간 고무줄로 머리칼을 질끈 묶고, 그가 처음 보는 회색 바지와 캐러멜빛 피부를 더욱 돋보이게 하는 노란색 블라우스를 입고 있었다. 홀던은 잠깐 주춤거렸다. 그녀가 자신이 아닌 누군가에게 미소 짓는 것을 보자 심장이 쥐어짜는 것처럼 욱신거렸다.

샘이 작은 금속 공을 테이블 위로 던지자 반대쪽에 앉아 있던 패거리가 갑자기 격렬하게 움직이기 시작했다. 홀던이 있는 곳에서는 잘 보이지 않았지만, 상대편에서 터져 나오는 욕지거리와 처진 어깨로 짐작건대 샘이 좋은 플레이를 한 모양이었다.

샘이 몸을 돌리고 손을 위로 쳐들었다. 나오미를 비롯해 같은 쪽에 앉아 있던 패거리가 차례대로 샘과 손바닥을 마주쳤다. 홀던을 발견한 것은 샘이었다. 그녀가 귀에 대고 속삭이자 나오미가 고개를 돌려 그를 바라보았다. 홀던은 걸음을 멈췄다. 나오미는 웃지 않았지만 그렇다고 찡그리지도 않았다. 홀던은 부디 '싸우러 온 게 아니야'라는 표시로 보이길 바라며 두 손바닥을 들어 올렸다. 왁자지껄한 소음 속에서, 그들은 그렇게 한참 동안 서로를 마주 보았다.

'맙소사.' 홀던은 생각했다. '어쩌다 내가 이 지경이 됐지?'

나오미가 고개를 끄덕이더니 한쪽 구석에 있는 테이블을 가리켰다. 홀던은 거기 앉아 술을 주문했다. 간에 무리를 주기로 유명한 파란색 칵테일이 아니라 싸구려 벨트산 스카치였다. 혀끝에 남는 희미한 곰팡이 맛은 딱히 즐기지는 않아도 그럭저럭 참을 수는 있다. 몇 분 후, 나오미가 게임 친구들에게 작별을 고하고 그를 향해 걸어왔다. 평상시보다 조금 어색하긴 해도 마지못해 억지로 끌려나오는 걸음걸이는 아니었다.

"뭐라도 마실래?" 나오미가 의자에 앉자 홀던이 말했다.

"좋죠. 자몽 마티니로 하겠습니다." 나오미가 말했다. 홀던이 테이블에 주문을 입력하는 동안 그녀는 속을 알 수 없는 희미한 미소를 띤 채 물끄러미 그를 응시했다. 배 속이 흐물거리며 녹아내리는 것 같았다.

"주문했어." 홀던이 핸드터미널로 돈을 지불했다. "끔찍한 마티니 한 잔."

나오미가 웃음을 터트렸다. "끔찍하다고요?"

"자몽이 들어간 걸 마시는 이유로 내가 떠올릴 수 있는 건 괴혈병에 걸려서 죽기 직전밖에 없거든."

그녀가 다시 웃었다. 홀던의 배 속을 꽉 틀어막고 있는 매듭이 적어도 하나는 풀리는 것 같았다. 두 사람은 주문한 술이 도착할 때까지 우호적인 침묵 속에 가만히 앉아 있었다. 술이 도착하자 나오미가 한 모금을 홀짝이더니 입맛을 다시고 말했다. "자, 말해보십시오."

홀던이 술을 길게 들이켰다. 작은 스카치 잔을 거의 한 모금에 털어 넣고, 배 속으로 따뜻하게 번지는 온기가 용기를 내는 데 도움을 줄 거라고 자신을 설득했다. '우리 사이를 이대로 끝내고 싶지 않아. 우린 대화를 나눠야 해. 이 일을 함께 극복해야 한다고.' 홀던은 목청을 가다듬었다.

"내가 망쳤어." 홀던이 말했다. "친구들을 소중하게 여기지 않았지. 아니, 그런 말로도 부족해. 네가 전적으로 옳아. 그땐 네 말을 듣지 않았는데 네가 전부 옳았어."

나오미가 마티니를 한 모금 마시더니 태연하게 손을 뻗어 검은 머리칼을 묶고 있던 고무줄을 풀어냈다. 풍성한 머리칼이 폭포처럼 쏟아져 얼굴을 감쌌고, 홀던은 돌벽을 뒤덮은 이파리 덩굴을 떠올렸다. 그는 문득 나오미가 감정적인 상황에 부딪힐 때마다 항상 머리채를 풀고 있었다는 사실을 깨달았다. 그녀는 머리카락 뒤에 숨곤 했다. 문제를 피하려 숨는 것이 아니라 그녀가 활용할 수 있는 최고의 도구였기 때문이다. 그녀가 머리를 풀면 누구나 자연스럽게 그 부드러운 검은 물결에 시선을 빼앗길 수밖에 없다. 그것은 상대방의 집중력을 흐트러뜨리는 기술이었다. 나오미는 갑자기 인간적이고 연약해 보였고, 홀던만큼이나 어찌할 바를 몰라 망설이고 있는 것 같았다. 갑자기 나오미를 향한 애정이 파도처럼 거세게 몰아쳤다. 그 감정이 자신의 얼굴에도 적나라하게 드러난 게 틀림없었다. 나오미가 그를 보고 얼굴을 붉혔기 때문이다.

"이게 뭐예요, 짐?"

"사과?" 그가 대답했다. "네가 항상 옳았고, 내가 밀러처럼 변하고 있었다고 시인하는 거? 일일이 다 대자면 끝이 없지. 이걸로 대화의 물꼬를 틀 수 있길 바랄 뿐이야. 운이 따라준다면 말이지."

"다행이네요." 나오미가 말했다. "그걸 깨달았다니 정말 다행입니다. 하지만 내가 그렇게 말한 게 몇 달인데 이제 와서…."

"잠깐." 홀던이 말했다. 그는 나오미가 그를 밀어내며 그의 말을 믿지 않으려 한다는 것을 느낄 수 있었다. 홀던이 나오미에게 줄 수 있는 것은 절대적인 진실뿐이었고, 그래서 그는 그렇게 했다. "난 네 말을 듣지 않았어. 왜냐하면, 난 두려웠거든. 겁쟁이였고."

"뭔가를 두려워한다고 겁쟁이가 되는 건 아닙니다."

"그래." 홀던이 말했다. "물론 그렇지. 하지만 그 사실을 직시하지 않는 건 겁쟁이나 하는 짓이야. 네게 내 심정을 솔직하게 털어놓지 않는 것도 그래. 에이모스와 알렉스와 네가 날 돕는 걸 거부한 것도 겁쟁이 같은 짓이었지. 그래서 네가 날 떠났고, 동료들의 신뢰와 충정과 내가 진심으로 아끼는 모든 걸 잃을 뻔했어. 단지 안전하다는 이유로 내키지도 않는 일을 필요보다 지나치게 오래 했어."

골로 플레이어 한 무리가 그들이 앉아 있는 테이블로 접근했다. 홀던은 나오미가 그들을 손짓으로 쫓는 것을 보고 안도했다. 그것은 그녀가 그의 이야기를 계속 듣고 싶다는 의미였다. 좋은 징조였다.

"그럼 말해보시죠. 이제부터 어떻게 할 겁니까?" 나오미가 말했다.

"나도 몰라." 홀던이 씩 웃었다. "하지만 지금은 날아갈 것 같은 기분이야. 그리고 앞으로 무슨 일이 생기든 나한텐 네가 필요해."

나오미가 막 반박하려는 찰나, 홀던이 잽싸게 손을 들어 가로막았다. "아니, 그런 뜻이 아니라. 물론 나야 네가 다시 돌아오면 좋지. 하지만 시간이 얼마가 걸려도 좋고 그런 일이 영원히 일어나지 않아도 괜찮아. 내 말은 로시난테 호에 네가 필요하다는 뜻이야. 우린 네가 필요해."

"나도 로시난테 호를 떠나고 싶진 않아요." 나오미가 부끄러운 듯 웃었다.

"거긴 네 집이기도 해." 홀던이 말했다. "네가 원하기만 한다면 네 자리는 항상 있을 거야. 우리 사이가 어떻게 되든 말이야."

나오미가 손가락으로 머리카락을 비비 꼬며 남은 술을 전부 입안에 털어 넣었다. 홀던이 테이블에 있는 메뉴를 가리키자 그녀가 손을 저었다.

"프레드를 만나고 와서 이러는 거죠?"

"그래, 어느 정도는." 홀던이 말했다. "프레드의 집무실에서 잔뜩 겁을 먹고 서 있는데, 문득 내가 너무 오랫동안 두려워하고 있었다는 걸 깨달았어. 아, 그래, 프레드하고도 이젠 끝났어. 어느 정도 그 사람 잘못도 있지. 철저한 OPA주의자에, OPA엔 별로 한 침대를 쓰고 싶지 않은 나쁜 인간들이 많잖아. 하지만 그래도 내 잘못이 훨씬 커."

"그만둔 겁니까?"

"아니, 해고됐지. 하지만 조만간 때려치웠을 거야."

"그러니까 그나마 있던 돈줄과 후원자도 없어진 거군요. 그 사람이 아니라 나한테 화해하자고 찾아왔다니 정말 고마운데요."

"내가 화해하고 싶을 정도로 좋아하는 건 너뿐이거든."

"그럼 이제부터 어떻게 될지 알기는 하는 거죠?"

"네가 다시 배로 돌아오나?"

나오미는 그저 빙그레 웃어넘겼다. "그건 배의 수리비용을 전부 우리가 대야 한다는 뜻입니다. 어뢰를 발사하고 나면 새 어뢰를 사야 하고요. 물이랑 공기, 도킹비, 식량, 그리고 우리 값비싼 자동

의료실의 의약품까지 전부 다요. 계획은 있습니까?"

"전혀!" 홀던이 말했다. "하지만 이 말은 해야겠어. 이유는 모르겠는데 난 지금 기분이 완전히 끝내줘!"

"그 끝내주는 단계가 지나면 어쩔 건데요?"

"수를 생각해내야지."

나오미의 미소가 더욱 커지고, 손가락이 머리카락을 초조하게 잡아당겼다.

"지금 당장 돌아갈 준비는 안 됐어요." 나오미가 테이블 너머로 손을 뻗어 홀던의 손을 가볍게 쥐었다. "하지만 로시난테 호가 말짱해지면 내 선실을 돌려받고 싶군요."

"당장 가서 내 물건을 치울게."

"짐." 나오미가 그의 손을 지그시 쥐었다 놓아주었다. "난 당신을 사랑해요. 하지만 이걸로 우리 관계가 옛날처럼 돌아간 건 아닙니다. 그래도 이건 아주 좋은 시작이군요."

그래, 홀던은 생각했다. 정말로 그래.

홀던은 로시난테 호의 선실에서 몇 달 만에 처음으로 기분 좋게 깨어났다. 침대에서 기어 나와 알몸으로 텅 빈 배를 가로질러 변소로 향했다. 앞으로는 그가 시간당 요금을 내야 하는 전기로 데워서 또다시 돈을 주고 사야 할 물로 한 시간이 넘게 긴 샤워를 즐긴 다음, 숙소로 돌아와 홍조가 오른 몸을 닦았다.

홀던은 푸짐한 아침 식사를 만들어 먹고, 커피를 다섯 잔이나 마시고, 로시난테 호의 수리 현황에 관한 보고서를 읽고 속속들이 숙지했다. 정치 유머 작가가 쓴 화성과 지구의 관계에 관한 칼럼을 읽는 중에 터미널이 울렸다.

"좋은 아침입니다, 선장님." 작은 화면 가득 에이모스의 커다란 얼굴이 들어찼다. "오늘 스테이션에 오실 겁니까? 아니면 우리가 로시난테 호로 갈까요?"

"여기서 보지." 홀던이 대답했다. "샘과 수리팀이 오늘 일할 예정이라 내가 계속 옆에 있어야 해."

"그럼 이따 보죠." 에이모스가 연결을 끊었다.

홀던은 유머 칼럼을 마저 읽으려 했지만, 마음이 진정되지 않아 똑같은 대목을 거듭 읽어야 했다. 결국 자리에서 일어나 주방을 청소하고 에이모스와 수리공들을 위해 신선한 커피를 한 주전자 가득 내렸다.

커피메이커가 배부른 갓난아기처럼 행복하게 칭얼대는 사이에 갑판 해치가 활짝 열리더니 에이모스와 프락스가 승무원용 사다리를 타고 내려와 주방으로 들어왔다.

"선장님." 에이모스가 의자에 주저앉았다. 뒤따라 들어온 프락스는 식탁 옆에 섰다. 홀던이 머그잔 두 개에 커피를 따라 두 사람 앞에 내려놓았다.

"새로운 소식이라도 있어?" 그가 물었다.

에이모스가 귀 끝까지 째지도록 히죽 웃더니 핸드터미널을 돌려 홀던에게 내밀었다. 프락스의 '메이를 구합시다' 계좌 정보가 한눈에 들어왔다. UN 달러로 50만 달러가 넘는 액수가 적혀 있었다.

홀던이 길게 휘파람을 불며 의자에 기대앉았다. "맙소사, 에이모스. 기대는 했지만…. 이 정도로는 상상도 못 했어."

"오늘 아침만 해도 30만 달러였습니다. 그런데 세 시간 만에 20만

달러가 넘게 들어왔어요. 뉴스로 가니메데가 난장판이 된 걸 알게 된 사람들이 우리 꼬마 메이를 비극의 대명사로 만든 것 같아요."

"이 정도면 충분한가요?" 프락스가 초조한 목소리로 끼어들었다.

"충분하냐고요?" 홀던이 웃음을 터트렸다. "충분하고도 남죠. 우리 임무를 마칠 때까지 넉넉할 겁니다."

"그리고 단서가 생겼습니다." 에이모스가 극적인 효과를 위해 잠시 뜸을 들이며 커피를 홀짝 마셨다.

"메이에 관해서?"

"예." 에이모스가 커피에 설탕을 더 넣었다. "프락스, 그 메시지 좀 보여줘 봐요."

홀던은 문제의 메시지를 세 번이나 돌려보았다. 회를 거듭할 때마다 얼굴의 미소가 점점 더 환해졌다.

"…박사님이 올린 보안 카메라 영상 말입니다만, 전 거기 찍힌 남자가 누군지 압니다. 하지만 그 사람 이름은 스트릭랜드가 아닙니다. 제가 세레스 광산공과대학에서 일할 당시만 해도 그 사람 이름은 카를로스였습니다. 카를로스 메리언이요."

홀던이 마지막으로 영상을 돌려본 후 말했다. "이거야말로 내 옛 친구 밀러 형사가 '단서'라고 부를 만한 거군."

"이제 어쩌죠, 대장?" 에이모스가 물었다.

"전화를 해야지."

"좋습니다. 그럼 박사 양반과 저는 선장님 그만 괴롭히고 은행에 돈이 불어나는 거나 구경해야겠습니다."

두 사람은 같이 떠났다. 홀던은 해치가 닫힐 때까지 기다렸다가 세레스 M&T 교환대에 연결 요청을 보냈다. 타이코의 현 위치를 고려하면 15분 정도의 시간 지연이 있을 터라 핸드터미널로 느긋하게 퍼즐 게임을 하며 머리를 식히고 계획을 짰다. 스트릭랜드의 과거를 알아낼 수 있다면 그의 이력을 추적할 수 있을지도 모른다. 그는 어느 시점에선가 공과대학에서 근무하는 카를로스라는 사람이 되길 멈추고 스트릭랜드라는 의사가 되어 어린아이를 납치했다. 그 '이유'를 밝혀낸다면 그가 지금 어디에 있는지 알아내는 좋은 출발점이 될 수 있을 것이다.

연결 요청을 보내고 거의 40분이 지난 후에야 답변이 날아왔다. 그는 영상 메시지에서 봤던 노인을 보고 깜짝 놀랐다. 설마 이렇게 단박에 연락이 닿을 줄은 몰랐다.

"안녕하십니까." 노인이 말했다. "저는 모이나한 박사입니다. 안 그래도 연락을 기다리고 있었습니다. 카를로스 박사에 대해 자세히 알고 싶으시겠죠. 간단히 말하자면 저는 CMTU 생명과학 연구소에서 그와 같이 일했습니다. 그는 생물의 발달억제체계에 관해 연구했고요. 카를로스 박사는 정치 게임 같은 걸 잘 못했습니다. 대학 내에서 자기편을 많이 만들지 못했지요. 그래서 그가 일종의 윤리적 회색 지대를 넘자 사람들이 기다렸다는 듯이 그를 쫓아냈지요. 거기에 대해서는 저도 자세한 사정을 모릅니다. 전 거기 학과장이 아니었거든요. 혹시 다른 정보가 필요하면 말씀해 주십시오."

홀던은 모이나한 박사의 메시지를 다시 돌려보고, 메모하고, 15분의 시간 지연에 욕을 퍼부은 다음, 마음의 준비가 되자 답장을 보냈다.

"도와주셔서 감사합니다, 모이나한 박사님. 진심으로 감사드립니다. 그 사람이 대학에서 쫓겨난 후에 어떻게 됐는지 알고 계십니까? 다른 대학이나 기관으로 옮겨갔나요? 아니면 회사에 취직을 했다던가요?"

홀던은 전송 버튼을 누르고 또다시 기다렸다. 퍼즐 게임을 하려 했지만, 도저히 집중이 안 돼 그냥 꺼 버렸다. 대신에 그는 타이코 의 오락 피드를 켜서 적당히 산만하고 시끄러운 아동용 만화영화 를 봤다.

두 번째로 메시지 도착음이 울렸을 때, 홀던은 허둥대다가 터미 널을 떨어뜨릴 뻔했다.

"사실 그는 윤리위원회에 회부되지도 않았습니다." 모이나한 박 사가 잿빛 턱수염을 긁으며 말했다. "그 전날에 그만뒀거든요. 엄 청난 소란을 피웠죠. 연구실에서 나갈 때는 우리가 이제 그를 괴롭 히지 못할 거라며 악을 썼습니다. 대기업에서 자기가 원하는 만큼 지원해 주기로 했다고 큰소리를 떵떵 치면서요. 우리더러 쓸데없는 도덕심의 수렁에 빠져 허우적대는 샌님들이라고 했어요. 하지만 그 가 일하기로 했다는 회사 이름은 기억나지 않네요."

홀던은 정지 버튼을 눌렀다. 등골을 타고 오싹한 기운이 올라왔 다. '쓸데없는 도덕심의 수렁에 빠져 허우적대는.' 그는 카를로스를 고용한 회사의 이름을 들을 필요가 없었다. 이것과 거의 유사한 표 현을 안토니 드레스덴의 입에서 들은 적이 있기 때문이었다. 방대 한 생체 실험의 일환으로 150만 명을 학살한 에로스 프로젝트의 책 임자 말이다.

카를로스 메리언은 프로토젠을 위해 일했고, 자취를 감추었다. 그리고는 스트릭랜드라는 이름으로 돌아와 어린아이들을 납치했다.

홀던이 보기에, 그는 또한 살인범이었다.

45
아바사랄라

화면 속에서 젊은 남자가 25초 전의 지구에서 웃고 있었다. 아바사랄라가 제일 진저리를 내는 수준의 시간 지연이었다. 평범한 대화를 하고 있다고 느끼기엔 너무 길고 그렇다고 실시간 대화가 불가능할 정도로 길지는 않다. 아바사랄라가 하는 모든 일이 너무 오래 걸렸고, 10초 전에 그녀가 정확히 어떤 어휘와 표정을 사용했는지 기억해야 하므로 상대방의 반응과 뉘앙스를 읽는 것도 어려웠다.

"지구와 화성 간에 전쟁이 터졌는데 그 때문에 유람 여행을 가게 됐다고 화를 내는 건 차장보님밖에 없을 겁니다. 여기서 일하는 사람들은 차장보님과 같이 갈 수만 있다면 한쪽 고환이라도 기꺼이 내놓을걸요."

"다음번엔 그걸 꼭 받아 모으도록 하지. 하지만⋯."

"군 기록이 정확하다고 가정한다면." 그가 25초 전에 말했다. "보고서가 있긴 한데 제 마음에 들 정도는 아닙니다. 하지만 차장보님 말씀이니까 인턴들에게 검색 매개변수를 따로 만들어 보라고 지시했지요. 제가 받은 인상은 연구 예산이 실제 연구에 투입된 금액의 10분의 1 수준밖에 안 된다는 겁니다. 일단 차장보님한테 승인을 받은 덕분에 그걸 찾아내긴 했는데 해군 놈들이 워낙 정보를 덮는 실력이 좋아서요. 제 생각에는…." 그의 표정이 일그러졌다. "그걸 모으시려고요?"

"그건 잊어버려. 방금 뭐라고 했지?"

그녀는 50초 동안 기다렸고, 시시각각 울화가 치밀었다.

"확실한 대답을 얻을 수 있을지는 미지수입니다." 젊은이가 말했다. "운이 따라줄 수도 있지만, 그들이 숨기려고 작정했다면 찾아내기 어려울 겁니다."

'특히 놈들이 자네가 그걸 찾고 있다는 걸 알고 있고, 내가 자네에게 부탁했다는 것도 알고 있다면 말이지.' 아바사랄라는 속으로 생각했다. UN 예산안에 마오-크비코브스키와 응우옌 제독, 그리고 에린라이트 사이의 현금 흐름이 존재하고 있더라도 아바사랄라의 측근이 그것을 찾아낼 즈음에는 전부 지워져 있을 것이다. 아바사랄라가 할 수 있는 일은 그들이 무심결에 실수를 저지르길 바라며 온갖 분야를 무작위로 찔러보는 것뿐이었다. 뭐든 좋으니 자료에 관한 문의와 요청을 사흘 동안 쉴 새 없이 쏟아 넣은 다음 트래픽 분석을 요청하자. 그들이 정확히 어떤 정보를 숨기고 있는지는 몰라도, 그들이 숨기고 있는 데이터의 종류를 알아낼 수만 있다면 적어도 거기서 무언가를 얻을 수 있을 것이다.

많지는 않아도 무언가를.

"자네가 할 수 있는 일을 해." 아바사랄라가 말했다. "그동안

난 우주 한복판에서 빈둥거리고 있을 테니까. 뭐든 알아내면 연락하고."

아바사랄라는 의례적인 작별인사를 건넨답시고 50초 동안 기다리지 않았다. 그런 쓸데없는 짓에 시간을 낭비하기에 인생은 너무 짧다.

관세음호에 있는 아바사랄라의 개인 숙소는 아름답고 화려했다. 침대와 소파는 금색과 녹색이었는데, 언뜻 생각하면 어울리지 않을 것 같지만 놀랍게도 실제로는 눈이 아주 즐거웠다. 조명은 이제껏 아바사랄라가 본 중에서 따사로운 아침 햇살과 가장 유사했고, 공기 재생기는 주변 모든 것에 신선한 흙내음과 갓 자른 싱싱한 잔디 냄새를 불어 넣었다. 오직 우주선의 낮은 추진 중력만이 그녀가 지금 남아시아의 녹지대 어딘가에 있는 전용 컨트리클럽에 있다는 환상을 방해할 뿐이었다. 그리고 저중력과 그 염병할 시간 지연도 말이다.

아바사랄라는 저중력을 혐오했다. 우주선의 추진력이 얼마나 완벽하고 매끄럽든 간에, 이 호화 요트가 덜컹거리지도 않고 우주 쓰레기를 피하려고 진로를 수정하는 일이 없어도, 그녀는 지구 중력 1g에 익숙한 몸이었다. 아바사랄라는 요트에 올라탄 뒤로 줄곧 소화불량에 시달리고 있었고 늘 숨이 가쁘다는 느낌을 받았다.

터미널의 알림이 울렸다. 금성에서 새 보고서가 도착했다. 아바사랄라는 보고서를 열었다. 아보가스트 호의 잔해에 관한 예비 분석이 진행 중이었다. 프로토분자의 작용 방식에 관한 누군가의 가설과 일치하는 이온화 현상이 발견되었다. 연구진의 예측이 실제로 증명된 것은 이번이 처음이었다. 금성에서 일어나는 일을 파악하기 위한 최초의 한 걸음이었다. 세 번의 에너지 급증 현상이 발생했던 정확한 시점이 표시되어 있었다. 예상보다 질소 수치가 높은 금성 상층 대기권의 분광분석 결과도 있었다. 아바사랄라의 시선이 숫자 위를 하릴없이 배회했다. 솔직히 말해 그녀는 이런 것에는 전혀 관심이 없었다.

하지만 관심을 가져야 한다. 이것은 매우 중요한 일이다. 지금 그녀가 알고 있는 어떤 사안보다도 훨씬 더 중요할 것이다. 그러나 에린라이트와 응우옌 제독과 다른 모든 이들처럼, 지금은 아바사랄라도 지구와 화성 사이의 사소한 분쟁과 전쟁을 막으려는 인간의 하찮은 투쟁, 그리고 그것이 끼칠 영향에만 신경이 곤두서 있었다. 외행성을 하나의 세력으로 진지하게 고려한다면 그쪽도 빠트릴 수 없을 것이다.

씨발, 지금은 금성보다도 바비와 코티야르가 더 걱정이었다. 코티야르는 워낙 좋은 사람이라 그가 반대 의견을 내면 아바사랄라는 가시가 곤두서고 울화통이 터졌다. 그리고 바비는 금세라도 폭발할 것처럼 보였다. 사실 그러지 않을 이유가 있기는 할까? 바비는 눈앞에서 동료들이 죽는 것을 보았고, 아무것도 모른 채 이용당했으며, 기존의 적과 한편에서 일하고 있었다. 그녀는 강했다. 웬만한 해병보다 훨씬 강했다. 지구에 아무 연줄도 연고도 없는 그녀가 한 팀에 있다는 것은 실제로 아주 유용한 요소였다. 특히 좆같은 소렌의 배신을 겪은 뒤에는 더더욱 그랬다.

아바사랄라는 몸뚱이가 지나치게 가볍다는 생소한 느낌에 거북함을 느끼며 의자 깊숙이 기대앉았다. 소렌의 일을 생각하면 아직도 속이 쓰렸다. 부하가 배신했기 때문이 아니다. 배신은 그녀가 직업적으로 당연히 감당해야 할 대가였다. 그런 일로 상처를 입는다면 정말로 은퇴할 때가 된 것이다. 아바사랄라가 속이 쓰라린 이유는 그 사실을 미리 눈치채지 못했기 때문이다. 아바사랄라에게 취약점이 있었고 에린라이트는 그것을 이용할 방법을 알았다. 그녀의 권력을 박탈할 방법을 알았다. 아바사랄라는 게임에서 지는 것을 좋아하지 않았다. 하지만 그보다도, 자신의 실패가 더 큰 전쟁과 폭력으로 이어지고 그로 인해 더 많은 어린아이가 죽게 되리라는 것에 치가 떨렸다.

그녀가 일을 망치면 대가가 따른다. 더 많은 아이가 죽게 된다.

그러므로 이 이상 실패해서는 안 된다.

아르준의 얼굴이 떠올랐다. 다정하고도 안타까운 눈빛. '그건 당신 책임이 아니야.' 그는 그렇게 말할 것이다.

"씨발, 그건 우리 모두의 책임이지." 아바사랄라가 소리 내어 말했다. "그런데 그걸 심각하게 여기는 사람이 나 하나뿐인 거야."

아바사랄라는 빙그레 웃었다. 이 방을 도청 중인 마오의 감시요원과 스파이들이 얼마나 안달하고 있을까. 그녀가 도대체 누구에게 말하고 있는 건지 송신기를 찾아 그들이 방 안을 샅샅이 뒤지는 모습이 눈에 보이는 것 같았다. 어쩌면 이 늙은이가 진짜로 미쳤나 보다고 생각할지도 모른다.

실컷 고민하라지.

아바사랄라는 금성 보고서를 닫았다. 상념에 잠겨 있는 사이에 또 다른 메시지가 도착했다. 그녀가 후속 보고를 요청해 놓은 안건이었다. 정보 요약을 읽는 그녀의 눈썹이 이마 위로 치켜 올라갔다.

*

"제 이름은 제임스 홀던입니다. 저는 지금 여러분께 도움을 요
청하려 합니다."

아바사랄라는 영상을 보고 있는 바비를 지그시 관찰했다. 바비
는 피곤하고 잠을 못 잔 것 같았다. 눈은 빡빡하고 건조했지만 핏
발이 서 있지는 않았다. 꼭 기름을 덜 친 베어링 같았다. 졸린 것과
피곤한 것의 차이를 설명해야 한다면 이 화성 해병이 좋은 본보기
가 될 수 있을 것이다.

"저 사람 탈출했군요." 바비가 말했다.

"저치와 저치가 싸고도는 식물학자와 빌어먹을 승무원들까지
전부." 아바사랄라가 말했다. "덕분에 저 인간들이 가니메데에서
뭘 했고, 자네 쪽 친구들과 내 친구들이 왜 서로 신나게 쏘아댔는
지도 이유를 하나 알게 됐지."

바비가 고개를 들어 그녀를 바라보았다.

"저 말이 사실일까요?"

"사실이 뭔데?" 아바사랄라가 말했다. "홀던은 자기가 알 거나
안다고 생각하는 것에 대해 함부로 입을 터는 버릇이 있지. 사실이
든 아니든 본인은 저렇게 믿고 있어."

"프로토분자에 관한 부분도요? 제 말은, 방금 저 사람이 가니메
데에 프로토분자가 누출됐다고 한 거잖습니까."

"그랬지."

"그럼 엄청난 동요가 일어나지 않을까요?"

아바사랄라는 요약 보고서를 넘겨 가니메데에서 발생한 폭동에

관한 피드로 이동했다. 전쟁과 그로 인한 참사에 지쳐 공황에 빠진 가늘고 겁먹은 사람들. 아바사랄라는 폭도들을 매우 신중하고 조심스럽게 다루는 진압대를 지켜보았다. 그들은 폭력을 즐기는 깡패들이 아니었다. 필요한 폭력과 비효율성 사이의 좁은 경계선 위에서 연약하고 죽어가는 주민들이 다치거나 서로를 해치지 않게 하려고 애쓰는 군인들이었다.

"지금까지 50명이 사망했어." 아바사랄라가 말했다. "일단 추정치는 그래. 가니메데는 지금 워낙 개판이라 질병이나 영양실조로도 죽을 수 있는데, 어쨌든 저들은 저렇게 죽었지."

"저 레스토랑에 간 적이 있어요." 바비가 말했다.

아바사랄라는 이맛살을 찌푸리고 그게 무슨 뜻일지 고민했다. 바비가 화면을 가리켰다.

"저기 사람들 뒤에 있는 거요. 가니메데에 처음 배치되었을 때 저기서 밥을 먹었지요. 소시지가 참 맛있었습니다."

"애석하게 됐군." 아바사랄라가 말했다. 해병대원은 그저 고개를 저을 뿐이었다.

"이제 다들 알게 되겠군요." 바비가 말했다.

"어쩌면." 아바사랄라가 말했다. "어쩌면 아닐 수도 있고."

"방금 제임스 홀던이 가니메데에 프로토분자가 있다고 태양계 전체에 폭로했는데, 그게 어떻게 '어쩌면 아닐 수도 있고'가 될 수 있는 겁니까?"

아바사랄라가 주요 뉴스 피드를 불러내 깃발 표시를 훑어보더니 그녀가 찾고 있던 전문가들이 출연한 영상을 열었다. 그녀는 손가락을 쳐든 채 데이터가 전송되기를 참을성 있게 기다렸다.

"…너무 무책임합니다." 머리에는 쿠피를 쓰고 실험복을 입은 뺨이 두툼한 사내가 말했다. 목소리에서 경멸의 기미가 뚝뚝 떨어지고 있었다.

사내의 옆에 인터뷰어가 나타났다. 나이는 스무 살 남짓으로 보이지만 짧게 자른 머리와 직선으로 딱 맞게 떨어지는 짙은 색 정장이 그녀가 매우 진지하고 교양있는 언론인임을 말해주고 있었다.

"그렇다면 박사님은 프로토분자는 아무 연관도 없다고 보시는 거군요?"

"당연하죠. 제임스 홀던과 그 추종자들이 전송한 화면은 프로토분자하고는 아무 상관도 없습니다. 저 검은 거미줄 조직은 결착제가 샜을 때 생기는 겁니다. 흔히 있는 일이에요."

"그럼 당황할 필요가 전혀 없다는 거지요?"

"앨리스." 전문가가 짐짓 타이르듯이 기자에게 말했다. "에로스에서는 프로토분자가 누출되고 며칠도 안 돼 호러쇼 생방송이 펼쳐졌습니다. 하지만 가니메데에서는 교전이 발발하고 지금까지 감염된 사례가 단 한 건도 발견되지 않았어요. 단 한 건도 말입니다."

"하지만 영상에는 과학자도 함께 있는데요. 식물학자인 프락시디케 멩 박사 말입니다. 그의 딸이…."

"난 그 멩이라는 사람이 누군지 모릅니다만, 콩 종자 몇 개 연구해 봤다고 뇌 전문 의사는커녕 프로토분자 전문가가 될 수는 없죠. 물론 그분 딸이 실종된 데 대해서는 무척 안타깝게 생각합니다만, 만일 가니메데가 프로토분자에 노출됐다면 우린 한참 전에 알았을 겁니다. 이건 그냥 한바탕 헛소동이에요."

"몇 시간이고 저렇게 떠들걸." 아바사랄라가 화면을 닫으며 말했다. "우리한텐 저런 일을 해 줄 전문가가 수없이 많아. 화성도 곧 같은 방법을 쓰기 시작할 거야. 뉴스 피드를 반론으로 가득 채워서 정보의 포화상태로 만들어 버리는 거지."

"인상적인데요." 바비가 의자 등받이에 기대며 말했다.

"그래야 대중을 진정시킬 수 있으니까. 이건 아주 중요한 일이야. 홀던은 권력이 대중에게 있고 정보는 자유로워지길 원하고 등등 헛소리를 늘어놓으면서 자기가 영웅인 줄 알지만, 사실 그 자식은 좆나 바보 멍텅구리야."

"하지만 그 사람은 자기 배에 타고 있죠."

아바사랄라는 팔짱을 꼈다. "무슨 말을 하고 싶은 거지?"

"그 사람은 자기 배에 타고 있지만 우리는 아닙니다."

"그래, 우린 전부 좆나 바보 멍텅구리지." 아바사랄라가 말했다. "그렇다고 치자고."

바비가 일어나 방 안을 서성이기 시작했다. 그녀는 벽에 닿기 전에 잽싸게 몸을 돌렸다. 바비는 이보다 훨씬 작은 방에서도 초조하게 서성이는 데 익숙했다.

"제가 어떻게 하길 바라십니까?" 바비가 물었다.

"아무것도." 아바사랄라가 말했다. "자네가 뭘 어떻게 할 수 있겠나? 나랑 같이 여기 꼼짝없이 갇혀 있는데. 난 잘난 친구들이 그렇게 많은데도 아무것도 할 수가 없어. 그리고 자네한텐 '아무것도' 없고. 난 그냥 2분씩 기다리지 않고도 이런 이야기를 할 수 있는 말상대가 필요했던 것뿐이야."

아바사랄라가 말을 너무 지나치게 한 것일지도 모른다. 바비의 표정이 누그러지더니 덤덤해졌다가, 끝내는 쌀쌀맞게 변했다. 그

녀가 마음을 걸어 잠그고 있었다. 아바사랄라는 침대 끄트머리에
걸터앉았다.

"이건 공평하지 않아." 아바사랄라가 말했다.

"그렇게 말씀하신다면요."

"그래, 염병, 내가 방금 그렇게 말했잖아."

해병대원이 고개를 갸우뚱 기울였다. "방금 그거 사과하신 겁
니까?"

"내가 지금 할 수 있는 최선으로."

아바사랄라의 마음속에서 뭔가가 꿈틀거렸다. 금성도 아니고,
제임스 홀던도 아니고, 실종된 불쌍한 어린 소녀도 아니고, 심지
어 에린라이트에 관한 것도 아니었다. 그것은 바비와 바비의 신경
질적인 걸음걸이와 수면 부족에 관한 것이었다. 다음 순간 아바사
랄라는 그것이 뭔지 깨닫고 피식 웃었다. 바비가 가슴 앞에 팔짱을
끼더니 침묵으로 질문을 대신했다.

"우스워서 웃은 게 아니야." 아바사랄라가 말했다.

"말씀해 보시죠."

"자네를 보니 내 딸이 생각났거든."

"그래요?"

아바사랄라는 바비를 화나게 하였고, 변명할 참이었다. 공기 재
생기가 부드럽게 윙윙거렸다. 요트의 몸통 깊은 곳에서, 마치 통나
무와 타르로 만들어진 고대 범선처럼 신음 소리가 났다.

"내 아들은 열다섯 살 때 죽었어." 아바사랄라가 말했다. "스키
사고였지. 내가 말한 적이 있던가? 그 아이가 수십 번이나 탔던 슬
로프였어. 아주 익숙했던 곳인데 어찌 된 일인지 그만 나무에 부딪

히고 말았지. 의사들 말로는 사고가 났을 때 그 아이가 시속 60킬로미터로 내려가고 있었다고 하더군. 어떤 사람들은 그러고도 살기도 하지만 내 아들은 그러지 못했어."

아바사랄라는 다시 그때로 돌아갔다. 의사가 화면 속에서 그녀에게 소식을 전하던 날. 아르준이 태우고 있던 향냄새가 코끝에 느껴졌다. 그날은 빗방울이 손가락처럼 창문을 두들기고 있었다. 그녀의 인생에서 최악의 순간인데도 이상하게 모든 것이 흠집 하나없이 선명하고 또렷하게 기억났다. 아바사랄라는 숨을 길게 들이키며 몸서리쳤다.

"그 뒤로 반년 동안 우리 부부는 세 번이나 이혼할 뻔했어. 아르준은 성자나 다름없는 사람이지만 성자도 한계는 있기 마련이지. 우린 사사건건 다투고 부딪쳤어. 전부 너무 사소하고 아무것도 아닌 일들이었지. 우리는 차란팔이 죽은 데 대해 서로를 비난했고, 상대방이 자기 책임이라고 말할라치면 모욕을 당한 듯이 분개했어. 당연하게도, 그러는 동안 제일 큰 상처를 입은 건 내 딸아이였지.

그날 밤에 우린 외출을 했어. 아르준과 나 둘이서 말이야. 집에 늦게 왔는데, 그때까지도 끊임없이 말다툼하고 있었지. 아샨티는 부엌에서 설거지하고 있었어. 손으로 직접 접시를 닦고 있었지. 수세미에 세제를 묻혀서 박박 닦고 있었는데, 그것도 연마제로 말이야. 손에서 피가 나고 있었지만 그 아이는 알아차리지도 못하고 있었어. 이해가 가? 난 그 애를 말렸어. 손에서 수세미를 빼앗으려 했지. 그런데 그 애가 갑자기 비명을 지르더군. 악을 쓰고 미친 듯이 발악을 하는 바람에 결국 설거지를 하게 내버려 둘 수밖에 없었어. 너무 화가 나서 눈앞이 캄캄해지더군. 난 그 애를 증오했어. 그 짧은 시간 동안에, 난 내 딸애를 증오했어."

"그런데 왜 제가 따님을 생각나게 한다는 거죠?"

아바사랄라가 손짓으로 주변을 가리켰다. 진짜 린넨이 깔린 침대. 벽에 발라진 진짜 벽지와 향긋한 냄새가 나는 공기.

"자네는 타협하지 않아. 자네는 그들과 다른 방식으로 사물을 보고, 내가 자네를 그렇게 만들려고 하면 과감히 뿌리치고 가 버리지."

"저한테 그런 걸 원하시는 겁니까?" 바비가 물었다. 그녀의 목소리가 조금씩 흥분하고 있었다. 그 안에 담긴 분노가 아바사랄라를 다시 현실로 데려왔다. "당신이 뭐라고 하든 제가 무조건 네네 했으면 좋겠는데, 제가 안 그런다고 싫어하시는 거냐고요?"

"물론 나야 내가 헛소리를 하면 자네가 대놓고 지랄한다고 해줬으면 하지. 내가 왜 자네를 고용했는데. 그저 잠시는 자네를 미워할 거라는 얘기야." 아바사랄라가 말했다. "난 내 딸을 아주 사랑하는걸."

"당연히 그러시겠지요, 차장보님. 하지만 전 차장보님 딸이 아닙니다."

아바사랄라가 한숨을 쉬었다.

"자넬 불러서 이걸 보여준 건, 시간 지연이 짜증 나서가 아니야. 걱정되어서지. 염병, 난 지금 엄청나게 무서워."

"뭐가요?"

"목록을 읊어줄까?"

이번에는 바비의 얼굴에 미소가 떠올랐다. 아바사랄라도 싱긋 웃어 주었다.

"내가 벌써 진 게 아닐까 두려워." 아바사랄라가 말했다. "과연 내가 호전 매파와 그 추종자 새끼들이 그들의 예쁜 새 장난감을 못 갖고 놀게 막을 수 있을지 두려워. 그리고…, 무엇보다 내가 틀렸을지도 모른다는 게 가장 두려워. 어떻게 하지, 바비? 그 금성에 있는 우라질 것이 우리가 이렇게 만신창이로 분열된 데다 아무 대책도 없다는 걸 알게 되면 어떻게 되는 거지?"

"저도 모르겠습니다."

아바사랄라의 핸드터미널이 울렸다. 비스듬히 내려다보니 새로운 메시지가 와 있었다. 사우더 제독에게서 온 전언이었다. 아바사랄라는 그에게 지구로 돌아가면 점심이나 같이 먹자는 순진무구의 극치라 할 수 있는 메모를 비밀 암호화 도식을 사용해 최고 보안등급으로 암호화해서 보냈다. 그녀의 통신을 감시하는 이들이 그것을 해석하려면 최소한 몇 시간은 걸릴 것이다. 아바사랄라는 메시지를 열었다. 답신은 매우 단순했다.

경애하는 이에게.
독수리가 자정에 착륙. 체험 동물원은 로마에서 불법.

아바사랄라는 웃음을 터트렸다. 이번에는 진심에서 우러나온 웃음이었다. 바비가 어깨너머로 기웃거려서 터미널 화면을 돌려 메시지를 보여주었다.

"이게 무슨 뜻인데요?"

아바사랄라는 바비에게 가까이 오라고 손짓한 다음, 그녀의 귀에 닿을 정도로 입을 바짝 가져다 댔다. 이 커다란 몸집의 여인에게서는 불쾌하지 않은 땀 냄새와 객실마다 비치된 오이향 로션 냄새가 났다.

"아무 뜻도 없어." 아바사랄라가 속삭였다. "그냥 내 장단에 맞춰 주고 있는 거야. 그렇지만 놈들은 궁금해 죽을 맛이겠지."

바비가 허리를 세웠다. 믿을 수 없다는 표정이 적나라했다.

"정부라는 게 진짜로 이런 식으로 돌아가는 거군요."

"원숭이 동산에 온 걸 환영해." 아바사랄라가 말했다.

"전 가서 술이나 마셔야겠습니다."

"난 다시 일을 시작해야겠어."

바비가 문 앞에서 발을 멈췄다. 너른 문 앞에 서 있는 그녀가 작아 보였다. 로버타 드레이퍼를 작아 보이게 만들 수 있는 문이라니, 좌우지간 이 요트에서 터무니없지 않은 부분이 한 군데라도 있긴 한 걸까.

"그래서 어떻게 됐나요?"

"뭐가?"

"차장보님 따님이요."

아바사랄라는 터미널을 닫았다.

"그 애가 설거지를 멈출 때까지 아르준이 노래를 불러줬지. 세 시간쯤 걸렸어. 아르준이 부엌 카운터에 앉아서 아이들이 어렸을 때 우리가 불러주던 노래를 전부 불러줬고, 결국엔 아산티를 방으로 데려가서 재울 수 있었지."

"차장보님은 남편분도 증오하셨죠? 그렇죠? 당신은 할 수 없는데 그분은 따님을 달랠 수 있었으니까요."

"오. 이제야 좀 알아듣는군, 중사."

바비가 혀로 입술을 축였다.

"전 누군가를 해치고 싶습니다." 그녀가 말했다. "하지만 그 누군가가 그들이 아니게 될까 봐 두렵습니다. 그게 결국 저 자신이 될까 봐 두렵습니다."

"애도를 표하는 방식은 모두가 다른 법이지." 아바사랄라가 말했다. "내 말이 도움될지는 모르겠지만, 자네가 아무리 많은 사람을 죽인들 자네 동료들이 살아나진 않아. 내가 아무리 많은 사람을 구해도 차란팔이 살아나지는 않는 것처럼 말이야."

바비는 한참 동안 서서 아바사랄라의 말을 곱씹어 보았다. 바비의 머릿속에서 생각이 굴러가는 소리가 들릴 정도였다. 바비를 과소평가한 소렌은 바보 천치였다. 하지만 소렌은 많은 면에서 멍청했지. 한참 뒤에 바비가 지극히 가볍고 평범한 목소리로 전혀 중요하지 않은 이야기를 하듯이 말했다.

"하지만 시도한다고 나쁠 건 없겠죠."

"그게 우리가 하는 일이지." 아바사랄라가 응수했다.

바비가 짧게 고개를 끄덕였다. 순간 아바사랄라는 바비가 자신에게 거수경례를 할지도 모른다고 생각했다. 하지만 그녀는 미니바를 향해 성큼성큼 걸어갔다. 미니바 옆에는 가짜 황동 말 조각과 헐벗은 여자의 동상 밑으로 물이 흐르는 분수가 설치되어 있었다. 그걸 보고 독한 술이 내키지 않는다면 그 무엇도 술을 마시고 싶게 할 수 없을 것이다.

아바사랄라는 영상 피드를 재생했다.

"제 이름은 제임스 홀던입니다…."

그리곤 다시 꺼버렸다.

"적어도 그 좆같은 수염은 밀어버렸군 그래." 그녀가 중얼거렸다.

36
프락스

프락스는 생애 처음으로 경험했던 계시의 순간을 기억한다. 적어도 그가 계시의 순간이었다고 느낀 때를 기억하고 있다. 이렇다할 근거도 없이 그의 직감을 믿고 전진했을 때. 당시에 그는 겨우열일곱 살로 삶의 두 번째 단계에 있었고, 유전자 조작 실험실에 앉아 있었다. 프락스는 철제 테이블과 마이크로 원심분리기 사이에앉아 어째서 결과가 이렇게 엉망진창인지 고심하고 있었다. 계산을 다시 검산하고 연구 노트를 꼼꼼히 읽어보았다. 단순히 기술적실수라고 보기엔 오차가 너무 컸는데, 그가 실수한 것도 아니었다.

그러다 프락스는 그가 사용한 시약 중 하나가 키랄성 화합물이라는 사실을 발견하고 단번에 사태를 파악했다. 그는 그 시약이 잘못된 것은 아니지만, 합성물이 아니라 천연재료에서 채취한 것이라고 추측했다. 다시 말해 분자가 균일하게 반시계방향으로 회전하는 것이 아니라 비대칭성 분자들이 섞여 있고, 그중 절반이 활성화되지 못한 것이었다. 그 사실을 깨달은 순간, 프락스의 얼굴에는 귀 끝까지 찢어지는 환한 미소가 걸렸다.

실험은 실패했지만 적어도 그는 실패의 원인을 이해할 수 있었고, 그것은 승리를 거둔 것이나 마찬가지였다. 유일하게 아쉬운 점이 있다면 그처럼 당연하고 명백한 사실을 알아차리는 데 너무 오래 걸렸다는 것뿐이었다.

메이를 찾는 영상을 유포하고 나흘째, 프락스는 그동안 잠을 거의 자지 못했다. 그는 기부금과 함께 쏟아져 들어오는 메시지를 전부 읽고 그중 일부에는 답장을 보냈으며, 알지도 못하는 사람들에게 질문을 던졌다. 낯선 이들에게서 날아오는 호의와 온정의 파도는 가히 중독적이었다. 프락스는 근 이틀간 잠을 이루지 못했지만, 자신이 이런 강력한 영향력을 지닐 수 있다는 데 대해 희열감마저 느꼈다. 잠시 눈을 붙일 때조차 그는 메이를 찾는 꿈을 꿨다.

그리고 마침내 해답을 깨달은 순간, 그는 왜 진즉에 이걸 알지 못했는지 한탄했다.

"시간이 지난 걸 생각하면 지금 메이는 어디든 있을 수 있어요, 박사 양반." 에이모스가 말했다. "내 말은 너무 흥분하지 말란 소립니다."

"그럴 수도 있지요." 프락스가 말했다. "메이한테 줄 약만 있으면 어디로든 데려갔을 수 있어요. 하지만 메이의 병이 유일한 제한 요건은 아닙니다. 중요한 건 그들이 어디에서 왔냐는 겁니다."

프락스는 사실 뚜렷한 계획도 없이 무작정 회의를 소집했다. 로시난테 호의 승무원은 몇 명 되지 않았지만, 에이모스의 방은 너무 작았다. 로시난테 호의 주방에서 모일까도 생각해 봤지만, 아직 수리 작업이 한창이었고 프락스는 이 이야기가 남의 귀에 들어가는 것을 바라지 않았다. 그래서 프락스는 결국 계좌에 모인 모금액을 확인한 다음 스테이션의 한 클럽에 방을 빌릴 만큼 돈을 찾았다.

지금 그들은 특실에 모여 있었다. 창밖에서는 육중한 건설용 조작팔들이 미묘하게 자세를 바꿀 때마다 자세제어 추진기가 화염을 뿜으며 언어처럼 복잡한 패턴으로 움직이고 있었다. 프락스가 타이코에서 직접 보기 전까지 생각조차 하지 못한 것이 하나 있다면 그것은 건설용 조작팔이 연결된 스테이션을 고정하기 위해서는 자세제어 로켓이 필요하다는 사실이었다. 우주에서는 아주 미세한 동작이 하나 발생하면 거기 수반되는 반작용이 있기 마련이다.

넓은 테이블과 충격 흡수 젤 사이를 떠도는 음악은 부드럽고 서정적이었고, 가수의 나지막한 목소리는 듣는 사람들을 차분하게 달래 주었다.

"어디서 왔냐고요?" 알렉스가 말했다. "가니메데에서 온 거 아니었습니까?"

"가니메데에 있던 연구실에는 고급용 연구 장비가 없었어요." 프락스가 말했다. "그리고 그 사람들의 목적은 가니메데를 전쟁터로 만드는 거였고요. 그런 곳에서 중요한 실험을 했을 리가 없습니다. 거긴 일종의 현장 실험실이었던 거죠."

"원래 자기가 먹는 곳에선 똥을 누지 않는 법이지." 에이모스가 고개를 끄덕이며 말했다.

"우주선에서 사는 주제에 그런 말을 잘도 하는군." 홀던이 말했다.

"하지만 주방에서 똥을 싸진 않잖습니까."

"그건 그렇군."

"그러니까 보안이 더 철저한 다른 본거지가 있다고 봐야 합니다." 프락스가 말을 이었다. "그리고 그 본거지는 목성계와 가까운 곳이 틀림없고요. 가니메데랑 가까운 곳이요."

"잠깐만요." 홀던이 끼어들었다. "왜 가까워야 합니까?"

"시간 때문이죠. 메이는 약만 있으면 어디든 갈 수 있어요. 하지만 괴물은… 괴물은 메이보다도 더 약할 테니까요."

홀던이 교사에게 질문하는 학생처럼 손을 번쩍 들었다.

"잠깐. 혹시 내가 잘못 들었을지도 몰라서 그러는데, 방금 우리 배를 맨손으로 찢어발기고 5백 킬로그램짜리 화물 받침대를 나한테 집어 던지고 반응로 코어까지 우주선 벽을 파헤친 놈이 면역 체계 질병이 있는 네 살짜리 어린애보다 더 약하다고 한 겁니까?"

프락스가 고개를 끄덕였다. 순간, 예기치 못했던 충격과 슬픔이 울컥 솟았다. 메이는 더 이상 네 살이 아니다. 벌써 한 달 전에 생일이 지났는데 챙겨주지도 못했다. 메이는 이제 다섯 살이다. 그러나 이제 그런 충격과 슬픔은 그의 오랜 친구나 다름없었고, 그는 그 감정을 옆으로 밀쳐두었다.

"좀 더 자세히 설명해 보지요." 프락스가 말했다. "이 상황에서 문제가 되는 건 메이의 신체가 아닙니다. 정확히 말하자면 메이의 병이 문제죠. 정상적인 신체에서 발생하는 많은 과정이 그 애의 몸에서는 일어나지 않아요. 그럼 여기서 그 생명체, 괴물에 대해 생각해 봅시다. 로시난테 호에 몰래 탔던 놈 같은 거 말이죠."

"그 우라질 놈은 아주 기운이 펄펄 넘치던데요." 에이모스가 말했다.

"아닙니다." 프락스가 말했다. "제 말은, 네, 물론 그렇죠. 하지만 실제로는 아니에요. 생화학적 면에서는 말이죠. 그 스트릭랜드인지 카를로스인지 하는 작자가 프로토분자를 조작해 인간의 몸에 주입했다면, 프로토분자는 우리의 복잡한 신체 체계를 장악하고 그 위에 다른 시스템을 덮어씌우게 됩니다. 그렇게 되면 아시다시피 사람의 몸이 아주 불안정해지죠."

"그렇군요." 나오미가 말했다. "그런데 그런 걸 우리가 '어떻게' 알죠?"

프락스는 이맛살을 찌푸렸다. 이들을 불러 모으기 전에 혼자 연습을 했을 때는 이렇게 많은 질문을 받을 거라곤 생각하지 않았다. 그에게는 처음부터 당연해 보였던 것들이 이들에게는 상상조차 할 수 없는 내용이었던 것이다. 프락스가 교직을 택하지 않은 것도 이런 이유 때문이었다. 방 안에 모여 있는 이들은 아무것도 모르겠다는 표정을 짓고 있었다.

"좋아요." 프락스가 말했다. "처음부터 설명하도록 하죠. 가니메데에서 뭔가가 전쟁을 일으켰어요. 그리고 비밀 연구실도 있는데, 거기서 일하던 사람들은 습격이 일어날 거라는 걸 미리 알고 있었죠."

"예, 그렇죠." 알렉스가 말했다.

"그리고 우리는 그 연구실에서 프로토분자의 흔적과 어린아이의 시신, 그리고 철수하고 있던 사람들을 발견했어요. 우리가 비밀 연구실을 찾아냈을 때 중간부터는 전투를 벌일 필요도 없었고요. 누군가 우리보다 먼저 가서 다 죽여버렸으니까요."

"아하!" 에이모스가 외쳤다. "그러니까 그게 로시난테 호에 탔던 개새끼라는 거군요?"

프락스는 '당연하잖아요!'라는 말이 입술에서 떨어지기 전에 가까스로 자제했다.

대신에 그는 이렇게 대꾸했다. "아마도요. 그리고 가니메데에서 발생한 첫 전투도 그것과 비슷한 놈과 관련이 있을 겁니다."

"그럼 두 놈을 풀어놓은 거네요?" 나오미가 물었다. 하지만 그녀는 이미 자신의 말이 틀렸다는 것을 알고 있었다.

"아닙니다. 왜냐하면 그 사람들은 첫 번째 사건이 일어날 거라는 걸 미리 알고 있었으니까요. 두 번째 놈은 에이모스가 그 사람들한테 수류탄을 던졌을 때 우연히 풀려난 겁니다. 첫 번째 놈은 의도적으로 풀어놓은 거고요. 하지만 그런 건 상관없어요. 중요한 건 그 사람들이 프로토분자를 사용해 인체를 조작하고 있지만, 원하는 만큼 정밀하게 통제할 수는 없다는 겁니다. 제어 프로그램이 실패한 거죠."

프락스는 이렇게 하면 다른 이들도 그의 사고 체계를 따라올 수 있다는 듯이 고개를 천천히 끄덕였다. 홀던은 고개를 가로젓다가 잠시 망설이더니, 이번에는 위아래로 끄덕였다.

"폭탄이군." 홀던이 말했다.

"그래요, 폭탄이요." 프락스가 맞장구를 쳤다. "두 번째 놈이 탈출할 걸 몰랐는데도 몸속에 강력한 소이탄을 심어 놓았죠."

"아하!" 알렉스가 외쳤다. "이제야 이해가 가네! 그러니까 박사님 말은, 그게 폭주할 거라는 걸 알고 통제할 수 없어지면 날려버리려고 했다는 거죠?"

검고 깊은 우주 공간 속에서 건설용 용접기가 반쯤 건조된 선체를 가로질렀다. 갑자기 터져 나온 불똥이 화성인 조종사의 흥분한 얼굴 위로 날카로운 빛줄기를 던졌다.

"그겁니다." 프락스가 말했다. "원래는 보조 무기였을 수도 있고, 아니면 놈이 전달해야 하는 화물일 수도 있습니다. 하지만 전 그게 일종의 안전장치였다고 생각합니다. 예, 거의 확실하다고 생각은 하는데, 다른 것일 가능성도 있죠."

"하지만 놈은 그걸 우리 배에다 설치했는데요." 알렉스가 말했다.

"정확히 말하자면 '배출'한 겁니다." 프락스가 말했다. "아시겠어요? 자기 몸의 구성을 바꿔서 몸속에 들어 있던 걸 두고 갔다고요. 로시난테 호를 파괴하려고 했던 게 아니에요. 물론 그랬을 가능성도 있지만, 원래 정해져 있던 목적지에 전달한 것도 아니고 그냥 버리고 간 겁니다."

"그렇다는 건⋯."

"자기한테 위협이 되는 존재를 인식할 만큼 똑똑하다는 얘기죠." 프락스가 말했다. "저도 정확한 원리는 모릅니다. 각 개체가 인지력을 갖고 있을 수도 있고 아니면 서로 연결되어 있을 수도 있죠. 아니면 그게 일종의 면역 반응일 수도 있고요."

"알겠어요, 프락스. 다시 말해 프로토분자가 그자들이 심어 놓은 제약 조건을 무시하고 주체적으로 움직일 수 있다는 거죠. 그런데 그게 무슨 의미가 있죠?" 나오미가 물었다.

'다시 원점이군.' 프락스는 속으로 생각했다. 그는 처음에 그들에게 말하려 했던 주제로 다시 돌아갔다.

"그건 연구실 본부, 다시 말해 괴물을 풀어놓지 않은 곳이 프로토분자가 통제에서 벗어나기 전에 내려놓을 수 있는 곳, 즉 가니메데와 가까운 곳이어야 한다는 겁니다. 프로토분자가 폭주할 때까지의 기한이 얼마나 될지는 저도 몰라요. 하지만 저는 그들도 모른다고 확신합니다. 그러니까 가까우면 가까울수록 좋겠죠."

"목성의 위성이나, 감춰진 비밀 스테이션이겠군." 홀던이 말했다.

"목성계에 아무도 모르는 비밀 스테이션 같은 게 있을 리가 없습니다." 알렉스가 말했다. "교통량이 너무 많으니까요. 반드시 누군가의 눈에 띄었을 겁니다. 염병, 거긴 원래 나중에 천왕성으로 바뀌기 전에 외계 천문학의 본거지였다고요. 목성계 근처에 누가 뭘 몰래 만들었으면 온갖 관측기지에서 길길이 날뛰었을 겁니다. 사진이 엉망이 될 테니까요."

나오미가 손가락으로 테이블 상판을 초조하게 두드렸다. 철제 환기구 안에서 물방울이 똑똑 떨어지는 것 같은 소리가 났다.

"가장 그럴싸한 곳은 유로파죠." 나오미가 말했다.

"이오입니다." 프락스가 말했다. 이제는 그도 인내심이 바닥났다. "모금한 돈을 조금 사용해서 아릴아민과 니트로아렌과 관련된 관세 기록을 좀 찾아봤는데요, 그게 돌연변이 연구에 많이 쓰이는 약품이거든요." 프락스가 말을 멈췄다. "저, 제가 그래도 되는 거 맞지요? 계좌에 들어온 돈을 쓰는 거 말입니다."

"그러라고 모은 돈인데요." 홀던이 말했다.

"그럼 됐습니다. 어쨌든 활성화가 필요한 그런 돌연변이원은 아주 엄격하게 관리되고 있습니다. 생물 무기를 개발하는 데 사용될 수 있으니까요. 하지만 반면에 생물학적 연쇄효과와 유전자 제약 시스템을 연구하려면 꼭 필요한 성분이기도 합니다. 대부분은 가니메데로 운송되었지만, 유로파로도 꾸준하게 유입되는 흐름이 있더군요. 그걸 뒤져봤는데 최종 수령자 이름을 찾을 수가 없는 겁니다. 왜냐하면 유로파에 도착하고 두 시간도 지나지 않아 다시 외부로 이송됐거든요."

"이오로 간 거군요." 홀던이 말했다.

"장소는 기록되어 있지 않았는데, 그런 물질을 운송하려면 지구
와 화성의 안전규정을 준수하는 컨테이너가 따로 필요합니다. 아주
비싸죠. 그리고 유로파로 운송된 컨테이너는 운송 계약 거래에 따
라 다시 제작업체로 반송됐습니다. 이오에서요."

프락스는 숨을 깊이 들이켰다. 힘들고 어려운 과정을 거치긴 했
지만, 그는 결론을 입증하기에는 부족해도 최소한 매우 분명한 의
미를 암시할 수 있는 중요한 증거들을 제시했다고 믿었다.

"그러니까아…." 에이모스가 단어를 길게 잡아 빼며 말했다. "나
쁜 놈들이 이오에 있는 겁니까?"

"그래요." 프락스가 말했다.

"씨발, 그럼 처음부터 그냥 그렇게 말하면 되잖습니까, 박사 양
반."

추진 중력은 타이코 스테이션의 미묘한 코리올리 효과가 없는 완
전한 1g를 유지했다. 프락스는 침대에 앉아 핸드터미널 위로 몸을
숙이고 있었다. 타이코 스테이션으로 오는 도중에는 굶주린 배와
상심한 마음만이 그의 주의를 다른 곳으로 돌릴 수 있었다. 물리적
으로 변한 것은 아무것도 없다. 벽은 여전히 좁고 답답했고 공기 재
생기는 시끄러웠다. 그러나 지금은 외롭지 않았다. 프락스는 수많
은 사람으로 구성된 거대한 네트워크의 중심에 있었다. 모든 사람
이 그와 같은 목적을 향해 기울고 있었다.

프락스 씨, 당신에 관한 보도를 보았습니다. 함께 기도하겠습니다. 돈을 보내지 못해 미안합니다. 나는 기본 보장이거든요. 하지만 우리 교회의 소식지를 첨부합니다. 부디 따님이 무사히 건강한 모습으로 돌아왔으면 좋겠네요.

프락스는 그와 메이의 무사 안녕을 비는 모든 메시지에 답신할 기본 형식을 만들었다. 자동 필터를 사용해 각각의 메시지 내용에 맞게 다양한 답신을 보낼까도 생각해 봤지만, 필터의 분류 조건을 정확히 설정할 자신이 없어 그 일은 미뤄두었다. 또 그는 메시지를 보낸 사람들에게 그들의 염려와 노력이 당연한 것으로 치부된다는 느낌을 주고 싶지도 않았다. 무엇보다, 어차피 그는 로시난테 호에서 할 일이 아무것도 없었다.

제가 이렇게 메시지를 보내는 이유는 따님을 찾는 데 도움이 될지도 모를 정보를 갖고 있기 때문입니다. 제가 아주 어렸을 적, 꿈속에서 아주 강렬한 계시를 받은 적이 있습니다. 이번에도 제임스 홀던의 영상을 보기 사흘 전에 꿈에서 당신과 당신 딸을 봤어요. 메이는 루나에서, 빛 한 점 없는 아주 좁고 어두운 공간에 갇혀서 겁에 질려 떨고 있었습니다. 전 그 애를 달려주려 했지요. 어쨌든 전 그 아이가 루나에 있거나 혹은 루나와 근접한 궤도 상에 있다고 확신합니다.

물론 프락스도 '모든' 메시지에 답변을 보내지는 않았다.

이오로 가는 데 걸리는 시간은 타이코 스테이션으로 갈 때보다 별로 길지 않았다. 어쩌면 더 짧을지도 몰랐다. 이번에는 로시난테 호에 밀항한 프로토분자 괴물이 화물칸을 날려버리는 사고가 일어나지 않을 것이기 때문이다. 그때의 일을 너무 오래 생각하면 손바닥이 근질거렸다. 프락스는 이제 메이가 어디 있는지, 적어도 어디에 있었는지 알고 있었다. 시간이 지날수록 그는 메이에게 점점 더 가까워지고 있었고, 모금 계좌에 메시지가 쌓일 때마다 조금씩 힘과 용기를 얻었다. 세상 어딘가에는 카를로스 메리언의 정체를 아는 사람이, 또는 그가 무슨 일을 했는지 아는 사람이 있을지도 모른다.

메시지를 보내온 사람들과 대화를 나누기도 했다. 대부분은 영상을 주고받았다. 세레스 스테이션의 한 보안 서비스 중개인은 프락스를 위해 관세 관련 조사를 몇 가지 해 주었는데 정말 좋은 사람 같았다. 또 화성에 있는 슬픔 상담사와 비디오 영상을 몇 번 교환하기도 했는데, 그녀가 점점 불편할 정도의 친밀감을 표시하는 바람에 결국 흐지부지 멀어지고 말았다. 어떤 학교에서는 전교생이(백 명은 되는 것 같았다) 스페인어와 프랑스어를 섞어 메이와 메이의 무사귀환을 기원하는 노래를 불러주기도 했다.

머리로는 아무것도 변하지 않았음을 알고 있었다. 메이는 아마 죽었을 것이며, 그는 딸아이를 다시는 만나지 못할지도 모른다. 그러나 이토록 많은 사람이 모든 것이 잘 될 것이라고 말해주고 또 기도해 주고 있다는 사실은 프락스의 절망감을 다소 누그러뜨려 주었다. 집단 강화 효과와 유사한 것이겠지. 그것은 일부 식물에서 흔히 볼 수 있는 현상이었다. 가령 병들거나 허약한 개체를 건강한 동일 종 군집 안으로 옮겨 심으면 물과 토양을 따로 공급해도 동족들과의 근접성에 의해 상태가 호전된다. 그렇다. 이것은 일종의 화학적 현상이다. 하지만 인간은 사회적인 동물이고, 화면 속에서 사랑스러운 미소를 띤 여인이 당신의 눈을 똑바로 바라보며 당신이 간절히 믿고 싶은 말을 늘어놓는다면 그것을 믿지 않기란 거의 불가능한 일이다.

이것은 이기적인 반응이다. 프락스도 알고 있었다. 그러나 동시에 중독적이기도 했다. 일단 모금된 금액이 이오까지 가는 데 충분하다는 사실을 알고 나자, 프락스는 계좌에 관해 관심을 끊었다. 홀던이 지출 보고서와 지출 명세가 상세히 적힌 표를 전달해주긴 했지만, 홀던이 그를 속일 것 같지는 않아 가장 아랫단에 적힌 총계만 쓱 보고는 나머지는 쳐다보지도 않았다. 자금이 충분해진 후에는 돈에 대해서는 일절 신경 쓰지 않았다.

이제 프락스는 돈이 아니라 사람들의 말과 반응에 시간과 관심을 쏟기 시작했다.

주방에서 알렉스와 에이모스의 대화 소리가 들렸다. 나지막하면서도 허물없는 목소리였다. 대학 시절 기숙사에 살던 때가 생각났다. 다른 사람들의 존재감과 목소리, 그리고 익숙한 소리에서 기인하는 편안함. 그것은 낯선 이들이 보내는 응원 메시지를 읽는 것과는 또 다른 느낌이었다.

나도 4년 전에 아들을 잃었어요. 그런데도 지금 당신이 어떤 심정일지 상상도 가지 않네요. 내가 할 수 있는 일이 더 있다면 좋을 텐데요.

이제 남은 메시지는 몇십 개밖에 되지 않았다. 선내 시간으로는 아직 늦은 오후였지만 미치도록 졸렸다. 프락스는 낮잠을 한숨 자고 남은 메시지를 읽을지 아니면 이왕 시작한 김에 끝까지 읽을지 한참 고민하다 결국 답장은 보내지 않고 메시지만 읽기로 했다. 밖에서 알렉스의 웃음소리가 들렸다. 에이모스가 따라 웃었다.

프락스는 다섯 번째 메시지를 열었다.

개새끼개새끼개새끼개새끼, 만나면 죽여 버리겠어. 내 손으로 직접 죽여 버리겠어. 너 같은 개새끼는 죽을 때까지 후장을 뚫려봐야 돼. 그런 게 어떤 건지 직접 당해봐야 알지.

프락스는 얼어붙었다. 갑자기 누가 배에 힘껏 주먹이라도 날린 듯이 묵직한 통증이 느껴졌다. 그는 메시지를 지웠다. 새 메시지가 들어왔다. 곧이어 세 개가 더, 뒤이어 수십 개가 밀려 들어왔다. 그는 눈앞이 아찔한 기분으로 새로 들어온 메시지를 열었다.

죽어버려.

"이해가 안 가는데." 프락스가 터미널에 대고 말했다. 그를 향한 독설은 너무 뜻밖이고 끝없이 쏟아지고 있었으며 이해할 수가 없었다. 적어도 프락스가 공영 뉴스 피드의 링크가 담긴 메시지를 열기 전까지는 그랬다. 링크 연결 요청을 넣은 지 5분 후에 화면이 하얗게 변했다. 지구 통합 뉴스의 커다란 파란색 로고가 뜨더니 뉴스 피드의 제목 '생생피드'가 나타났다.

로고가 사라진 자리에서 니콜라가 그를 쳐다보고 있었다. 프락스는 제어판으로 손을 뻗었다. 마음 한구석에서는 개인 메시지를 잘못 연 것이 틀림없다고 되뇌고 있었지만, 실은 그도 그렇지 않다는 사실을 잘 알고 있었다. 니콜라가 혀로 입술을 핥더니 화면 밖을 힐끔 쳐다봤다가 다시 카메라로 시선을 돌렸다. 그녀는 피곤하고 지친 듯이 보였다. 온몸의 진이 다 빠진 것 같았다.

"제 이름은 니콜라 멀코입니다. 한때 프락시디케 멩과 결혼한 사이였죠. 우리 딸을… 내 딸을 찾고 싶다고 호소한 사람 말입니다."

니콜라의 뺨 위로 눈물이 한 방울 흘러내렸지만, 그녀는 닦아 내지 않았다.

"하지만 여러분이 모르고 있는 사실은, 아무도 모르고 있는 사실은, 프락스가 괴물이라는 겁니다. 전 그 사람에게서 도망친 뒤로 계속 메이를 되찾아오려 했어요. 그 사람이 저를 학대한 건 우리 사이의 일이라고 생각했죠. 우리 딸까지 괴롭힐 거라곤 생각하지 않았거든요. 하지만 우리가 헤어진 후에 가니메데에 있는 친구들한테 들은 이야기에 따르면…."

"니콜라." 프락스가 중얼거렸다. "이러지 마, 제발 이러지 마."

"프락스는 폭력적이고 위험한 사람입니다." 니콜라가 말했다. "메이의 어머니로서, 저는 제가 프락스를 떠난 후에 그가 메이를 감정적으로, 신체적으로, 그리고 성적으로 학대했다고 믿습니다. 가니메데 사태가 발생한 후에 그가 메이가 실종되었다고 주장하는 이유는 그가 제 딸을 죽였다는 사실을 은폐하기 위한 것이라고 확신합니다."

니콜라의 얼굴 위로 눈물이 폭포수처럼 흘러내리고 있었지만, 그녀의 목소리와 눈빛은 지난주에 죽은 생선처럼 텅 비어 있었다.

"모두 제 잘못이에요." 니콜라가 말했다. "가엾은 우리 딸을 두고 떠나는 게 아니었는데…."

37
아바사랄라

"모두 제 잘못이에요." 화면 속의 여자가 눈물을 글썽거리며 말했다. 아바사랄라는 피드를 멈추고 의자에 깊숙이 기대앉았다. 심장이 전력으로 달음박질치고 의식의 빙산 아래에서 온갖 생각들이 꼬리에 꼬리를 물고 소용돌이쳤다. 누군가 그녀의 머리에 귀를 가져다 대면 안에서 뇌가 정신없이 돌아가는 소리를 들을 수도 있을 것이다.

바비는 침대에 걸터앉아 있었다. 커다란 체구 때문에 침대가 작아 보였고 그래서 상대적으로 그녀의 체구가 더욱 인상적으로 보였다. 바비는 한쪽 다리를 접어 엉덩이 아래 깔고 앉아 금색과 녹색의 침대보 위에 트럼프를 펼쳐 놓고 있었다. 그러나 솔리테어 게임은 잊힌 지 오래였다. 화성인의 시선은 아바사랄라에게 못 박혀 있었고 아바사랄라는 입술 끝을 끌어올리며 슬그머니 웃었다.

"놀랠 노자일세." 아바사랄라가 말했다. "그를 두려워하고 있군."

"누가 누구를 두려워하는데요?"

"에린라이트가 홀던과 그 프락스라는 작자를 묻어버리려고 하고 있어. 그 인간들이 에린라이트를 움직이게 한 거야. '나도 못한 일인데.'"

"식물학자가 아이를 학대한 게 아니라고 생각하시는 겁니까?"

"물론 진짜 그랬을 수도 있지. 하지만 저건⋯." 아바사랄라는 화면 속에 멈춰 있는 식물학자 전처의 눈물범벅이 된 얼굴을 가리켰다. "흑색선전이야. 내가 이걸 기획한 여자와 점심도 같이 먹은 적이 있다는 데 내 일주일 분 급여를 걸지."

바비의 회의적인 눈초리는 아바사랄라의 미소를 더욱 환하게 만들었을 뿐이었다. "이건 우리가 이 날아다니는 매음굴에 탄 뒤로 첫 희소식이야." 아바사랄라가 말했다. "드디어 일할 때가 됐군. 씨발, 내 집무실에 있었으면 더 좋았을 텐데 말이야."

"차 한 잔 드릴까요?"

"아니, 술이 필요해." 아바사랄라가 핸드터미널의 카메라를 켜며 말했다. "축배를 들어야 하니까."

카메라에 비친 그녀는 생각보다 더 작아 보였다. 관세음호의 방들은 아바사랄라가 어떤 각도로 서든 사람들의 시선을 끌 수 있게 설계되어서 마치 엽서 속에 갇힌 것 같았다. 이 요트에 타고 있다면 누구나 말 한마디 없이도 일장연설을 늘어놓을 수 있을 것이다. 그러나 저중력이다 보니 아바사랄라의 머리카락은 방금 자다 깬 사람처럼 공중에 솟구쳐 있었다. 그리고 무엇보다 그녀는 감정적으로 고갈되고 신체적으로 나약해져 있었다.

'정신 차려.' 그녀는 자신을 질책했다. '가면을 찾아 써.'

아바사랄라는 심호흡을 한 번 한 다음 카메라를 향해 모욕적인 손짓을 했다. 그리곤 녹화를 시작했다.

"사우더 제독." 아바사랄라가 말했다. "지난번 메시지는 아주 감사히 받았어요. 제가 아주 흥미로운 걸 하나 찾았는데, 제독님도 관심을 가지실 것 같군요. 누군가 제임스 홀던에게 악의를 품고 있는 것 같습니다. 제가 이 염병할 태양계 변방을 돌고 있는 게 아니라 함대에 같이 있었더라면 커피나 한잔 하면서 얘기를 나눴을 텐데, 그럴 사정이 안 되니 제 개인 파일의 열람 권한을 열어드리지요. 제가 홀던을 꽤 오랜 시간 추적하고 있었거든요. 한 번 훑어보시고 혹시 저와 똑같은 걸 발견하면 연락 주세요."

아바사랄라는 메시지를 전송했다. 이다음 단계는 당연히 에린라이트에게 연락하는 것이었다. 지금 그들이 연기 중인 연극을 계속하려면 그와의 관계를 지속해야 한다. 아바사랄라는 지금까지 그랬던 것처럼 계속 아무것도 모르는 척해야 할지 고민했다. 바비가 오른쪽으로 다가와 진이 담긴 술잔을 내려놓았다. 아바사랄라는 술잔을 들고 목을 축였다. 마오크비크의 유통 라벨이 붙은 진은 라임이 없는데도 맛이 매우 훌륭했다.

'아니야. 에린라이트 따위 엿이나 먹으라지.' 아바사랄라는 주소록을 불러내 훌훌 넘겨보다가 찾던 것을 발견하고 번호를 눌렀다.

"코리노프스키, 방금 프락시디케 멩이 예쁘고 귀여운 다섯 살짜리 친딸이랑 붙어먹었다는 영상을 봤는데, UN 홍보팀이 언제 얼어죽을 이혼 법정이 된 거지? 나중에 우리가 개입했던 게 들통나면 내가 누구 사직서를 뉴스 피드에 뿌려야 하는 거야? 지금 당장 내 머리에 떠오르는 건 당신밖에 없네? 리처드한테 안부 전해 주고, 내가 당신처럼 무능력한 인간을 해고하기 전에 빨리 연락해."

아바사랄라는 녹화를 마치고 메시지를 전송했다.

"그 사람이 만든 겁니까?" 바비가 물었다.

"거의 확실히." 아바사랄라가 진을 한 모금 마시며 대답했다. 술맛이 끝내줬다. 조심하지 않으면 너무 많이 마시게 될지도 몰랐다. "자기가 범인이 아니라면 진범을 찾아서 쟁반에 수급을 담아 내 앞에 고이 대령해 주겠지. 에마 코리노프스키는 겁쟁이거든. 내가 괜히 그 여잘 좋아하는 게 아니야."

그 뒤로 한 시간 동안 아바사랄라는 십수 개의 메시지를 연달아 내보냈다. 프락스의 전처와 UN이 명예훼손으로 고발당할 수 있는지 법적 책임에 관한 분석을 요청했고, 가니메데의 구호활동 책임자에게 긴급 메시지를 보내 실종된 메이의 신상과 수색 관련 모든 정보를 샅샅이 요구했다. 또 홀던의 영상에 잡힌, 소녀를 데려간 의사와 정체 모를 여성의 신원을 최우선으로 밝혀낼 것을 지시하고, 데이터 저장소에 있는 오랜 친구에게는 동일한 정보를 보내 달라는 미묘하고 은근한 부탁을 중간에 끼워 넣은 20분에 달하는 두서없는 메시지를 보냈다.

에린라이트가 게임의 방향을 틀었다. 만일 아바사랄라가 지금 자유의 몸이기만 했어도 무엇도 그녀를 막을 수 없었을 것이다. 그래서 아바사랄라는 현재 자신의 일거수일투족이 낱낱이 기록되고 외부로 전달되고 있으며, 그녀의 행동을 무력화하기 위한 대책이 이뤄지고 있다고 가정해야 했다. 그러나 에린라이트와 그의 패거리들 역시 인간일 뿐이다. 아바사랄라가 무수히 많은 요청과 지시와 명령과 채찍과 감언이설을 쉴 새 없이 억수처럼 퍼붓는다면 그 와중에 뭔가를 놓칠 수밖에 없다. 아니면 뉴스 피드의 누군가가 그와 관련된 정보활동이 눈에 띄게 증가하고 있음을 포착하고 그 사실을 파고들지도 모른다. 이도 저도 아니라면 최소한 에린라이트가 밤잠을 설치게 할 수는 있을 것이다.

아바사랄라가 할 수 있는 일은 이게 다였다. 물론 충분하지는 않았다. 그녀는 몹시 오랫동안 아주 섬세하고 교묘한 정치와 권력의 춤을 춰왔고, 거기에 익숙해진 그녀의 사고방식과 반사 신경으로는 그것의 올바른 형태를 찾아낼 수가 없었다. 아바사랄라는 메시지 영상을 녹화할 때마다 시간 지연 때문에 죽고 싶은 심정을 상대방에게 거리낌 없이 폭발시켰다. 세계 최고의 연주가가 만원이 된 객석 앞에 장난감 피리 하나만 달랑 들고 선 기분이었다.

언제 술잔을 비웠는지도 기억나지 않았다. 아바사랄라는 입술에 잔을 대고 기울였다가 술잔이 빈 것을 깨달았다. 빈 잔을 홀짝인 게 이번이 처음도 아니었다. 벌써 다섯 시간이나 지나 있었다. 거의 50개의 메시지를 보냈는데 받은 답신은 세 개에 불과했다. 단순히 시간 지연 때문은 아니다. 누군가가 열심히 상황을 수습 중인 것이다.

아바사랄라는 코티야르가 쟁반을 들고 들어올 때까지 배가 고프다는 사실도 모르고 있었다. 양고기 카레와 수박 냄새가 은은하게 퍼져 나왔다. 아바사랄라의 뱃가죽이 천둥처럼 요란하게 꼬르륵거리자 그녀는 핸드터미널을 껐다.

"방금 내 목숨을 구해줬어." 아바사랄라가 쟁반을 손짓하며 코티야르에게 말했다.

"드레이퍼 중사의 생각이었습니다." 코티야르가 대답했다. "중사가 차장보님께 여쭸는데 세 번이나 무시하셨거든요."

"난 그런 거 들은 기억도 안 나." 아바사랄라가 대답했다. 코티야르가 쟁반을 내려놓았다. "이런 일을 하는 승무원이 따로 있지 않았나? 왜 자네가 음식을 나르고 있는 거지?"

"당연히 있지요. 제가 못 들어오게 막았을 뿐입니다."

"그렇게까지 할 필요는 없잖아? 많이 불안한가 보지?"

"말씀하신 대롭니다."

아바사랄라는 음식을 허겁지겁 먹었다. 등이 아팠고, 왼쪽 다리는 너무 오랫동안 같은 자세로 앉아 있어서 찌릿찌릿 저렸다. 젊었을 적에는 이런 것도 몰랐다. 하지만 그때는 시도 때도 없이 욕지거리를 퍼부어도 되는 UN의 최고 각료가 아니었고, 유력인사 취급도 받지 않았다. 시간은 아바사랄라의 신체적 능력을 앗아간 대신 권력을 가져다주었다. 공정한 거래였다.

아바사랄라는 마지막 한 입을 삼키지도 않고 조급하게 터미널을 켰다. 네 개의 메시지가 기다리고 있었다. 사우더 제독, 이 오글쪼글한 노친네에게 신의 은총이 있으라! 하나는 이름도 모르는 법무팀 직원에게서 온 것이었고, 다른 하나는 그녀가 아는 이름이었다. 그리고 마지막은 마이클에게서 온 것으로 아마 금성에 관한 소식일 것이다. 아바사랄라는 가장 먼저 사우더 제독에게서 온 메시지를 열었다.

화면 위로 제독의 모습이 떠오르자 아바사랄라는 저도 모르게 인사를 건넬 뻔했다. 하지만 이건 실시간 대화가 아니라 녹화된 영상이었다. 정말이지 이런 건 질색이다.

"크리스젠." 제독이 말했다. "이런 이야기를 주고받는 거, 조금 신중했으면 좋겠습니다. 아르준이 질투할 겁니다. 그건 그렇고 우리 친구 지미가 이 야단법석에 한몫하고 있는 줄은 몰랐군요."

'우리 친구 지미.' 사우더 제독은 홀던의 이름을 말하지 않았다. 흥미로운 일이었다. 메시지에 담긴 홀던의 이름이 필터에 걸릴 것을 우려하고 있는 것이다. 사우더 제독이 걱정하는 것이 그의 송신 메시지인지 아니면 그녀가 받는 수신 메시지인지 궁금했다. 에린라이트의 머리가 조금이라도 돌아간다면 그는 두 사람의 송수신 메시지를 모두 감청하고 있을 것이다. 그게 아니면 혹시 제3자를 의심하는 것일까? 이 게임 테이블에 얼마나 많은 플레이어가 앉아 있는 것일까? 정확히 확인할 수 있는 정보는 없어도 분명 흥미롭긴 했다.

"당신이 어떤 점을 우려하고 있는지 알 것 같습니다." 사우더 제독이 말했다. "저도 나름대로 조사를 해 보긴 했지만 보통 이런 게 어떻게 돌아가는지 아시잖습니까. 몇 분이 걸릴 수도 있고 1년이 걸릴 수도 있지요. 하지만 낙담하지 마십시오. 여기서도 꽤 많은 일이 벌어지고 있어서 어서 빨리 당신과 점심을 함께하고 싶군요. 우리 모두 당신을 보고 싶어 하고 있어요."

이런 염치도 없는 거짓말쟁이 같으니. 아바사랄라는 생각했다. 하지만 그렇게 말해주다니 상냥하기도 하지. 그녀는 포크로 접시를 긁었다. 은식기 위로 남은 카레 소스가 묻어 나왔다.

첫 번째 메시지는 브라질 억양을 지닌 젊은 남자가 UN은 니콜라 멀코의 영상과 아무 관련도 없으며, 따라서 어떠한 법적 책임도 없다고 말하고 있었다. 두 번째 메시지는 그 젊은이의 상관이 보낸 것이었는데, 부하직원의 성급한 언동에 대해 사과하며 그날 안에 완벽한 보고서를 제출할 것이라 약속했다. 이쪽이 훨씬 마음에 늘었다. 똑똑한 놈들은 아직 그녀를 두려워했다. 이렇게 생각하니 양고기를 먹었을 때보다 배가 더 든든하게 차오르는 것 같았다.

화면에 막 손을 대려는데 발밑에서 요트가 움직이면서 그녀를 잡아당기던 중력의 방향이 미묘하게 바뀌었다. 그녀는 재빨리 책상을 짚었다. 카레와 진이 배 속에서 출렁거렸다.

"이거 원래 이런 거야?" 아바사랄라가 외쳤다.

"네, 차장보님." 코티야르가 옆방에서 대답했다. "예정된 진로 수정입니다."

"집무실이었다면 이런 일도 없었을 텐데." 아바사랄라가 투덜거렸다. 이번에는 화면에 마이클이 등장했다. 그는 다소 당혹스러운 표정을 하고 있었는데 어쩌면 카메라에 비친 각도 때문인지도 모른다. 불안감에 배 속이 뒤틀리는 것 같았다.

눈앞의 화면 위로 아보가스트 호가 떠오르더니 다시 산산이 분해됐다. 아바사랄라는 저도 모르게 영상을 중지했다. 외면하고 싶었다. 알고 싶지 않았다.

에린라이트와 응우옌 제독과 그 패거리들이 어째서 외계 종족이 만든 정체 모를 혼돈에서 질서로, 그리고 그 너머의 다른 무언가로 변화하고 있는 금성을 외면하는지 이해하는 것은 그리 어렵지 않았다. 왜냐하면 그녀도 마찬가지였으니까. 마음속 깊은 곳에서 스멀거리며 기어 올라오는 인간 본연의 공포. 그것을 외면하고 자신이 알고 있는 오래되고 익숙한 게임, 패턴, 전쟁과 갈등과 기만과 죽음으로 귀와 눈을 돌리는 것은 얼마나 쉽고 간단한가. 이 끔찍하고 기이한 것에 비하면 그것들은 친숙했다. 이미 알고 있는 것들이었다.

아바사랄라는 어렸을 때 신의 얼굴을 본 인간에 관한 영화를 본적이 있다. 처음 한 시간 동안 주인공은 남부 아프리카의 해안에서 기본 보장을 받으며 칙칙하고 진부한 삶을 살아간다. 신의 얼굴을 목격한 주인공은 10분 동안 절규하며 통곡했고, 그런 다음 영화의 남은 한 시간 동안 서서히 예전처럼 고루하고 지겨운 삶으로 돌아갔다. 아바사랄라는 그 영화를 싫어했다. 하지만 이제 그녀는 주인공을 이해할 수 있을 것 같았다. 진실을 외면하는 것은 자연스러운 반응이다. 아무리 어리석고 자기파괴적이고 허무하다 해도 인간으로서는 아주 자연스러운 일이다.

전쟁, 살육, 죽음. 에린라이트와 그 패거리들이(아바사랄라는 그들이 거의 다 '남자들'이리라 확신했다) 폭력을 선택한 것은 쉽고 편안했기 때문이다. 그들이 거기 끌린 것은 그것이 그들의 안전지대였기 때문이다. 그들은 두려웠다.

누구는 안 그런 줄 아나.

"허접스러운 것들." 아바사랄라는 중얼거리며 재생 버튼을 눌렀다.

"금성은 생각할 줄 압니다." 마이클은 인사말이나 기타 사교성 언어를 생략했다. "방금 신호분석팀이 조류와 전류 네트워크 데이터를 돌려 모델을 만들었습니다. 상관관계는 60퍼센트 정도지만 저는 그 이상이라고 봅니다. 실제 구성 자체는 당연히 다르지만, 그 기능적 구조로 따지자면 고래가 공간 추론 문제를 사고하는 것과 비슷합니다. 제 말은, 아직 우리가 설명할 수 없는 공백이 있긴 하지만 이제까지 관찰한 바에 따르면 우리가 본 그 패턴은 그게 사고를 하는 모습이라는 게 거의 확실하다는 겁니다. 그것들이 생각을 한다고요. 뉴런이 활성화되는 것처럼 말입니다."

마이클은 아바사랄라의 대답을 기다리듯이 카메라를 지그시 노려봤지만, 대답이 돌아오지 않자 다소 실망하는 기색이었다.

"알고 싶어 하실 것 같아서요." 그의 말과 함께 영상이 끝났다.

아바사랄라가 그 의미를 곰곰이 생각해 보기도 전에 사우더 제독에게서 새로운 메시지가 도착했다. 그녀는 안도감을 느끼는 동시에 그 사실에 약간 부끄러워하며 메시지를 열었다.

"크리스젠." 사우더 제독이 말했다. "문제가 생겼습니다. 가니메데의 군 배치도를 확인하고 혹시 저와 같은 게 보이는지 말해주십시오."

아바사랄라는 이맛살을 찌푸렸다. 두 사람 사이의 시간 지연은 20분이 넘는다. 그녀는 일반 자료 요청을 넣고 재빨리 전송한 다음, 의자에서 일어섰다. 등이 뻣뻣하게 뭉쳐 있었다. 아바사랄라는 스위트룸의 공용 공간으로 나갔다. 바비와 코티야르와 다른 세 남자가 둥글게 모여 앉아 카드게임을 하고 있었다. 포커였다. 아바사랄라는 그들을 향해 걸어갔다. 엉덩이가 움직일 때마다 통증이 느껴졌다. 이유는 모르지만, 저중력이 그녀의 관절을 삐걱거리게 하는 것 같았다. 그녀는 바비의 옆에 앉았다.

"다음 판에는 나도 끼워주게." 아바사랄라가 말했다.

배치 명령은 응우옌 제독이 내린 것이었는데, 한눈에도 말이 안된다는 것을 알 수 있었다. UN 구축함 여섯 대가 가니메데의 초계 임무에서 해제돼 밝혀지지 않은 목적지를 향해 전속력으로 항행하고 있었다. 초기 보고서에 따르면 이 염병할 사태에 대해 한동안 우왕좌왕한 끝에 비슷한 구성의 화성 함대가 같은 항로를 타고 그 뒤를 쫓고 있었다.

응우옌 제독이 일을 꾸미고 있는데 아바사랄라는 그게 뭔지 짐작도 가지 않았다. 그러나 사우더 제독은 이 정보를 전하면서 그녀라면 뭔가를 알아챌 것이라고 생각했다.

응우옌 제독의 꿍꿍이를 눈치채는 데에는 한 시간이나 걸렸다. 홀던의 로시난테 호가 타이코 스테이션에서 목성계로 날아가고 있었다. 그는 OPA에 항해 계획서를 제출했을지 몰라도 지구나 화성 측에는 아무것도 알리지 않았고, 그것은 다시 말해 응우옌 제독이 홀던을 감시하고 있었다는 뜻이다.

그들은 단순히 겁을 먹은 게 아니다. 그들은 그를 죽일 것이다.

아바사랄라는 한참 동안 조용히 앉아 있다가 의자에서 일어나 다시 카드게임을 하러 갔다. 코티야르와 바비가 엄청나게 거대해진 판에서 유일하게 살아남아 있었다. 칩 대신 사용하는 초콜릿 사탕이 탁자 중앙에 거의 5센티미터 높이로 쌓여 있었다.

"코티야르, 드레이퍼 중사." 아바사랄라가 말했다. "안으로 들어와."

삽시간에 카드판이 자취를 감췄다. 경호원들이 불안한 눈빛으로 서로를 힐끔거렸다. 아바사랄라는 침실로 들어가 딸각 소리도 나지 않을 만큼 조심스럽게 문을 닫았다.

"지금부터 난 도화선이 될지도 모르는 행동을 할 거야." 아바사랄라가 말했다. "현재 우리의 상황이 완전히 바뀔 수 있는 일이지."

코티야르와 바비가 눈빛을 교환했다.

"창고에서 가져오고 싶은 게 있습니다." 바비가 말했다.

"대원들에게 브리핑하겠습니다." 코티야르가 말했다.

"10분 주겠어."

관세음호와 로시난테 호의 시간 지연은 대화하기엔 너무 길었지만, 최소한 지구와 통신을 하는 것보다는 나았다. 집에서 이렇게 멀리 떨어져 있다고 생각하니 머리가 아찔했다. 코티야르가 방으로 돌아와 고개를 한 번 끄덕였다. 아바사랄라가 터미널을 열고 좁은광선 접속을 요청했다. 그녀는 로시난테 호의 응답기 코드를 알려주었다. 1분도 지나지 않아 연결불가 메시지가 돌아왔다. 아바사랄라는 슬그머니 쓴웃음을 짓고는 관제실을 연결했다.

"UN 사무차장보 아바사랄라." 마치 이 요트에 그녀 말고 다른 사람이 더 타고 있기라도 한 것처럼 자신의 이름을 댔다. "씨발, 좁은광선은 뭐가 문제야?"

"죄송합니다, 차장보님." 짧게 자른 금발과 밝은 푸른 눈을 지닌 젊은이가 대답했다. "현재 통신 채널을 사용할 수가 없습니다."

"염병, 왜 안 되는데?"

"현재 사용이 불가합니다."

"됐어, 이걸 무선으로 내보내고 싶지는 않았지만 정 안 되면 그거라도 써야지."

"무선도 사용할 수가 없습니다." 젊은이가 말했다. 아바사랄라는 숨을 길게 들이마신 다음 잇새로 내뿜었다.

"선장을 바꿔." 아바사랄라가 말했다.

잠시 후, 다른 얼굴이 나타났다. 관세음호의 선장은 좁은 얼굴에 강아지 같은 갈색 눈을 지니고 있었다. 굳게 다문 입과 핏기없는 입술이 앞으로 어떤 상황이 기다리고 있는지 대략 알고 있음을 알려주었다. 아바사랄라는 입을 다문 채 한참 동안 카메라를 똑바로 응시했다. 이것은 그녀가 처음 정치판에 뛰어들었을 때 배운 요령이었다. 화면을 직시하며 상대방이 그 시선을 느끼도록 할 것. 작고 검은 렌즈를 쏘아보면서 반대쪽에 있는 사람을 진짜로 노려보고 있다는 느낌을 받게 할 것.

"선장, 난 지금 당장 긴급히 보내야 할 메시지가 있어."

"죄송합니다, 사무차장보님. 통신 어레이에 기술 문제가 발생해서 통신을 사용할 수가 없습니다."

"백업 시스템이 없나? 셔틀 통신은? 아무것도 없어?"

"지금 현재로는 그렇습니다."

"거짓말을 하고 있군." 아바사랄라가 말했다. 선장은 대답하지 않았다. "그렇다면 선장, 나는 지금 비상 비컨을 켜고 도움을 요청할 수 있는 가장 가까운 정박지로 항로를 수정할 것을 정식으로 요청한다."

"그렇게 할 수 없습니다, 차장보님. 조금만 기다리시면 곧 가니메데에 도착합니다. 수리가 필요할 시에는 그곳에서 처리할 겁니다."

아바사랄라가 터미널 화면 위로 몸을 수그렸다.

"내가 거기로 올라가 직접 얼굴을 보고 말할 수도 있어." 그녀가 말했다. "선장, 자네도 나만큼 법을 잘 알고 있을 텐데 말이야. 비상 비컨을 켜거나 아니면 통신을 가능하게 만들어."

"사무차장보님, 당신은 줄스-피에르 마오의 귀빈이시며 저도 그 점을 존중합니다. 하지만 이 요트의 선주는 마오 씨이고 저는 그분의 지시를 받습니다."

"안 된다는 뜻이군."

"대단히 죄송합니다."

"넌 지금 엄청난 실수를 저지르고 있는 거야, 멍청아." 아바사랄라가 쏘아붙이고 연결을 끊었다.

바비가 방에 들어왔다. 그녀의 얼굴은 밝고, 목줄을 풀어주길 기다리는 강아지처럼 조바심을 내고 있었다. 중력의 각도가 바뀌었다. 진로가 수정되었지만, 항로가 바뀌지는 않았다.

"어떻게 됐습니까?" 바비가 물었다.

"나는 이 선박이 관련 법규 및 규정을 위반했음을 선언한다." 아바사랄라가 말했다. "코티야르, 자네가 증인이야."

"말씀하신 대롭니다."

"좋아. 그럼 바비, 이 좆같은 배의 지휘권을 뺏어와."

38
바비

"그 밖에 필요한 건 없습니까?" 코티야르가 물었다. 그의 두 부하가 '정장'이라고 적힌 커다란 궤짝을 아바사랄라의 방으로 실어 나르고 있었다. 그들은 끙끙거리며 커다란 가구용 운반대를 밀었다. 저중력에서도 바비의 강화복은 거의 100킬로그램이나 나갔다.

"이 방이 감시당하고 있지 않은 게 확실합니까?" 바비가 물었다. "그 사람들이 앞으로 무슨 일이 있을지 몰라야 제가 움직이기 수월할 테니까요."

코티야르가 어깨를 으쓱했다. "적어도 내가 탐지할 수 있는 수준에서 작동 중인 도청기는 없습니다."

"그럼 됐습니다." 바비가 말하고는 유리섬유 상자의 겉봉을 손가락 마디로 두드렸다. "열죠."

코티야르가 핸드터미널을 두드리자 상자의 자물쇠가 날카로운 소리를 내며 열렸다. 바비가 뚜껑을 활짝 들어 올려 벽에 기대 세웠다. 상자 안에는 그녀의 강화복이 복잡한 모양으로 얽힌 고무밴

드에 싸여 있었다.

코티야르가 휘파람을 불었다. "골리앗 III로군. 이걸 당신 손에 내버려 두다니 믿을 수가 없군요."

바비가 헬멧을 꺼내 침대 위에 올려놓았다. 그런 다음 강화복의 각 부위를 차례대로 끄집어내 바닥에 늘어놓았다. "우리 쪽 사람들이 안에 든 영상을 직접 확인해보라고 당신네 기술팀에 넘겼거든요. 차장보께서 이게 어디 있는지 추적해봤더니 벽장에 처박혀 먼지나 뒤집어쓰고 있더랍니다. 빼내서 가져오는 데 아무도 신경 하나 안 썼다고 하더군요."

바비는 슈트의 오른팔을 꺼냈다. 내장된 총에 탄환이 남아 있을 거라고는 애초에 기대하지 않았지만 절망스럽게도 총이 아예 사라져 있었다. 강화복을 민간인에게 인계할 때 무기를 제거하는 것은 당연한 절차였지만 기분이 언짢은 것은 어쩔 수가 없었다.

"젠장." 바비가 말했다. "누굴 쏘지는 못할 모양이군요."

"당신이 쏜 총알이 선체에 구멍을 뚫어서 공기를 새나가게 할 거라는 생각은 안 합니까?" 코티야르가 웃으면서 말했다.

"하죠." 바비가 마지막 부품을 바닥에 내려놓으며 말했다. 이번에는 상자에서 강화복을 조립할 연장들을 꺼냈다. "하지만 그게 저한테 유리한 점입니다. 여기 장착된 총은 이것과 똑같은 강화복을 입은 사람들에게 상처를 입힐 수 있게 설계되어 있습니다. 제 슈트를 뚫을 수 있는 무기는 이 배에도 구멍을 뚫을 수 있을 겁니다. 그렇다는 건…."

"이 배에 있는 치안요원들은 당신의 강화복을 손상시킬 무기를 갖고 있지 않다는 의미지요."

코티야르가 바비의 말을 받아 끝마쳤다. "말씀하신 대롭니다. 내 부하는 몇 명이나 필요합니까?"

"필요 없습니다." 바비가 대답했다. 아바사랄라의 기술팀이 가져온 배터리 팩을 강화복 뒤에 연결하자 패널에 '충전 완료'를 뜻하는 어여쁜 녹색 등이 들어왔다. "일단 제가 작전을 시작하면 저쪽에선 차장보님을 볼모로 잡으려고 할 테니까요. 그걸 막는 게 당신 임무입니다."

코티야르가 씩 웃었다. 장난기라고는 전혀 없는 웃음이었다.

"말씀하신 대롭니다."

강화복을 조립하고 전투 준비를 하는 데 세 시간이 빠듯하게 걸렸다. 두 시간으로 줄일 수도 있었지만, 그동안 훈련을 빼먹은 것이 기억나 각별히 한 시간 남짓 공을 들였다. 강화복이 완벽한 본연의 모습을 갖춰갈수록 뱃가죽이 뻐근해졌다. 일부는 전투를 앞둔 자연스러운 긴장감이었다. 해병대 시절에 받은 훈련은 그것을 활용하라고 가르쳤다. 스트레스를 이용해 모든 것을 세 번씩 철저하게 점검할 것. 전투가 시작되고 나면 이미 늦을 테니까 말이다.

그러나 가슴 속 더 깊은 곳에서는 이런 느낌이 단순히 폭력을 앞두고 있기 때문이 아님을 알고 있었다. 바비가 마지막으로 이 슈트를 입었을 때 무슨 일이 있었는지 잊어버리는 것은 불가능했다. 강화복 외장에 칠해진 화성 해군의 붉은 위장색은 괴물이 자폭했을 때의 충격파와 바비가 가니메데의 얼음 위를 고속으로 미끄러질 때 긁힌 자국 때문에 벗겨지고 까져 있었다. 유압유가 아직도 새고 있는 무릎 관절은 힐먼 이등병을 생각나게 했다. 그녀의 친구 힐먼.

바비는 헬멧의 안면 보호판을 닦으며 괴물이 기븐스 소위를 두 쪽으로 찢어발기기 전에 그와 마지막으로 나눴던 대화를 떠올렸다.

만반의 준비를 마친 강화복이 그녀가 들어와 눕기만을 기다리며 배를 활짝 열고 바닥에 누워 있었다. 그 모습을 보니 갑자기 등골이 오싹해졌다. 생전 처음으로 바비는 그 안이 너무 좁아 보인다고 생각했다. 무덤 속처럼 음침하게 느껴졌다.

"아니야." 바비는 혼잣말로 중얼거렸다.

"아니라고요?" 코티야르가 물었다. 그는 마룻바닥에 앉아 바비한테 필요한 연장을 건네주려고 기다리고 있었다. 바비가 강화복을 조립하는 동안 하도 죽은 듯이 조용하게 앉아 있어서 그가 거기 있다는 것조차 잊어버릴 뻔했다.

"전 이걸 다시 입는 게 두려운 게 아닙니다." 바비가 말했다.

"아." 코티야르가 고개를 끄덕이더니 손에 들고 있던 것을 연장 상자에 다시 집어넣었다. "말씀하신 대롭니다."

바비가 벌떡 일어나 궤짝에서 강화복 밑에 입는 검은색 전신 타이츠를 꺼냈다. 습관대로 아무 생각 없이 속옷까지 몽땅 벗은 다음 타이츠 안으로 몸을 집어넣었다. 바비는 강화복에서 전선들을 잡아 빼 검은 보디슈트의 센서에 연결하던 중에야 코티야르가 등을 돌리고 있다는 것을 알아차렸다. 그의 밝은 갈색 목이 빌겋게 물들어 있었다.

"아." 바비가 말했다. "미안합니다. 하도 동료들 앞에서 벗고 입는 게 익숙해서 생각을 못 했어요."

"사과하지 않아도 됩니다." 코티야르가 고개도 돌리지 않고 대꾸했다. "좀 놀랐을 뿐이에요."

코티야르는 곁눈질로 바비가 보디슈트를 완전히 입은 것을 확인하고는 몸을 돌려 강화복과 연결하는 것을 도와주었다.

"당신." 그는 잠시 쭈뼛거리다가 말을 이었다. "근사하군요."

이번에는 바비가 얼굴을 붉힐 차례였다.

"결혼한 거 아니었습니까?" 바비는 잠깐이나마 딴생각을 할 수 있다는 데 기뻐하며 싱긋 웃으며 응수했다. 짝짓기 신호라는 단순하고 인간적인 행위가 그녀의 머릿속에 가득했던 괴물을 멀리 쫓아냈다.

"맞습니다." 코티야르가 등 뒤에 있는 작은 센서에 마지막 단자를 연결하며 대답했다. "하지만 그렇다고 장님인 건 아니니까요."

"고맙습니다." 바비가 코티야르의 어깨를 친근하게 토닥이며 말했다. 그녀는 슈트의 열린 가슴께를 통해 비좁은 공간 속으로 몸을 구겨 넣은 다음 팔과 다리를 끝까지 집어넣었다. "닫아 주십시오."

코티야르는 바비의 지시대로 가슴을 닫았다. 그런 다음 그녀의 머리에 헬멧을 씌우고 밀폐했다. 강화복이 부팅되자 HUD에 불이 들어왔고, 있는 듯 없는 듯한 부드러운 웅웅 소리가 바비를 감싸안았다. 바비는 마이크로모터 어레이를 활성화하고 외근육계에 동력을 넣은 다음 일어나 앉았다.

코티야르가 궁금한 얼굴로 그녀를 쳐다보고 있었다. 바비는 외부 스피커를 켜고 말했다. "걱정하지 마십시오. 아무 이상 없습니다."

바비가 바닥에서 가볍게 몸을 들어 올렸다. 온몸에 무한한 힘이 넘쳐흐르는 듯한 그리운 느낌을 만끽했다. 하지만 일어날 때 다리에 너무 힘을 주면 천장을 뚫고 나갈 수도 있다. 팔을 너무 세게 휘둘렀다간 침대가 벽으로 날아가거나 코티야르의 척추를 박살 낼 수도 있다. 바비는 오랜 훈련을 통해 터득한 신중한 동작으로 움직여보았다.

코티야르가 재킷에 손을 넣어 발사 옵션이 다양한 예쁘장하고 늘씬한 권총을 꺼냈다. 바비는 경호팀이 우주선에 구멍이 나는 불상사를 예방하려고 탄창을 고충격 플라스틱탄으로 채워두었다는 걸 알고 있었다. 마오의 치안요원들도 똑같은 종류의 탄환을 사용하고 있을 터였다. 코티야르는 바비에게 권총을 내밀었지만, 강화복의 두꺼운 손가락과 그것이 들어가기엔 너무 작은 방아쇠울을 보고는 미안하다는 듯이 어깨를 으쓱했다.

"그건 없어도 될 겁니다." 바비가 대답했다. 두껍고 금속성의, 비인간적인 소리였다.

코티야르가 빙긋 웃었다.

"말씀하신 대롭니다."

엘리베이터 버튼을 누른 다음 라운지를 서성이며 반사 신경이 강화복에 적응하게 하였다. 강화복을 입으면 팔다리를 움직이려는 시도와 실제 움직임 사이에 약 1나노초 정도의 시차가 존재한다. 그래서 막연한 꿈결 속에서 걷는 것처럼 느껴졌다. 팔다리를 움직이고 싶다는 생각과 실제로 그것이 움직이는 일이 별개의 사건인 것처럼 말이다. 오랜 훈련과 실전을 거쳐 이런 감각의 시차를 대부분 극복했음에도 이 묘한 느낌에 익숙해지려면 몇 분이 필요했다.

아바사랄라가 작전실에서 사용하던 방에서 나와 미니바에 앉았다. 진을 한 잔 따르더니 문득 생각났는지 라임 한 조각을 짜 넣었다. 아바사랄라는 요즘 술을 다소 과하게 마시고 있었지만, 바비도 그것을 나무랄 처지는 아니었다. 아바사랄라에게도 잠을 자기 위한 처방이 필요할지 모른다.

몇 분이 지나도 엘리베이터가 오지 않아 패널로 달려가 몇 차례 연거푸 버튼을 눌렀다. 작은 화면에 '사용 불가' 메시지가 떴다.

"빌어먹을." 바비가 중얼거렸다. "이것들이 정말로 우리를 납치하려나 보네."

외부 스피커가 켜져 있었던 까닭에 그녀의 목소리가 방 전체로 울려 퍼졌다. 아바사랄라가 여전히 고개를 떨군 채 입을 열었다. "내가 한 말 잊지 마."

"네?" 아바사랄라를 잊고 있던 바비가 되물었다. 그녀는 어색한 동작으로 승무원 사다리를 타고 올라가 갑판 해치의 버튼을 눌렀다. 해치가 열렸다. 그들이 아직은 불법감금이 아닌 척 굴고 있다는 의미였다. 혹시 나중에 추궁을 받더라도 엘리베이터에 대해서는 변명할 수 있으리라. 그러나 사무차장보가 우주선의 다른 공간에는 접근하지 못하고 여기 갇혀 있는 이유에 관해 설명하기란 그보다 더 어려울 것이다. 어쩌면 그들은 70대 노인이 사다리를 타고 올라오리라고는 생각하지 못해 엘리베이터 작동을 중단하는 것만으로 충분하다고 여겼을 것이다. 그들의 판단이 옳으리라. 아바사랄라는 아무리 저중력에서라도 60미터 높이의 사다리를 타고 올라가고 싶지는 않을 테니까 말이다.

"저 사람들은 가니메데에 있지 않았어." 아바사랄라가 말했다.

"네, 네." 아바사랄라의 뜬금없는 말에 바비가 대꾸했다.

"아무리 많은 사람을 죽여도 자네 전우들은 돌아오지 않아." 아바사랄라는 그렇게 말을 마치고 잔을 비운 다음, 미니바에서 일어나 침실로 돌아갔다.

바비는 대답하지 않았다. 그녀는 위 갑판으로 올라가기 시작했다. 등 뒤에서 해치가 닫혔다.

바비의 강화복은 바로 이런 종류의 임무를 위해 설계되었다. 원래 골리앗급 정찰용 강화복은 함대함 전투를 위해 만들어진 것이었다. 다시 말해 비좁은 공간에서도 최대한의 움직임을 활용할 수 있다는 의미다. 강화복의 성능이 아무리 훌륭해도 그것을 입고 있는 군인이 사다리를 오를 수 없거나 인간의 체격에 맞춰진 해치를 통과할 수 없거나 무중력에서 우아한 기동을 할 수 없다면 무용지물이다.

바비는 다시 사다리를 타고 다음 갑판 해치의 열림 버튼을 눌렀다. 콘솔이 붉은 경고등으로 화답했다. 메뉴를 보니 이유를 파악할 수 있었다. 위에서 바리케이드를 설치하듯이 해치 위에 승무원용 엘리베이터를 멈춰 놓은 다음 엘리베이터 작동을 중지시켜 버린 것이다. 관세음호가 작금의 상황을 정확히 알고 있다는 의미였다.

바비는 주위를 둘러보았다. 지금 그녀가 있는 곳은 또 다른 휴식용 라운지로 조금 전까지 그녀가 있던 곳과 비슷했다. 카메라가 숨겨져 있을 법한 장소를 발견하고는 손을 흔들었다. '이 정도로는 나를 막을 수 없을 텐데, 친구들.'

바비는 밑으로 내려가 호화로운 욕실로 향했다. 이렇게 좋은 배는 '변소'라고 부르기가 미안하다. 조금 시간을 들여 뒤져 보니 감쪽같이 숨어 있는 점검용 해치가 나타났다. 잠겨 있었다. 바비는 일말의 주저도 없이 해치를 벽에서 뜯어냈다.

벽 반대쪽에는 복잡하게 얽힌 파이프와 강화복을 욱여넣기에는 빠듯해 보이는 좁은 복도가 있었다. 그녀는 안으로 기어 들어가 파이프를 타고 두 갑판을 더 올라간 다음, 해치를 통해 방으로 나와 다시 위로 올라가기 시작했다.

바비가 도착한 곳은 보조 주방이었다. 한쪽 벽에 스토브와 오븐 여러 대가 늘어서 있고, 중앙에는 냉장고와 카운터가 흩어져 있는데 전부 반짝반짝한 스테인리스 스틸이었다.

바비의 강화복이 조준 목표가 되고 있다는 경고를 띄웠다. HUD 모드가 바뀌어 그녀를 조준하고 있는 비가시 적외선이 희미한 붉은 선으로 나타났다. 대여섯 개의 붉은 점이 바비의 가슴에 모여 있었는데, 전부 방 건너편에서 마오크비크 사설 치안대가 들고 있는 검은 무기에서 시작되고 있었다.

바비는 천천히 몸을 일으켰다. 대견하게도 치안대는 주춤거리지 않았다. 바비의 HUD가 무기 데이터베이스를 뒤져 치안대가 소지한 무기가 5밀리 기관단총이며 평균 300발의 탄약적재량과 초당 10발의 발사속도를 갖고 있다고 알려주었다. 그들이 고폭 철갑탄을 사용하지 않는 이상(바비의 등 뒤에 있는 선각을 생각하면 그럴 가능성은 낮았다) 슈트는 해당 무기의 위험도를 낮게 평가했다.

바비는 외부 스피커가 켜져 있는 것을 확인하고 입을 열었다.

"좋아, 친구들, 어디…."

그들이 사격했다.

주방 전체가 혼란에 휩싸였다. 바비의 강화복에 맞고 튕긴 고충격 플라스틱탄이 격벽에 부딪혀 사방으로 배회했다. 건조 식량이 담긴 용기가 공중에서 뒤집히고 냄비와 프라이팬이 자석 고리에서 내동댕이쳤다. 스테인리스 스틸과 플라스틱 파편의 구름이 뭉게뭉게 피어올랐다. 벽에 튕긴 총알 하나가 한 불운한 치안대원의 얼굴 한복판에 명중해 머리에 커다란 구멍을 뚫었다. 그는 마치 만화에나 나옴 직한 황당한 표정을 지으며 바닥에 쓰러졌다.

2초가 지나기도 전에 바비가 행동을 개시했다. 그녀는 주방 중앙에 있는 철제 아일랜드를 훌쩍 뛰어넘어 아직 남아 있는 치안대원 다섯을 향해 마치 미식축구 선수가 태클을 걸듯 팔을 넓게 펼쳐 휘둘렀다. 여러 개의 몸뚱이가 한꺼번에 반대쪽 격벽으로 날아가 육중한 소리를 내며 부딪치더니 힘없이 바닥에 미끄러져 꼼짝도 하지 않았다. HUD에 그들의 생명 반응이 표시되었지만, 바비는 눈길도 주지 않고 꺼 버렸다. 그딴 것은 알고 싶지 않았다. 그중 하나가 비칠거리는 팔로 총을 들어 올렸다. 바비가 그를 부드럽게 밀자 그는 또다시 방 건너편으로 날아가 반대쪽 격벽과 충돌했다. 그리곤 다시는 움직이지 않았다.

바비는 카메라를 찾아 방을 훑었다. 눈에 보이지는 않으나 부디 어딘가에 꼭꼭 숨겨져 있길 바랐다. 위에서 이 장면을 봤다면 더 이상 치안요원들을 보내지 않을지도 모른다.

바비는 선내 사다리를 타고 오르려다 엘리베이터를 멈추기 위해 해치에 쇠지렛대를 억지로 끼워 넣어둔 것을 발견했다. 표준 안전수칙에 의하면 위쪽 갑판이 밀폐되어 있지 않으면 엘리베이터는 다른 갑판으로 이동할 수 없다. 바비는 쇠지렛대를 빼내 멀리 던져버리고 엘리베이터 호출 버튼을 눌렀다. 리프트가 사다리 통로를 타고 올라와 그녀가 있는 층에 멈췄다. 바비는 리프트에 올라타 8층 위에 있는 함교로 가는 버튼을 눌렀다. 가압 해치를 여덟 개만 더 지나면 된다.

아마도 여덟 번의 기습을 받게 되겠지.

바비는 저도 모르게 주먹에 힘을 주었다. 강화복의 건틀렛 안에서 손가락 마디가 팽팽하게 당겨졌다. '어디 한번 해 보라지.'

갑판을 세 개 지난 후 엘리베이터가 멈춰 섰다. 패널을 눌러 보니 바비와 함교 사이에 있는 가압 해치가 강제로 해제되어 열려 있었다. 그녀를 함교로 들여보내느니 배에 구멍을 내어 공기를 절반 이상 빼 버리는 편을 감수한 것이다. 우주 공간에서 급작스러운 감압보다도 더 무서운 존재가 되다니 스스로가 자랑스러울 지경이었다.

바비는 엘리베이터에서 내렸다. 승무원 숙소 구역인 듯한 갑판이 나타났다. 전부 대피했는지 개미 새끼 한 마리 보이지 않았다. 간단히 둘러보니 개인용 선실 열두 개와 이번에는 변소라고 불러도 될 법한 욕실 두 개가 있었다. 적어도 승무원들이 사용하는 공간에는 도금칠이 되어 있지 않았다. 미니바도 없었다. 24시간 음식 서비스도 없었다. 가히 스파르타적인 관세음호의 일반 승무원 구역을 보니 아바사랄라의 마지막 충고가 사무치게 다가왔다. 이들은 평범한 선원들일 뿐이었다. 가니메데에서 있었던 일 때문에 이들이 죽는 건 불공평했다.

새삼 총이 없다는 사실이 다행스럽게 느껴졌다.

바비는 변소에서 또 다른 해치를 발견하고 잡아당겨 뜯어 열었다. 하지만 이 점검용 통로는 몇 미터쯤 위에서 막혀 있었다. 구조상의 문제가 앞길을 가로막고 있었다. 관세음호를 바깥쪽에서 본 적이 없으므로 거기에 무엇이 자리를 차지하고 있는지 알 수가 없었다. 그러나 바비는 아직 갑판 다섯 개를 더 올라가야 했고 이런 것 때문에 시간을 지체할 수는 없었다.

10분이나 들여 샅샅이 뒤진 끝에 바깥쪽 선각에 있는 점검용 해치를 발견했다. 바비는 이제까지 두 개의 갑판에서 두 개의 내각 해치를 뜯어 구멍을 냈다. 그러므로 만일 이 해치를 연다면 그 두 갑판 역시 공기를 상실할 터였다. 그렇지만 아바사랄라가 있는 갑판과 연결된 중앙 사다리 통로는 밀폐되어 있으니 바비의 일행은 안전할 것이다. 그리고 지금 그녀가 이 짓을 하는 주된 이유는 승무원들 대다수가 모여 있는 상층 갑판으로 연결된 해치가 잠겨 있기 때문이었다.

바비는 주방에 쓰러져 있는 여섯 명을 떠올리고는 극심한 죄책감을 느꼈다. 물론 무기를 먼저 발사한 건 그들이었지만 만일 그들 중 한 명이라도 살아있다면 정신을 잃고 있는 사이에 질식사시키고 싶지는 않았다.

다행스럽게도 그 점은 걱정할 필요가 없었다. 문제의 해치가 옷장처럼 작은 에어록으로 이어져 있었기 때문이다. 1분 뒤에 에어록이 회전했고, 바비는 배의 외부 선각에 있었다.

요트의 선체는 삼중 구조로 이뤄져 있었다. 당연히 그렇겠지. 마오크비크 제국의 군주는 인간이 창조한 것 중 가장 튼튼하고 안전한 것이 아니면 그 비싸고 고귀한 몸뚱이를 맡기지 않을 것이다. 선체 내부의 호화롭고 과시적인 디자인은 외부에도 어김없이 반영되어 있었다. 군함들은 대개 우주에서 쉽게 눈에 띄지 않도록 무난한 검은 칠을 하고, 민간 선박들은 아예 페인트칠 없이 회색으로 다니거나 소속 기업의 상징색을 칠한다.

하지만 관세음호의 선체에는 선명한 색채로 구성된 벽화가 그려져 있었다. 너무 가까이 있어 무슨 그림인지 전체적으로 알아보기는 힘들었지만 일단 바비의 발밑에 있는 것은 풀밭과 거대한 말발굽 같았다. 마오는 그의 개인 요트의 바깥 선체에 말과 잔디 그림을 그렸다. 심지어 볼 사람이 아무도 없는데도 말이다.

바비는 부츠와 장갑의 자석이 4분의 1g 추진력을 버틸 수 있는지 점검한 다음, 선체의 벽면을 타고 기어 올라가기 시작했다. 선각이 시작되는 막다른 공간에 있는 것은 빈 셔틀 격납고였다. 진즉에 아바사랄라가 이 작전을 허락해줬다면 마오가 저 셔틀을 타고 도주하기 전에 잡을 수 있었을 것이다.

'삼중 선각.' 바비는 생각했다. 터무니없는 수준의 사치와 과잉 설비.

바비는 자신의 직감을 믿고 선체 반대쪽으로 넘어가기 시작했다. 아니나다를까, 두 번째 셔틀 격납고가 있었다. 그러나 그 안에 정박한 배는 평범한 단거리 셔틀이 아니었다. 길쭉하고 멋들어진 몸매에, 같은 크기의 일반적인 셔틀에 비해 엔진이 두 배나 컸다. 선수에 큼지막한 붉은 글씨로 적힌 이름은 '고래호'였다.

경주용 보트.

바비는 빈 화물칸으로 기어 들어가 에어록을 통해 다시 관세음호 안으로 들어갔다. 잠긴 문에 슈트에 내장된 군용 오버라이드 코드를 입력하자, 놀랍게도 문이 열렸다. 에어록은 함교의 바로 아래층 갑판으로 이어져 있었는데, 셔틀용 보급창고와 정비 시설로 이용되는 곳이었다. 갑판 중앙에는 커다란 기계제작실이 있었다. 그리고 그 안에서 관세음호의 선장과 고급 선원들이 직립한 채 기다리고 있었다. 치안요원이나 무기는 보이지 않았다.

선장이 자신의 말이 들리느냐고 묻듯이 본인의 귀를 가볍게 두드렸다. 바비는 한쪽 주먹을 까딱인 다음 외부 스피커를 켜고 말했다. "들린다."

"우린 군인이 아닙니다." 선장이 말했다. "우리는 군용 장비에 맞설 능력이 안 됩니다. 그러나 당신들의 의도를 모르는 채 이 배를 당신들 손에 넘길 수는 없습니다. 지금 부선장이 협상에 실패할 경우를 대비해 위에 있는 갑판에서 배를 자폭시킬 준비를 하고 있습니다."

바비는 선장에게 히죽 웃어 보였다. 그가 헬멧 너머를 볼 수 있는지 없는지는 상관없었다. "당신들은 UN 정부의 고위인사를 불법적으로 억류했다. 사무차장보의 경호원으로서 말하는데, 지금 즉시 이 배의 선수를 돌려 최대 속도로 그녀가 지시하는 항구로 갈 것을 요구한다."

바비는 벨트식으로 두 손을 벌리고 어깨를 으쓱했다. "그렇게 하지 못하겠다면 터트려 버려. 사무차장보한테 통신 접속 권한을 거부하는 것치고는 너무 과격한 과민반응 같지만."

선장이 고개를 끄덕였다. 눈에 띄게 안심한 얼굴이었다. 이후에 무슨 일이 발생하건 그에게는 선택의 여지가 없었다. 그리고 선택의 여지가 없기에, 그는 무엇도 책임질 필요가 없었다. "우린 그저 명령에 따랐을 뿐입니다. 항해 일지에 반드시 그 점을 기록해 주시기 바랍니다."

"사무차장보님께 알려드리도록 하지."

선장이 다시 고개를 끄덕였다. "그렇다면 이 배의 지휘권을 넘기겠습니다."

바비는 코티야르와 연결된 통신선을 열었다. "이겼습니다. 여왕님 좀 바꿔주십시오."

아바사랄라가 연결되길 기다리는 동안, 바비가 선장에게 말했다. "아래층에 부상당한 치안요원들이 여섯 명 있는데, 가서 치료해주지?"

"바비?" 아바사랄라가 말했다.

"이제 이 배는 차장보님 겁니다."

"좋았어. 선장한테 전속력으로 홀던을 따라잡으라고 말해 줘. 우리가 응우옌 제독보다 먼저 그 친구를 만나야 해."

"음, 관세음호는 유람선입니다. 저중력에서 편안하게 날 수 있고 필요하다면 1g로도 비행할 수 있지만, 그 이상은 힘들 것 같은데요."

"응우옌 제독이 지금 사태의 진상을 알 만한 사람들을 전부 죽이려고 한단 말이야." 악을 쓰고 있다고 묘사하기엔 살짝 부족한 감이 있는 목소리였다. "씨발, 애인 고르듯이 배를 따지고 앉아 있을 새가 없다고!"

"음." 바비가 말했다. "경주를 할 거면, 제가 경주용 배가 있는 곳을 아는데요…."

39
홀던

    홀던은 커피포트를 들고 커피를 한 잔 따랐다. 향긋하고 짙은 내음이 주방 가득 퍼졌다. 동료들의 시선이 피부에 거의 따끔하게 느껴졌다. 홀던은 로시난테 호의 승무원을 전원 이곳으로 호출했고, 다들 자리를 잡고 앉자 등을 돌리고 커피를 내리기 시작했다. '난 지금 시간을 끌고 있어. 왜냐하면 어떻게 말을 시작해야 할지 모르겠거든.' 늘 블랙커피를 마시는 그였지만 이번에는 커피에 설탕을 넣었다. 스푼을 저으며 몇 초라도 더 시간을 끌기 위한 수작이었다. "우리는 누구지?" 홀던이 커피를 저으며 말했다.

    그의 질문에 답한 것은 침묵이었다. 홀던은 몸을 돌려 카운터에 등을 기대고 선 채 손에 쥔 커피를 계속 저었다.

    "농담이 아니야." 홀던이 말했다. "우린 누구지? 요즘 내가 고민하는 문제야."

    "어." 에이모스가 불편한 듯 몸을 움직거리며 대답했다. "전 에이모스인데요. 선장님, 정말 괜찮은 겁니까?"

나머지는 입을 열지 않았다. 알렉스는 테이블만 뚫어지게 응시하고 있었다. 숱이 줄고 있는 머리카락 안쪽 짙은 두피 위로 주방 조명이 하얗게 반사되고 있었다. 프락스는 싱크대 옆에 있는 카운터에 앉아 자기 손만 내려다보고 있다. 그는 가끔 그게 어디에 쓰는 물건인지 잊어버린 사람처럼 손가락을 꿈틀거렸다.

오직 나오미만이 그를 정면으로 응시하고 있었다. 긴 머리채는 목 뒤에서 하나로 묶여 있고, 아몬드 모양의 짙은 눈동자는 조금도 흔들림 없이 그의 시선을 받아쳤다. 홀던은 조금 침착성을 잃었다.

"얼마 전에 나 자신에 대해 깨달은 게 있어." 홀던이 나오미의 강렬한 눈빛을 마주 보며 말했다. "나는 지금까지 너희가 나한테 무슨 큰 신세라도 진 것처럼 굴었어. 실은 전혀 그런 적이 없는데 말이야. 말하자면 내가 너희한테 지랄 맞게 굴었다는 거지."

"아닙니다." 알렉스가 시선을 내리깐 채 대답했다.

"그랬다니까." 홀던이 말했다. 그는 알렉스가 눈을 들어 그를 똑바로 쳐다볼 때까지 기다렸다. "정말 그랬어. 특히 알렉스 너한테 제일 심했어. 난 죽을 만치 무서웠고, 원래 겁쟁이들은 제일 쉬운 먹잇감에 달려드는 법이거든. 넌 내가 아는 한 제일 착하고 온화한 사람이고 말이야. 그래서 너한테 더 지독하게 굴었던 거야. 그래도 괜찮았으니까. 제발 날 용서해주지 않겠어? 내가 그런 짓을 했다는 게 너무 끔찍해."

"용서하고 말고요, 선장님." 알렉스가 빙그레 웃으며 느릿한 말투로 대답했다.

"앞으로도 계속 노력할게." 알렉스의 대답이 너무 쉽게 떨어지자 홀던은 약간 무안해졌다. "얼마 전에 알렉스가 나한테 한 말이 있어. 우리 중에 누구도 고용된 선원이 아니라는 말이었지. 거기에 대해 곰곰이 생각해 봤는데, 우리는 더 이상 '캔터베리 호'에 타고 있지 않아. 더 이상 맑고 깨끗한 물 회사에서 일하지도 않고. 그리고 나도 너희랑 똑같이 이 배를 소유하고 있지 않지. 우린 OPA에서 운영에 필요한 비용과 쌈짓돈을 받는 대가로 계약을 맺긴 했지만 남은 돈을 어떻게 쓸 건지 얘기를 나눠본 적도 없어."

"선장님이 계좌를 만들었다면서요." 알렉스가 말했다.

"그래, 남은 돈은 고스란히 그 계좌에 들어 있어. 지난번에 확인해 봤을 때는 대략 8만 정도가 남아 있었지. 로시난테 호를 운용할 비용으로 남겨놓긴 했지만, 너희들을 놔두고 나 혼자 그런 결정을 내릴 자격이 있긴 했는지 모르겠어. 그건 '내' 돈이 아니라 '우리' 돈이야. '우리'가 다 같이 번 거지."

"하지만 선장님이 대장이잖습니까." 에이모스가 커피포트를 가리키며 말했다.

홀던은 그에게 커피를 따라주었다. "그래? 난 캔터베리 호에서 부선장이었어. 그래서 캔터베리가 파괴되었을 때 내가 선장이 되는 게 자연스러워 보였지."

그는 에이모스에게 컵을 건네주고 의자에 앉았다. "그렇지만 우린 캔터베리 호와 연이 끊긴 지 오래야. 우리 넷은 이제 누구를 위해서도 일하지 않고…."

이 대목에서 프락스가 헛기침했다. 홀던이 고개를 끄덕이며 사과했다. "누군가를 위해 긴 시간 동안 일하지 않는다고 합시다. 어쨌든 난 어떤 회사나 정부한테서도 너희를 지휘할 권한을 받은 적이 없어. 우리 넷은 그저 화성이 언제든 다시 뺏어갈 기회만 노리고 있는 배를 같이 소유하게 된 공동소유자일 뿐이야."

"이건 적법하게 구출한 재화인데요." 알렉스가 말했다.

"화성군도 너와 같은 생각이면 정말 좋겠군." 홀던이 대답했다. "어쨌든 그런다고 내 말의 요점이 변하는 건 아냐. 우린 누구지?"

나오미가 그에게 주먹을 까딱였다. "무슨 말을 하고 싶은 건지 알겠습니다. 우린 이제껏 이런 이야기를 확실하게 나눈 적이 없죠. 캔터베리 호 이후로 워낙 정신없이 살았으니까요."

"그리고 지금이야말로 이 문제를 해결하기에 완벽한 타이밍이야." 홀던이 말했다. "우린 프락스 박사의 딸을 찾는 걸 돕는 대가로 필요한 비용을 지원받는 계약을 맺었어. 메이를 찾고 나면 다음 일거리는 어떻게 찾지? 아니, 우리가 '다음' 일거리를 찾기나 할까? 로시난테 호를 OPA에 팔고 타이탄으로 은퇴하는 건 어때? 이런 것들을 정해야 하지 않겠어?"

누구도 입을 열지 않았다. 프락스가 카운터에서 일어나 찬장을 뒤지기 시작했다. 그는 옆면에 '초콜릿 푸딩'이라고 쓰인 봉지를 발견했다. "이거 만들어도 되나요?"

나오미가 웃음을 터트렸다. 알렉스가 대답했다. "마음대로 해요, 박사 양반."

프락스가 우묵한 그릇을 꺼내 재료를 넣고 섞기 시작했다. 이상하게도 식물학자가 다른 일로 관심을 돌리자 분위기가 훨씬 친밀하고 느긋해졌다. 외부인은 빠지고 그들끼리만 대화를 나눌 수 있게 되었기 때문이다. 홀던은 프락스가 이 점을 눈치채고 일부러 빠져준 게 아닌가 하는 생각이 들었다.

에이모스가 남은 커피를 목구멍에 붓고 말했다. "그래서 회의를 연 건, 선장님이 뭔가 생각해 둔 게 있다는 뜻 아닙니까?"

"그래." 홀던은 잠깐 입을 다물고 생각에 잠겼다. "그래, 말하자면 말이지."

나오미가 그의 팔에 손을 올리고 다정하게 웃어 보였다. "듣고 있습니다."

"내 생각엔 우리가 결혼하는 게 좋을 것 같아." 홀던이 나오미에게 한쪽 눈을 찡긋하며 말했다. "도장까지 완벽히 찍어버리는 게 어때."

"아니, 잠깐." 나오미가 말했다. 홀던이 예상했던 것보다 훨씬 더 기겁한 표정이었다.

"어이, 농담이야." 홀던이 말했다. "물론 약간의 진담도 섞여 있지만. 사실 난 우리 부모님에 대해 생각하고 있었어. 우리 부모님은 농장을 운영하려고 공동 파트너십을 맺었지. 원래는 모두 친구 사이였는데, 몬태나에 땅을 사고 싶어서 그 비용을 감당할 수 있는 커다란 공동체를 만든 거야. 성적인 관계는 아니었어. 톰 아버지와 카이사르 아버지는 그 전부터 서로 충실한 성적 파트너였거든. 타마라 어머니는 짝이 없었고, 조지프 아버지와 안톤과 엘리스 어머니는 다자간 연애공동체를 맺고 있었지. 한 달 뒤에 드미트리 아버지가 타마라 어머니와 데이트를 시작하면서 거기에 합류했고. 그래서 그분들은 자산을 공동으로 소유하려고 합법적인 결합을 맺었어. 각자 자식을 키운다고 따로따로 세금을 내면 도저히 감당할 수가 없으니까 다 같이 나를 가졌지."

"맙소사." 알렉스가 말했다. "지구란 정말 괴상한 곳이군요."

"아이 하나에 부모가 여덟이면 확실히 흔한 일은 아니지." 에이모스가 말했다.

"그렇지만 자녀세가 얽혀 있으면 경제적으로 별로 이상한 일은 아니야." 홀던이 말했다. "아주 드문 일도 아니고."

"세금을 안 내고 애를 가지면 어떻게 됩니까?" 알렉스가 물었다.

"네가 생각하는 것보다 안 들키기가 아주 힘들어." 홀던이 대답했다. "평생 병원에 가지 않거나 암시장만 사용하면 모를까."

순간 에이모스와 나오미가 눈빛을 교환했다. 홀던은 모른 척해 주었다.

"자, 그럼." 홀던이 말을 이었다. "애 이야기는 잊어버리고, 내가 진짜로 말하고 싶은 건 법인화야. 우리가 앞으로도 계속 붙어 다닐 거면 아예 이걸 서류상으로 정식으로 만들어 버리자고. 세레스나 유로파 같은 독립 외행성 스테이션에서 법인 서류를 작성하면 우린 회사의 공동소유주가 될 수 있어."

"잠깐만요." 나오미가 말했다. "그래서 우리 회사가 무슨 일을 하는데요?"

"바로 그거야." 홀던이 기다렸다는 듯이 대답했다.

"어." 에이모스가 입을 달싹였다.

"아니, 내 말은 그게 바로 내가 고민하고 있던 거라고." 홀던이 말했다. "우리는 누구지? 우리는 무슨 일을 하고 싶은 거야? 왜냐하면 프락스와 계약이 끝나고 나면 우리는 은행 잔액도 두둑하고, 고성능 전투선도 있고, 뭐든 원하는 대로 할 수 있게 되거든!"

"이런 니미럴." 에이모스가 말했다. "선장님, 나 지금 반쯤 섰는데요."

"나도 그 기분 알지!" 홀던이 얼굴 가득 웃으며 대답했다.

프락스가 반죽을 젓던 손을 멈추고 그릇을 냉장고에 넣었다. 그는 몸을 돌리고 누군가 자신의 존재를 눈치채기라도 하면 당장 쫓겨날 것처럼 살금살금 움직이기 시작했다. 홀던이 그에게 다가가 어깨를 감싸 안았다. "여기 우리 친구 프락스 박사 말고도 우릴 고용하고 싶은 사람이 있지 않겠어?"

"민간인 중에 우리만큼 영악하고 산전수전 다 겪은 사람들도 없을걸요." 알렉스가 고개를 끄덕이며 말했다.

"메이를 찾고 나면 우리가 바라는 것보다도 더 유명해질 테고 말이야." 홀던이 말했다. "이보다 더 좋은 홍보가 어디 있어?"

"인정하시죠, 선장님." 에이모스가 말했다. "솔직히 선장님도 상당한 유명인인데요."

"그래서 일거리만 들어온다면야."

"빈털터리가 되어 파산하거나 우주에서 공기가 바닥나 죽을 확률이 더 높다는 생각은 안 듭니까?" 나오미가 말했다.

"그럴 가능성이야 언제나 있지." 홀던이 시인했다. "하지만 이봐, 한 번쯤은 누가 시키는 대로 사는 게 아니라 우리가 내키는 대로 사는 것도 좋지 않아? 우리끼리 벌어먹을 수 없을 것 같으면 언제든 로시난테 호를 팔아서 각자 제 갈 길 찾아가면 되지. 최후의 대책도 이미 있잖아."

"전 좋습니다." 에이모스가 말했다. "염병, 그러자고요. 그럽시다. 어떻게 하면 됩니까?"

"음, 한 가지 제안이 더 있어." 홀던이 말했다. "내 생각엔 앞으로는 투표를 해야 할 것 같아. 배의 주인이라고 할 사람이 딱히 없으니까 이제부터는 중요한 일이 생기면 우리끼리 투표를 하는 거야."

에이모스가 말했다. "회사를 세워서 배를 공동소유하는 게 좋은 사람 손 들어 봐."

다행스럽게도 네 사람이 전부 손을 들었다. 프락스마저도 손을 움찔거리다가 자기가 무슨 짓을 하려 했는지 깨닫고 화들짝 내렸을 정도였다.

"그럼 세레스에 가서 변호사를 구해 서류작업을 해치우자." 홀던이 말했다. "한데 그러자면 다른 문제가 생겨. 회사 이름으로 선박을 소유할 수는 있지만, 선장으로 회사를 등록할 수는 없거든. 그러니까 누가 선장이 될지도 투표해야 해."

에이모스가 웃음을 터트렸다. "이런 씨발, 진짜 이럴 겁니까. 홀던 선장이 싫은 사람 손 들어 봐."

아무도 들지 않았다.

"됐죠?" 에이모스가 말했다.

홀던은 뭔가 말하려다 가슴과 목구멍에서 울컥하는 기운에 입을 다물고 말았다.

"저기요." 에이모스가 부드러운 얼굴로 말했다. "선장님이 선장입니다."

나오미가 고개를 끄덕이며 홀던에게 싱긋 웃어 보였다. 가슴팍에서 느껴지는 기분 좋은 통증이 아까보다 더 심각해졌다. "그리고 전 기관사고요." 나오미가 말했다. "로시난테 호의 프로그램 중에 제가 손보지 않은 곳은 한 군데도 없을 겁니다. 원하기만 하면 나 혼자 배를 분해했다가 다시 조립할 수도 있고요. 그렇지만 전 카드 게임에서 허세를 부리는 데에는 젬병입니다. 내행성 연합 해군을 노려보면서 '씨발 꺼져'라는 말도 잘 못 하고요."

"그거 전부 받고." 알렉스가 말했다. "전 우리 예쁜이를 조종할 수만 있으면 족합니다. 그러면 됐어요. 그것만 할 수 있으면 전 행복합니다."

홀던이 다시 입을 달싹였다. 놀랍게도, 그리고 창피하게도, 입을 연 순간 그의 눈에 눈물이 차오르기 시작했다. 다행히도 에이모스가 그를 구해주었다.

"전 기름칠밖에 할 줄 모르는 놈입니다." 에이모스가 말했다. "여기저기 뚱땅거리기나 하고, 그것도 대개는 나오미가 어디 가서 뭘 뚱땅거려야 할지 알려줘야 하죠. 전 기계제작실보다 더 큰 건 관심 없어요. 말발은 선장님이 최고죠. 선장님이 프레드 존슨이랑 UN 해군 함장들, OPA 카우보이들, 그리고 약 빠는 우주 해적들을 어떻게 다루는지 뻔히 봤는데 무슨. 선장님은 말발로 사람들 꼬셔내는 거 하나는 끝내주게 잘한다니까요."

"고마워, 다들." 마침내 홀던이 말했다. "정말 사랑한다니까. 말 안 해도 알지?"

"거기다가." 에이모스가 덧붙였다. "이 중에 제가 총이라도 맞으면 대신 맞겠다고 몸을 날릴 사람은 선장님밖에 없을걸요. 그거 엄청나게 중요한 자질이라고요."

"고마워." 홀던이 거듭 말했다.

"다 끝난 거죠?" 알렉스가 일어나 사다리로 걸어가며 말했다. "그럼 전 운석 같은 게 날아오지는 않나 확인하러 가겠습니다."

홀던은 알렉스의 뒷모습을 바라보다 그가 문지방을 넘자마자 손으로 눈가를 훔치는 걸 보고는 안도했다. 혼자라면 몰라도 다들 어린애처럼 질질 짠다면 자신도 질질 짜도 괜찮을 것 같았다.

프락스가 그의 어깨를 어색하게 토닥이더니 말했다. "한 시간 뒤에 주방으로 모여요. 그때쯤이면 푸딩이 완성됐을 테니까요." 그러더니 선실로 가 버렸다. 프락스는 문이 닫히기도 전에 핸드터미널을 꺼내 읽기 시작했다.

"자, 그럼, 이제부턴 어떻게 하죠?" 에이모스가 물었다.

"에이모스." 나오미가 의자에서 일어나 홀던의 앞에 똑바로 섰다. "잠시 나 대신 관제실 좀 맡아 줘."

"알겠습니다." 에이모스는 얼굴은 무뚝뚝했지만, 목소리에는 웃음기가 담뿍 묻어 있었다. 그는 사다리를 타고 올라가 시야에서 사라졌다. 가압 해치가 열리는 소리가 나더니 뒤이어 쿵 하는 소리와 함께 닫혔다.

"안녕." 홀던이 말했다. "나 괜찮았어?"

나오미가 고개를 끄덕였다. "진짜 당신이 돌아온 것 같았어요. 다시는 못 만날 줄 알았는데."

"네가 나를 삽질하던 무덤에서 건져 올려주지 않았으면 정말로 그랬을 거야."

나오미가 몸을 기울여 그에게 키스하자 홀던은 두 팔로 그녀를 단단히 껴안았다. 두 사람이 숨을 멈추었을 때, 그가 말했다. "너무 빠른 걸까?"

나오미가 말했다. "닥쳐요." 그리곤 다시 그에게 키스했다. 그녀는 입술을 맞댄 채 몸만 떼고는 지퍼를 찾아 그의 점프슈트를 더듬었다. 로시난테 호에 딸려온 이 괴상한 화성군 점프슈트는 아직도 등 뒤에 '다치'라고 적혀 있었다. 회사를 설립하고 나면 더 좋은 점프슈트가 필요할 것이다. 점프슈트는 우주 생활에서 여러 가지로

(예를 들면 중력이 바뀐다거나 기름투성이 부품을 만지작거릴 때) 유용했지만, 앞으로는 그들 모두의 몸에 딱 맞고 그들이 직접 색상을 선택한 점프슈트가 필요했다. 그리고 등에는 '로시난테'라고 적혀 있어야 한다.

나오미의 손이 점프슈트 안으로 쏙 들어오더니 이내 그의 티셔츠 아래로 미끄러져 들어왔다. 순간 홀던은 패션이고 뭐고 전부 잊어버렸다.

"내 방으로 갈까? 아니면 네 방으로?" 홀던이 물었다.

"당신 방이라는 게 있긴 했어요?"

'더 이상은 아니지.'

나오미와 사랑을 나누는 것은 그 어떤 상대와 경험했던 것과도 달랐다. 그중 일부는 육체적인 차이에서 기인하는 것이었다. 나오미는 홀던이 처음으로 사귄 벨트인 연인이었고, 그것은 다시 말해 그녀가 신체적으로 여러 면에서 다르다는 것을 의미했다. 그러나 진실로 중요한 차이점은 그것이 아니었다. 나오미와의 경험을 완전히 새로운 것으로 만든 가장 큰 원인은 그들이 잠자리를 함께하기 전에 5년간 친구로 지냈다는 사실이었다.

솔직히 바람직한 특성이라고 할 수도 없고 요즘에는 떠올릴 때마다 얼굴을 찌푸리게 되지만, 사실 홀던은 섹스에서만큼은 꽤 얄팍한 데가 있었다. 그는 여자를 처음 만날 때마다 상대가 잠재적인 섹스 파트너가 될 수 있을지 평가했다. 그리고 꽤 잘생긴 얼굴에 매력적이었기 때문에 내키기만 한다면 대개는 원하는 것을 얻을 수 있었다. 홀던은 언제나 진실한 애정과 열정을 착각하는 경향이 있었다. 그의 가장 가슴 아픈 기억 중 하나는 나오미가 그의 그런 점을 지적했을 때였다. 나오미는 홀던이 상대방을 이용하고 있다는 죄의식을 피하기 위해 잠자리를 같이하는 여성을 진심으로 사랑한다고 자기 자신을 속이는 경향이 있다고 말했다.

그것은 사실이었다. 상대 여자들 역시 그를 이용한다는 사실마저도 그의 기분을 낫게 해 주지는 못했다.

지구에서 나고 자란 홀던에게 나오미는 신체적인 이상형과 거리가 멀었고, 그래서 그는 그녀를 처음 만났을 때 잠재적인 섹스 파트너로 여기지 않았다. 다시 말해 나오미를 아무런 성적 편견도 없이 그저 한 인간으로 사귀고 그렇게 대했다는 뜻이다. 그래서 나오미에 대한 감정이 우정 이상으로 자라났을 때 홀던은 무척 놀랐다.

그리고 그러한 사실이, 홀던이 알고 있던 섹스에 관한 모든 것을 완전히 뒤바꿔 놓았다. 행위 자체는 변하지 않았지만, 솜씨와 기량을 뽐내기보다 그가 품고 있는 애정을 전하고 싶은 욕구가 지배하게 되자 섹스의 의미가 변했다. 나오미와 처음 사랑을 나눈 후, 홀던은 침대에 누워 자신이 지난 수년간 크게 잘못하고 있었음을 깨닫고 몇 시간 동안 그 사실을 곱씹었다.

지금 그는 그때와 똑같은 경험을 하고 있었다.

나오미는 홀던의 옆에 잠들어 있었다. 한쪽 팔은 그의 가슴에, 허벅지는 그의 다리에 걸쳐져 있고 배는 그의 골반에, 가슴은 그의 갈비뼈에 눌려 있다. 홀던은 평생 누구에게도 이런 감정을 느껴본 적이 없었다. 너무나도 자연스럽고 당연한 듯이 느껴지는 완전하고 충만한 느낌. 홀던은 나오미에게 자신이 변했음을 입증하지 못해 그녀가 돌아오지 않는다면 어떻게 될지 상상했다. 오직 이 충만

함을 다시 경험하고 싶다는 갈증만으로 수년, 수십 년 동안 수많은 잠자리 상대를 갈아 치우며 돌아다니겠지. 그러나 그는 다시는 결코 그것을 경험하지 못할 것이다. 왜냐하면 중요한 것은 섹스가 아니기 때문이다.

생각만 해도 배 속이 뒤틀리는 것 같았다.

나오미가 잠꼬대를 옹알거렸다. 그의 목에 닿아 있는 입술이 움직이며 의미 모를 단어를 속삭였다. 간지러운 촉감이 느껴졌을 때야 홀던은 자신이 반쯤 잠들어 있었다는 것을 깨달았다. 홀던은 나오미의 머리를 끌어당겨 정수리에 입을 맞춘 다음, 옆으로 돌아누워 단잠에 빠져들었다.

침대 위에 붙어 있는 벽면 모니터가 시끄럽게 울렸다.

"뭐야?" 갑자기 온몸에 지독한 피로가 몰려왔다. 눈을 감은 지 겨우 몇 분밖에 지나지 않아서 눈꺼풀이 떠지지 않았다.

"접니다, 선장님." 알렉스가 말했다. 홀던은 소리라도 꽥 지르고 싶었지만 그럴 힘조차 없었다.

"보셔야 할 게 있습니다." 알렉스가 말했다. 그의 목소리에 담긴 뭔가가 정신이 번쩍 들게 했다. 홀던은 상체를 세우고 앉아 나오미의 팔을 옆으로 치웠다. 나오미가 잠결에 뭐라 중얼거렸지만 깨지는 않았다.

"알았어." 홀던은 대답하고 모니터를 돌렸다.

얼굴 생김새가 굉장히 특이한 백발의 나이 든 여인이 그를 바라보고 있었다. 약간 시간이 지난 후에야 홀던은 그녀의 얼굴이 기형이 아니라 우주선의 추진력 때문에 찌그러진 것임을 알았다. 노부인이 중력가속도에 눌려 일그러진 목소리로 말했다. "내 이름은 크리스젠 아바사랄라입니다. UN 행정부의 사무차장보지요. 한 UN 제독이 목성계에서 다섯 대의 먼로급 구축함을 몰고 당신네 우주선을 침몰시키기 위해 추적 중입니다. 이 응답기 코드를 따라와요. 나와 만나지 않으면 당신과 당신 배에 타고 있는 전원이 죽을 테니까. 씨발, 지금 농담하는 게 아닙니다."

40
프락스

추진력이 프락스를 충격 흡수 소파 깊숙이 처박았다. 겨우 4g에 불과했지만, 그는 1g만 되어도 약물을 거의 전부 주입해야 했다. 프락스는 육체를 나약하게 만드는 곳에서 성장했다. 물론 전에도 알고 있던 사실이긴 했지만, 그가 아는 것은 주로 식물의 체관과 물관의 관점에 국한되어 있었다. 프락스는 평범한 저중력 보조제로 골성장을 촉진했고 운동도 권고에 따라 딱 필요한 정도만큼만 했다. 대개는 그랬다는 얘기다. 하지만 속으로는 항상 그게 바보같은 짓이라고 생각했다. 프락스는 식물학자였다. 그는 익숙한 터널에서, 지구의 5분의 1밖에 안 되는 안락한 저중력에서 살다 죽을 것이었다. 프락스는 지구에 갈 이유가 전혀 없었다. 높은 중력가속도 때문에 고통받을 일은 더더욱 없었다. 그런데도 프락스는 지금 여기에, 바다 밑바닥에 가라앉은 것처럼 충격 흡수 젤 깊숙이 파묻혀 있다. 시야는 흐릿하고 숨을 쉴 때마다 안간힘을 써야 한다. 무릎 관절이 늘어났을 때는 비명을 지르고 싶을 정도로 고통스러웠지만, 폐부에 그럴 공기가 남아 있지 않았다.

다른 이들은 그럭저럭 괜찮을 것이다. 이런 일에 익숙하니까. 그들은 자신의 신체가 이런 지독한 고통을 이겨낼 수 있음을 익히 경험해 알고 있다. 하지만 프락스의 후뇌는 확신하지 못했다. 바늘이 허벅지 근육을 파고들어 또다시 호르몬과 근이완제를 투여했다. 바늘이 닿은 자리에서부터 얼음장처럼 싸늘한 기운이 온몸으로 퍼져 나갔고, 편안함과 두려움이라는 모순된 감정이 마음속을 채웠다. 약물은 그의 혈관이 파열되거나 혈액순환에 문제가 생기지 않도록 튼튼하고 강인하게 만들어주었다. 프락스의 몸에서 온전한 정신이 빠져나가고 계산적이고 냉랭한 부분만이 남았다. 자아가 없는 순수한 집행기능. 분명히 그가 알던 것들을 알고 그가 기억하던 것들을 모두 기억하고 있지만, 이것은 그가 아니었다.

하지만 프락스는 이처럼 비틀린 의식 속에서도 끊임없이 목록을 작성하고 있었다. 지금 죽어도 괜찮을까? 그는 정말로 살고 싶은 걸까? 만일 그렇다면 어떠한 조건 하에서? 프락스는 잃어버린 딸이 물건이라고 생각해 보았다. 상실감은 오래되어 말라붙은 붉은 피딱지가 닳고 부서져 분홍색 조개껍데기 가루가 되는 것과 비슷했다. 메이의 배꼽에 붙어 있던 붉은 탯줄 조각. 프락스는 메이를 떠올렸다. 딸아이가 어떻게 생겼었는지 떠올렸다. 자지러지는 듯한 행복에 겨운 웃음소리. 그가 생각하는 메이는 더 이상 그런 모습이 아니었다. 그 애가 살아있기만 한다면…. 하지만 메이는 이미 죽었을 것이다.

무거운 중력에 짓눌려 일그러진 마음속으로, 프락스는 웃었다. 물론 그의 입술은 움직이지 않았다. 프락스는 틀렸다. 지금까지 계속 프락스는 틀렸었다. 그는 몇 시간 동안 홀로 앉아 메이가 죽었다고 자신을 설득하려 했다. 그럼으로써 자신을 단련시키고 있다고 믿었다. 최악의 결과에 대비하고 있다고 생각했다. 잘못된 생각이었다. 프락스가 그렇게 말하고 그렇게 믿으려 했던 이유는 그것이 편했기 때문이다.

만일 메이가 죽었다면 그 아이는 더 이상 고통을 겪을 필요가 없을 것이다. 만일 메이가 죽었다면, 그 아이는 더 이상 무서워할 필요도 없을 것이다. 만일 메이가 죽었다면 고통은 온전히 프락스의 몫이며, 그의 딸은 이제 안전할 것이다. 프락스는 자신의 정신 상태가 정상이 아님을 아무 감흥도 없이 덤덤히 받아들였다. 한때는 그에게도 삶이라는 게 있었다. 그러나 딸은 납치당했고 그는 연쇄효과로 붕괴하는 가니메데에서 거의 굶어 죽을 뻔했으며, 총에 맞았고, 반(半)외계인 살인 기계와 대치했고, 지금은 태양계 전체에 가정폭력범이자 소아성애자로 알려져 있었다. 프락스는 더 이상 제정신을 유지할 이유가 없다. 그래 봤자 아무 도움도 되지 않을 것이고, 무엇보다 무릎이 정말 '미칠 것처럼' 아팠기 때문이다.

어디선가 멀고 아득한 곳에서, 빛과 공기가 있는 곳에서, 무슨 소리가 세 번 나는 듯싶더니 그의 가슴 위에 얹혀 있던 커다란 바윗덩이가 굴러떨어졌다. 온전한 자기 자신으로 돌아오는 과정은 수영장 바닥에서 수면으로 천천히 상승하는 것과 비슷했다.

"자, 다 끝났습니다." 알렉스가 선내 전체 통신으로 말했다. "저녁밥 시간입니다. 간이 제자리로 돌아올 때까지 좀 기다렸다가 주방에서 봅시다. 여유 시간이 50분밖에 안 되니까 최대한 활용하시고요."

프락스는 숨을 깊이 들이마셨다가 길게 내쉰 다음 소파에서 일어났다. 온몸에 멍이 든 것처럼 뻐근했다. 핸드터미널에 따르면 현재 중력가속도는 3분의 1g였지만 몸으로는 그보다 더 무겁게 느껴졌다. 다리를 소파 밖으로 빼내자 무릎에서 뚝하는 무시무시한 소리가 났다. 그는 터미널을 두드렸다.

"어…, 저 걸을 수가 없는 것 같은데요." 프락스가 말했다. "무릎에 문제가 생겼어요."

"그대로 있어요, 박사." 스피커에서 에이모스의 목소리가 들렸다. "내가 가서 봐 줄 테니까. 내가 그나마 이 배에서 제일 의사에 가까운 사람이거든요. 아니면 의료실에 맡길래요?"

"알아서 고친답시고 땜질만 하지 마." 홀던이 말했다. "프락스 박사한텐 안 통할 테니까."

통신선이 고요해졌다. 프락스는 에이모스를 기다리는 동안에 터미널로 메시지를 확인했다. 끝없이 긴 목록이 올라와 있었다. 하지만 그건 메이를 찾는 영상을 내보냈을 때부터 그랬다. 그저 제목들이 바뀌었을 따름이다.

소아강간범은 죽을 때까지 고문해야 한다.
반대자들 말은 듣지 마세요.
우리 아빠도 나한테 똑같은 짓을 했지.
더 늦기 전에 예수님께 귀의하세요.

프락스는 메시지를 열어 보지 않았다. 자신과 메이의 이름을 달고 있는 뉴스 피드를 찾아보니 7천 개가 넘었다. 니콜라는 겨우 50개였다.

한때는 니콜라를 사랑했었다. 혹은 적어도 사랑한다고 생각했던 적이 있었다. 그녀와 잠자리를 함께 하는 것이 세상에서 가장 간절한 소원이었고, 행복했던 시절도 있었다. 둘이서 보낸 수많은 밤이 떠올랐다. 메이도 니콜라의 몸을 통해 생명을 얻었다. 메이. 프락스 자신의 목숨만큼 소중하고 귀중한 메이는 니콜라의 일부이기도 했다. 하지만 지금 니콜라는 프락스가 전혀 모르는 낯선 사람처럼 느껴졌다. 그녀와 함께 가진 딸아이의 아비로서, 프락스는 그 영상 속의 여인이 누군지 도무지 알 수가 없었다.

프락스는 핸드터미널의 녹화 메뉴를 열어 카메라를 자신의 얼굴에 맞췄다. 그는 잠시 초조하게 입술을 핥았다.

"니콜라…."

20초 후에 프락스는 메뉴를 닫고 영상을 지워버렸다. 할 수 있는 말이 없었다. '당신 누구야?' 그리고 '내가 누구라고 생각하는 거야?' 정도가 그가 생각할 수 있는 고작이었고, 어느 쪽이 됐든 대답은 알고 싶지 않았다.

"이봐요, 박사 양반." 에이모스가 작은 방으로 성큼성큼 들어오며 말했다.

"미안합니다." 프락스는 핸드터미널을 충격 흡수 소파 옆 거치대에 내려놓았다. "마지막 가속 중에 그만…."

프락스가 무릎을 가리켰다. 부어 있긴 했지만 생각한 것만큼 상태가 나쁘지는 않았다. 적어도 평소의 두 배는 될 줄 알았는데, 혈관에 투입된 소염제가 제 몫을 단단히 한 모양이다. 에이모스가 고개를 끄덕이더니 손으로 프락스의 가슴을 눌러 충격 흡수 젤 안으로 밀어 넣었다.

"나도 가끔 발가락이 골절됩니다." 에이모스가 말했다. "그렇게 조그만 부위도 너무 빨리 날다 보면 잘못된 각도로 꺾어질 수 있거든요. 진짜 더럽게 아프죠. 자, 긴장 푸십시오."

에이모스는 프락스의 무릎을 구부렸다 펴며 관절의 움직임을 살펴보았다. "아주 나쁘진 않은데. 여길 똑바로 펴 보십시오. 좋아요."

에이모스가 한 손으로 프락스의 발목을, 다른 한 손으로는 소파를 쥐고 천천히, 그러나 저항할 수 없을 만큼 강한 힘으로 잡아당겼다. 프락스의 무릎에 통증이 번져 나가더니 돌연 뚝하는 소름 끼치는 소리와 함께 뼈와 힘줄이 어긋나 부딪치는 불쾌한 감각이 느껴졌다.

"됐습니다." 에이모스가 말했다. "조금 이따 가속할 때는 다리를 제대로 놓는 거 잊지 말고요. 똑같은 곳이 다시 꺾이면 나중엔 슬개골을 들어내야 할 겁니다, 알겠죠?"

"예." 프락스는 대답을 마치고 의자에서 일어나려 했다.

"나도 이런 건 진짜 싫은데요, 박사 양반." 에이모스가 솥뚜껑 같은 손바닥으로 그의 가슴을 눌러 다시 앉혔다. "내 말은, 요즘 박사님 심경도 말이 아니라는 거 알긴 하는데, 그렇지만 아시잖습니까."

프락스는 이맛살을 찌푸렸다. 얼굴에 있는 근육이란 근육에 전부 멍이 든 것 같았다.

"뭐가요?"

"사람들이 당신이랑 그 애에 대해 지껄여대는 헛소리요. 그거 다 헛소리 맞죠, 예?"

"당연하죠." 프락스가 말했다.

"왜냐하면, 뭐냐, 그 혹시 뭔 일이 있었더라도 일부러 그런 게 아니었을 수도 있으니까요. 일이 힘들었다거나, 열을 받아서 제정신이 아니었다거나, 씨발, 술에 좀 취했을 수도 있잖습니까. 나도 술에 꼴아서 별별 짓을 다 해봤는데 내가 뭔 짓을 했는지 전혀 기억이 안 나더라니까요." 에이모스가 지긋이 웃었다. "난 그냥, 혹시 조금이라도 진실이 있긴 한데 너무 과장돼서 부풀려진 거면 우리한테 미리 털어놓는 게 좋을 거라는 얘깁니다."

"난 니콜라가 말한 것 같은 짓은 하나도 안 했어요."

"나한테는 털어놔도 됩니다, 박사. 진짜예요. 이해한다니까. 남자들이 가끔 그럴 수도 있죠, 예? 그런다고 진짜 나쁜 사람이 되는 것도 아니잖아요."

프락스가 에이모스의 손을 뿌리치며 황급히 몸을 일으켰다. 갑자기 무릎의 통증이 아까보다 훨씬 덜하게 느껴졌다.

"나쁜 놈 맞죠. 그런 짓을 하는 자식은 나쁜 새끼입니다." 프락스가 말했다.

에이모스의 표정이 누그러졌다. 그의 미소가 미묘하게 변화했다.

"그렇죠. 아까도 말했지만, 정말로 미안합니다. 하지만 꼭 물어봐야 했어요."

"괜찮습니다." 프락스가 대답하며 일어났다. 무릎이 휘청 무너지는가 싶더니 그래도 잘 버텨주었다. 프락스는 주저하며 한 걸음을 떼었다, 다시 한 걸음을 내디뎠다. 무릎이 말짱하게 움직였다. 그는 주방으로 향하다 문득 입을 열었다. "만약에 내가 그랬다면, 내가 진짜 그런 짓을 했더라면 그래도 우리 사이가 괜찮았을까요?"

"염병, 그럴 리가 있습니까. 당신 목을 분지른 다음에 에어록 밖으로 던져버렸을 겁니다." 에이모스가 프락스의 어깨를 토닥이며 말했다.

"아." 프락스는 안도감이 퍼져나가는 것을 느꼈다. "감사합니다."

"언제든지요."

프락스와 에이모스가 주방에 도착했을 때 나머지 세 사람은 벌써 그들을 기다리고 있었다. 그런데도 왠지 절반은 비어 있는 느낌이었다. 나오미와 알렉스는 식탁을 사이에 두고 마주 보고 앉아 있었다. 두 사람 모두 프락스만큼 상태가 엉망인 것 같지는 않았다. 등을 보이고 서 있던 홀던이 몸을 돌렸다. 그의 양손에는 일회용 그릇이 들려 있고, 안에 담긴 갈색의 걸쭉한 액체에서는 열기와 흙, 그리고 익은 풀 냄새가 났다. 음식 냄새가 코에 닿자마자 갑자기 허기가 느껴졌다.

"렌틸 수프 한 그릇?" 홀던이 알렉스의 양옆에 앉아 있는 프락스와 에이모스에게 물었다.

"맛있을 것 같군요." 프락스가 대답했다.

"전 그냥 튜브나 빨랍니다." 에이모스가 말했다. "렌틸콩을 먹으면 배가 더부룩해지거든요. 가속 중에 가스를 뿡뿡거리면 아무도 안 좋아할 테니까요."

홀던은 음식이 담긴 그릇을 프락스의 앞에 내려놓고 검은 플라스틱 꼭지가 있는 하얀 튜브를 에이모스에게 건넨 다음, 나오미 옆에 앉았다. 몸이 닿아 있지도 않은데 두 사람 사이에 흐르는 친밀감은 눈치채지 않기가 힘들 정도였다. 프락스는 메이가 한 번이라도 그와 니콜라가 재결합하기를 바랐을지 궁금해졌다. 이제는 불가능하리라.

"좋아, 알렉스." 홀던이 말했다. "새로운 소식은 없어?"

"지난번하고 똑같죠, 뭐." 알렉스가 대답했다. "구축함 여섯 대가 미친 듯이 우리를 쫓아오고 있습니다. 그 뒤를 또 비슷한 병력이 죽어라 쫓아오고 있고, 경주용 보트는 반대쪽에서 우리랑 멀어지고 있고요."

"잠깐." 프락스가 말했다. "멀어지고 있다고요?"

"우리랑 진로를 맞추고 있는 겁니다. 벌써 회전했어요. 이제 우리를 만나려고 속도를 높이는 중입니다."

프락스는 눈을 감고 벡터를 계산해 보았다.

"그럼 거의 다 도착한 거군요?" 그가 물었다.

"예. 가까이 왔습니다." 알렉스가 대답했다. "열여덟에서 스무시간이면 될 겁니다."

"그래서 어떻게 될 것 같아? 지구 함대가 우릴 따라잡을까?"

"오, 그럼요. 따라잡고 말고요." 알렉스가 대답했다. "하지만 그전에 우리가 경주용 보트와 접선할 겁니다. 지구 함대는 대충 나흘 정도 걸릴 거고요."

프락스는 스푼으로 수프를 담뿍 떠서 입에 넣었다. 냄새만큼 맛도 끝내줬다. 렌틸에 짙은 초록색 이파리가 섞여 있었는데, 정체가 뭔지 궁금해 스푼으로 뒤적여서 펴 보았다. 시금치 같았다. 줄기의 가장자리 부분이 조금 달라 보이긴 했지만 어쨌든 익힌 다음이니까….

"함정이 아닌 게 확실합니까?" 에이모스가 물었다.

"아니." 홀던이 대답했다. "하지만 함정이라고 하기엔 그쪽의 꿍꿍이가 뭔지 모르겠단 말이야."

"우릴 죽이는 게 아니라 생포하길 원하는지도 모르죠." 나오미가 대답했다. "우린 지금 지구 정부의 높은 사람한테 에어록을 열어주겠다고 한 겁니다."

"그 여자가 정말로 본인이라고 주장하는 그 사람 맞나요?" 프락스가 물었다.

"그런 것 같습니다." 홀던이 대답했다.

알렉스가 손을 들었다.

"음, UN에서 온 꼬부랑 할머니랑 얘기할 건지 아니면 구축함 여섯 대에 두들겨 맞을 건지 중에 선택하라면, 어르신께 차와 쿠키 정도는 대접해도 될 거 같은데요."

"다른 계획을 세우기에도 좀 늦었고요." 나오미가 말했다. "하지만 지구 쪽 사람이 우릴 지구군한테서 구해준다니, 영 꺼림칙합니다."

"조직이란 통일된 단일체가 아니니까요." 프락스가 말했다. "소행성대와 지구, 화성의 내부 집단 사이에 존재하는 유전적 다양성은 상호 간에 외부 세력보다도 더 큰 간극을 만들어내지요. 진화는 집단 구조 내에서 발생하는 분열과 갈등을 감지하고 외부 개체들과 동맹을 맺어요. 양치식물도 그와 비슷한 행태를 보이지요."

"양치식물이요?" 나오미가 물었다.

"양치식물도 필요할 때는 아주 공격적인 성격이 됩니다." 프락스가 말했다.

부드러운 알림 소리가 그들의 대화를 방해했다. 작은 종이 울리는 듯한 세 개의 높고 가벼운 음색이 울려 퍼졌다.

"자, 다들 쭉쭉 들이켜요." 알렉스가 말했다. "저건 15분 남았다는 경고음입니다."

에이모스가 엄청난 소리를 내며 튜브를 빨아들이자 그의 입술 위에서 흰색 튜브가 쭈그러들었다. 프락스는 스푼을 내려놓고 아예 두 손으로 수프 그릇을 들어 한 모금도 남기지 않고 마셔 버렸다. 프락스와 똑같은 방법으로 식사를 마친 홀던이 더러운 접시를 치우기 시작했다.

"변소에 갈 사람은 지금 갔다 오도록." 홀던이 말했다. "그럼 이제⋯."

"8시간이요." 알렉스가 말했다.

"8시간 후에들 보지." 홀던이 말했다.

갑자기 가슴이 답답해졌다. 또다시 중력가속도에 눌려 납작해져야 한다. 충격 흡수 소파의 주삿바늘이 또다시 프락스의 신진대사 능력을 촉진할 것이다. 지옥으로 끌려가는 기분이었다. 프락스는 식탁에서 일어나 모두에게 고개를 끄덕여 보인 다음, 방으로 돌아갔다. 무릎은 한결 나아져 있었다. 부디 이번 추진이 끝날 때는 지난번보다는 나은 상태이길 바랄 뿐이다. 10분 전 경고음이 울렸다. 프락스는 충격 흡수 소파에 누워 완벽한 자세를 잡기 위해 뒤척거리며 기다리고 또 기다렸다.

그사이를 못 참고 몸을 옆으로 굴려 핸드터미널을 집어 들었다. 메시지 7개가 새로 들어와 있었다. 그중 둘은 그를 응원했고 세 개는 욕지거리와 저주로 가득했으며, 하나는 잘못 온 것이었고 나머지 하나는 모금 펀드 계좌의 정산 메일이었다. 굳이 읽어보지는 않았다.

프락스는 카메라를 켰다.

"니콜라." 프락스가 말했다. "그 사람들이 당신한테 뭐라고 했는지 모르겠어. 당신이 정말로 나를 그렇게 생각하고 있었는지도 모르겠고. 하지만 내가 아무리 화가 났을 때도 당신한테 손가락 하나 까딱하지 않았다는 건 알아. 당신이 정말로 날 무서워한대도 나로서는 이유를 전혀 모르겠어. 나는 메이를 세상에서 제일 사랑해. 그 애가 다치는 걸 보느니 차라리 내가 죽을 거야. 그런데 이젠 온 태양계의 절반이 내가 그 애를 해쳤다고 생각하…."

프락스는 녹화를 멈췄다. 처음부터 다시 녹화를 시작했다.

"니콜라, 난 우리 사이에 서로를 배신할 건더기도 남지 않았다고 생각했는데…."

프락스는 입을 다물었다. 5분 전 경고음이 울렸다. 손가락으로 머리칼을 쓸어 올렸다. 머리칼이 붙어 있는 모낭들이 하나같이 화끈거리는 것 같았다. 혹시 이것 때문에 에이모스가 머리를 미끈하게 미는 걸까. 우주선에 직접 타보기 전까지는 몰랐던 것이 너무 많았다.

"니콜라…."

그는 영상 세 개를 모두 지운 다음 모금 계좌 인터페이스에 로그인했다. 은행 컴퓨터에 전송하는 즉시 계좌이체가 승인돼 돈이 이체되는 보안 요청 양식이 있었다. 그는 재빨리 서류 양식을 채웠다. 2분 전 경고음이 한층 더 크고 끈질기게 울리기 시작했다. 프락스는 추진 30초 전에 니콜라에게 돈을 보내는 데 성공했다. 이제 그들 사이에는 정말로 아무것도 남지 않았다.

프락스는 핸드터미널을 내려놓고 몸을 뉘었다. 컴퓨터가 20부터 숫자를 거꾸로 세기 시작했다. 마침내 그의 가슴 위에 거대한 바위가 내리 앉혔다.

"무릎은 어떻습니까?" 에이모스가 물었다.

"견딜 만합니다." 프락스가 대답했다. "놀랐어요. 더 심하게 아플 줄 알았거든요."

"이번에는 늘어나지 않아서 그렇습니다." 에이모스가 말했다. "내 발가락도 괜찮았어요."

돌연 묵직한 소리가 선내 전체를 뒤흔들더니 발밑에서 갑판이 덜컹 움직였다. 프락스의 오른쪽에 서 있던 홀던이 소총을 왼손으로 바꿔 쥐고 제어 패널을 두드렸다.

"알렉스?"

"예, 좀 거칠었죠. 미안합니다. 그렇지만…. 어, 잠깐만요. 예, 됐습니다, 선장님. 제대로 고정됐습니다. 저쪽에서 노크하는군요."

홀던이 다시 소총을 반대쪽 손으로 옮겼다. 에이모스가 무기를 움켜쥐며 자세를 낮췄다. 나오미는 에이모스의 옆에 빈손으로 서 있었지만, 관제 시스템에 핸드터미널을 연동해 둔 상태였다. 일이 잘못되면 총기보다도 우주선의 통제권을 가진 편이 더 유용할지 모른다. 선원들은 모두 이 배에 딸려온 화성군 장갑복을 입고 있었다. 로시난테 호는 3분의 1g로 날고 있었고, 지구군 구축함은 여전히 그들을 향해 전속력으로 접근하고 있었다.

"무장을 한 건 이게 함정일지도 모른다고 생각하는 거죠?" 에이모스가 물었다.

"의장대라고 생각하면 되잖아." 홀던이 말했다.

프락스가 손을 들었다.

"총일랑은 꿈도 꾸지 마십시오." 홀던이 말했다. "마음 상해 하진 말고요."

"저, 아니, 전 그냥…. 의장대는 보통 같은 편을 맞이하는 거 아닌가요."

"이번에는 그 의미를 살짝 비틀자고요." 나오미가 말했다. 눈치채기 힘들 정도로 아주 미묘한 긴장감이 묻어 있는 목소리였다.

"저쪽은 정치가에 나이도 지긋해." 홀던이 말했다. "경주용 보트는 두 사람 이상은 타기가 힘들고. 그러니 머릿수로도 우리가 훨씬 우세하지. 혹시 일이 잘못돼도 알렉스가 조종석에 있으니까. 음, 우리 잘 보고 있는 거 맞지, 알렉스?"

"오, 당연하죠." 알렉스가 대답했다.

"저쪽에서 기습이라도 하면 나오미가 곧장 선체를 분리하고 알렉스가 전속력으로 달릴 거야."

"하지만 구축함에는 이 수법을 써먹을 수가 없잖습니까." 프락스가 말했다.

나오미가 그의 팔을 잡고 지그시 힘을 줬다.

"그런 말은 도움이 안 됩니다, 프락스."

외부 에어록이 윙윙거리는 소리를 내며 돌아갔다. 적색등이 녹색으로 변했다.

"후와." 알렉스가 말했다.

"뭐야? 왜?" 홀던이 조급하게 물었다.

"아니요, 그냥…."

내부 에어록이 열리더니 프락스가 살아생전 본 중에 가장 크고 거대한 사람이 안으로 들어왔다. 그 사람은 일종의 강화복을 입고 있었다. 안이 들여다보이는 투명한 안면 보호판이 없었다면 프락스는 그것이 2미터 높이의 이족보행 로봇이라고 생각했을 것이다. 프락스는 유리 너머로 여성의 얼굴을 발견했다. 커다란 짙은색 눈과 밀크커피색 피부. 명백한 위협과 폭력이 담긴 시선이 그들을 할퀴고 지나갔다. 에이모스가 저도 모르게 뒤로 주춤거리는 것이 보였다.

"당신이 선장이군요." 여자가 말했다. 슈트의 스피커가 그녀의 목소리를 인위적으로 증폭시켰다. 그것은 질문이 아니었다.

"맞습니다." 홀던이 대답했다. "음, 그건 그렇고 화면발이 전혀 안 받으시는군."

그의 농담은 실패했다. 거인이 한 발짝 더 배 안으로 들어왔다.

"그걸로 날 쏘려는 겁니까?" 여자가 우람한 건틀렛으로 홀던의 총을 가리켰다.

"통할 것 같습니까?"

"아니." 거인이 대답했다. 그녀가 다시 앞으로 한 발을 내디뎠다. 그녀가 움직일 때마다 강화복에서 모터가 돌아가는 소리가 났다. 홀던과 에이모스가 동시에 뒷걸음질 쳤다.

"그럼 의장대라고 여기셔도 좋고." 홀던이 대꾸했다.

"그것참 영광이군요. 그만 치워 주시죠?"

"그렇게 하죠."

2분 후에 모든 무기가 치워졌다. 아직 이름을 알 수 없는 그녀가 턱으로 헬멧 안에 있는 뭔가를 누르더니 말했다. "확인했습니다. 안전합니다."

에어록이 다시 빙글 돌아가고, 적색등이 녹색으로 바뀌고, 문이 열렸다. 이번에 안으로 들어온 여인은 그들 중에서 가장 자그마했다. 회색 머리는 공중으로 뻗쳐 있고 저중력 속에서 주황색 사리가 어색하게 펄럭였다.

"아바사랄라 사무차장보님." 홀던이 말을 걸었다. "승선을 환영합니다. 제가 도와드릴⋯."

"당신이 나오미 나가타군." 왜소한 주름투성이 노부인이 말했다.

홀던과 나오미가 눈빛을 교환했다. 나오미가 어깨를 으쓱했다.

"그런데요."

"씨발, 어떻게 이런 데서 머리가 그렇게 완벽할 수 있는 거지? 나는 머리 꼭대기에 고슴도치를 키우고 있는 꼴인데."

"어⋯."

"자네들 목숨을 살리려면 일단 외모가 절반 먹고 들어가야 해. 지금 이렇게 빈둥거릴 때가 아니야. 나가타, 당신은 나를 좀 볼만하게 만들어주고. 홀던⋯."

"전 기관사지 염병할 미용사가 아닙니다." 나오미가 발끈했다.

"사무차장보님." 홀던이 말했다. "여긴 제 배고, 제 승무원들입니다. 우린 중 절반은 심지어 지구인도 아닙니다. 우린 당신의 명령을 따르지 않을 겁니다."

"좋아. 미즈 나가타, 이 배와 함께 한 줌 가스 구름이 되고 싶지 않으면 지금 당장 언론 발표를 해야 하는데, 난 지금 그럴 준비가 전혀 되어 있지 않아요. 부디 날 도와주겠어요?"

"그러지요." 나오미가 대답했다.

"고맙네. 그리고 선장? 자네는 망할 면도나 하지."

41
아바사랄라

관세음호에 비하면 로시난테 호는 더럽고 우중충하고 실용적으로 보였다. 고급 카펫은 깔려있지 않았고, 긴급 기동 시 병사들이 부딪칠 수 있는 모서리나 각진 곳에 천이 덧대져 있을 뿐이었다. 공기 중에서는 시나몬과 벌꿀 향 대신에 군용 공기 재생기 특유의 플라스틱과 열기 냄새가 났다. 널찍한 책상도 없고 항상 완벽히 정돈된 큼지막한 침대도, 공중화장실만 한 크기의 휴게실을 제외하면 개인용 공간도 없었다.

영상은 대부분 화물실에서 촬영했는데, 탄약이나 무기가 화면에 비치지 않게 카메라 각도를 세심하게 신경 썼다. 화성 군용선을 잘 아는 사람이라면 그들이 어디서 영상을 찍었는지 정확하게 짚어낼 수 있을 테지만 대부분의 사람에게는 그저 화물 상자가 쌓여 있는 넓은 공간일 뿐일 것이다. 나오미 나가타가(그녀는 기막힐 정도로 유능한 편집자였다) 영상 편집을 도왔다. 그녀는 남자 승무원 중에 전문가다운 나레이션을 할 수 있는 사람이 없다는 것을 알자 그 역할 또한 훌륭하게 해냈다.

로시난테 호의 승무원들이 의무실에 모였다. 정비공인 에이모스 버튼이 아바사랄라의 핸드터미널에 저장된 영상 피드를 화면에 재생했다. 지금 그는 환자용 침상 위에 한쪽 다리를 꼬고 앉아 넉살 좋게 웃고 있었다. 아바사랄라가 홀던의 동료들에 관한 정보부 파일을 읽지 않았다면 이 자가 무슨 짓을 저지를 수 있는 인간인지 짐작조차 못 했을 것이다.

나머지는 대충 반원을 그리며 흩어져 있었다. 바비는 알렉스 카말 옆에 앉아 있었는데 무의식적으로 화성인들끼리 뭉친 것 같았다. 프락시디케 멩은 방 뒤쪽에 외따로 섰다. 그가 아바사랄라를 불편하게 여겨서인지, 아니면 원래 그런 성격인지는 알 수 없었다.

"좋아." 아바사랄라가 말했다. "의견을 밝힐 수 있는 마지막 기회야."

"팝콘이 있었으면 좋았을걸." 에이모스가 말했다. 의료용 스캐너가 한 번 반짝이더니 방송 규정이 나타났고, 뒤이어 커다란 흰색 글씨가 떠올랐다. '긴급 배포용.'

화면 속에 아바사랄라와 홀던이 나타났다. 아바사랄라는 뭔가를 강조하듯이 손을 몸 앞으로 내밀며 말하고 있었고, 홀던은 진지한 얼굴로 몸을 바짝 기울이고 있었다. 나오미 나가타의 목소리는 차분하고 강인했으며, 전문가다웠다.

"현 상황이 뜻밖의 방향으로 진척되면서 오늘 UN 행정부의 사무차장 사다비르 에린라이트 휘하의 사무차장보 아바사랄라가 OPA 대표 제임스 홀던과 화성군 대표단을 만나 가니메데에서 발생한 충격적인 폭력 사태와 관련된 전 세계를 뒤흔들 새로운 문제에 관해 해결 방안을 논의했습니다."

아바사랄라의 모습이 확대되었다. 그녀는 몸을 앞으로 기울이고 목을 길게 빼 턱밑에 늘어진 피부를 최대한 감추고 있었다. 오랜 연습 덕분에 자연스러워 보였지만 아르준의 웃음소리가 들리는 것 같았다. 화면 하단에 흐르는 자막이 그녀의 이름과 직위를 설명했다.

"저는 홀던 선장과 함께 목성계로 갈 예정입니다." 아바사랄라가 말했다. "지구 연합 정부는 다국간 조사야말로 목성계의 평화와 균형을 바로잡을 최선책이라고 여기고 있습니다."

이번에는 홀던과 아바사랄라가 주방에서 식물학자와 함께 앉아 있는 장면으로 화면이 옮겨갔다. 두 사람은 몸집 작은 과학자의 말에 열심히 귀를 기울이는 척하고 있었다. 나오미의 목소리가 말했다.

"프락시디케 멩의 실종된 딸은 가니메데의 비극을 상징하는 전 인류적 대명사가 되었습니다. 멩에게 제기된 혐의에 관해 질문을 받은 지구 대표단은 망설임 없이 대답을 내놓았습니다."

아바사랄라에게 다시 초점이 집중되었다. 그녀는 수심에 잠긴 얼굴로 거의 무의식중에 자연스레 고개를 젓고 있었다.

"니콜라 멀코는 대단히 비극적인 인물이지요. 저는 개인적으로 정신적인 상처가 있는 사람들의 진술을 엄밀한 사실 확인도 없이 사실인 듯 보도한 생생뉴스 피드의 무책임함을 비난하고 싶습니다. 그녀가 남편과 자식을 버린 것은 논란의 여지가 없는 사실이며, 그녀가 겪고 있는 정신적 문제는 보다 사적이고 품위 있는 방식으로 다뤄져야 했습니다."

카메라의 시점에서 나가타가 물었다. "그렇다면 그것이 미디어의 문제라고 생각하시는 겁니까?"

"물론이지요." 아바사랄라가 대답했다. 그리고 명랑한 검은 눈과 짙은 색 꼬랑지 머리를 한 어린 소녀의 사진이 비쳤다. "우리는 메이에 대한 멩 박사의 맹목적이고 헌신적인 부성애를 전적으로 신뢰하고 있으며, 메이를 부친의 품에 안전하게 돌려보내기 위한 여정에 함께 할 수 있어 대단히 영광으로 생각합니다."

녹화분이 끝났다.

"여기까지." 아바사랄라가 말했다. "누구 할 말 있는 사람 있나?"

"전 이제 OPA에서 일하지 않는데요." 홀던이 말했다.

"저도 화성군을 대표할 권한이 없고요." 바비가 말했다. "실은 제가 차장보님과 같이 일해도 되는지 아직도 모르겠습니다."

"그 점에 대해선 고맙게 생각하고 있어. 그 밖에 또 더 있나?" 아바사랄라가 물었다. 방 안은 조용했다.

"제가 보기엔 좋은데요." 프락시디케 멩이 말했다.

로시난테 호를 관세음호보다 더 넓고 자유롭게 만들어주는 것이 하나 있었으니, 아바사랄라에게 중요한 것은 그것뿐이었다. 그녀는 좁은광선을 독차지할 수 있었다. 시시각각 지구에서 멀어지고 있고 시간 지연은 최악의 수준이건만 아바사랄라가 보낸 메시지가 응우옌 제독과 에린라이트의 감시망을 피해 자유롭게 퍼져 나갈 수 있다는 것만으로도 그녀는 해방감을 느꼈다. 이 영상이 지구에 도달한 후에 무슨 일이 일어날지는 아바사랄라도 아무런 손을 쓸 수 없었지만, 어차피 그것은 항상 그랬다. 그녀가 플레이하는 게임은 늘 그랬다.

사우더 제독은 피곤한 얼굴이었으나 화면이 워낙 작아 그 이상의 정보는 얻을 수가 없었다.

"벌집을 들쑤셔 놨더군요, 크리스젠." 그가 말했다. "같은 편도 아닌 사람들을 위해 방금 자신을 인간 방패로 내세운 겁니까? 네, 아마도 그게 당신 계획이겠지요.

어쨌든 당신이 부탁한 대로 했습니다. 네, 응우옌 제독이 줄스-피에르 마오와 만난 적이 있더군요. 처음은 마오가 프로토젠에 관한 증언을 했을 때였습니다. 네, 그리고 에린라이트도 그 만남에 관해 알고 있었습니다. 하지만 그것만으로는 아무 의미도 없습니다. 나도 마오와 대질한 적이 있으니까요. 독사 같은 놈이죠. 하지만 원래 그런 작자들을 상대하는 게 우리가 하는 일이잖습니까.

그 과학자 친구에 대한 흑색선전은 행정부에서 나온 겁니다. 덕분에, 이 말은 꼭 해야겠는데, 군부의 많은 사람이 불편해하고 있습니다. 수뇌부에 우리가 알지 못하는 조직이 존재하고 있는 것 같아서 어느 쪽을 따라야 할지 영 모르겠단 말입니다. 이 여파가 군부에까지 미치게 되면…, 어쨌든 에린라이트의 직급이 당신보다 높습니다. 다시 말해 사무총장이나 에린라이트가 나한테 직접 명령을 내리기라도 하면, 항명의 근거로 내세울 확고한 증거나 이유가 필요하다는 겁니다. 고약한 냄새가 진동하긴 하는데 아직은 나도 그럴싸한 이유를 찾아내지 못했어요. 무슨 뜻인지 알겠지요?"

사우더 제독의 영상이 끝났다. 아바사랄라는 손가락으로 입술을 지그시 눌렀다. 그렇다, 그녀는 이해했다. 마음에 들지는 않았지만 그래도 이해했다. 아바사랄라는 충격 흡수 소파에서 일어났다.

로시난테 호를 따라잡기 위해 전속력으로 추진한 탓에 아직도 온몸의 관절이 시큰거렸고, 때때로 발밑에서 진로 수정을 위해 선체가 비틀리며 중력의 방향이 바뀔 때면 구역질이 나는 것 같았다. 그래도 그녀는 지금까지 잘 버텨 왔다.

주방과 연결된 복도는 짧았지만, 입구 직전에서 휘어져 있었다. 아바사랄라는 주방에 닿기 전에 목소리를 먼저 들었다. 낮고 느릿한 화성인 특유의 말투는 로시난테 호의 조종사였고, 바비의 모음과 음색은 착각의 여지가 없었다.

"우리 선장한테 여기 서라 이렇게 해라 잔소리를 늘어놓다니. 심지어 에이모스는 몇 번이나 그 여자를 에어록 밖으로 던져버리려고 했어."

"어디 한 번 해 보라지." 바비가 말했다.

"넌 그 사람을 위해 일해?"

"이젠 내가 누굴 위해 일하는지도 모르겠어. 봉급은 아직 화성에서 받는 것 같은데, 일당은 차장보님 집무실 예산에서 나오거든. 그런 식으로 일한 지 한참 됐지."

"힘들었던 것 같네."

"난 해병대야." 바비가 말했다. 아바사랄라는 발을 멈췄다. 그것은 그녀가 아는 바비가 아니었다. 바비의 어조는 조용하고 거의 편안하게까지 느껴졌다. 평온했다. 흥미로운 일이었다.

"저 여자를 좋아하는 사람이 있기는 한 거야?" 조종사가 물었다.

"아니." 바비는 질문이 끝나기도 전에 잽싸게 대답했다. "젠장, 그럴 리가 있나. 그렇지만 그녀는 그걸 좋아해. 아까 차장보가 홀던한테 한 짓 봤지? 갑자기 쳐들어와서 자기 배인 듯 선장더러 이래라저래라 하는 거? 원래 그런 사람이야. 심지어 사무총장 앞에서도 대놓고 얼굴마담이라고 부르는걸."

"그리고 그 쌍욕은 또 뭐야?"

"그게 바로 매력 아니겠어." 바비가 대답했다.

조종사가 키득거렸다. 뭔가를 마시는 후루룩 소리가 났다.

"내가 정치에 대해 잘못 알고 있었던 모양이야." 잠시 후, 그가 다시 말했다. "넌 그녀를 좋아하지?"

"응."

"이유를 물어도…?"

"같은 걸 중요하게 여기거든." 바비가 말했다. 그녀의 다정한 목소리를 듣자 둘의 대화를 엿듣고 있다는 데 죄의식이 일었다. 아바사랄라는 헛기침을 하며 주방으로 들어섰다.

"홀던은 어디 있지?" 아바사랄라가 물었다.

"자고 있을 겁니다." 조종사가 말했다. "배를 계속 돌리려면 임무 교대를 서야 하니까요. 지금은 선내 시간으로 대충 새벽 두 시거든요."

"아." 아바사랄라가 말했다. 그녀에게는 지금이 낮이었다. 시차에 맞추는 것은 어색한 일이 될 것이다. 마치 자신의 모든 삶에 시간 지연이 적용되고, 방대한 검은 공간을 가로질러 메시지가 날아오기만을 기다리는 시간으로만 점철된 것 같았다. 하지만 적어도 이제 아바사랄라는 만반의 준비가 되어 있었다.

"사람들이 일어나면 즉시 회의를 해야겠어." 아바사랄라가 말했다. "바비, 자네의 정장이 필요해."

바비가 그 말을 이해하는 데에는 조금 시간이 걸렸다.

"이 사람들한테 제 슈트의 괴물 영상을 보여주시려고요?"

"그런 다음에 다 같이 둥글게 앉아서 이 사람들이 뭘 알고 있는지 자세히 알아보기도 해야겠고. 나쁜 놈들이 이들을 죽이려는 데에는 그만한 이유가 있을 테니까." 아바사랄라가 말했다.

"아, 그거 말인데요." 조종사가 말했다. "쫓아오던 구축함대가 속도를 늦췄습니다. 아직 철수는 안 했고요."

"그건 상관없어." 아바사랄라가 말했다. "이젠 내가 이 배에 있다는 걸 온 세상이 아니까 아무도 공격하진 않을 거야."

선내 시간으로 아침, 아바사랄라의 생체 시간으로는 이른 저녁에 로시난테 호에 타고 있는 모든 인원이 다시 한 자리에 소집되었다. 아바사랄라는 강화복을 가져온 게 아니라 그 안에 저장된 영상만 복사해 나오미에게 주었다. 간밤에 바비와 대화를 나누느라 잠이 부족한 조종사와 식물학자를 제외하고는 다들 충분한 휴식을 취했는지 원기 왕성해 보였다. 식물학자는 언제까지고 영원히 지쳐 있을 것 같았다.

"원래 이 영상은 누구에게도 보여줘선 안 되는 거야." 아바사랄라가 홀던을 노골적으로 쏘아 보며 말했다. "하지만 지금 이 배에서는 모두가 가진 카드 패를 전부 펼쳐놔야 하니까 기꺼이 내가 솔선수범하겠어. 이건 가니메데에서 발생한 습격 사건의 영상이야. 모든 일이 시작된 원흉이기도 하지. 나오미?"

나오미가 영상을 재생했다. 바비는 화면에서 시선을 돌려 격벽을 응시했다. 아바사랄라도 영상을 보지 않았다. 그녀의 관심은 다른 이들의 반응을 살피는 데 있었다. 등 뒤에서 선혈의 폭주와 학살이 펼쳐지는 동안, 아바사랄라는 앞으로 그녀가 다뤄야 할 이들의 얼굴을 하나씩 뜯어보며 많은 것을 배웠다. 수리공인 에이모스는 살인자 특유의 차분하고 침착한 태도로 조용히 화면을 주시했다. 예상대로였다. 홀던과 나오미, 그리고 알렉스는 경악했고, 알렉스와 나오미는 천천히 일종의 쇼크 상태에 빠져들었다. 조종사의 눈에 눈물이 고였다. 반면에 홀던은 화면 속으로 빠져들었다. 양어깨가 바깥쪽으로 휘고 눈과 입 주변에는 격분이 차곡차곡 쌓이며 들끓었다. 흥미로운 일이었다. 바비는 화면을 등진 채 흐느끼고 있었다. 장례식에 참석한 사람처럼 침통한 분위기였다. 추모식이라고 해야 할지도 모른다. 프락시디케는(모두가 그를 프락스라고 불렀다) 기쁨에 가까운 반응을 보인 유일한 인물이었다. 영상이 끝나고 그 흉물스러운 생물이 폭발하자 그는 두 손을 맞잡으며 기쁨의 탄성을 질렀다.

"저겁니다." 프락스가 말했다. "당신 말이 맞았어요, 알렉스. 팔다리가 자라나는 거 봤습니까? 유전자 제어 프로그램이 실패한 겁니다. 그건 안전장치였어요."

"허, 좀 더 자세히 설명해봐. 뭐가 안전장치라는 거지?"

"다른 프로토분자 괴물이 폭발하기 전에 몸에서 폭탄을 배출했거든요. 저거…, 저 프로토분자 병사인지 뭔가가 유전자 프로그램을 거스르고 있는 겁니다. 제 생각엔 카를로스도 그걸 알고 있는 것 같아요. 하지만 막을 방법이 없는 거죠. 통제할 수가 없으니까요."

"카를로스라는 사람은 누구고, 그 사람은 또 이 일과 도대체 무슨 상관이야?"

"설명을 듣고 싶으시다면서요, 할머니." 에이모스가 말했다.

"제가 처음부터 설명해 드리죠." 홀던이 나섰다. 그는 로시난테 호에 밀항한 괴물과, 놈이 화물실 문에 끼친 피해, 그리고 놈을 함선 밖으로 유인해 드라이브 분사구로 분자 단위로 산산조각내자는 프락스의 계획을 설명했다.

아바사랄라는 금성에서 포착된 에너지 급증 현상에 관한 데이터를 넘겨주었고, 그것을 받아들고 살펴보던 프락스는 프로토분자 괴물의 근원지로 추측되는 이오의 비밀 기지에 관해 들려주었다. 아바사랄라의 머리가 핑글핑글 돌기 시작했다.

"그놈들이 당신 애를 그곳으로 데려갔다고?" 아바사랄라가 말했다.

"다른 애들도 전부요." 프락스가 말했다.

"왜?"

"왜냐하면, 그 애들은 면역체계가 없으니까요." 프락스가 대답했다. "그러면 프로토분자로 유전자를 재구성하기가 더 쉬워지거든요. 새로운 유전자 제어 프로그램에 저항할 생리 시스템도 일반인보다 더 적고, 그러니 그 생체 무기도 더 오래 살 수 있죠."

"세상에, 박사." 에이모스가 말했다. "그 새끼들이 메이를 저 우라질 것으로 만들 거라는 얘깁니까?"

"아마도요." 프락스가 얼굴을 찌푸리며 말했다. "저도 방금 깨달은 겁니다."

"하지만 왜 그런 짓을 하는 겁니까?" 홀던이 말했다. "그걸로 뭘 하려고요?

"선제타격용 무기로 군부대에 팔 생각이겠지." 아바사랄라가 대답했다. "전쟁에서 우위를 선점하기 위해서 말이야. 그리고 나면…, 그리고 나면 그다음은 씨발, 세계가 멸망하겠군."

"잠깐 정리 좀 합시다." 알렉스가 손을 들고 말했다. "세계 멸망이요? 그걸 어떻게 아는데요?"

"금성." 아바사랄라가 짧게 대답했다.

"아, 그 멸망이요." 알렉스가 손을 내렸다. "그렇군요."

"함선으로 실어 나르지 않아도 되는 병사들이지." 나오미가 말했다. "목표를 향해 고속으로 발사한 다음 알아서 날아가게 내버려두기만 하면 되는 거야. 레이더로 포착할 수도 없고."

"하지만 그래 봤자 다 '소용없을' 겁니다." 프락스가 말했다. "기억 안 나요? 시간이 지나면 유전자 제어 프로그램은 결국 무용지물이 됩니다. 그리고 놈들은 서로 정보를 공유하니까 새로운 프로그램을 주입하기도 점점 더 어려워질 테고요."

싸늘한 정적이 내려앉았다. 프락스는 주변의 반응에 당황한 것 같았다.

"놈들이 '정보를 공유'한다고?" 아바사랄라가 물었다.

"예." 프락스가 말했다. "이 에너지 그래프를 보십시오. 처음 급상승한 건 괴물이 가니메데에서 바비와 해병대와 싸웠을 때죠. 두 번째는 다른 프로토분자 괴물이 실험실에서 탈출했을 때고요. 그리고 세 번째는 우리가 로시난테 호에서 놈을 죽였을 때입니다. 놈들 중에 하나라도 공격을 받으면 금성이 반응했던 겁니다. 놈들은 서로 연결되어 있어요. 중요한 정보 같은 건 공유할 겁니다. 예를 들면 제어 프로그램에서 벗어나는 방법 같은 거요."

"만약에 사람들을 공격하는 데 이 괴물들을 사용하면 막을 길이 없습니다." 홀던이 말했다. "몸에서 폭탄을 제거하고 나면 놈들이 멋대로 날뛸 테니까요. 영원히 끝나지 않는 전투를 해야 하는 거지요."

"음, 아니요." 프락스가 말했다. "그런 건 별로 문제가 안 될 겁니다. 진짜 심각하게 생각해야 할 건 연쇄효과죠. 프로토분자가 조금이라도 제어에서 풀려날 도구를 찾아내게 되면 시간이 지날수록 거기서 해방될 겁니다. 처음부터 내재돼 있던 프로그램이 새로 덮어쓴 제어 프로그램을 안에서부터 잡아먹게 되는 거죠. 그러면 결국 원래 프로그램으로 돌아가게 될 겁니다."

바비가 몸을 내밀었다. 그녀의 머리가 오른쪽으로 비스듬히 기울었다. 목소리 자체는 차분했지만, 그 안에 담긴 위협과 폭력의 기색은 악을 지르는 것보다도 더 크고 선명했다.

"그러니까 그것들이 화성에 뿌려지면 처음에는 내가 만난 놈처럼 병기로 싸우다가 그다음엔 당신네가 봤던 놈처럼 폭탄을 뱉어내고, 마지막에는 화성을 에로스처럼 만들 거란 얘깁니까?"

"에로스보다 더 끔찍하겠죠." 프락스가 말했다. "화성의 소도시 하나 인구가 에로스 전체 인구보다 더 많으니까요."

방 안에 적막이 흘렀다. 모니터에서는 바비의 슈트 카메라가 별빛이 가득한 하늘 너머로 궤도 상에서 서로 포격을 쏟아 내고 있는 전함들을 바라보고 있었다.

"메시지를 몇 개 더 보내야겠군." 아바사랄라가 말했다.

"당신이 만들어낸 이 되다만 인간 껍데기? 그건 당신 하인이 아니야. 당신은 그것들을 제대로 통제하지도 못하잖아." 아바사랄라가 말했다. "줄스-피에르 마오가 당신한테 사기를 친 거야, 이 양반아. 나한테 왜 비밀로 했는지 이제 알겠네. 그러니까 당신이 좆

207

나 머저리라는 거야. 하지만 그건 일단 제쳐놓을게. 지금은 중요한 게 아니니까. 그 얼어 죽을 발사 버튼이나 누르지나 마. 내 말 알아 듣겠어? 절대로 눌러선 안 돼. 당신은 인류 역사상 가장 파멸적인 실수에 대해 책임을 져야 할 거고, 난 지금 염병할 홀던과 같은 배에 타고 있어. 그러니 쉽진 않겠지."

그녀가 녹화한 영상의 분량은 거의 30분이나 됐다. 밀항자가 찍힌 로시난테 호의 보안 영상도 첨부했다. 프락스의 15분짜리 강의는 메이가 프로토분자 병사가 되었을지도 모른다는 대목부터는 과감히 삭제해야 했다. 프락스가 감정을 주체하지 못하고 울음을 터트렸기 때문이다. 아바사랄라가 뒤를 맡아 최대한 간단히 설명했지만, 세부 사항을 올바로 전달했는지는 확신할 수 없었다. 마이클을 끌어들일까도 고민했지만 금세 단념했다. 현시점에서는 진상을 아는 사람이 적을수록 좋았다.

아바사랄라는 메시지를 전송했다. 그녀가 아는 에린라이트라면 절대로 즉답을 보내오지 않을 것이다. 한두 시간 정도 시간을 들여 메시지를 분석하고 그녀의 말을 저울질해 본 다음 아바사랄라의 속이 까맣게 타들어 갈 즈음에야 답변을 보내올 것이다.

아바사랄라는 에린라이트가 아직 제정신이길 빌었다. 부디 그래야만 했다.

잠이 필요했다. 피로가 그녀의 합리적인 사고와 판단력을 갉아 먹고 있었다. 그러나 침대에 몸을 뉘인 상태에서도 휴식은 요원하게 느껴졌다. 지구에 있는 그녀의 집만큼이나, 그리고 아르준만큼이나. 아바사랄라는 아르준에게 메시지를 보낼까 잠깐 생각했지만, 그랬다간 한층 더 외롭고 쓸쓸하게 느껴질 것 같았다. 한 시간 뒤에 아바사랄라는 몸을 일으켜 복도로 나갔다. 그녀의 몸은 지금이 자정이나 그보다 더 늦은 시각이라고 말하고 있었기 때문에 선내의 부산한 분위기가(기계제작실에서는 음악 소리가 새어 나왔고, 홀던과 알렉스는 전자기 시스템에 관해 열띤 대화를 나누고 있었으며 심지어 프랙스마저 주방에 앉아 수경재배 상자를 다듬고 있었다) 한밤중의 비현실적인 느낌을 더해주고 있었다.

아바사랄라는 사우더 제독에게 메시지를 보낼까 생각했다. 사우더 제독이라면 시간 지연이 훨씬 짧을 테고 지금 그녀는 누가 됐든 반응에 굶주려 있었다. 마침내 답변이 도착했을 때, 그것은 메시지의 형태가 아니었다.

"선장님." 알렉스가 전체 방송으로 말했다. "올라와서 이것 좀 보셔야겠습니다."

그의 목소리에 담긴 무언가가 선체의 유지보수 문제가 아님을 짐작게 했다. 아바사랄라는 홀던이 관제실로 올라가는 리프트에 타는 것을 보고 서슴지 않고 사다리에 발을 올려놓았다. 알렉스의 부름에 응답한 것은 그녀뿐만이 아니었다. 바비가 남는 의자에 앉아 홀던과 같은 영상을 뚫어져라 보고 있었다. 깜박이는 전술 데이터가 화면 전체를 빼곡히 채우고 있었다. 상태 변화를 의미하는 십여 개의 빨간 점이 보였다. 무슨 일이 벌어지고 있는지 대부분은 이해할 수 없었지만, 핵심은 명확했다. 구축함들이 드디어 행동을 개시했다.

"지금 우리가 보고 있는 게 뭐지?" 홀던이 물었다.

"지구군 구축함대가 전속 항행 중입니다. 6g입니다." 알렉스가 대답했다.

"이오로 가는 거야?"

"아니요, 절대 아닙니다."

이것이 바로 에린라이트의 대답이었다. 메시지는 없었다. 협상도 없었다. 그녀의 자중하라는 요청을 알아들었다는 말도 없었다. 절망은 찰나의 감정에 불과했다. 곧이어 노여움이 강타했다.

"바비?"

"네."

"자네가 나더러 내가 얼마나 위험한 상황에 부닥쳤는지 모른다고 한 거 기억나?"

"네, 그리고 차장보님은 저더러 이 게임을 어떻게 하는지 모른다고 하셨죠."

"그래, 그거."

"네, 기억납니다, 왜요."

"'제가 그럴 거라고 했잖아요'라고 말하고 싶으면 지금이 제일 적합한 때인 것 같군."

42
홀던

홀던은 사관학교를 졸업하고 처음 배치된 하와이 제도 오아후 섬의 다이아몬드 헤드 전자전(電子戰) 연구소에서 한 달을 보냈다. 그는 그곳에서 자신이 정보부에서 일하고 싶은 욕구가 없고, 포이 요리를 정말 싫어하며, 폴리네시아 여자들을 좋아한다는 사실을 알게 되었다. 너무 바빠서 누군가의 꽁무니를 적극적으로 따라다 니진 못했지만 얼마 안 되는 여가가 생기면 해변에서 그들의 미모 를 만끽했다. 그때 이후로 홀던은 풍만한 몸매와 길고 검은 머리채 를 가진 여자라면 껌벅 죽었다.

화성군 해병은 해변에서 토끼처럼 뛰어다니던 작고 귀여운 폴리 네시아 여자를 컴퓨터 소프트웨어로 원래 크기에서 150퍼센트쯤 늘 려놓은 것 같았다. 풍만한 몸매와 검은 머리, 검은 눈, 완전히 똑같 았다. 그저 몸집이 클 뿐이었다. 바비는 홀던의 신경계를 망가뜨렸 다. 그의 뇌 깊숙한 곳에 사는 도마뱀이 '짝짓기해!'와 '도망쳐!' 사 이를 쉴 새 없이 껑충거리며 뛰어다녔다. 그보다 더 최악은 바비가 그 사실을 알고 있다는 것이었다. 그녀는 그를 한 번 쓱 훑어보더니 첫 만남에서 피곤함에 찌든 선웃음을 한 번 보여주는 거로 충분하다고 결정한 것 같았다.

"다시 한 번 설명해 줘요?" 바비가 비웃듯이 실실 웃었다. 그들은 주방에 같이 앉아 있었고, 바비는 화성 정보부와 먼로급 경량 구축함과 대치했을 경우 가장 유용한 교전 작전에 관해 설명하고 있었다.

홀던은 '아니!'라고 외치고 싶었다. '나도 다 알아들었어. 난 머저리가 아니라고. 난 내 사랑스러운 여자 친구밖에 모르는 일편단심이니까 여자 가슴골이나 훔쳐보려는 지질한 사춘기 남자애처럼 취급하지 말란 말이야!'

그러나 고개를 들어 바비를 본 순간, 홀던의 도마뱀 뇌는 또다시 이끌림과 두려움 사이에서 갈등했고 그의 언어 중추는 이번에도 어김없이 마비되었다.

"아니." 홀던은 바비가 그의 핸드터미널로 전송한 목록에 가지런히 정돈된 항목들을 노려보며 대답했다. "매우 유용한… 정보로군."

홀던은 시야 가장자리로 바비의 이죽거림이 점점 더 커지는 걸 보고는 더욱 열심히 화면에 집중했다.

"그럼 뭐." 바비가 말했다. "난 가서 눈이나 붙여야겠습니다. 물론 선장님이 허락해주신다면 말이지만."

"허락하지." 홀던이 말했다. "허락하고말고. 가. 가서 잠이나 자."

바비는 의자의 팔걸이를 건드리지도 않고 다리 힘으로만 의자에서 일어났다. 그녀는 화성의 중력에서 성장했다. 1g에서는 100

킬로그램도 훌쩍 넘게 나갈 것이고, 그 사실을 노골적으로 과시하고 있었다. 그러나 홀던은 신경 쓰지 않는 척했고 그녀는 주방에서 떠났다.

"대단한 여자지 않나?" 아바사랄라가 주방에 들어와 방금 비워진 의자에 앉았다. 홀던은 그녀를 올려다보았다. 아바사랄라의 얼굴에는 바비와는 또 다른 종류의 얄궂은 미소가 떠올라 있었다. 그의 머릿속에서 도마뱀이 우왕좌왕하고 있다는 것을 뻔히 알고 있다고 말하는 웃음이었다. 그러나 아바사랄라는 풍채 좋은 폴리네시아 여인이 아니었고 그래서 홀던은 그의 좌절감을 그녀에게 아낌없이 퍼부을 수 있었다.

"예, 진짜 끝내주네요." 홀던이 말했다. "하지만 우린 죽을 겁니다."

"뭐라고?"

"구축함이 우릴 따라잡으면, 당연히 곧 그렇게 되겠지만, 우린 죽을 거라고요. 저들이 지금 어뢰를 발사하지 않는 건 그래 봤자 우리 PDC 네트워크가 다 잡아낼 거라는 걸 알기 때문입니다."

아바사랄라가 무거운 한숨을 내쉬며 등받이에 축 기대앉았다. 그녀의 웃음이 피곤하지만 진심에서 우러나온 미소로 바뀌었다. "이 늙은이에게 차 한잔 대접할 생각은 없나?"

홀던은 고개를 저었다. "미안합니다. 우리 배에는 차를 좋아하는 사람이 없어서요. 커피는 언제든지 드실 수 있습니다."

"커피를 마시고 싶을 정도로 피곤하긴 해. 크림을 듬뿍, 설탕도 듬뿍 넣어 주게."

"흠." 홀던이 컵을 꺼내며 말했다. "설탕 듬뿍, 그리고 크림 대신 '화이트너'라는 가루를 듬뿍 넣어도 괜찮을까요."

"쥐 오줌 맛이 날 것 같군. 그렇게 해줘."

홀던은 의자에 앉아 설탕과 '화이트너'를 듬뿍 넣은 커피를 그녀에게 내밀었다. 아바사랄라는 컵을 받아들고 눈살을 찌푸리며 꿀꺽꿀꺽 들이켰다.

"이제 설명해봐." 그녀가 두 번째 커피잔을 비우고 말했다. "방금 말한 거 말이야."

"우린 죽을 겁니다." 홀던이 다시 말했다. "중사는 당신이 UN 함선이 공격할 거라는 걸 믿길 거부하고 있다던데, 저도 중사 말에 동감입니다. 너무 순진한 거 아닙니까?"

"그래그래. 그런데 PDC 네트워크가 뭐지?"

홀던은 최대한 인상을 쓰지 않으려고 노력했다. 그는 사무차장보에게 많은 것을 기대하고 있었지만, 무지는 그중 하나가 아니었다.

"국지방어포(Point Defense Cannon)를 말하는 겁니다. 이 거리에서는 구축함이 어뢰를 발사해도 PDC 표적 컴퓨터가 알아서 처리합니다. 그래서 우리를 확실하게 잡을 수 있게 될 때까지 거리를 좁히려는 거죠. 제 예상으로는 한 사흘쯤 걸릴 것 같군요."

"그렇군." 아바사랄라가 말했다. "그래서 자네 계획은 뭔데?"

홀던이 웃음기 없는 너털웃음을 터트렸다. "계획이요? 제 계획은 이글거리는 플라스마 불덩어리 속에서 생을 마감하는 겁니다. 우리, 그러니까 고속전투선 한 대가 구축함 여섯 대와 붙어서 생존할 확률은 문자 그대로 전무하니까요. 우린 구축함과 체급도 맞지 않을뿐더러, 한 대라면 어떻게 가능할지 몰라도 여섯 대요? 어림

없습니다. 우린 죽을 겁니다."

"자네 파일을 읽었네." 아바사랄라가 말했다. "에로스 사건 때 UN 코르벳함을 제압한 경험이 있지."

"예, 한 대요. 그 정도면 가능하죠. 그리고 그땐 코르벳함이 호위 중이던 비무장 과학 우주선을 격침하겠다고 협박했으니까요. 지금은 그때하고는 완전히 다르잖습니까."

"그래서, 그 유명한 제임스 홀던은 어떻게 최후의 저항을 하려나?"

홀던은 한동안 묵묵히 앉아 있었다.

"사실을 밝히겠죠." 홀던이 말했다. "우린 이제 진상을 압니다. 퍼즐 조각도 다 모았고요. 마오크비크, 프로토분자 괴물, 그들이 아이들을 잡아간 이유…. 전부 말이죠. 모든 데이터를 파일 하나로 만들어 태양계 전체에 뿌리면 됩니다. 그 사람들이 우릴 죽이더라도 여론이 악화할 테고, 그러면 그들도 난처해지겠죠."

"그건 안 돼."

"안 된다고요? 그쪽이야말로 지금 누구 배에 타고 있는지 잊은 것 같은데요."

"미안하게 됐군. 내가 이놈의 배가 좆나 누구 소유인지 쥐뿔만큼이나 신경 쓸 것 같나? 혹시 그렇게 보였다면 체면치레를 하느라 그랬던 거야." 아바사랄라가 홀던을 매서운 눈길로 노려보았다. "자네가 아는 게 한 가지 재주밖에 없다고 태양계 전체를 또 지랄 쑥대밭으로 만들 생각이야? 안 돼. 그것보다 더 큰 걸 노려야지."

홀던은 속으로 열까지 센 다음 말했다. "그래서, 당신은 어떻게 하고 싶은 겁니까?"

"이걸 UN 제독 둘에게 보내." 아바사랄라가 말하고 핸드터미널을 톡톡 두드렸다. 홀던의 핸드터미널에 파일 수신 알림이 떴다. "사우더 제독과 레니키 제독이야. 주로 사우더 제독이 좋겠군. 레니키는 내가 별로 좋아하지 않거든. 이번 일에 대해선 까맣게 모르고 있을 테지만 그래도 좋은 지원군이 되어 줄 거야."

"지금 UN 제독들한테 맞아 죽을 판인데, 마지막 유언으로 이 귀중한 정보를 UN 제독들한테 보내라고요?"

아바사랄라는 등받이에 몸을 기댄 채 관자놀이를 손가락으로 문질렀다. 홀던은 기다렸다. "난 피곤해." 잠시 후에 그녀가 입을 열었다. "남편이 보고 싶군. 그를 안고 싶어서 팔이 욱신거릴 정도야. 그게 어떤 느낌인지 아나?"

"정확히 압니다."

"그렇다면 내가 지금 여기서 어쩌면 그와 다시는 못 만날지도 모르게 될 의견을 제시하고 있다는 걸 알아줬으면 좋겠군. 내 손녀딸들과 내 딸까지 말이야. 의사는 나더러 앞으로 30년은 거뜬할 거라고 했지. 손주들이 크는 것도 보고, 어쩌면 증손주도 볼 수 있을 거랬어. 한데 난 지금 응우옌 제독 같은 쭈그렁거시기 염병 씨발 새끼한테 죽기 일보 직전이야."

홀던은 시시각각 로시난테 호의 뒤에 따라붙고 있는 구축함 여섯 대의 존재감과 그들의 살의를 피부로 느낄 수 있었다. 마치 누군가 뒤에서 권총으로 쿡쿡 찔러대고 있는 것 같았다. 이 늙은 여인을 붙들고 제발 서둘러달라고 분통을 터트리고 싶었다.

아바사랄라가 싱긋 웃었다.

"적어도 내가 이번 생에서 마지막으로 하는 일이 지금껏 내가 일군 모든 업적을 엿먹이는 짓은 되지 말아야지."

홀던은 아바사랄라에게 불만과 좌절감을 터트리지 않으려고 안간힘을 써야 했다. 그는 자리에서 일어나 냉장고를 열었다. "푸딩이 좀 남았는데, 드시겠습니까?"

"난 자네의 심리 프로파일을 읽었어. 그래서 자네가 '모든 사람이 모든 것을 알아야 한다'는 순진한 개소리를 믿고 있다는 걸 알지. 하지만 지난번에 자네가 그 얼어 죽을 해적 방송을 아무 생각 없이 내보낸 통에 전쟁이 발발했다는 사실에 대해서는 어떻게 생각하나? 거기에 '자네' 책임이 없다고 생각해?"

"전혀요." 홀던이 대답했다. "절박해진 미친놈들은 자기가 한 짓을 들키면 더더욱 절박해져서 더 미친 짓을 하니까요. 난 그 자식들이 얼마나 더 미친 짓을 할지 무섭다고 면책권을 주진 않을 겁니다. 그러면 결국 그놈들이 주도권을 쥐게 될 테니까요."

아바사랄라가 소리 내어 웃었다. 깜짝 놀랄 정도로 따뜻한 웃음소리였다.

"지금 사실을 아는 사람들은 확실히 절박하고, 틀림없이 미쳐 있지. 최소한 해리성 장애 정도는 앓고 있을 거야. 자, 그럼 이렇게 설명해 볼까." 아바사랄라가 말했다. "자네가 내막을 공개하면, 그래, 엄청난 반향이 일겠지. 뒷일을 수습하는 데만 수주일, 수개월, 어쩌면 수년이 걸릴 수도 있어. 그렇지만 '올바른' 사람에게 말하면 이 문제를 단숨에 해결할 수도 있어."

에이모스와 프락스가 주방으로 들어왔다. 손에 커다란 보온병을 쥔 에이모스가 커피 주전자로 직행했다. 프락스가 그 뒤를 따라가며 머그잔을 집어 들었다. 아바사랄라가 눈을 가늘게 뜨며 말했다. "어쩌면 그 애를 구할 수도 있고."

"메이요?" 그 즉시 프락스가 머그잔을 내려놓고 몸을 돌리며 물었다.

'아, 치사하게.' 홀던은 생각했다. '아무리 정치가라도 이건 너무하잖아.'

"그래, 메이." 아바사랄라가 대답했다. "그게 지금 우리가 하려는 일 아닌가, 짐? 개인적인 성전을 치르는 게 아니라 나쁜 놈들한테서 어린아이를 구하는 거 말일세."

"어떻게…." 홀던이 입을 열었지만, 아바사랄라가 잽싸게 가로막았다.

"UN은 한 사람이 아니야. 심지어 하나의 조직도 아니지. 수천 수백 개의 자잘한 파벌들이 서로 물어뜯고 있는 것에 가까워. 지금은 저들이 무대를 차지하고 있지만, 그것도 잠시일 뿐이야. 아무도 영원히 버티지는 못하거든. 난 응우옌 제독과 그의 당파에 맞서 싸울 수 있는 사람들을 알아. 함대에 대한 지원을 중단하고 함선을 몰수할 수 있는 사람들 말이야. 시간만 충분하면 군법회의에 회부할 수도 있지. 그렇지만 우리가 화성과 전쟁 중일 때는 그런 게 불가능해. 그리고 이번에 자네가 자료를 공개한다면 화성은 그 안에 담긴 미묘한 뉘앙스를 파악할 여유가 없고 그러니 선제공격을 개시할 도리밖에 없지. 응우옌 제독의 함대, 이오, 가니메데…. 모든 것을 말이야."

"이오요?" 프락스가 물었다. "하지만 메이가…."

"그러니까 지구에 있는 당신의 작은 정치 파벌에 모든 정보를 넘기라는 거군요. 작금의 사태가 애초에 지구에 그런 작은 정치 파벌들이 존재했기 때문인데 일어난 일인데 말이죠."

"그렇지." 아바사랄라가 말했다. "그리고 나야말로 메이를 구할 수 있는 유일한 희망이야. 그러니 자네들은 날 믿어야 해."

"안 되겠는데요. 전혀 못 믿겠습니다. 제가 보기엔 당신도 문제의 일부라고요. 이 모든 걸 권력 다툼과 정치 게임으로 보잖습니까. 당신은 그냥 게임에서 이기고 싶은 거예요. 전 당신을 못 믿겠습니다."

"어, 선장님?" 에이모스가 보온병 뚜껑을 천천히 돌리면서 말했다. "뭐 잊어버리신 거 없습니까?"

"뭔데, 에이모스? 내가 뭘 잊어버렸다고 그래?"

"이런 문제가 생길 때마다 우리 투표로 결정하기로 한 거 아니었습니까?"

"삐치지 마십시오." 나오미가 말했다. 그녀는 관제 갑판의 주 관제 패널 옆에 있는 충격 흡수 소파에 길게 널브러져 있었다. 홀던은 맞은편 통신 패널 앞에 앉아 있었다. 그는 방금 아바사랄라가 말한 UN의 두 해군 제독에게 데이터 파일을 전송한 참이었다. 지금이라도 일반 피드에 투척하고 싶어 손가락이 근질거렸다. 하지만 그들은 한데 모여 이 문제를 논의했고 투표에서 이긴 것은 아바사랄라였다. 처음 투표제를 건의했을 때에는 무척 좋은 생각 같았는데 첫 번째 투표에서 지고 나니 별로 그렇게 느껴지지 않았다. 어차피 이틀 후면 다 죽을 테니 적어도 패배를 다시 경험할 일은 없겠지.

"만약에 우리가 죽으면, 그리고 아바사랄라가 믿는 제독들이 방금 보낸 데이터를 보고도 아무 조치도 취하지 않으면 우린 완전히 헛고생한 거야."

"그 사람들이 진실을 묻어버릴 거 같아요?" 나오미가 물었다.

"솔직히 잘 모르겠어. 하지만 그게 문제야. 그 사람들이 어떻게 할지 짐작도 안 간다고. 이 UN 정치가라는 사람도 이틀 전에 처음 만났는데 벌써 이 배를 완전히 자기 마음대로 주무르고 있잖아."

"그럼 다른 사람한테도 보내 놓으십시오." 나오미가 말했다. "선장님의 비밀을 지켜줄 수 있지만, 또 UN 인간들이 반대쪽에 빌붙었다는 걸 알게 되면 과감히 공개해줄 수 있는 사람이요."

"그거 엄청 나쁜 생각인데."

"프레드는 어때요?"

"말도 안 돼."

홀던이 헛웃음을 지었다. "프레드는 그걸 정치적으로 이용할 수단으로 볼걸. 그걸로 거래하려 들 거야. 우리한테 필요한 건 이 정보를 갖고 있어 봤자 얻을 것도 없고 잃을 것도 없는 사람이야. 생각을 좀 해봐야겠어."

나오미가 의자에서 일어나더니 그의 무릎에 양다리를 벌려 걸터앉았다. "그리고 우린 전부 죽을 테고요. 그러니 더욱 생각하기가 힘들겠죠."

'전부 죽진 않을 거야.'

"나오미, 선원들을 소집해줘. 화성 해병과 아바사랄라도. 주방이 제일 낫겠지. 마지막으로 알릴 게 남았어. 10분 뒤에 거기서 보지."

나오미가 그의 코끝에 부드럽게 입을 맞췄다. "좋아요. 조금 이따 봐요."

나오미가 승무원 사다리를 타고 내려가 시야에서 사라지자 홀던은 당직 로커를 열었다. 안에는 오래전에 유효기간이 끝난 전신 암호표와 화성 해군법 매뉴얼, 그리고 휴대용 무기와 젤 총알이 채워진 탄창 두 개가 들어 있었다. 홀던은 총을 꺼내 장전한 다음, 허리에 총집을 둘렀다.

그런 다음 통신실로 돌아가 아바사랄라의 데이터 패키지를 좁은 광선에 입력하여 공용 라우터로 세레스에서 화성으로, 거기서 다시 루나를 거쳐 지구로 전송했다. 이 정도로 우회한다면 어떤 감시망에도 걸리지 않을 것이다. 홀던은 녹화 버튼을 누르고 말했다. "엄마, 이것 좀 봐 줘요. 다른 가족들한테도 보여주고요. 언제가 될지는 모르겠지만, 이걸 사용해야 할 때가 되면 최선이라고 여겨지는 대로 하세요. 부모님을 믿어요. 그리고 사랑해요."

그런 다음 다른 말을 덧붙이거나 아니면 방금 한 일을 후회하기 전에 재빨리 전송 키를 누르고 패널을 껐다.

홀던은 사다리 리프트를 불렀다. 왜냐하면 사다리를 이용하는 것보다 시간이 더 오래 걸릴 테고, 그는 조만간 얼굴을 마주하게 될 사람들에게 뭐라고 말해야 할지 궁리할 시간이 필요했기 때문이다. 승무원 갑판에 도착할 때까지도 그리 뾰족한 수는 떠오르지 않았지만, 홀던은 어깨를 곧게 펴고 당당한 걸음으로 주방으로 들어갔다.

에이모스와 알렉스, 나오미가 테이블 한쪽에서 그를 마주 보며 앉아 있었다. 프락스는 늘 그렇듯이 카운터 옆에 서 있었다. 바비와 아바사랄라는 테이블 반대편에 앉아 몸을 반쯤 비틀어 그를 주시했다. 홀던과 바비의 거리는 2미터도 채 되지 않았고 그 사이에는 아무것도 없었다. 상황에 따라서는 이게 문제가 될지도 모른다.

홀던은 모두가 볼 수 있게 골반에 걸쳐져 있는 총 손잡이에 손을 올린 다음, 말했다. "UN 해군이 어뢰로 우리 방어막을 뚫고 이 배를 침몰시키기까지 약 이틀이 남아 있어."

알렉스가 고개를 끄덕였다. 하지만 아무도 입을 열지는 않았다.

"하지만 우리한테는 마오의 경주용 보트가 있어. 차장보께서 로시난테 호에 도킹해 놓은 것 말이야. 그걸 타면 적어도 두 명은 대피할 수 있지. 그러니까 먼저 두 명을 보트에 태워 탈출시킨다. 그런 다음 보트가 도망갈 시간을 벌어주게 우리는 뱃머리를 돌려 UN 함대를 향해 돌진할 거야. 어쩌면 한 대 정도는 저승길 동무로 데려갈 수 있을지도 몰라. 내세에 부릴 하인 몇 명은 데리고 가야지."

"씨발, 그거 기똥찬데요!" 에이모스가 외쳤다.

"나도 찬성이야." 아바사랄라가 말했다. "그래서 그 운 좋은 두 명은 누구지? 그리고 우리가 죽은 뒤에도 보트가 안전하게 빠져나가게 할 방법은 있고?"

"프락스와 나오미로 하죠." 누군가 입을 열기도 전에 홀던이 재빨리 대답했다. "프락스와 나오미가 보트에 탄다."

"찬성입니다." 에이모스가 고개를 끄덕이며 말했다.

"왜요?"

"왜?" 나오미와 아바사랄라가 동시에 물었다.

"프락스는 이번 사건의 상징이니까. 모든 사실을 알아낸 장본인이기도 하고. 그리고 메이를 구출할 때는 아빠가 옆에 있어야 하지 않겠어?" 홀던이 말했다. 그리고는 손가락으로 권총 손잡이를 초조하게 두드리며 덧붙였다. "나오미는 내가 그래야 한다고 결정했기 때문이야. 질문 있는 사람?"

"없습니다." 알렉스가 대답했다. "전 괜찮습니다."

홀던은 바비를 유심히 지켜보고 있었다. 만일 누군가 그에게서 총을 뺏으려 든다면 그것은 바비일 것이다. 그리고 그녀는 아바사랄라를 위해 일한다. 저 늙은이가 자기가 고래호에 타겠다고 결정하면 바비는 그렇게 실행하려 들 것이다. 하지만 놀랍게도, 바비는 의자에서 움직이지 않고 그저 손만 들어 올렸다.

"중사?" 홀던이 말했다.

"연합군 뒤에 따라붙은 화성 함선 여섯 대 중 두 대는 랩터급 쾌속선입니다. 마음만 먹으면 고래호 정도는 쉽게 따라잡을 수 있을 걸요."

"하지만 화성군이 정말로 그럴까?" 홀던이 물었다. "UN 함대만 감시할 뿐 다른 건 신경 안 쓰는 것 같던데."

"그럴 가능성이 적긴 하지만 그래도….." 바비가 말꼬리를 흐리며 생각에 잠겼다.

"그럼 계획대로 하지." 홀던이 말했다. "프락스, 나오미, 필요한 물품을 챙겨서 고래호에 승선해. 나머지는 모두 여기서 기다려 주면 고맙겠어."

"잠깐 기다…." 나오미가 울컥하며 항변했다.

홀던이 뭐라 대답하기 전에 바비가 끼어들었다.

"저기, 이봐요들? 나 방금 좋은 생각이 떠올랐는데요."

43
바비

다들 뭔가를 놓치고 있다. 마치 뭔가 그녀의 마음의 문을 두드리며 안으로 들여보내 달라고 외치고 있는 것 같았다. 바비는 머릿속으로 상황을 정리했다. 응우옌 제독이라는 새끼가 UN 수뇌부 인사가 타고 있든 말든 로시난테 호를 침몰시키겠다는 신호를 보내고 있다. 아바사랄라는 UN 함대를 쫓아내기 위해 자신의 목숨을 거는 도박을 벌였고 패하기 일보 직전으로 보였다. 그들의 뒤로 UN 구축함 여섯 대가 바짝 따라붙고 있었다.

하지만 '그들'을 추격하고 있는 또 다른 여섯 대 함선이 있다.

방금 바비가 지적했듯이, 그중 두 대는 랩터급 고속 순양함이었다. 화성 군함 중에서도 최상급 함정이며, 어떤 UN 구축함도 적수가 되지 않는다. 거기에 네 대의 구축함도 있다. UN 구축함을 능가할 수도 있고 그렇지 않을 수도 있지만, 양쪽 날개에 순양함 두 대를 거느리고 있는 한 용적 톤수와 화력 면에서 상당히 유리하다. 더구나 그들이 UN 함대를 쫓아오고 있는 이유는 UN이 전쟁의 양상을 더욱 악화시킬까 우려하고 있기 때문이다.

'예를 들면 전쟁을 막기 위해 고전분투 중인 UN 정치가를 암살하는 것처럼 말이지.'

"저기, 이봐요들?" 바비는 무슨 말을 할지도 모르는 채 무작정 입을 열었다. "나 방금 좋은 생각이 떠올랐는데요⋯."

갑자기 쥐 죽은 듯한 정적이 흘렀다.

순간 바비는 회담장에서 선불리 발언했다가 자신의 군 경력이 무참히 박살 났던 때를 떠올렸다. 너무 자기 생각에만 골똘한 경향이 있는 귀여운 홀던 선장이 그녀를 빤히 응시하고 있었다. 딱히 그녀의 비위를 맞춰 주려거나 잘 보이려는 눈빛은 아니었다. 그보다는 이제까지 폭주하듯이 달리던 생각의 열차가 방해를 받아 멈춰버린 것이 화가 난 것 같았다. 아바사랄라도 그녀를 지그시 바라보고 있었는데, 아바사랄라의 표정을 읽는 데 익숙해진 바비에게 분노나 짜증의 기미는 보이지 않았다. 그저 호기심이 어른거리고 있을 뿐이다.

"그게 말입니다." 바비가 목청을 가다듬으며 말을 이었다. "UN 함대 뒤에 화성 함선 여섯 대가 쫓아오고 있는데, 화력으로 비교하자면 화성 함대가 UN 함대보다 우수하거든요. 양쪽 해군 모두 비상경계 태세인 건 마찬가지고 말입니다."

방 안은 여전히 적막했다. 아바사랄라의 호기심은 이제 이맛살의 주름으로 변했다. "그러니까, 어쩌면 우리 편을 들어줄지도 모릅니다."

아바사랄라의 미간에 더욱 깊은 골이 파였다. "왜?" 그녀가 물었다. "우리 편이 날 죽이려는 마당에 왜 화성이 염병 나 같은 사람을 보호해주겠나?"

"어쨌든 그쪽에 물어봐서 손해 볼 건 없잖습니까."

"없지." 홀던이 말했다. "없을 것 같은데. 다들 손해 볼 것 없다고 생각하는 거 맞지?"

"연락은 누가 하지?" 아바사랄라가 물었다. "배신자인 자네가?"

그 단어는 바비에게 배를 깊숙이 강타하는 충격을 안겨주었다. 하지만 바비는 아바사랄라의 의중을 눈치챘다. 그녀는 바비에게 화성군이 보일 수 있는 최악의 가능성에 대비하게 해주려는 것이다. 자신이 어떻게 반응할지 미리 시험하는 것이다.

"예, 일단은 제가 문을 열죠." 바비가 말했다. "하지만 그들을 설득하는 건 차장보님 몫입니다."

아바사랄라는 한참 동안 그녀를 노려보았다. 그리곤 말했다. "알았어."

"다시 한 번 반복해주기 바란다, 로시난테 호." 화성군 사령관이 말했다. 통신 상태는 한 방에 있는 것 마냥 뚜렷했기에 그가 당혹스러워하는 이유는 상대의 말을 잘 알아듣지 못했기 때문이 아니었다. 아바사랄라는 천천히, 그리고 주의 깊게, 같은 말을 반복했다.

"여기는 지구 국제연합의 크리스찬 아바사랄라 사무차장보입니다." 아바사랄라가 말했다. "저는 현재 평화적인 임무를 띠고 목성으로 가는 중에 독단적으로 행동하는 UN 해군 소속 함선들로부터 공격을 받을 위험에 처해 있습니다. 그러니 망할, 나 좀 구해달라고! 당신들 행성을 구하고 나면 우리 정부에 말해서 훈장을 받게 해 줄 테니까."

"우선 상부에 보고해야 합니다." 사령관이 말했다. 영상은 연결되어 있지 않았지만, 목소리에 웃음기가 가득했다.

"어서 빨리 아무한테나 연락해 봐." 아바사랄라가 말했다. "어쨌든 저 개새끼들이 나한테 미사일을 퍼붓기 전에만 결론을 내려 주면 고맙겠군. 알아듣겠나?"

"최선을 다하겠습니다."

깡마른 여자가(그녀의 이름은 나오미였다) 통신을 끊고 고개를 돌려 바비를 올려다보았다. "다시 한 번 물어보겠는데, 저들이 왜 우리를 도와줄 거라고 생각하는 거지?"

"화성은 전쟁하고 싶지 않거든." 바비는 부디 허튼소리처럼 들리지 않길 바라며 대답했다. "UN의 이성과 양심을 대변하는 인물이 못된 매파한테 살해되기 직전이라는 걸 알게 되면 반드시 이 일에 개입할 거야."

"꼭 자기 이야기를 하는 것 같네." 나오미가 말했다.

"그것 말고도 또 있지." 아바사랄라가 말했다. "내가 방금 정치적 파장은 걱정하지 말고 UN 함대를 공격해도 좋다고 허가해줬거든."

"화성군이 도와준다고 해도 UN 함대가 우리를 공격하는 건 막을 수는 없습니다." 홀던이 말했다. "우리도 교전 작전을 짜야 합니다."

"아, 가엾은 우리 예쁜이. 상처를 때운 지도 얼마 되지도 않았는데." 에이모스가 말했다.

"난 아직도 프락스와 나오미를 고래호에 태워 보내고 싶어." 홀던이 말했다.

"난 그게 별로 탐탁잖은 계획이라는 생각이 들기 시작했어." 아바사랄라가 말했다. 그녀는 커피를 한 모금 마시고는 얼굴을 찡그렸다. 하루에 다섯 잔씩 마시던 차가 그리운 게 틀림없었다.

"설명해 보시죠." 홀던이 말했다.

"만약에 화성이 우리 편이 되기로 하면 UN 함대도 상황이 완전히 바뀌는 거지. 내가 계산을 제대로 한 게 맞는다면 우리 쪽 일곱 대를 전멸시킬 순 없을 테니까 말이야."

"그런데요?" 홀던이 말했다.

"그렇게 되면 그들의 관심사는 역사책에 반역자로 남지 않는 데 있어. 응우옌 제독 일파가 패배하면 그를 지지한 사람들은 전부 군법회의에 회부될 텐데, 그렇게 되지 않는 최상의 해결책은 누가 이기든 내가 이 전투에서 살아남지 못하는 거니까."

"그건 로시난테 호가 집중공격을 받을 거라는 뜻이죠." 나오미가 말했다. "경주용 보트가 아니라요."

"오, 아니야." 아바사랄라가 빙그레 웃으며 말했다. "왜냐하면 그들로선 그 경주용 보트에는 당연히 내가 타고 있을 테니까. 생각해 보라고. 내가 타지도 않는 탈출정을 자네들이 목숨을 걸고 지키려 한다고 그들이 생각하겠어? 그리고 고래호에는 자네가 말한 그 PDC라는 것도 달리지 않았을 텐데. 그렇지?"

바비는 홀던이 고개를 주억거리는 것을 보고 조금 놀랐다. 그녀는 홀던이 자기만 옳다고 생각하는 막무가내식 인간일 줄만 알았다.

"그렇군요." 홀던이 말했다. "그 말이 맞습니다. 고래호가 탈출하려 들면 집중포격을 받게 되겠죠. 거기다 고래호에는 아무 방어

시스템도 없고요."

"다시 말해 우리 전부 이 배에서 죽든가 살든가 둘 중 하나란 뜻이군요." 나오미가 한숨을 푹 내쉬며 말했다. "항상 그렇죠."

"그래서 다시 말하지만, 우리도 교전 작전을 세워야 합니다." 홀던이 말했다.

"이 숫자로는 좀 빠듯한데." 바비가 말했다. 여기서부터는 그녀의 전문 분야였다. "보통 자리 배치가 어떻게 됩니까?"

"여기가 관제실 담당." 홀던이 나오미를 가리키며 말했다. "나오미는 전자전술 및 대응도 맡고 있지. 로시난테 호를 타기 전에는 그분야에 문외한이었다는 점을 고려하면 거의 천재나 다름없달까."

"그리고 이쪽은 정비공인데…." 홀던이 에이모스를 가리키며 말했다.

"기계밖에 모르는 바보지." 에이모스가 그의 말을 잘랐다. "배에 구멍이 나거나 하면 우리가 결딴나지 않게 애쓰는 역할이야."

"그리고 난 보통 전투상황실을 책임지고." 홀던이 말했다.

"포수는요?" 바비가 물었다.

"여기!" 알렉스가 자기 가슴을 가리키며 대답했다.

"우주선을 조종하면서 표적 탐지까지 한다고?" 바비가 말했다. "호, 굉장한걸."

알렉스의 거무스레한 피부가 더 짙어졌다. '쩔쩔매는' 듯한 느릿한 마리너 밸리의 억양이 외려 매력적으로 변했고 뺨에 떠오른 홍조는 귀엽기까지 했다. "아우, 아니, 그런 건 아니고. 표적 탐지는 보통 선장님이 전투상황실에서 하는데 무기를 발사하는 건 내가 해야 해."

"흠, 그럼 나한테 전투 통제권을 넘기시죠." 바비가 홀던에게 말했다.

"미안한 말이지만 중사⋯." 홀던이 말했다.

"거니(gunny)라고도 부르죠."

"거니." 홀던이 고개를 끄덕이며 말했다. "해군함의 화기를 다룰 능력은 있나?"

바비는 모욕감을 느끼지 않기로 결정하고 홀던에게 씩 웃어 보였다. "아까 에어록에서 그쪽이 입은 장갑복과 무기를 봤습니다. 화물실에서 MAP을 찾아낸 거죠?"

"맵?" 아바사랄라가 물었다.

"휴대용 살상 패키지(Mobile Assault Package)를 말하는 겁니다. 해병대 무장 장비죠. 제 포스리콘 강화복만큼은 아니지만, 보병 여섯 명을 완전 무장할 수 있는 키트입니다."

"그래." 홀던이 말했다. "그랬지."

"이 배가 다기능 고속함이라서 그렇습니다. 어뢰 발사 기능도 그중 한 가지고, 대인용 장비도 마찬가지입니다. 그리고 거니라는 명칭에는 특별한 의미가 있지요."

"그렇지." 알렉스가 말했다. "무기 전문가라는 뜻이니까."

"난 내 분대나 중대가 어디에 배치되든 필요할지 모를 모든 무기 시스템에 능숙합니다. 예를 들면 지금 우리가 타고 있는 것 같은 전투선의 화기를 포함해서 말입니다."

"그러니까⋯." 홀던이 입을 열었지만, 바비가 고개를 끄덕이며 대답을 가로챘다.

"내가 당신네 총잡이가 될 겁니다."

✳

바비의 삶에서 대부분의 것이 그러했듯이, 무기장교석은 그녀보다 몸집이 작은 사람들을 위해 설계되었다. 방사형 안전띠가 엉덩이와 어깨를 아프게 파고들었다. 사격통제 콘솔은 아무리 간격을 늘려도 충격 흡수 소파에 앉아 팔을 편안하게 내려놓기에는 너무 가까웠고 무엇보다 고중력에서 고속기동을 할 때 큰 문제가 될 터였다. 그리고 물론, 일단 전투가 시작되면 고속기동 상황은 피할 수가 없다.

바비는 안전띠 밑에서 꾸물거리며 고중력에서 팔 관절이 비틀려 빠지지 않도록 최대한 팔꿈치를 가까이 끌어당겼다. 이 정도면 되겠지.

뒤에서 알렉스가 말했다. "결말이 어떻게 되든 금방 끝날 거야. 불편함을 느낄 시간도 없을걸."

"그것참 안심이네."

홀던이 선내 채널을 통해 말했다. "우리는 지금 최대 유효사거리 내에 있다. 놈들은 즉시 발포하거나 아니면 적어도 스무 시간 내에는 발포할 거야. 그러니 단단히 비끄러매고 앉아 있도록. 목숨이 달린 비상 상황이 발생하거나 내 명령이 있지 않은 이상 항상 각자 담당 스테이션을 지킨다. 도뇨관은 잘 연결했지?"

"전 너무 꽉 끼는데요." 에이모스가 말했다.

바비의 등 뒤에서 알렉스가 뭐라 말하자 잠시 후 통신 채널에서 그의 목소리가 울렸다. "그건 씌우는 도뇨관이야, 파트너. '바깥쪽'에 끼워야 한다고."

바비는 저도 모르게 웃음을 터트리며 손을 위로 내밀었다. 알렉스가 그녀의 손바닥을 짝하고 마주쳤다.

홀던이 말했다. "관제 시스템 이상 무. 전원 보고하라."

"비행 제어 시스템 이상 무." 알렉스가 말했다.

"전자 무기 이상 무." 나오미가 말했다.

"이쪽도 문제없습니다." 에이모스가 말했다.

"무기 시스템 이상 없고 대기 중." 끝으로 바비가 보고했다. 내행성계 전체에서 현상수배 중인 이들이 훔친 화성 전함에서 두 치수는 작은 의자에 꽉 끼어 앉아 있는 기분은 정말이지 환상적으로 좋았다. 바비는 들썩이는 엉덩이를 애써 자제하며 홀던의 위협감지 화면을 열었다. 그는 벌써 UN 구축함 여섯 대를 식별해 두었다. 바비는 선두함에 식별 태그를 붙인 다음 로시난테 호에 표적 분석을 요청했다. 로시난테 호는 명중 확률이 0.1퍼센트 이하라는 결론을 내놓았다. 바비는 각각의 표적들 사이를 옮겨 다니며 반응 시간과 제어 능력을 시험하고, 정보 버튼을 눌러 UN 구축함들의 사양을 꼼꼼히 살펴보았다.

전함의 성능과 사양을 읽다가 지루해지자 이번에는 전술 화면을 열었다. 작은 녹색 점 뒤로 그보다 약간 큰 적색 점 여섯 개가 따라오고 있고, 그 뒤에는 또다시 여섯 개의 청색 점이 움직이고 있었다. 이건 잘못됐다. 지구 함대가 청색이고 화성 함대가 적색이 되어야 한다. 바비는 로시난테 호에 색깔을 바꿀 것을 지시했다. 로시난테 호가 그들을 추격 중인 함대의 색상을 다시 지정했다. 지도로 보니 마치 두 팀이 서로를 향해 돌진 중인 것 같았지만 실제로 로시난테 호는 UN 함대가 그들을 빨리 따라잡을 수 있도록 감

232

속 중이었다. 교전을 앞둔 열 세대의 함선이 태양 쪽으로 질주하고 있었다. 다만 로시난테 호는 엉덩이를 뒤로 빼고 있을 뿐이다.

문득 시간을 보니 제어 패널을 가지고 논 지 15분쯤 지나 있었다. "전투가 시작되길 기다리는 게 제일 싫어."

"이하 동문이라네, 자매여."

"여기 게임 같은 건 없어?" 바비가 손가락으로 콘솔을 건드리며 말했다.

"알아맞히기 게임이라도 할까." 알렉스가 말했다. "D로 시작하는 건?"

"구축함(destroyer)." 바비가 대답했다. "어뢰발사관 6문, PDC 여덟 대, 그리고 용골에 속사 레일건 한 대."

"훌륭한데. 그럼 이번엔 네 차례."

"젠장, 난 기다리는 시간이 더럽게 싫어."

전투는 삽시간에 시작되었다. 바비는 적군이 적어도 탐색전으로 시작할 줄 알았다. 로시난테 호의 선원들이 무기 시스템 사용에 얼마나 능숙한지, 혹시 취약점은 없는지 최대 사거리에서 어뢰를 몇 발 발사해 시험해 보는 것 말이다. UN 전함들이 점점 가까이 다가오자 로시난테 호는 단숨에 속도를 줄여 그들을 맞이했다.

바비는 화면 위에서 여섯 대의 UN 전함이 붉은 선에 슬금슬금 접근하는 모습을 지켜보았다. 그 적색 선은 UN 함대가 일제히 발포할 경우 로시난테 호의 국지방어 네트워크가 감당할 수 없는 한계선을 의미했다. 이 와중에 화성 함대는 녹색 선에 가까워지고 있었는데, 그것은 UN 함대에 대한 화성 함대의 최적사거리를 의미했다. 이것은 하나의 거대한 치킨 게임이었다. 누가 먼저 꼬리를 내리고 도망칠 것인가.

알렉스는 감속 추력을 이용해 화성 함대가 지구 함대보다 먼저 사거리에 도달할 수 있게끔 꼼수를 쓰고 있었다. 일단 교전이 시작되면 그는 속도를 급격히 줄여 교전 지대를 최대한 빨리 거슬러 도망칠 것이다. 로시난테 호가 속도를 늦춘 것도 이런 이유에서였다. 열심히 앞으로 달려봤자 UN 함대의 사정거리 내에 계속 갇혀 있을 뿐이니까.

빨간 점 하나가(화성 고속 순양함이다) 녹색 선을 넘자 선내에 요란한 경보가 울리기 시작했다.

"고속 이동 물체 출현." 나오미가 말했다. "화성 순양함이 어뢰 여덟 발을 발사했습니다!"

바비는 그것을 눈으로 확인할 수 있었다. 속도가 증가하면서 작은 노란 점이 주황색으로 변했다. UN 함대는 즉시 대응했다. 여섯 대 중 절반이 뱃머리를 돌려 뒤쫓아 오던 화성 전함을 마주 보고 레일건과 국지방어포를 열었다. 전술 화면 위에 비친 두 함대 사이의 공간이 별안간 노란색과 주황색 점으로 빼곡해졌다.

"고속 물체 접근 중!" 나오미가 소리쳤다. "어뢰 여섯 발이 충돌 진로로 진입합니다!"

0.5초 뒤에 어뢰의 방위각과 속도 정보가 바비의 PDC 제어 화면에 떠올랐다. 홀던이 옳았다. 이 길고 호리호리한 벨트인은 아주 유능했다. 감탄스러울 정도의 반응 속도였다. 바비는 PDC에 어뢰 6발을 모두 입력했다. 짧은 간격으로 연달아 발포되는 PDC의 반동에 배 전체가 흔들렸다.

"주스 들어갑니다." 알렉스가 말했다. 따끔한 바늘 대여섯 개가 온몸 곳곳을 동시에 찔렀다. 뭔가 차가운 것이 혈관에 주입되더니 곧장 하얗고 화끈한 기운이 번졌다. 바비는 갑자기 좁아진 시야에 적응하려 고개를 흔들었다. 알렉스가 말했다. "3… 2…."

그는 '1'을 말하지 않았다. 다음 순간 로시난테 호가 육중한 몸집으로 바비를 덮쳐 충격 흡수 소파 깊숙이 짓뭉갰다. 그녀는 아슬아슬한 찰나에야 10g로 후진할 때 온 팔의 뼈가 산산조각이 나지 않으려면 팔꿈치를 바른 자세로 내려놔야 한다는 사실을 상기했다. 바비의 위협감지 화면에서는 그들에게 날아오던 6발의 어뢰들이 로시난테 호의 PDC에 피격돼 하나씩 불이 꺼지고 있었다. 화면에는 아직 더 많은 어뢰가 떠 있었지만, 이제는 화성 함대 전체가 UN 함대에 포문을 열었고, 드라이브의 항적과 폭연이 두 함대 사이의 공간을 수라장으로 만들었다. 바비는 로시난테 호에 접근하는 모든 물체를 목표물로 지정하고 국지방어포로 포격할 것을 지시했다. 나머지는 화성의 무기공학 기술과 우주의 위대한 은총에 맡길 따름이다.

바비는 큰 디스플레이 중 하나를 전방 카메라로 돌려 전투 현황을 지켜보았다. 시야 전체가 눈부신 하얀 불빛과 넓게 퍼지는 어뢰의 폭발 가스로 뒤덮였다. 이제 UN 함대는 화성군이야말로 진짜 위협이라고 판단하고 여섯 대 전부 방향을 전환해 적함과 대치하고 있었다. 바비는 제어 화면을 조작해 영상 이미지 위에 위협감지 화면을 덧씌웠다. 그러자 모든 어뢰와 발사체에 깜박이는 윤곽선이 둘리고 머리 위 하늘은 육안으로는 따라가기 어려울 만큼 고속으로 움직이는 빛의 형체들로 채워졌다.

로시난테 호는 빠른 속도로 UN 구축함대에 접근 중이었다. 속도는 2g로 감소했다. "자, 갑니다." 알렉스가 말했다.

바비는 어뢰 표적 시스템을 가동하고 UN 함선 두 대의 드라이브 분사구를 겨냥했다. "어뢰 두 발 발사." 그리곤 물고기 두 마리를 떨어뜨렸다. 어뢰의 궤적을 따라 하얀 분사 흔적이 길게 남았다. 튜브가 재장전에 들어가자 발사준비등이 붉게 깜박였다. 바비는 벌써 다음 UN 전함 두 대의 드라이브를 목표물로 지정 중이었다. 표시등이 녹색으로 변하자마자 그녀는 어뢰 두 발을 한꺼번에 발사했다. 그리고는 마지막으로 남은 구축함 두 대를 표적으로 설정하고 가장 처음에 발사한 어뢰 두 발의 상태를 확인했다. 두 발 모두 구축함의 선수 PDC에 피격되었다. 고속으로 움직이는 흐릿한 점들이 로시난테 호를 향해 돌진해 오자, 알렉스가 배를 모로 돌려 가까스로 사선에서 벗어났다.

그러나 그것만으로는 충분하지 않았다. 조종석 주위로 불길한 노란색 경고등이 일제히 깜박이더니 시끄러운 경적 소리가 공기를 갈랐다.

"우리도 맞았다." 홀던이 침착한 목소리로 말했다. "공기를 포기한다. 다들 헬멧 단단히 잠가."

홀던이 공기순환 시스템을 닫는 동안 바비가 들을 수 있는 것은 자신의 숨소리와 헤드셋에서 들려오는 희미한 잡음뿐이었다.

"와." 에이모스가 통신 회선을 통해 말했다. "세 방이나 맞았군요. 크기가 작은 걸 보니 PDC 탄일 겁니다. 다행히도 중요한 부분은 건드리지 않고 선체를 관통했습니다."

"제 방을 지나갔습니다." 과학자 프락스가 말했다.

"덕분에 잠 좀 깨셨겠수." 에이모스가 빙글거리며 말했다.

"오줌을 지렸죠." 프락스가 전혀 웃음기 없는 목소리로 대꾸했다.

"조용." 홀던이 말했다. 그러나 두 사람을 나무라는 투는 아니었다. "제발 그런 거로 통신 낭비하지 마."

바비의 이성적인 부분은 귀를 쫑긋 세우고 주변을 탐색하고 있었다. 지금은 뇌의 그 부분을 쓸 곳이 없었기 때문이다. 목표를 지정하고 어뢰를 발사하도록 훈련된 그녀의 일부분은 따로 의식하지 않아도 주어진 일을 척척 해내고 있었다. 지금은 도마뱀 뇌가 활약하는 시간이었다.

엄청난 빛이 폭발해 순간적으로 화면이 까맣게 죽었을 때, 바비는 그때까지 자신이 얼마나 많은 어뢰를 발사했는지 기억조차 못하고 있었다. 화면이 정상으로 돌아왔을 때는 UN 구축함 한 대가두 동강으로 쪼개져 두 개의 선체 덩어리가 희미한 가스 구름과 자잘한 파편들을 뿌리며 빠른 속도로 서로 멀어지고 있었다. 저기서부유하는 점 중 일부는 연합군 병사들일 것이다. 바비는 그 사실을무시하는 쪽을 선택했다. 도마뱀 뇌가 환호했다.

이 첫 번째 UN 함선의 침몰이 양측의 균형을 무너뜨린 결정적인 계기가 되었다. 몇 분도 지나지 않아 나머지 다섯 대가 심한 손상을 입거나 격침되었다. 마지막 한 대의 함장이 구원 요청과 함께항복했다.

바비는 디스플레이를 멀뚱멀뚱 쳐다보았다. 세 대의 UN 구축함이 파괴되었다. 나머지 세 대는 극심한 손상을 입었다. 화성군은구축함 두 대를 잃고 순양함 한 대가 심각한 피해를 보았다. 로시난테 호는 총상 세 개를 입고 공기를 전부 잃었지만 다른 부분은 멀쩡했다.

그들이 승리한 것이다.

"세상에." 알렉스가 말했다. "선장님, 우리도 이런 거 '꼭' 하나 있어야겠습니다."

바비는 조금 후에야 알렉스가 지칭한 '이런 것'이 자신임을 깨달았다.

"UN 정부에서 감사의 말을 전합니다." 아바사랄라가 화성군 사령관에게 말했다. "적어도 제가 이끄는 UN 정부는 그럴 겁니다. 우린 이제 이오로 가서 더 많은 함선을 날려 인류의 멸망을 막을 겁니다. 같이 가겠습니까?"

바비는 아바사랄라에게 개인 통신을 열었다.

"이제 우리 둘 다 반역자네요."

"하!" 아바사랄라가 말했다. "그건 우리가 졌을 때 얘기지."

44
홀던

　로시난테 호의 손상 부위는 외부에서는 거의 눈에 띄지 않았다. UN 구축함의 국지방어탄 세 발은 의료 구역의 앞부분에 명중해 선체를 비스듬히 가로지른 다음 세 갑판 아래 있는 기계제작실로 빠져나갔다. 그리고 그중 한 발은 승무원 숙소에 있는 세 개의 선실을 관통했다. 홀던은 왜소한 식물학자가 완전히 만신창이가 되어 있을 것이라고 생각했다. 무서워서 오줌까지 지렸다니 말이다. 하지만 전투가 끝나고 프락스를 만난 홀던은 식물학자의 무덤덤한 반응에 꽤 놀랐다.

　"간이 떨어지는 줄 알았어요." 프락스는 그저 이렇게 말했을 뿐이다.

　그의 그런 반응을 포탄충격증 때문이라고 치부할 수도 있었다. 딸의 납치, 사회 체제가 붕괴한 가니메데 스테이션에서 끈질기게 연명해야 했던 몇 달간의 삶. 프락스의 침착하고 밋밋한 반응은 정신적, 감정적 붕괴의 전조로 받아들여지기 쉬웠다. 그는 이미 여러 차례 이성을 잃은 적이 있었고 그 결과는 대부분 탐탁지 않았다. 그러나 홀던은 프락스가 그보다 더 굳세고 결연한 사람이라 믿었다. 프락스는 지금까지 매섭고 혹독한 폭풍우 속에서도 끊임없이 전진해왔다. 전 우주가 그를 넘어뜨리고 또 좌절시켜도 그는 몇 번이고 다시 일어나 목표를 향해 나아갈 것이다. 홀던은 프락스가 무척 뛰어난 과학자였을 것이라고 생각했다. 작은 승리에 기뻐하되 작은 실패에는 굴하지 않는, 도달해야 하는 목적지를 향해 터벅터벅 끈기 있게 걸어가는 좋은 과학자 말이다.

심지어 지금도, 어뢰에 맞아 두 동강이 날 뻔한 지 몇 시간도 지나지 않아 프락스는 아래쪽 갑판에서 나오미와 아바사랄라와 함께 선체 수리를 돕고 있었다. 누가 도와달라고 부탁한 것도 아니었다. 그는 선실에서 나오자마자 곧장 할 일을 찾아 뛰어들었다.

홀던은 로시난테 호의 선체 외부에 서서 포탄이 뚫고 들어간 구멍 중 하나를 바라보고 있었다. 작은 발사체는 선각에 완벽하게 동그란 구멍을 남겼다. 심지어 주변 철판이 찌그러지지도 않았다. 얼마나 속도가 빨랐는지 5센티미터 두께의 고장력 합금강을 관통하고도 움푹 들어간 자국 하나 없었다.

"찾았다." 홀던이 말했다. "하지만 빛이 새어 나오지 않는 걸 보니 벌써 안에서 완벽하게 때운 것 같아."

"지금 갑니다." 자석 부츠를 신은 에이모스가 선각 위를 뚜벅뚜벅 걸어왔다. 손에는 휴대용 납땜 토치를 들고 있었다. 그 뒤로 위풍당당한 강화복을 입은 바비가 커다란 수선용 재료를 들고 따라왔다.

바비와 에이모스가 바깥 선각에 난 구멍을 막는 동안 홀던은 두 번째 구멍을 찾아 나섰다. 그의 주위에서는 화성군 전함 세 대가 마치 호위함처럼 로시난테 호를 둥글게 에워싸고 부유하고 있었다. 드라이브가 꺼진 상태라 별들이 촘촘히 박힌 하늘을 가로지르는 조그만 점으로밖에 보이지 않았다. 로시난테 호가 어디를 쳐다봐야 할지 알려주고 HUD가 함선의 정확한 위치를 표시해 주었는데도 검은 우주 속을 떠다니는 함선들을 발견하기란 거의 불가능했다.

홀던은 HUD를 이용해 별들이 뿌려진 은하수 위로 지나는 화성군 순양함의 움직임을 좇았다. 수십억 개의 별로 구성된 새하얀 길 위로 잠시나마 함선의 검은 윤곽이 선명하게 드러났다. 선체 한쪽에서 반투명의 희미한 원뿔 기둥이 뿜어 나오더니 다시 별들이 드문드문 박힌 어둠 속으로 숨어 버렸다. 홀던은 나오미를 품에 안은채 이 놀라운 장관을 함께 보고 싶다고 생각했다. 그녀를 원하는 간절한 마음이 거의 신체적인 통증으로까지 느껴졌다.

"우주선 바깥이 얼마나 아름다운지 잊고 있었어." 홀던은 개인 통신선을 열어 나오미에게 말했다.

"감상에 빠지신 모양인데, 일은 다른 사람한테 맡길까요?" 나오미가 물었다.

"저 별들 주변에도 또 수많은 행성이 돌고 있겠지. 수십억 개의 세상들이 말이야. 지금까지 추산한 것만 거주 가능한 영역에 5천만 개의 행성이 있다지. 언젠가 우리 증손자들이 거기까지 갈 수 있을까?"

"'우리' 증손자들이요?"

"이번 일이 완전히 끝나고 나면 말이야."

"그리고 그 행성 중 하나에는 프로토분자의 주인이 살고 있겠죠.

241

거기는 피해야 할 겁니다."

"장난해? 내가 제일 가 보고 싶은 곳이 거기라고. 누가 그걸 만들었을까? 도대체 뭣 때문에 그런 걸 만들었을까? 그들을 찾게 되면 꼭 물어보고 싶어. 게다가 무엇보다 인간과 똑같은 욕구를 갖고 있잖아. 저 드넓은 우주 구석구석까지 찾아가 새로 뿌리를 내리고 싶다는 욕구 말이야. 우리가 생각하는 것보다 인류와 공통점이 꽤 많을지 몰라."

"거기 살던 원주민들을 몽땅 죽여 버린 다음에요?"

홀던이 코웃음을 쳤다. "우리 인간도 창을 발명한 다음부터는 평생 그러고 살지 않았나? 그저 놈들의 솜씨가 훨씬 더 좋았을 뿐이지."

"다음 구멍 못 찾았습니까?" 에이모스가 주 통신 채널에서 말했다. 달갑지 않은 훼방꾼이었다. 홀던은 우주를 바라보던 시선을 돌려 발아래 있는 금속판을 내려다보았다. 로시난테 호가 그의 HUD에 전송한 피해 약도를 따라가다 보니 금세 두 번째 피탄 부위를 찾을 수 있었다.

"여기야." 홀던이 말하자 에이모스와 바비가 그를 향해 움직이기 시작했다.

"선장님." 알렉스가 함선 안에서 호출했다. "MCRN 순양함 함장이 얘기를 좀 하고 싶답니다."

"내 슈트로 연결해줘."

"알겠습니다." 알렉스가 대답하고 잠시 후 무선 잡음이 목소리로 변했다.

"홀던 선장?"

"예, 말씀하시지요."

"저는 MCRN 소속 사이도니아 호의 리처드 쳉 함장입니다. 진즉에 연락하지 못해 미안합니다. 전투 피해를 수습하고 구조 및 수리 작업을 하는 데 시간이 좀 걸렸습니다."

"이해합니다, 함장." 홀던은 육안으로 사이도니아 호의 위치를 찾아보려 했으나 실패했다. "저도 선체에 난 구멍을 수선하러 배 밖에 나와 있거든요. 방금 당신들이 지나가는 걸 봤습니다."

"부함장 말로는 나와 대화를 하고 싶다고 했다더군요."

"예, 부함장에게 도와줘서 고맙다고 전해 주십시오." 홀던이 말했다. "이번 교전에서 우리가 비축해뒀던 무기를 엄청나게 소모했습니다. 어뢰를 열네 발 썼고, 국지방어 포탄도 거의 절반이나 써버렸습니다. 우리 배가 화성 함선이라 혹시 우리 탄약고를 채워줄 수 있을지 물어보고 싶어서 말입니다."

"물론입니다." 쳉 함장이 일말의 망설임도 없이 대답했다. "구축함 샐리라이드 호를 옆에 붙여 무장을 보급해 드리겠습니다."

"어…." 밀고 당기는 협상을 각오하고 있던 홀던은 화성군 함장의 즉답에 놀라 얼떨떨하게 반응했다. "감사합니다."

"우리 정보장교의 전투분석 보고서도 전송하겠습니다. 꽤 흥미로운 걸 볼 수 있을 겁니다. 간단히 말해서 최초로 격침된 함선 말입니다. UN 함대 방어선을 무너뜨려 결국 전투를 종식시킨 계기가 된 그거요. 그쪽이 해낸 겁니다. 당신들한테 등을 보이는 게 아니었어요."

"공은 그쪽이 가져가도 됩니다." 홀던이 웃으면서 대답했다. "우리 쪽 포수가 화성 해병대 중사거든요."

잠시 침묵이 흘렀다. 쳉이 입을 열었다. "이번 일이 다 끝나고 나면 술이나 한잔 같이하면서 어떻게 불명예 제대한 UN 장교가 홈친 MCRN 전투함에 화성 해병과 UN 고위 정치가를 데리고 항해를 하게 되었는지 자세히 좀 들어봤으면 좋겠군요."

"기막힌 사연이죠." 홀던이 대답했다. "말이 나와서 말인데, 우리 쪽 화성군 대원에게 선물을 하나 주고 싶은데요. 혹시 사이도니아 호에 해병대가 타고 있습니까?"

"예, 무슨 일입니까?"

"그중에 포스리콘도 있습니까?"

"예, 그러니까 무슨 일입니까?"

"그쪽이 가진 장비 중에 우리한테 필요한 게 있을 것 같아서요."

홀던은 쳉 함장에게 그가 원하는 것을 말했다. 쳉이 대답했다. "샐리라이드 호에게 탄약을 인계할 때 그것도 같이 보내라고 하겠습니다."

MCRN 샐리라이드 호는 격렬한 전투를 겪고도 흠집 하나 없었다. 로시난테 호 옆에 나란히 붙어 선 어두운 선체는 검은 수면처럼 매끈하고 윤기가 흘렀다. 알렉스와 샐리라이드 호의 조함사가 두 배의 진로를 완벽히 일치시키자, 샐리라이드 호의 측면에서 큼지막한 해치가 열리고 침침한 적색 비상등 불빛이 새어 나왔다. 자석 갈고리 두 개가 튀어나와 두 함선을 10미터 길이의 케이블로 연결했다.

"여기는 그레이브스 중위." 매우 앳된 목소리가 말했다. "화물 인계를 위해 귀함의 지시를 기다립니다."

고등학생으로도 착각할 목소리였지만, 홀던이 대답했다. "시작해도 좋습니다. 이쪽에선 벌써 준비가 끝났으니까요."

그는 채널을 바꿔 나오미에게 말했다. "해치를 열어. 새 물고기가 들어온다."

홀던이 서 있는 곳에서 몇 미터 떨어진 곳에서 선체와 동일 평면상의 해치가 열리며 너비 1미터, 높이 8미터의 입구가 드러났다. 양쪽 옆으로 복잡해 보이는 레일과 기계장치가 내려왔다. 바닥에는 아직 로시난테 호에 남아 있는 대함 어뢰 세 발이 누워 있었다.

"일곱 발은 여기." 홀던이 어뢰 거치대를 가리키며 말했다. "그리고 일곱 발은 반대쪽에 부탁합니다."

"알겠습니다." 그레이브스가 대답했다. 샐리라이드 호의 해치 구멍 속에서 가늘고 기다란 흰색 플라스마 어뢰의 모습이 나타났다. EVA를 입은 선원들이 양옆을 붙들고 있었다. 압축 질소가 분출되는 부드러운 소리와 함께 선원들이 두 줄의 유도선을 따라 어뢰를 로시난테 호로 밀어 보냈고, 어뢰는 강화복을 입은 바비의 도움을 받아 거치대의 가장 윗줄에 안착했다.

"1번 고정 완료." 바비가 말했다.

"확인했어." 나오미가 대답했다. 잠시 후 모터 레일이 어뢰를 붙잡아 탄약고 밑으로 끌고 내려갔다.

홀던은 HUD로 시간을 확인했다. 어뢰 14발을 인수하여 적재하려면 몇 시간은 걸릴 터였다.

"에이모스. 지금 어디야?"

"기계제작실 구멍을 막는 중입니다. 이게 마지막입니다." 정비공이 대답했다. "뭐 필요하신 거라도 있습니까?"

"그 일을 마치고 나면 EVA 팩을 두 개 들고 와. 우리 둘이 다른 보급품을 가지러 가야 하거든. PDC 포탄 세 상자와 그 밖에 잡다한 것들이야."

"벌써 다 끝났습니다. 나오미, 화물실 문 좀 열어주십시오."

홀던은 바비와 샐리라이드 호의 선원들이 힘을 합쳐 일하는 모습을 지켜보았다. 어뢰 두 개를 더 실었을 즈음 에이모스가 EVA 팩 두 개를 들고 나타났다.

"그레이브스 중위, 남은 보급품을 인수하기 위해 로시난테 호에서 두 명의 승무원이 승선 허가를 요청합니다."

"승선을 허가합니다, 로시난테 호."

PDC 포탄은 한 상자가 2만 발 들이였는데, 1g에서는 5백 킬로그램도 넘게 나갔다. 하지만 타력 비행을 할 수 있는 무중력에서는 EVA 팩을 입은 두 명만으로도 충분했고, 한 번 움직일 때마다 압축질소를 충전한다면 한 사람이 한 개씩 나를 수도 있었다. 견인기나 작은 작업용 셔틀이 없는 이상 어쩔 수 없는 일이었다.

상자를 움직이려면 에이모스가 EVA 팩을 20초쯤 열심히 '추진'시켜 로시난테 호의 선미 쪽으로 길게 밀어야 했다. 상자가 선미에 있는 화물칸 문 옆에 도착하면 홀던이 그의 EVA 팩으로 동일한 추진력을 사용해 그것을 멈춰 세웠다. 그런 다음 두 사람이 함께 상자를 화물실 안쪽으로 옮겨 격벽에 고정했다. 길고 고된 과정이었다. 에이모스는 몰라도 적어도 홀던은 상자를 멈추기 위해 냉각질소를 분출할 때마다 순간심박수가 급증하는 것을 느꼈다. 그때마다 그는 EVA 팩이 고장 나 그와 탄약 상자가 에이모스가 보는 앞에서 심연의 우주로 떠내려가 버릴지도 모른다는 생각에 공황

상태에 빠졌다. 황당하고 한심한 상상이었다. 에이모스는 금세 다른 EVA 팩을 등에 지고 그를 구하러 날아올 것이고, 그게 아니라면 로시난테 호가, 아니면 샐리라이드 호가 구조 셔틀을 급파할 것이다. 그가 금세 구조될 방법은 수없이 많았다.

그러나 인류가 우주에서 거주한 시간은 아직 짧고, 우리의 원시뇌는 무의식중에 '난 추락할 거야, 영원히 추락하고 말 거야.' 하고 저도 모르게 되뇌고 만다.

샐리라이드 호의 선원들이 어뢰 인계 작업을 거의 끝마쳤을 무렵 홀던과 에이모스도 마지막 PDC 포탄 상자를 화물실에 실었다.

"나오미." 홀던이 전체 채널로 물었다. "전부 이상 없어?"

"여기서 보기에는 그렇습니다. 새로 실은 어뢰는 전부 로시난테 호에 등록했고 지금 당장 작동 가능합니다."

"좋았어. 에이모스와 나는 화물실 에어록을 통해 들어가겠다. 그러니 지금 화물실을 닫아도 돼. 에이모스, 나오미가 완료 신호를 보내면 사이도니아 호에 연락해서 그쪽 함장이 원하기만 하면 언제든 이오로 전속력으로 달릴 준비가 됐다고 말해 줘."

나머지 승무원들이 이오행 항해에 대비해 배를 점검하는 동안, 홀던과 에이모스는 장비를 벗어 기계제작실에 보관했다. 서로 마주한 두 개의 격벽에 각각 세 개씩 붙어 있는 여섯 개의 회색 패치가 적함의 포탄이 지나간 자리를 알려 주었다.

"화성군이 준 저 상자에는 뭐가 들어 있습니까?" 에이모스가 특대 사이즈의 자석 부츠를 벗으며 물었다.

"바비한테 줄 선물." 홀던이 대답했다. "주기 전까진 비밀로 하고 싶은데, 괜찮겠지?"

"물론이죠. 다만 저게 장미꽃 다발이나 뭐 그런 거면 나오미가 알아냈을 때 그 자리에 있고 싶지 않습니다. 게다가 그, 아시잖습니까, 알렉스가…."

"아니, 장미꽃보다는 훨씬 실용적인 건데…." 홀던의 머릿속에 에이모스의 말이 퍼뜩 스치고 지나갔다. "알렉스? 알렉스가 뭐?"

에이모스가 소행성대식으로 어깨를 으쓱하며 두 손을 들어 올렸다. "알렉스가 저 풍만한 해병대원한테 눈독을 들이고 있는 거 같거든요."

"농담이겠지." 도저히 상상할 수도 없었다. 바비가 매력적이지 않다는 게 아니다. 그럴 리가 있나. 하지만 바비는 몸집이 어마어마하게 크고, 또 무서웠다. 그리고 알렉스는 조용하고 온화한 성정을 가진 친구였다. 물론 두 사람 다 화성 출신이고 아무리 범세계주의적 열린 마음을 가진 사람이라도 동향인한테는 친근함을 느끼기 마련이다. 어쩌면 이 배에서 유일하게 같은 화성 출신이라는 것만으로도 충분할지 모른다. 하지만 알렉스는 50이 다 된 나이에 머리는 벗겨졌고 중년남성으로서는 어쩔 수 없는 허릿살도 만만치 않았다. 드레이퍼 중사는 서른도 안 되어 보이는 데다 만화책에서 튀어나온 것 같은 외모에 '겹겹이' 두른 근육까지 완벽했다. 홀던은 두 사람이 친밀하게 어울리는 모습을 상상해 보려 했지만, 그에게는 불가능한 일이었다.

"와." 그가 할 수 있는 말은 이게 전부였다. "상호적인 감정이긴 하고?"

"그거야 저도 모르죠." 에이모스가 다시 어깨를 으쓱하며 말했다. "중사는 속을 읽기가 쉬운 사람이 아니잖습니까. 알렉스를 갖고 놀 타입으로는 안 보이지만요. 그게 궁금하신 거죠? 뭐 그렇다고 우리가 그녀를 말릴 수 있는 것도 아니지만 말입니다."

"너도 그녀가 무서워?"

"저기요." 에이모스가 히죽 웃으면서 말했다. "쌈박질로 따지자면 저도 소위 재능 있는 아마추어라고 불리는 놈이거든요. 그런데 바비는 저 무시무시한 기계 갑옷을 자기 거죽처럼 입고 벗는단 말입니다. 저 여자는 프로예요. 우린 잽도 안 되죠."

로시난테 호에 중력이 돌아오기 시작했다. 알렉스가 드라이브를 가동한다는 것은 이오로 출발한다는 의미였다. 홀던은 몸을 세우고 관절이 중력에 익숙해지도록 잠시 몸을 풀었다. 그는 에이모스의 등을 탁 치며 말했다. "무기고도 빵빵하고 화성 전함이 세 대나 붙어 호위해 주고 있고, 성질 더러운 노인네는 차를 마시러 갔고, 이빨로도 사람을 죽일 수 있는 화성 해병대원도 있으니, 이젠 어떻게 할까?"

"선장님이 말씀해 보십시오."

"그 사람들한테 싸울 상대를 던져줘야지."

45
아바사랄라

"주사위는 이미 던져졌습니다." 아바사랄라가 말했다. "우리는 이미 실질적으로 서로 갈라져서 두 가지 정책을 동시에 실행 중이에요. 문제는 앞으로 어떻게 할 것인가 하는 것입니다. 지금까지는 정보가 외부로 유출되지 않게 최선을 다하고 있지만, 만일 조금이라도 새어나가게 된다면 엄청난 반향이 야기되겠죠. 더구나 이 인공생명체는 상호 의사소통이 가능하기 때문에 프로토분자 실험체를 군사적으로 활용할 수 있는 확률은 0에 가깝습니다. 만약에 우리가 이것을 무기로 활용한다면 제2의 금성을 낳고, 대량학살을 범할 것이며, 가령 소행성의 속도를 높여 지구에 떨어뜨리는 것처럼 비윤리적인 무기 사용을 거의 무제한적으로 용인하는 셈이되겠지요.

표현이 거칠어서 죄송합니다만, 이건 처음부터 좆같은 짓이었어요. 이로 인해 우리 인류는 문자 그대로 상상을 초월하는 위험에 처하게 되었습니다. 현재 금성에 있는 프로토분자는 목성계에서 무슨 일이 일어나고 있는지 분명히 알고 있습니다. 또 태양계 어딘가에 있을 실험체들도 아보가스트 호에서 얻은 정보를 공유하고 있을 가능성이 크고요. 지금 이 상황은 우리가 아주 난감한 처지에 놓였다는 말로는 표현이 안 됩니다.

만일 이 모든 사실이 적절한 경로를 통해 밝혀진다면 우린 지금 앉아 있는 자리를 당장 내놔야 할 겁니다. 전 어떤 상황에서도 제 능력이 닿는 한 최대한 노력했어요. 저와 공조를 맺은 화성과 소행성대 세력, 그리고 지구의 적법한 행정부는 이미 준비를 마치고 행동 개시만을 기다리고 있습니다. UN은 반드시 그 계획에서 손을 떼고 이런 염병 씨발할 짓거리를 저지른 도당들을 즉시 발본색원해야 합니다. 죄송합니다. 제가 말이 좀 험하죠.

사무총장님이 보실 데이터 사본을 사우더 제독과 레니키 제독, 그리고 금성을 연구 중인 제 팀원들에게도 함께 보냈습니다. 제 사정이 여의치 않을 때는 그들이 사무총장님의 질문에 답할 수 있을 겁니다.

이런 난처한 입장에 처하게 해드려 정말 죄송합니다. 하지만 이 문제에서만큼은 조만간 어느 편에 서야 할지 결정하셔야 할 겁니다. 그것도 아주 신속하게요. 현재 이곳의 상황은 아주 빠르게 급변 중입니다. 역사의 올바른 쪽에 서고 싶다면 속히 행동에 옮기셔야 합니다."

'그걸 기록할 역사가 남는다면 말이지만.' 아바사랄라는 속으로 생각했다. 그녀는 사무총장의 머리를 단단히 둘러싸고 있는 해묵은 나이테를 뚫고 들어갈 만한 말이 더 없는지 고민했다. 아무리 머리를 굴려도 더 이상은 덧붙일 말이 없었다. 어린애들 동요처럼 똑같은 말만 반복하면 배알도 없이 너무 숙이고 들어가는 것처럼 보일 것이다. 아바사랄라는 녹화를 중단하고 자포자기한 표정으로 멍하니 카메라를 응시하고 있던 몇 초를 잘라 낸 다음, 외교용 암호 프로그램을 돌리고 긴급 표식을 붙여 전송했다.

자, 이제 어떻게 될 것인가. 중력 우물에서 기어 나와 별들의 세계에 진출하기까지, 원시 동굴의 벽화에서부터 지금까지 인류가 쌓아 올린 모든 문명과 그것이 지탱해 온 모든 것이 잘못 쓴 시 한 편 때문에 감옥에 갇혀 명성을 얻은 인간의 손에 달려 있었다. 과연 그가 에런라이트를 끌어내릴 배짱을 갖고 있을 것인가? 갑자기 아래로 푹 꺼지는 엘리베이터처럼, 발밑에서 우주선이 갑작스레 진로를 수정했다. 아바사랄라는 허리를 세우려 했지만, 그 순간 충격 흡수 소파가 움직이며 그녀를 끌어안았다. 젠장, 아바사랄라는 정말로 우주여행이 싫었다.

"그게 통할까요?"

문 앞에 식물학자가 서 있었다. 젓가락처럼 말라빠진 몸 때문에 머리가 우스꽝스러울 정도로 커 보였다. 그는 벨트인처럼 이상한 체형은 아니었지만 그래도 온전한 중력에서 성장기를 보낸 사람처럼 보이지는 않았다. 뭔가 손으로 할 일을 찾아 그녀의 문 앞에서 서성거리고 있는 프락스는 왠지 멋쩍고, 혼자만의 별세계에서 방황하고 있는 것처럼 보였다.

"나도 모르겠군." 아바사랄라가 대답했다. "여기가 지구라면 내가 원하는 대로 상황을 만들 수 있었을지도 몰라. 불알 몇 개만 쥐어짜면 됐을 테니까. 하지만 지금 난 여기 있고…. 모르겠어. 통할 수도 있고, 안 통할 수도 있지."

"하지만 여기서도 사람들한테 말을 할 수는 있잖습니까. 그렇지요?"

"똑같진 않아."

식물학자가 고개를 끄덕였다. 그가 또다시 그만의 내면으로 침전했다. 프락스를 보니 피부색도 체형도 다르지만 마이클이 떠올랐다. 프락스는 항상 반 발짝 뒤로 물러나 세상을 관조하는 마이클과 흡사한 분위기를 지니고 있었다. 다만 마이클의 초연함이 자폐증에 가깝다면 프락스는 주변 사람들에게 지대한 관심과 흥미를 지니고 있었다.

"그 사람들이 니콜라를 회유한 거군요." 프락스가 말했다. "저와 메이에 대해 그런 말을 하라고 시킨 거예요."

"당연하지. 그게 그 사람들이 하는 일인걸. 필요하다면 그 말을 뒷받침할 서류와 경찰 기록도 조작했을걸. 박사가 거주하던 구역의 데이터베이스에 몰래 입력해서 말이야."

"사람들이 저를 그런 사람으로 생각한다는 게 싫습니다."

아바사랄라는 고개를 끄덕였다. 그리곤 이내 어깨를 치켜 올렸다.

"원래 평판이란 진실하고 거리가 먼 법이야." 아바사랄라가 말했다. "난 온 세상 사람들한테서 미덕의 귀감이라고 칭송받지만 실제로는 옹졸하고 사악하고 지긋지긋한 인간을 대여섯은 댈 수 있어. 반대로 내가 아는 가장 훌륭한 사람 중 몇몇은 이름만 대도 보통 사람들은 치를 떨지. 화면으로 보는 사람들은 같은 공기를 마셔 보면 생각했던 것과는 전혀 다른 경우가 태반이야."

"홀던은요?" 프락스가 물었다.

"흠, 그 친구는 예외긴 해." 아바사랄라가 대답했다.

식물학자가 고개를 떨궜다가 다시 곧추 세웠다. 그는 거의 미안해하는 듯한 표정을 짓고 있었다.

"메이는 틀림없이 죽었을 겁니다." 프락스가 말했다.

"진심으로 그렇게 믿고 있는 건 아니지?"

"납치된 지 너무 오래됐는걸요. 설사 그 애의 약을 챙겨갔더라도 그 사람들이 그…, 그걸로 만들었을 겁니다."

"설마 그것도 진심으로 믿고 있는 건 아니겠지." 아바사랄라가 말했다. 식물학자는 몸을 앞으로 기울이며 그녀가 해결할 수 없는 난제를 던져준 것처럼 얼굴을 일그러뜨렸다. "그럼 이오를 폭격해도 되겠나? 난 지금 당장 핵탄두 서른 발을 발사할 수 있어. 추진엔진을 끄고 그냥 밀어 보내기만 하면 돼. 백발백중은 못 되어도 몇 개는 명중하겠지. 그렇게 하라고 말해 봐. 우리가 이오에 닿기도 전에 쑥대밭으로 만들어 줄 테니까."

"차장보님 말씀이 맞습니다." 프락스가 말했다. 잠시 뜸을 들이더니 다시 말했다. "그런데 왜 그렇게 하시지 않는 거지요?"

"진짜 이유를 말해줄까, 아니면 내가 내세우는 변명을 말해줄까?"

"둘 다요."

"난 이런 식으로 합리화하지." 아바사랄라가 말했다. "난 그 연구실에 뭐가 있는지 몰라. 괴물들이 거기에만 있을지 아니면 다른 곳에 더 있을지도 알 수 없지. 그래서 만약에 그곳을 파괴한다면 다른 곳에 숨어 있을지도 모를 다른 괴물들을 찾을 수 있는 중요한 단서도 같이 파괴하게 돼. 게다가 이 일에 연루된 사람 중에 아직 밝혀지지 않은 인간들도 있을 테니 그들에 관한 증거도 찾아야 하는데, 그것도 아마 거기 있을 거야. 그러니까 먼저 필요한 정보를 찾아내고, 그런 다음에 연구실을 방사능 폐기물로 만들 거야."

"그건 꽤 좋은 이유인데요."

"좋은 변명이지. 동시에 매우 설득력 있는 주장이기도 하고."

"하지만 진짜 이유는 메이가 살아있을지도 모르기 때문이지요?"

"난 애들은 죽이지 않아." 아바사랄라가 말했다. "심지어 그게 옳은 일일지라도 말이야. 자네는 그게 내 정치 경력에 얼마나 큰 흠이 되는지 모를 거야. 내가 요령을 알아내기 전까진 다들 내가 나약하다고 여겼거든."

"요령이요?"

"사람들한테 무안을 주면 내가 무섭고 독한 인간이라는 인상을 줄 수 있지." 아바사랄라가 말했다.

"내 남편은 그걸 가면이라고 불러."

"아." 프락스가 말했다. "감사합니다."

전투를 앞둔 기다림은 전투에 대한 두려움보다도 더 견디기가 힘들었다. 아바사랄라의 몸은 움직이고 싶어 안달이 나 있었다. 의자에서 일어나 익숙한 통로를 돌아다니고 싶었다. 마음 한편에서는 어서 움직이라고, 행동하라고, 맞서 싸우라고 외치고 있었다. 그녀는 로시난테 호를 최상층에서 밑바닥 갑판까지, 그리곤 다시 가장 위 갑판까지 구석구석 배회했다. 복도에서 만나는 로시난테 호 선원들에 관한 정보를 예전에 정보부 보고서에서 읽은 온갖 사소하고 쓸데없는 부분까지 하나하나 머릿속으로 곱씹었다. 정비공인 에이모스 버튼. 몇몇 살인사건에 연루되어 기소되었으나 재판 정까지 간 적은 없다. 법적으로 수술이 가능한 나이가 되자 즉각 본인의 선택으로 정관수술을 받았다. 나오미 나가타, 기관사. 석사학위가 두 개. 세레스 스테이션에서 박사 학위 전액 장학금을 제안받았지만 거절했다. 알렉스 카말, 조종사. 20대 초반에 술에 취해 난동을 부린 혐의로 7번 체포된 전적이 있다. 화성에 본인도 모르는 아들이 하나 있지. 제임스 홀던, 비밀을 모르는 남자. 태양계 전체를 전쟁에 휘말리게 했을 뿐만 아니라 자기가 얼마나 큰 피해를 줬는지도 모르는 고결한 머저리. 이상주의자. 가장 위험한 부류의 인간. 그리고 좋은 사람이기도 했다.

하지만 과연 이런 게 중요하기나 한 걸까.

진짜 정치꾼 중에서 대화를 서간체로 탈바꿈하는 시간 지연 없이 이야기를 나눌 수 있을 만큼 가까이 있는 사람은 사우더 제독이 유일했다. 아바사랄라는 그가 아직 응우옌 제독과 같은 편이라고 상정하고, 그녀를 보호 중인 화성 함대와 전투를 벌일 준비를 하고 있다고 가정하고 있었지만 실제로 그럴 확률은 희박했다.

"아무 소식도 없습니까?" 사우더 제독이 터미널로 물었다.

"아직 없어요." 아바사랄라가 대답했다. "그놈의 얼굴마담이 왜 이렇게 시간을 질질 끌고 있는지 모르겠군요."

"가장 신뢰하는 사람들에게서 등을 돌리라고 요구했으니까요."

"그게 얼마나 어려운 일이라고 그래요? 나는 5분도 안 걸렸는데. '소렌, 자네는 멍텅구리야. 지금 당장 내 눈앞에서 꺼져.' 그게 뭐 대수라는 건지."

"사무총장이 마음을 돌리지 않으면 어떻게 할 겁니까?" 사우더 제독이 물었다.

아바사랄라는 한숨을 내쉬었다.

"그러면 당신한테 전화를 걸어서 UN을 버리라고 설득해야겠지요."

"아." 사우더 제독이 옅은 미소를 지으며 말했다. "그건 잘 되고 있습니까?"

"별로 가능성이 커 보이진 않지만, 그래도 혹시 모르죠. 내가 더 럽게 설득력이 좋을지."

알림창이 떴다. 새로운 메시지였다. 아르준이 보낸 것이다.

"그만 가봐야겠어요." 아바사랄라가 말했다. "그 바닥에서 정신 바짝 차리고 있어요. 어쨌든 그 염병할 바닥이라는 게 아직 존재할 동안이라도 말이죠."

"몸조심해요, 크리스젠." 말을 마친 사우더 제독이 연결이 끊어 진 녹색 화면으로 변했다.

주방은 텅 비어 있었다. 하지만 누군가 갑자기 들어올지도 모른 다. 아바사랄라는 사리 자락을 살짝 쥐어 올리고 그녀의 선실로 돌 아가 문을 닫고 파일을 열었다.

책상 앞에 아르준이 앉아 있었다. 정장을 입고 있지만, 목깃과 소맷부리는 단추가 풀려 있다. 그는 방금 형편없는 파티에 갔다 온 사람처럼 보였다. 등 뒤에서 밝은 햇살이 비치고 있다. 그렇다면 오후일 것이다. 아르준이 영상을 보냈을 때는 오후였다. 아마 지 금도 그럴 테지. 아바사랄라는 손가락 끝으로 그의 어깨 윤곽을 살 짝 어루만졌다.

"그러니까 당신 말은 집에 돌아오지 못할지도 모른다는 거로

군." 아르준이 말했다.

"미안해." 아바사랄라가 화면에 대고 말했다.

"당신도 알겠지만, 난… 그런 상상만 해도 매우… 괴로워." 아르준이 말했다. 서글픈 미소가 떠오르더니 그의 눈가로 번져 나갔다. 지금 보니 그의 눈은 눈물에 젖어 붉게 충혈되어 있었다. "하지만 내가 뭘 어떻게 할 수 있겠어? 난 대학생들에게 시나 가르치는 선생 나부랭이라 아무 힘도 없는데. 힘을 가진 건 항상 당신이었지. 그래서 당신에게 이 말을 하고 싶어. 내 걱정은 하지 마. 나 때문에 할 일을 잊고 심란해 하지도 말고. 그리고 만약에 당신이….""

아르준이 가슴 깊이 숨을 크게 들이마셨다.

"삶이 죽음을 초월한다면 나는 그곳에서 그대를 찾으리. 그렇지 않더라도 여전히….""

아르준이 잠시 시선을 내리깔더니 다시 카메라로 시선을 들었다.

"사랑해, 키키. 항상 당신을 사랑할 거야. 아무리 멀리 떨어져 있어도."

메시지가 끝났다. 아바사랄라는 두 눈을 질끈 감았다. 갑자기 온 사방이 죄어오는 것 같았다. 마치 관에 갇혀 있는 것처럼. 작고 미묘한 소음들이 그녀를 짓누르고 깔아뭉개 비명을 지르고 싶었다. 잠을 자고 싶었다. 아바사랄라는 한참 동안 흐느꼈다. 그 외에는 할 수 있는 일이 없었다. 그녀는 최선을 다했고, 이제 남은 것은 명상과 애를 태우는 것뿐이었다.

30분 후, 아바사랄라의 터미널이 다시 울려 그녀를 심란한 상념에서 깨웠다. 에린라이트였다. 목구멍으로 뜨거운 기운이 치밀었다. 손가락을 들어 재생 버튼을 누르려다 주춤했다. 누르고 싶지 않왔다. 다시 저 세계로 돌아가 두꺼운 가면을 쓰고 싶지가 않았다. 아르준이 보고 싶었다. 그의 목소리가 듣고 싶었다.

하지만 물론, 아르준은 그녀가 무엇을 원하는지 알고 있었다. 그래서 그런 말을 한 것이다. 아바사랄라는 메시지를 열었다.

에린라이트는 화가 나 있었다. 그보다도 무척 피곤해 보였다. 평소의 온화한 태도는 자취를 감추고 협박과 원한으로 가득한 사내가 앉아 있었다.

"크리스젠." 그가 말했다. "자네가 이해하지 못할 거라는 건 알았지만, 난 자네와 자네 사람들의 안전을 보장하려고 최선을 다했어. 자넨 지금 자네가 어떤 상황에 있는지, 그리고 무엇을 망치고 있는지 전혀 몰라. 발정 난 어린 계집애처럼 제임스 홀던과 사랑의 도피를 하기 전에 먼저 나한테 상의할 용기라도 있었다면 좋았을 텐데. 솔직히 말해서, 자네가 지금까지 UN에서 쌓아온 신뢰를 이보다 더 잘 무너뜨릴 방법이 있기나 한지 모르겠군.

자네를 관세음호에 태워 보낸 건 사태가 시끄러워질 거라는 걸 예측했기 때문이야. 그래, 하지만 결국 그렇게 되고 말았군. 하지만 그 중심에 자네가 있고, 자네는 작금의 상황을 제대로 이해하지 못하고 있어. 자네의 그 이기심 때문에 수백만 명이 목숨을 잃을지도 모른단 말이야. 자네도 그중 한 사람이고, 아르준도 그렇지. 자네의 딸도 마찬가지고. 이게 다 '자네' 때문일세. '자네' 때문에 그들이 위험에 빠진 거라고."

영상 속에서 에린라이트는 얼굴 앞에서 손깍지를 끼고 아랫입술을 지그시 누르고 있었다. 어린애를 꾸지람하는 아버지의 이상적인 모습이었다.

"지금 당장 돌아온다면 어쩌면, 정말로 어쩌면 자네를 구할 수 있을지도 몰라. 자네의 정치 경력을 말하는 게 아니야. 그건 이제 완전히 끝장났어. 잊어버려. 여기 있는 모든 사람이 자네가 OPA와 화성과 손을 잡았다는 걸 알아. 그들 모두 자네가 우릴 배신했다고 믿고 있고, 난 그걸 되돌릴 능력은 없어. 자네의 목숨과 가족. 그 정도가 내가 구할 수 있는 최선이야. 하지만 자네가 시작한 이 서커스 놀음을 때려치워야 해. 그것도 지금 당장 말이야.

시간이 없어, 크리스젠. 자네가 중요하게 여기는 모든 것이 위험천만한 상태에 있고, 자네가 스스로 돕지 않는다면 난 아무 도움도 줄 수가 없어. 이번에는 불가능해.

이번이 마지막 기회야. 지금 내 말을 무시하면 다음번에 이야기를 나눌 때는 누군가 죽어 있을 거야."

그것이 끝이었다. 아바사랄라는 메시지를 다시 돌려보았다. 그런 다음 세 번째로 돌려 보았다. 그녀의 얼굴에 먹잇감을 앞둔 맹수의 미소가 떠올랐다.

바비는 관제실에서 조종사인 알렉스와 함께 있었다. 아바사랄라가 관제실에 들어가자 두 사람이 대화를 중단했다. 바비가 의아한 표정으로 쳐다보았다. 아바사랄라는 아무 말 없이 손가락만 하나 세워 보인 다음, 함선 모니터에 자신의 비디오 피드를 연결했다. 에린라이트가 모습을 드러냈다. 커다란 화면으로 보니 땀구멍과 눈썹 한 가닥까지 선명하게 보였다. 에린라이트가 말을 시작하자 알렉스와 바비의 얼굴은 진지해졌고, 거금이 걸린 포커 테이블에 앉아 있는 것처럼 화면으로 들어갈 듯이 상체를 바짝 기울였다.

"이렇게 됐군요." 바비가 운을 뗐다. "이제 어떻게 합니까?"

"장난해? 씨발, 샴페인을 까야지." 아바사랄라가 대답했다. "방금 저 인간이 뭐라고 했는지 알아? 아무것도 없어. 알맹이가 없다고. 독침 위를 걸어 다니는 것처럼 얼마나 살금살금 말장난을 하고 있는지. 저 인간이 지금 하는 게 뭐야? 협박, 협박뿐이지. 저런 협박은 다 빈 소리야."

"잠깐만요." 알렉스가 말했다. "저게 좋은 징조라는 겁니까?"

"끝내주지!" 아바사랄라가 말했다. 다음 순간 뭔가 다른 것이, 작고 조그마한 것이 그녀의 마음 한편에 불쑥 떠올랐고 그녀는 너털웃음을 터트림과 동시에 욕지거리를 퍼붓고 말았다.

"왜요? 뭔데 그럽니까?"

"'삶이 죽음을 초월한다면 나는 그곳에서 그대를 찾으리. 그렇지 않더라도 여전히….'" 아바사랄라가 말했다. "염병 하이쿠였잖아. 하여간 한 가지밖에 모르고 그 생각밖에 안 하는 남자라니까. 시라니. 제발 날 시에서 구해줘."

그들은 이해하지 못했다. 하지만 상관없었다. 진짜 메시지는 5시간 후에 도착했다. UN 사무총장 에스테반 소렌토-길리스가 공영 피드를 통해 발표한 것이었다. 그 노인네는 엄숙하면서도 동시에 명랑하고 활기차 보이는 데 일가견이 있었다. 만약에 그가 인류 역사상 가장 거대한 정부의 수장이 아니었다면 건강음료 모델로 세계를 장악했을지도 모른다.

로시난테 호의 모든 승무원과 승객들이 한자리에 모였다. 에이모스, 나오미, 홀던, 알렉스, 그리고 프락스까지. 여러 명이 관제실에 비좁게 끼어 앉아 있는 탓에 어지러이 섞인 호흡이 공기 재생기를 과부하시킬 정도였고 갑판 안은 열기로 후끈했다. 모든 눈이

261

화면에 집중됐다. 사무총장이 연단에 섰다.

"오늘, 저는 조사위원회의 즉각적인 출범을 알리기 위해 이 자리에 섰습니다. UN 정부와 군 조직 내 일부 개인들이 공적 인가 없이 특정 민간업자와 계약을 맺고 나아가 불법 행위를 저질렀다는 주장이 제기되었기 때문입니다. 만일 이러한 고발 내용이 사실로 밝혀지면 관련 인사들은 적절한 처벌과 조치를 받게 될 것입니다. 한편 그러한 비난이 사실무근으로 밝혀진다면 그들은 누명을 벗고 거짓을 퍼트린 자들은 합당한 책임을 져야 할 것입니다.

이 자리에서 제가 과거 긴 시간 동안 정치범으로 수감되어 있었다는 사실을 상기시킬 필요는 없겠지요."

"이런, 씨발." 아바사랄라가 신이 나서 손뼉을 쳤다. "저 인간 가차 없는 말투 좀 보게. 똥구멍까지 완전히 꽉꽉 막혀서 뭐 다른 걸 찔러 넣을 틈도 없겠어."

"저는 사무총장으로 재임하는 동안 늘 부정부패를 말소하기 위해 노력해 왔고, 제가 이 의사봉을 가진 한에는 절대로 멈추지 않을 것입니다. 지구 국민과 우리의 태양계 주민 여러분 모두에게 UN이 인류를 하나로 묶어주는 도덕과 윤리, 그리고 영적인 가치를 존중한다는 사실을 분명히 확신시켜드릴 것입니다."

에스테반 소렌토-길리스가 마지막으로 고개를 끄덕이고 몸을 돌려 요란한 질문 세례 속을 빠져나가자, 그가 사라진 공간 속에 한 무더기의 평론가들이 나타나 온갖 정치적 견해를 쏟아 내기 시작했다.

"흠." 홀던이 말했다. "그러니까 방금 저 사람이 뭐라고 하긴 한 겁니까?"

"에린라이트가 끝장났다고 선언했지." 아바사랄라가 말했다. "에린라이트한테 아직 영향력이라는 게 남아 있었다면 이번 회견은 하지도 못했을 테니까. 이런 씨발, 내가 저기 있었어야 하는 건데."

이제 에린라이트는 명단에서 지워졌다. 남은 것은 응우옌 제독과 마오, 스트릭랜드인지 뭔지 하는 작자와 그들이 반쯤 통제하고 있는 프로토분자 병사들, 그리고 금성에서 세를 불리고 있는 정체 모를 위협이었다. 아바사랄라는 목구멍과 콧구멍 뒤로 숨을 길게 들이마셨다.

"신사 숙녀 여러분." 그녀가 말했다. "방금 제일 사소한 문제를 해결하는 데 성공했어."

46
바비

바비에게 있는 가장 선명한 기억 중 하나는 제2 해병대 원정군 특전 훈련소에 신고하라는 명령을 받았던 때다. 포스리콘. 화성 지상군의 최고봉. 바비는 신병 훈련소에서 포스리콘 출신 부사관에게서 훈련을 받았다. 붉은색 강화복을 입은 그는 다양한 전술 상황에서 그것을 자유자재로 사용하는 시범을 보였고, 훈련소에서 가장 훌륭한 성적을 거둔 네 명을 선출해 헤카테스 톨루스에 있는 특전 훈련소로 보낼 것이라고 말했다. 선출된 이들은 강화복 훈련을 받고 태양계에서 가장 강한 전투부대에 배치될 것이다.

바비는 반드시 그 네 명 중 한 명이 되고 말겠다고 결심했다.

바비는 자신의 모든 것을 바쳤다. 정말이지 많은 것을 투자했다. 그녀는 네 명 안에 들었을 뿐만 아니라 2위와 상당한 차이를 벌려 수석을 차지했다. 그랬더니 통지가 날아왔다. '포스리콘 훈련을 위해 헤카테 기지에 출두할 것.' 노력을 들인 보람이 있었다. 바비는 아버지에게 전화를 걸어 2분 내내 비명을 질렀다. 마침내 흥분을 가라앉히고 아버지에게 무슨 일로 전화했는지 설명하자 이번에는 아버지가 바비보다 더 길게 기쁨의 비명을 질렀다. '넌 최고 중의 최고가 된 거다, 얘야.' 아버지는 끝으로 이렇게 말했고, 아버지의 따스한 격려는 영원히 그녀의 가슴속에 새겨졌다.

심지어 지금처럼 탈취한 화성 전투선의 지저분한 기계제작실 회색 바닥 위에 앉아 있을 때도, 동료들의 몸뚱이가 갈가리 찢겨 가니메데의 얼어붙은 지면 위에 흩뿌려졌을 때도, 그녀가 군 조직 내에서 방황하며 조국에 대한 충성심을 의심받을 때조차도, 아버지의 '넌 최고 중의 최고가 된 거다, 얘야'라는 말은 언제나 바비를 미소 짓게 했다. 지금이라도 아버지에게 전화를 걸어 그동안 무슨 일이 있었는지 죄다 털어놓고 싶은 마음이 간절했다. 두 모녀는 늘 가까운 사이였고, 두 남자 형제가 아버지의 뒤를 이어 군에 입대하기를 거부했을 때도 바비만은 기꺼이 그 길을 따랐다. 그리고 바비의 선택은 부녀를 더욱 끈끈한 관계로 만들어주었다. 아버지라면 바비가 동료들의 복수를 위해 어째서 그동안 신성하게 여겼던 것들을 모두 팽개치고 모든 것을 희생하려 드는지 이해할 것이다.

바비는 다시는 아버지를 보지 못할 것이라는 예감이 들었다.

설령 그들이 UN 병력의 절반에 달하는 함대에 쫓기며 무사히 목성에 도달하더라도, 그 후에 응우옌 제독과 그가 지휘하는 열 척 이상의 함대 포격에 공중분해 되지 않더라도, 그리고 로시난테 호가 이오 궤도에서 진행 중인 음모를 가로막고 살아남더라도, 그런 후에도 홀던은 이오에 착륙해 프락스의 딸을 구한다고 계획하고 있었다.

괴물은 거기 있을 것이다.

그것만큼은 절대로 확신할 수 있다. 바비는 매일 밤 놈과 대적하는 꿈을 꿨다. 그녀를 쏘아보는 새파랗게 번득이는 둥그런 눈, 몇 달 전 가니메데에서 시작한 일을 끝마치고 싶어 안달 난 꿈지락거리는 손가락. 꿈속에서 바비는 그녀의 팔에서 자라난 육중한 총을 들어 올려 쏜살같이 달려드는 놈을 향해 길게 갈긴다. 물처럼 금세 닫혀 버린 총알구멍에서 검은 거미줄처럼 가느다란 필라멘트가 뿜어 나와 허공에서 춤을 춘다. 바비는 항상 놈의 손이 그녀에게 닿기 전에 눈을 떴지만, 그 꿈이 어떻게 끝날지 알고 있었다. 끝은 늘 얼음 위에서 차갑게 식어가는 자신의 시신이 될 것이다. 또 바비는 홀던이 이오에 있다는 연구실에 팀원들을 내려보낼 때 자신이 그들과 동행하리라는 것도 알고 있었다. 그녀의 꿈은 현실이 될 것이다. 바비는 알았다. 그녀에 대한 부친의 사랑만큼이나 확고하게 알았다. 그녀는 기꺼이 현실을 수용할 것이다.

바비의 주변 바닥에는 강화복 부품들이 널려 있었다. 이오에 도착하기까지는 몇 주일이 걸렸고, 그동안 강화복을 완전히 분해했다가 다시 조립할 시간은 넘쳐 났다. 로시난테 호의 기계제작실은 장비가 아주 잘 갖춰져 있는 데다가 전부 화성제였다. 그곳은 완벽했다. 슈트는 굳이 정비할 필요도 없었고 배에서 여러 용도로 유용하게 사용되고 있었지만, 솔직히 관심을 돌릴 곳이 있다는 것만으로도 축복이었다. 화성군 포스리콘 강화복은 굉장히 복잡한 기계이며 섬세하고 사용자에게 예민하게 맞춰져 있다. 따라서 슈트의 분해와 재조립은 절대로 간단한 일이 아닐뿐더러 극도의 집중력이 필요했다. 강화복에 몰두할 동안만큼은 이오에서 그녀를 죽일 괴물이 기다리고 있다는 사실을 잊어버릴 수 있었다.

그러나 애석하게도 이제는 그런 시간도 끝나 버렸다. 바비는 강화복을 완벽하게 정비했다. 심지어 무릎 관절에서 유압유가 새던 원인인 밸브의 미세한 실금도 찾아냈다. 이제는 슈트를 다시 하나로 조립할 시간이었다. 그것은 일종의 의식과도 같았다. 죽음을 맞이할 전투를 앞둔 최후의 단계였다.

'구로사와 영화를 너무 많이 봤나.' 바비는 속으로 생각했다. 하지만 그런 생각을 떨쳐 버릴 수가 없었다. 아마 비애와 자살 충동을 명예와 고귀한 희생으로 승화하는 가장 그럴싸한 방법이기 때문일 것이다.

바비는 강화복의 몸통 부위를 집어 들어 젖은 천으로 먼지와 기름을 닦아 냈다. 금속과 윤활유 냄새가 코를 찔렀다. 붉은 에나멜 칠 위에 무수한 흠집과 긁힌 자국이 나 있는 외부 방탄판을 프레임에 끼워 넣었다. 그녀는 슈트를 조립하는 것을 일종의 경건한 의식으로 바꾸고픈 충동을 더 이상 거부하지 않고 그 일에 몸을 맡겼다. 바비는 자신의 수의를 조립하고 있었다. 최후의 전투가 어떻게 끝나든 이 세라믹과 고무와 합금 덩어리는 그녀가 영원한 휴식을 취할 보금자리가 될 것이다.

몸통 부위를 뒤집어 뒤쪽을 닦기 시작했다. 에나멜 위로 길게 파인 흠은 괴물이 바비의 눈앞에서 자폭했을 때 그녀가 얼마나 격렬하게 가니메데의 얼음 위로 패대기쳐졌는지를 보여주는 증거였다. 바비는 렌치를 집었다가 내려놓고 손가락 마디로 방탄판을 초조하게 두드렸다.

왜 그랬을까?

왜 놈은 하필 그 순간에 자폭했을까? 바비는 놈의 몸뚱이가 변형을 일으킨 순간을, 새로운 팔다리가 솟아나던 장면을 기억하고 있었다. 프락스의 이론이 옳다면 그것은 마오의 과학자들이 주입한 유전자 제어 프로그램이 실패한 순간일 것이다. 그들은 괴물이 통제 불능이 될 경우를 대비해 폭탄을 설치했다. 그렇다면 여기서 또 다른 의문이 생긴다. 어째서 하필 그 순간에 통제가 실패한 것일까? 프락스는 신체의 재생성 과정 중에 제어 프로그램이 실패하기 쉽다고 말했다. 바비의 해병 분대는 놈이 경계선을 넘어올 때 일제사격을 가했다. 당시에는 상처를 입은 것 같지 않았지만, 각각의 총상은 그것이 치유될 때 세포든 뭐든 신체 구성 물질의 활동이 급증해야 한다는 것을 뜻한다. 다시 말해 모든 상처가 새로운 세포가 성장하고 목줄에서 풀려나는 기회가 되는 것이다.

어쩌면 그것이 해답인지도 모른다. '놈을 죽이려 하지 마. 그저 놈의 프로그램이 무너질 만큼 상처를 입혀서 자폭 기능이 발동되는 걸 노려.' 게다가 바비는 살겠다고 몸을 사릴 필요도 없다. 그저 되는대로 상처를 입히며 놈의 자가 치유 능력이 폭주할 때까지만 버티면 된다. 바비에게 필요한 것은 놈에게 심각한 피해를 줄 수 있는 충분한 시간뿐이었다.

바비는 방금까지 닦고 있던 장갑판을 내려놓고 헬멧을 집어 들었다. 슈트의 메모리에는 아직도 첫 전투의 영상이 담겨 있다. 바비는 아바사랄라가 로시난테 호의 승무원들에게 그것을 보여줄 때 함께 보지 않았다. 볼 수가 없었다.

바비는 바닥에서 일어나 벽 통신 패널을 두드렸다. "어이, 나오미? 지금 관제실에 있어?"

"어." 잠시 후 나오미가 대답했다. "뭐 필요한 거라도 있어, 중사?"

"혹시 로시난테 호의 시스템과 내 헬멧을 연결해 줄 수 있을까? 무선은 켜져 있는데 슈트가 민간 시스템을 거부하고 있어. 이건 화성군 함선이니까 로시난테 호라면 필요한 키나 암호를 갖고 있을 것 같아서 말이야."

반대쪽 선에서 한참 동안 정적이 이어지자 바비는 벽면 패널에서 가장 가까운 작업대에 헬멧을 내려놓고 잠자코 기다렸다.

"지금 로시난테 호가 호출 중인 무선 노드를 보는 중인데, 'MCR MR 골리앗 III 24397A15' 맞아?"

"응, 그게 나야." 바비가 대답했다. "그 노드의 제어 장치를 기계제작실로 있는 패널로 보내 줄 수 있어?"

"했어." 잠시 후에 나오미가 말했다.

"고마워." 바비는 통신을 껐다. 화성군 영상 소프트웨어에 다시 익숙해지는 데 시간이 걸렸다. 시스템에 구식 데이터 압축해제 알고리즘을 사용하라고 설득하는 데에도 애를 좀 먹었다. 몇 번의 시행착오 끝에 총구 카메라에 내장된 가니메데 전투 원본 영상을 재생하는 데 성공했다. 바비는 영상을 무한반복으로 설정한 다음, 슈트가 놓여 있는 바닥에 편히 앉았다.

후면 장갑을 조립하는 것을 끝내고, 영상이 재생되는 동안 몸통에 동력 공급 장치를 붙이고 주 유압장치를 연결하기 시작했다. 바비는 화면 속 이미지를 보면서 감정에 북받치지 않으려고 애썼다. 유심히 들여다보거나 반드시 풀어야 할 퍼즐로도 생각하지 않으려 했다. 그저 슈트를 조립하는 손놀림에만 집중하면서 무의식이 화면 속 데이터를 검토하게 내버려 두었다.

집중이 잘 되지 않아 종종 똑같은 과정을 되풀이해야 하기도 했지만 그래도 상관없었다. 제한 시간 같은 게 없었으니까. 동력 공급 장치와 메인 모터 설치가 끝났다. 슈트의 두뇌에 핸드터미널을 연결하자 녹색등이 켜졌다. 헬멧 옆에 있는 벽면 모니터에서는 연합군 병사들이 그녀를 향해 달려오고 있었다. 그녀가 재빨리 몸을 피하자 화면이 흔들리며 일그러졌다. 영상이 다시 선명하게 돌아왔을 즈음에는 UN 해병대 두 명과 그녀의 친구인 테브 힐먼이 죽어 있었다.

팔 부위를 집어 들어 몸통에 연결하기 시작했다. 괴물이 바비의 것과 비슷한 강화복을 두른 병사를 번쩍 들어 올리더니 무시무시한 힘으로 집어 던져 즉사시켰다. 저런 괴력은 피하는 것 말고는 도리가 없다. 바비는 다시 팔을 조립하는 데 집중했다.

한참 뒤에 고개를 들고 화면을 쳐다보았을 때는 영상이 첫 장면부터 다시 재생되고 있었다. 괴물이 쏜살같은 속도로 얼음 위를 내달리며 연합군 병사들을 추격했다. 연합군 병사 하나가 죽었다. 영상 속의 바비가 사격을 시작하자 소대 전체가 포화를 열었다.

놈은 빨랐다. 그러나 연합군 병사들이 돌연 방향을 바꿔 화성군에 사선을 터 주었을 때는 잽싸게 대응하지 못했다. 그러므로 놈은 직선 질주에서는 유리할지 몰라도 측면 기동에서는 떨어질지 모른다. 이 점은 유용할 수도 있겠다. 영상은 다시 놈이 연합군 병사를 힐먼 이병에게 내던지는 장면으로 돌아갔다. 놈은 속도는 느려지지 않아도 총알과 부상에는 분명히 반응했다. 바비는 로시난테호의 화물실에서 홀던과 에이모스가 두 번째 괴물과 대치하던 영상을 떠올렸다. 놈은 처음에는 그들을 무시했지만, 에이모스가 총을 발사하자 돌연 폭력적으로 돌변했다.

하지만 첫 번째 괴물은 UN 기지를 공격했다. 그러므로 적어도 어느 한도 내에서는 명령에 따른다는 의미이리라. 그러다 지령에서 풀려나면 성장 에너지를 얻고 제어 프로그램에서 벗어나려는 기본 모드로 돌아가는 것이다. 그 상태가 되면 먹이와 폭력을 제외한 어떤 것에도 반응하지 않는다. 다음번에 놈들을 맞닥뜨리게 되면, 특히 그녀를 공격하라는 명령을 받지 않은 상태라면 의도적으로 그녀에게 유리한 환경을 골라 놈들을 유인할 수 있을지도 모른다. 이 또한 유용한 작전이 될 수 있을 것 같았다.

바비는 팔의 연결을 끝마치고 움직임을 시험해 보았다. 제어판은 모두 녹색이었다. 어느 편을 위해 일하고 있는지는 아리송해도 적어도 자기 일을 어떻게 하는지 만큼은 아직 잊어버리지 않았다.

영상 속에서 괴물이 커다란 요짐보에 달려들어 조종석 해치를 뜯어냈다. 조종사인 사이드가 딸려 나왔다. 놈이 사이드의 사지를 찢고 다시 패대기친다. 이해가 간다. 엄청난 괴력과 치유력을 갖고 있다면 적에게 정면으로 돌진해 두 동강 내는 것은 꽤 유효한 전략이다. 무거운 물체를 무시무시한 속도로 집어 던지는 것은 놈의 괴력과 관계가 있다. 운동에너지는 골칫거리다. 강화복은 총알이나 레이저를 빗겨낼 수 있고 충격도 어느 정도 흡수할 수 있지만, 고속으로 움직이는 고중량의 물체가 만들어내는 저런 운동에너지는 당해낼 수가 없다. 적어도 사람이 입는 장비는 전부 그렇다. 무게와 강도만 확실하면 차라리 총보다 쓰레기처리 차량으로 밀어버리는 편이 훨씬 효과적일 것이다.

그러므로 괴물의 경우에는 적에게 곧장 빠른 속도로 돌진해 그 손으로 붙잡기만 하면 게임이 끝난다. 사정이 여의치 못할 때는 무거운 물체를 집어 던지면 그만이다. 화물실에 밀항했던 놈은 홀던에게 무거운 상자를 던져 뭉개 죽일 뻔했다. 불행히도 바비의 강화복은 놈과 비슷한 제약을 갖고 있었다. 언제든 원하는 대로 신속하게 움직일 수 있지만, 놈과 마찬가지로 측면 기동에서는 기동성이 떨어진다. 원래 속도가 빠른 것들은 대개가 그렇다. 치타와 말은 보통 옆으로 달리지 않는다. 강화복을 걸친 바비는 크고 강력하긴 해도 그 괴물에 비할 정도는 아니다. 화기를 활용할 수 있다는 점에서 최대한 거리를 벌린 채 총질을 하며 피해 다닌다면 우위에 설수도 있었다. 놈은 한 자리에 멈춰 서지 않는 한 바비에게 뭔가를 집어 던질 수가 없으니까. 믿기지 않을 정도로 힘이 세지만 놈이 집어 던질 수 있는 중량에는 한계가 있고, 뉴턴이라면 가벼운 물체가 무거운 물체를 내던지려고 하면 무슨 일이 생기는지 꽤 많은 것을 알려줄 수 있을 것이다.

강화복 조립이 끝났을 즈음 바비는 영상을 백 번 이상 돌려본 상태였고 놈과 어떻게 맞서 싸울 것인지 대충 머릿속에서 형태가 조금씩 갖춰져 가고 있었다. 바비는 맨손 격투 훈련 시간에 대다수의 훈련생을 쉽게 제압했지만, 몸집이 작고 잽싸며 치고 빠지기에 능숙한 상대는 항상 성가셨다. 이번에는 바비가 그 역할을 할 차례다. 쉬지 않고 치고 빠지기. 이 전술을 쓴다 해도 그녀에겐 많은 행운이 필요할 것이다. 왜냐하면 바비는 이제까지 같은 체급밖에 상대한 경험이 없었고, 괴물이 그녀를 한 방이라도 명중시킨다면 그대로 KO당하고 말 테니까.

또 하나 바비에게 유리한 점이 있다면, 굳이 이길 필요가 없다는 것이었다. 그저 놈이 자폭할 때까지 계속해서 상처를 입히기만 하면 된다. 새로이 탄생한 슈트에 몸을 밀어 넣고 최종 점검을 시작했을 때, 바비는 자신이 그렇게 할 수 있다고 확신했다.

결전을 앞두고 마음의 평온을 찾았으니 드디어 잠을 이룰 수 있다고 생각했는데, 세 시간이나 뒤척인 끝에 결국은 체념하고 일어날 수밖에 없었다. 두개골 안쪽이 간지러운 느낌이었다. '무사도' 정신으로 무장하려고 해도 바비는 아직 버릴 수 없는 것이 너무 많았다. 뭔가가 그녀를 붙잡고 놓아주지 않았다.

그래서 바비는 관세음호에서 훔쳐 온 푹신하고 낙낙한 목욕 가운을 입고 사다리 리프트를 타고 관제실로 올라갔다. 한밤중이라 갑판은 텅 비어 있었다. 홀던과 나오미는 선실에 함께 있을 테지. 문득 바비는 다른 사람과의 접촉이 그리워졌다. 이 불확실한 세상에서 단단히 매달릴 수 있는 뭔가가 필요했다. 아바사랄라는 아마 선실에서 지구에 있는 사람들에게 메시지를 보내고 있을 것이다. 알렉스는 자고 있을 텐데 순간 그를 깨울까 하는 생각도 들었다. 바비는 그 사람 좋고 서글서글한 조종사가 마음에 들었다. 그는 바비가 임무에서 해제된 뒤로 한동안 보지 못한 솔직하고 진실한 태도를 갖고 있었다. 하지만 바비는 새벽 세시에 목욕 가운을 입고, 자는 남자를 깨우는 것은 잘못된 신호를 줄 수 있다는 것을 알고 있었다. 그녀는 이야기를 나누고 싶을 뿐이라고 일일이 설명하기가 귀찮아 승무원 구역을 그냥 지나쳤다.

당직인 에이모스가 관제 스테이션 앞에 앉아 등을 보이고 있었다. 바비는 그를 놀라게 하지 않으려고 헛기침을 했다. 에이모스가 꼼짝도 하지 않아 옆으로 돌아가 보니 눈은 감겨 있고 규칙적인 숨소리를 내고 있었다. 당직 중에 졸면 선장에게 징계를 받을 텐데. 적어도 MCRN 함선에서는 그랬다. 홀던은 해군에서 제대한 이후로는 군기를 별로 빠릿빠릿하게 잡지 않는 모양이다.

바비는 통신을 열고 가장 가까운 좁은광선 중계 트래픽을 찾았다. 가장 먼저 아버지에게 연락했다. "아빠, 저예요. 제 연락에 답장하실 수 있을지 모르겠어요. 지금 여기는 한 치 앞도 안 보이는 상황인데 그마저 쉴 새 없이 변하고 있어요. 앞으로 며칠간 별별 황당한 소리를 듣게 되실 텐데요. 그중에 저에 관한 이야기도 있을 거예요. 그저 제가 가족들을 사랑하고, 화성을 사랑한다는 것만 알아주세요. 이제까지 제가 한 일은 전부 우리 가족과 고향을 지키기 위해서 한 거예요. 중간에 잠시 길을 잃기도 했지만, 워낙 복잡한 사건이라 진상을 알아내기가 어려웠거든요. 하지만 지금은 제가 가야 할 길을 발견했고, 그 길을 따라가려고 해요. 아빠, 사랑해요. 오빠들한테는 멍청이들이라고 전해 주시고요." 녹화를 끄기 직전, 바비는 손을 내밀어 화면을 어루만졌다. "안녕, 아빠."

전송 버튼을 눌렀지만, 아직도 뭔가 허전하게 느껴졌다. 바비의 가족 외에 지난 세 달간 그녀에게 도움을 주려 했던 이들은 전부 이 우주선에 타고 있으니 그럴 리가 없을 텐데. 아니, 그녀의 예감이 옳았다. 왜냐하면 그들 '전부'가 이 우주선에 타고 있는 것은 아니었으니까.

바비는 기억 속에서 번호 하나를 끄집어냈다. "안녕하십니까, 마르텐스 대령님. 접니다. 이제야 대령님께서 제게 무엇을 알려주려 했는지 알 것 같습니다. 그때 전 준비되어 있지 않았고, 그래서 문제를 해결할 수가 없었지요. 하지만 대령님께서는 시간 낭비를 하지 않으셨습니다. 이제는 저도 알고 있으니까요. 전 그 일이 제 잘못이 아니라는 걸 압니다. 제가 그저 잘못된 시간, 잘못된 장소에 있었을 뿐이라는 것도 압니다. 그걸 '이해하고 있기 때문에' 저는 다시 처음으로 돌아가려고 합니다. 화가 나기 때문도 아니고, 마음의 상처 때문에, 혹은 자책감 때문도 아닙니다. 다만 싸움을 끝내는 것이 제 임무이기 때문입니다."

전송 버튼을 누르고 나니 그동안 가슴에 얹혀 있던 무겁고 갑갑한 덩어리가 스르르 녹아 사라지는 것 같았다. 속세의 모든 인연을 깔끔하게 정리했으니 이제 이오로 날아가 아무 미련도 없이 해야 할 일을 할 수 있게 되었다. 바비는 길게 한숨을 내쉬고 거의 눕다시피 충격 흡수 소파에 몸을 미끄러뜨렸다. 갑자기 온몸의 뼈들이 노곤하게 느껴졌다. 한 일주일은 줄곧 잘 수 있을 것 같았다. 리프트로 돌아가지 않고 여기 관제실에서 잠을 자도 누가 뭐라고 하지 않을지 궁금했다.

언제 깜박 잠이 들었는지는 몰라도 눈을 떠 보니 통신 스테이션 앞의 충격 흡수 소파였다. 머리 옆에 작은 침 웅덩이가 고여 있었다. 다행히도 목욕 가운이 대부분 있어야 할 자리에 얌전히 있는 걸 보니 적어도 지나가는 사람들에게 알몸을 내보이진 않은 모양이었다.

"중사?" 홀던이 이미 여러 번 말을 걸었던 투로 불렀다. 그는 바비의 머리맡에서 걱정스러운 눈길로 내려다보고 있었다.

"음, 미안, 미안합니다." 바비가 말했다. 그녀는 소파에서 일어나며 허리끈을 바짝 당겨 묶었다. "간밤에 메시지를 보내느라고요.

생각보다 피곤했던 모양입니다."

"그렇군." 홀던이 말했다. "걱정하지 마. 자고 싶은 데서 자도 되니까."

"예." 바비는 승무원용 사다리 쪽으로 걷기 시작했다. "그럼 난 내려가서 샤워하고 다시 사람다운 꼴로 돌아오겠습니다."

홀던이 묘한 미소를 띤 채 고개를 끄덕였다. "그래. 옷 갈아입고 나서 기계제작실에서 나 좀 보지."

"알겠습니다." 바비는 사다리를 타고 밑으로 쑥 사라졌다.

바비는 길고 산뜻한 샤워를 마치고 붉은색과 회색의 깨끗한 군복으로 갈아입은 뒤, 주방에서 커피 한 잔을 따라 기계제작실로 갔다. 홀던은 벌써 와 있었다. 작업대 위에는 기타 케이스 같은 상자가 놓여 있고 그 아래 바닥에는 더 큰 네모난 상자가 있었다. 바비가 들어가자 홀던이 작업대 위의 케이스를 톡톡 건드렸다. "이걸 중사에게 주려고 불렀어. 승선할 때 보니까 이게 없는 것 같더군."

바비는 잠깐 망설이다가 가까이 다가가 뚜껑을 열어젖혔다. 케이스 안에는 화성 해병대의 선더볼트 마크 V용 2밀리 전동 3총열 개틀링건이 들어 있었다. 반짝반짝한 신품으로 그녀의 슈트와 호환이 완벽히 가능한 물건이었다.

"이거 끝내주네." 바비가 숨을 몰아쉬며 말했다. "하지만 탄약이 없으면 몽둥이나 마찬가지인데요."

홀던이 바닥에 놓여 있는 궤짝을 발로 툭 찼다. "2밀리 무탄피탄이야. 끝에 소이 처리를 했고."

"소이탄이라고요?"

"깜박했는지 모르지만 나도 그놈을 상대해 봤어. 철갑탄은 별

276

쓸모가 없지. 하지만 연구실에서 놈들의 몸 안에 소이탄을 심어놨잖아. 그러니까 녀석들이 불에는 면역력이 없을 것 같아서."

바비는 케이스에서 중화기를 꺼내 갓 조립한 슈트 옆에 내려놓았다.

"암요. 완전, 그렇고말고요."

47
홀던

　홀던은 관제실 전투통제 콘솔에 앉아 인류 멸망의 전조가 모여
드는 것을 지켜보았다. 아바사랄라가 모두에게 '우리 편'이라고 설
득하는 데 성공한 사우더 제독이 작지만 점점 덩치가 불고 있는 화
성 함대에 합류했다. 이오 궤도에서는 응우옌 제독 휘하의 함선 열
두 대가 그들을 기다리고 있었다. 토성과 소행성대에서도 다른 화
성 및 UN 소속 군함들이 날아오는 중이었다. 모든 병력이 모일 즈
음이면 주력함은 대략 서른다섯 대, 그리고 그보다 작은 전투요격
선과 로시난테 호 같은 코르벳함도 한 열두 대쯤 전투 지역에 집
결하게 될 것이다.
　서른다섯 대의 주력함. 홀던은 이제까지 이 정도 규모의 함대가
한자리에 모인 적이 있는지 기억을 더듬어 봤다. 없는 것 같았다.
응우옌 제독과 사우더 제독의 기함까지 포함하면 트루먼급 UN 드
레드노트가 네 대나 되고 화성의 도나저급 전함도 세 대나 되는데
그중 한 대만 있어도 행성 하나 정도는 쑥대밭으로 만들 수 있다.

함대의 나머지는 순양함과 구축함으로 구성돼 있었다. 전함만큼 공격력이 뛰어나지는 않아도 로시난테 호 정도는 한 방에 날려버릴 수 있다. 솔직히 말하자면 홀던이 가장 우려하는 부분도 그 점이었다.

숫자로만 따지자면 전력은 이쪽이 우세하다. 사우더 제독과 화성군이 합류함에 따라 연합 함대의 규모는 응우옌 제독 함대를 2대 1로 압도하게 되었다. 하지만 얼마나 많은 지구 군함이 제독 하나와 망명 중인 정치가의 말만 믿고 아군인 지구 함선을 향해 망설임 없이 살상무기를 발포할 것인가. 막상 전투가 시작되고 나면 많은 UN 함선이 이유를 알 수 없는 통신 장애를 호소하며 전황을 방관할 확률이 높았다. 심지어 최악의 경우는 따로 있었다. 화성군이 지구군을 공격하는 것을 본 사우더 제독의 함대 중 많은 수가 상대편으로 돌아설지도 모른다. 결국 서로가 서로에게 총부리를 겨눈 채 누구를 신뢰해야 할지 아무도 알 수 없는 상황이 될 수도 있다.

그렇게 된다면 결과는 피바다다.

"우리 쪽 병력이 두 배야." 아바사랄라가 이제는 그녀의 지정석이 된 통신실에서 말했다. 홀던은 큰 소리로 반박하려다 곧 마음을 고쳐먹었다. 어차피 소용없다. 아바사랄라는 그녀가 믿고 싶은 것만 믿는다. 그녀는 지금껏 자신이 지대한 노력을 기울인 보람이 있었고, 함대가 도착해 그 응우옌 제독이라는 머저리가 압도적인 전력 앞에 항복함으로써 그 보답을 얻게 될 것이라고 믿고 싶어 했다. 그러나 아바사랄라의 바람은 홀던의 바람만큼이나 순진한 환상에 불과했다. 실제로 결판이 나기 전까지는 아무도 모르는 법이다.

"얼마나 남았지?" 아바사랄라가 차를 대신해 마시기 시작한 연한 커피 튜브를 홀짝이며 말했다.

홀던은 로시난테 호에 있는 어느 콘솔에서든 항해 정보를 볼 수 있다고 말할까 했지만, 이번에도 역시 입을 다물었다. 아바사랄라는 정보를 찾을 방법을 알려주길 바라는 것이 아니다. 그녀는 그가 직접 말해주길 바랐다. 아바사랄라는 버튼을 직접 누르는 데 익숙한 사람이 아니었다. 아바사랄라의 머릿속에서 그녀는 아직 홀던보다 높은 사람이었다. 홀던은 이런 상황에서는 명령 체계가 어떻게 되는지 진심으로 궁금해졌다. 오명을 입은 UN 각료 한 사람과 동등한 대접을 받으려면 훔친 우주선의 자칭 선장이 몇 명이나 필요할 것인가? 법적 논쟁에 수십 년은 걸릴 매우 어려운 문제다.

한편으로는 홀던이 아바사랄라를 지나치게 삐딱하게 보고 있는 것도 사실이었다. 그녀가 그에게 지시를 내렸기 때문이 아니다. 그녀가 적절한 훈련 한 번 받은 적 없는 낯선 상황에서 가장 쓸모없는 존재인 주제에 주도권을 쥐려 하기 때문이다. 주변 환경을 자기 자신의 이미지에 맞춰 바꾸려 하기 때문이다.

아니면 그냥 누군가의 목소리를 듣고 싶어서 저러는 것일 수도 있겠지.

"열여덟 시간 남았습니다." 홀던이 대답했다. "우리 편이 아닌 배들은 거기서 우릴 공격할 겁니다. 아니면 전투가 끝날 때까지 숨어 있거나요. 그 경우엔 그냥 무시하면 되겠죠."

"열여덟 시간." 아바사랄라가 말했다. 어딘지 경외감이 서린 목소리였다. "우주란 정말 더럽게 넓어. 항상 뻔하디뻔한 얘기지."

홀던의 예상이 맞았다. 아바사랄라는 그저 이야기를 하고 싶었던 것뿐이다. 그래서 그는 장단을 맞춰 주었다. "무슨 얘기요?"

"제국 말이야. 모든 제국은 힘이 미치지 않는 곳까지 성장하지. 처음에 우린 나무 하나에서 가장 좋은 가지를 두고 다퉜어. 그러다 지상으로 내려온 다음에는 얼마 안 되는 영역을 두고 싸웠고. 그리곤 누군가 말을 타기 시작했고, 그다음엔 수천, 수백만 킬로미터 넓이의 광활한 제국이 세워졌지. 그다음에는 바다 건너로 제국을 확장했고, 엡스타인 드라이브는 우리에게 외행성을 가져다주었고…."

아바사랄라가 말꼬리를 흐리더니 통신 패널에 뭔가를 두드렸다. 그녀는 누구에게 메시지를 보내는지 말하지 않았고 홀던도 묻지 않았다. 아바사랄라가 송신을 끝내고 다시 말을 이었다. "하지만 이야기의 결말은 항상 똑같아. 아무리 훌륭한 기술을 갖고 있어도 어느 시점을 넘어 서면 더 이상은 정복한 영토를 감당할 수 없어."

"외행성을 말하는 겁니까?"

"꼭 그런 건 아니고." 아바사랄라가 부드럽게 대답했다. "난 그 빌어먹을 놈의 제국이라는 개념에 대해 말하고 있는 거야. 영국은 결국 인도도 북아메리카도 유지하지 못했잖아. 6천 킬로미터나 멀리 떨어져 있는 왕의 말에 누가 신경을 쓰겠나?"

홀던은 패널을 두드려 공기순환 노즐이 자기 얼굴을 향하게 조절했다. 시원한 공기에서 희미하게 오존과 기름 냄새가 났다. "항상 보급이 문제죠."

"내 말이! 식민지 주민들과 싸우려고 대서양을 건너 6천 킬로미터나 되는 거리를 힘들게 가 봤자 적에게 홈그라운드라는 이점만 줄 뿐이니까 말이야."

"적어도 우리 지구인은 화성과 전쟁을 벌이기 전에 그걸 알아차렸지 않습니까." 홀던이 말했다. "멀기도 훨씬 멀고, 태양이 방해하기도 했으니까요."

"어떤 이들은 기회가 있었을 때 화성을 먹었어야 했다고 평생 우리를 저주하기도 했지." 아바사랄라가 말했다. "내 상사 중에도 몇명 있었어. 머저리 새끼들."

"전 방금 하신 말씀의 교훈이 결국 그런 사람들은 패배한다는 건 줄 알았는데요."

"진짜 심각한 문제는 그치들이 아니야." 아바사랄라가 의자에서 일어나 승무원 사다리로 걸어가며 말했다. "지금 이 순간에도 금성에서 역사상 최초로 무한대로 성장할 수 있는 제국이 세워지고 있는지 몰라. 그 염병할 프로토분자는 우리 인류가 얼마나 하찮은 우물 안 개구리에 불과한지 알려 줬지. 우린 대나무로 공항을 지어놓으면 화물이 알아서 올 거라는 생각에 태양계 전체를 내줄 뻔했던 거야."

"가서 좀 주무시죠." 홀던이 말했다. 아바사랄라가 사다리 리프트에 올라탔다. "우리는 제국을 한 번에 하나씩 타파할 겁니다."

"어쩌면." 아바사랄라가 아래쪽으로 사라지며 말했다. 그녀의 등 뒤로 해치가 텅 소리를 내며 닫혔다.

"왜 아무도 발포하지 않는 거죠?" 프락스가 물었다. 그는 길 잃은 어린애처럼 관제실까지 나오미를 졸졸 따라왔다. 지금은 충격 흡수 소파에 앉아 걱정과 흥미가 뒤섞인 표정으로 전방 스크린을 주시하고 있었다.

커다란 전술 디스플레이 위에 흩어져 있는 적색 점과 녹색 점은 이오 궤도에 정박하고 있는 주력함 서른다섯 대를 가리켰다. 로시난테 호가 지구함을 녹색, 화성함을 적색으로 표시한 것은 안 그래도 복잡한 상황을 더욱 헷갈리게 했다. 만일 전투가 시작되면 이런 식의 피아 식별법은 상당한 문제가 될 것이다.

지금으로써는 다양한 함선들이 이오 궤도 위에 조용히 떠 있을 뿐, 그들이 행사할지도 모를 위협은 아직 은근한 암시에 그치고 있었다. 홀던은 어렸을 적 동물원에서 봤던 악어 떼를 떠올렸다. 두꺼운 가죽과 커다란 몸통, 날카로운 이빨을 갖고도 마치 동상처럼 눈 하나 깜빡하지 않고 물 위를 고요히 떠다니던 동물. 하지만 울타리 너머로 먹이를 던지면 놈들은 무시무시한 속도로 수면을 박차고 뛰어올랐다.

'수면 위로 피가 번지길 기다리는 거지.'

"이봐요, 박사 양반." 에이모스가 프락스 옆에 있는 충격 흡수 의자에 털썩 앉았다. 그는 홀던이 부러울 정도로 느긋하고 편안해 보였다. "가니메데에서 그 총을 든 사람들을 만났을 때 기억납니까? 아무도 총을 쏘지 않았죠. 당신이 공이치기를 당기기 전까지는요."

프락스의 얼굴에서 핏기가 가셨다. 아마 그 피비린내가 물씬한 광경을 떠올리는 것이리라. "예." 프락스가 말했다. "기억합니다."

"이것도 그거랑 똑같은 겁니다." 에이모스가 말했다. "아직 아무도 총을 빼 들지 않은 상태인 거죠."

프락스가 고개를 끄덕였다. "그렇군요."

그리고 이러한 대치 상황이 무너지면 누가 누구를 쏘고 있는지 알아내는 것이 첫 번째 관건이 될 것이다. "차장보님, 정치권에서는 아직 아무 말도 없습니까? 녹색 점이 이렇게 많은데, 이 중 몇 개가 우리 편인 겁니까?"

아바사랄라는 어깨를 으쓱하고는 함대함 통신에 귀를 기울였다.

"나오미?" 홀던이 말했다. "네 생각은 어때?"

"아직 응우옌 제독 함대는 화성 전함만을 겨냥하고 있습니다." 나오미가 모두 볼 수 있게 주 전술 보드에 함선들을 표시하며 말했다. "화성군 함선들도 맞겨냥 중이고요. 다만 사우더 제독 함대는 어떤 함선도 표적으로 지정하지 않았고, 어뢰 튜브를 열지도 않았습니다. 아직도 평화적인 해결책이 있길 바라는 것 같습니다."

"사우더 제독 함에 타고 있는 정보장교를 한껏 치켜 올려줘." 홀던이 나오미에게 말했다. "그런 다음에 태양계 최악의 개판이 되지 않게 피아식별 데이터를 새로 보내달라고 해."

"예." 나오미가 사우더 제독 함에 연락을 취했다.

"전원 슈트를 잠그도록." 홀던이 말을 이었다. "에이모스, 밑으로 내려가기 전에 다들 헬멧을 제대로 썼는지 점검해 줘. 우리까지 발포할 일이 없으면 좋겠지만 늘 바라는 대로 되지는 않으니까 말이야."

"알겠습니다." 에이모스가 충격 흡수 소파에서 일어나 갑판 위로 자석 부츠를 덜걱거리고 돌아다니며 모두의 헬멧이 밀폐되었는지 점검했다.

"테스트, 테스트, 테스트." 홀던이 전체 회선에 대고 말했다. 선원들이 맡은 자리에서 차례대로 이상 무를 보고했다. 이제 높은 자리에 앉아 있는 사람이 결정을 내릴 때까지 홀던이 할 수 있는 일은 얼마 없었다.

"잠깐만." 아바사랄라가 갑자기 목소리를 높이더니 앞에 놓인 콘솔의 버튼을 눌렀다. 전원의 우주복 무선 통신기에 외부 통신이 수신되기 시작했다.

"…화성을 향해 발사할 것이다. 현재 우리는 치명적인 생물 무기가 장착된 다수의 미사일을 발사할 준비가 되어 있다. 한 시간 안에 이오에서 철수하지 않는다면 그 즉시 화성을 향해 발사할 것이다. 현재 우리는…."

아바사랄라가 채널을 껐다.

"드디어 쓰리썸입니까." 에이모스가 말했다.

"아니." 아바사랄라가 말했다. "저건 응우옌 제독이 시킨 짓이야. 전력이 모자라는 걸 알고는 지상에 있는 마오 친구들한테 우리에게 협박을 가하라고 지시한 거지. 그는…, 이런 젠장."

아바사랄라가 다시 패널을 누르자 이번에는 새로운 목소리가 들렸다. 우아하고 교양 있는 화성 억양의 여성이었다.

"이오, 여기는 화성 의회 공화국 해군의 무한 제독이다. 그쪽이 뭐든 페트병보다 더 큰 것을 발사한다면 우리는 당신네 위성을 통째로 불바다로 만들어주겠다. 내 말 들리는가?"

에이모스가 프락스에게 몸을 기울이고 말했다. "자, 이제 공이 치기를 당긴 겁니다."

프락스가 고개를 끄덕였다. "알 것 같네요."

홀던은 화성 사령관의 목소리에서 노골적으로 으르렁대는 분노의 기색을 느꼈다. "이거 폭발하기 일보 직전인데요."

"여기는 UN 애거서 킹 호의 함장 응우옌 제독이다." 이번에는 또 다른 목소리가 끼어들었다. "사우더 제독은 현재 불법 행위를 저지르고 있으며, 군 지휘 권한이 없는 UN 민간인 각료의 지시에 따르고 있다. 따라서 나는 사우더 제독 휘하에 있는 모든 함선에 즉각 철수할 것을 명령한다. 또한 기함의 함장은 사우더 제독을 반역죄로 체포하고⋯."

"오, 좀 닥치시지." 사우더 제독이 같은 채널로 응수했다. "나는 UN의 예산과 자원을 불법적으로 빼돌린 이오의 생물 무기 개발 비밀 프로젝트와 관련해 진상 조사위원회의 일원으로 여기 파견되었다. 응우옌 제독은 해당 프로젝트에 직접적인 책임이 있으며 위법 행위를 통해⋯."

아바사랄라가 통신을 껐다.

"어, 이거 안 좋은데요." 알렉스가 말했다.

"그러게." 아바사랄라가 말했다. 그녀는 헬멧의 보호유리를 열고 긴 한숨을 내쉬었다. 핸드백에서 피스타치오를 한 알 꺼내더니 손가락으로 부서뜨려 알맹이를 입에 넣고 천천히 씹었다. 그리곤 가까운 재생 쓰레기통에 껍질을 털었다. 무중력 속에서 얇은 속껍질 몇 점이 둥둥 떠다녔다. "아니, 그래도 괜찮을 거야. 이건 다 가식에 불과해. 누구 거시기가 더 큰지 좋알대는 동안에는 아무도 발포하지 않을 테니까."

"하지만 여기서 이렇게 마냥 기다릴 수는 없어요." 프락스가 고개를 흔들며 말했다. 그 앞에서는 에이모스가 공중에 떠서 그의 헬멧을 점검하고 있었다. 프락스가 갑자기 에이모스를 세게 밀치고 일어나는 바람에 소파에서 몸이 튀어 올랐다. 그는 자석 부츠를 작동시킬 생각도 하지 않았다. "만약에 메이가 저 아래 있다면 우리는 가야 합니다. 벌써 위성을 불바다로 만드느니 어쩌니 하고 있

286

잖아요. 정말로 그런 짓을 하기 전에 가서 메이를 구해와야 해요."

프락스가 높고 쨍쨍한 목소리로 말했다. 긴장감이 그를 갉아먹고 있었다. 신경이 날카로워져 있는 것은 모두 마찬가지였지만 그것을 처음으로, 그리고 가장 안 좋은 방식으로 표출한 것은 프락스였다. 홀던은 에이모스를 쳐다봤다. 덩치 큰 정비공은 왜소한 과학자가 자신을 밀쳤다는 데 아직도 놀라 있었다.

"비밀 기지를 파괴한다고 하잖아요. 그 전에 내려가야 한다고요!" 프락스가 얼마나 공황에 휩싸였는지 그의 속내가 목소리를 뚫고 삐져 나왔다.

"우린 아무것도 안 할 겁니다." 홀던이 말했다. "이 상황을 타개할 더 좋은 의견이 나오지 않는다면요."

"여기까지 왔는데 아무것도 안 할 거라고요?" 프락스가 물었다.

"박사님, 그건 그냥 우리가 가장 먼저 움직이지는 않을 거라는 뜻입니다." 에이모스가 프락스의 어깨를 잡고 갑판 위로 끌어내렸다. 프락스가 몸을 거칠게 뒤틀어 그의 손을 뿌리치더니 소파를 민 반동으로 아바사랄라 쪽으로 다가갔다.

"통신선을 저한테 주세요. 제가 말해보겠습니다." 프락스가 아바사랄라의 통신 패널에 손을 뻗으며 말했다. "제가…."

홀던이 충격 흡수 소파에서 몸을 날렸다. 공중에서 프락스를 낚아채 격벽까지 곧장 밀어붙였다. 세 겹의 고강도 패딩이 벽에 부딪힌 충격을 흡수해주었지만, 홀던의 허리가 작은 식물학자의 배에 부딪힌 순간 프락스의 가슴에서 공기가 빠져나가는 것이 느껴졌다.

"컥." 프락스가 공중에서 몸을 말았다.

홀던은 자석 부츠를 켠 다음 갑판에 착지했다. 머리 위에서 프랙스를 붙잡아 에이모스 쪽으로 밀었다. "아래층에 데려가서 선실에 처박아 놔. 진정제도 좀 놔 주고. 그런 다음에 넌 엔진실에 가서 전투 준비를 해."

에이모스가 고개를 끄덕이더니 앞에서 둥둥 떠다니고 있는 프랙스를 붙들었다. "알겠습니다." 두 사람이 갑판 해치를 통해 사라졌다.

홀던은 주위를 돌아보았다. 아바사랄라와 나오미가 경악한 표정을 짓고 있었지만 모르는 척했다. 무작정 딸만 생각하는 프랙스가 또다시 그들 전부를 위험에 빠트릴 뻔했다. 머리로는 어떤 심정인지 이해해도 메이의 이름이 언급될 때마다 프랙스가 그들 모두를 죽이지 않게 자제시켜야 한다는 압박감은 지금 홀던에게 가장 거추장스러운 것이었다. 그럴 때마다 누군가에게 화풀이하고 싶어졌기 때문이다.

"바비는 도대체 어디로 사라진 거야?" 홀던이 구시렁거렸다. 이오 궤도에 오른 후로는 바비의 머리카락 하나 보지 못했다.

"방금 기계제작실에서 봤습니다." 에이모스가 통신으로 말했다. "제 샷건을 완전히 분해해 놨던데요. 우리한테 있는 무기와 장갑복을 전부 분해했다 조립하려는 거 같습니다."

"그건…!" 홀던은 거의 고함을 지를 기세로 입을 열었다가 누그러뜨렸다. "실제로 도움이 되겠군. 강화복 입고 통신선 열어놓으라고 해. 사태가 영 심상치 않으니까."

홀던은 숨을 고르며 마음을 진정시킨 다음, 다시 전투 스테이션 앞에 앉았다.

"괜찮아요?" 나오미가 둘의 개인 회선으로 물었다.

"아니." 홀던은 나오미 외에는 아무도 듣지 못하도록 턱으로 버튼을 누르고 대답했다.

"아니, 솔직히 무서워서 죽을 것 같아."

"그 단계는 한참 전에 지난 줄 알았는데요."

"뭐? 무서운 거?"

"아니요." 나오미가 웃음기가 느껴지는 목소리로 말했다. "자책하는 단계 말입니다. 저도 무서워 죽겠어요."

"사랑해." 홀던이 말했다. 그는 그렇게 말할 때마다 반쯤 겁이 나면서도 짜릿하고 벅찬 기분을 느끼곤 했다.

"심각한 때 한눈팔지 마십시오." 나오미가 놀리듯이 말했다. 그녀는 그가 사랑한다고 말할 때 한 번도 같은 말로 대답해 준 적이 없었다. 나오미는 그런 말을 너무 자주하면 언어가 힘을 잃는다고 했다. 나오미가 무슨 뜻으로 그런 말을 하는지는 이해하지만 그래도 이번만큼은 그 규칙을 깨줬으면 하고 바랐다. 홀던은 그녀의 대답을 듣고 싶었다.

아바사랄라는 마치 고대 예언자가 뿌연 크리스털 공을 들여다보듯이 통신 스테이션 앞에서 지그시 노려보고 있었다. 그녀의 우주복이 들판에 서 있는 허수아비의 커다란 작업복처럼 헐렁하게 걸쳐져 있었다. 홀던은 아바사랄라에게 헬멧의 보호 면판을 닫으라고 말하려다 꿀꺽 삼켜 버렸다. 아바사랄라라면 전투 중에 음식을 먹는 데 대한 위험과 이점에 관해 충분히 알고도 남을 나이였다.

때때로 아바사랄라는 핸드백 속에 손을 뻗어 피스타치오를 꺼냈고, 주위에는 자그만 피스타치오 껍질들이 늘어나고 있었다. 그녀

가 로시난테 호를 지저분하게 어지럽히는 것은 꽤 짜증 나는 일이
었지만 공중에 떠다니는 사소한 쓰레기는 함선에 아무 피해도 끼
치지 않는다. 저 얇고 여린 껍질이 공기 재생기의 필터를 막거나
아니면 고속 추진을 하다 갑자기 쓰레기통이 바닥에 쏟아질 일도
없었다. 홀던은 아바사랄라가 평생 한 번이라도 직접 청소를 해 본
적이 있을지 궁금했다.

아바사랄라가 뭔가 흥미로운 것을 들은 듯 고개를 한쪽으로 삐
딱하게 기울였다. 그녀가 손을 내밀어 화면을 두드렸다. 선내 통신
을 타고 새로운 목소리가 울렸다. 이번에는 수백만 킬로미터를 가
로질러 날아오는 신호 특유의 희미한 잡음이 섞여 있었다.

"…렌토 길리스 사무총장입니다. 얼마 전 저는 불법 생물 무기
연구개발에 UN의 자원이 이용되었는지 조사하는 진상규명위원회
를 발족하겠다고 발표한 바 있습니다. 현재 관련 조사가 진행 중이
며 현시점에서는 어떤 혐의에 대해서도 기소할 준비가 되어 있지
않으나, 공공의 안전과 철저하고 일관된 진상규명을 위해 UN의
일부 유력인사들을 지구로 소환할 예정입니다. 첫째 UN 해군 소
속 아우구스토 응우옌 제독, 둘째…."

아바사랄라는 패널을 건드려 피드를 닫고 한동안 멍하니 입을
벌린 채 콘솔을 바라보았다. "와, 이런 씨발."

선내에 요란한 경보가 울려 퍼졌다.

48
아바사랄라

"고속 이동 물체 접근 중입니다." 귀를 찌르는 듯한 알람 소리를 뚫고 나오미가 외쳤다. "UN 기함이 포격을 개시했습니다."

아바사랄라는 헬멧을 닫고 우주복이 완전히 밀폐되어 있는지 내장 스크린으로 확인한 다음 통신 콘솔을 두드렸다. 손보다도 머리가 더 다급하게 움직이고 있었다. 에린라이트가 협상을 했고, 응우엔 제독은 방금 그 사실을 깨달았다. 응유엔 제독은 독박을 뒤집어쓸 처지가 됐지만, 순순히 백기를 들 생각은 없다. 콘솔 위에 불쑥 깃발 표시가 떠올랐다. 긴급 방송이었다. 아바사랄라가 손가락으로 건드리자 사우더 제독이 그녀의 터미널을 비롯해 관제실의 모든 터미널에 모습을 드러냈다.

"여기는 사우더 제독이다. 나는 지금부터 전 함대의…."

"저기요." 나오미가 말했다. "전 제 화면을 봐야겠는데요. 저도 할 일이 있어서요."

"미안, 미안." 아바사랄라가 콘솔을 두드리며 말했다. "버튼을 잘못 눌렀어."

"…지휘권을 이양받고 응우옌 제독의 지휘권을 박탈한다. 이에 불응하는 세력은…."

아바사랄라는 자신의 화면에만 방송 피드를 연결한 다음, 다른 채널을 켰다. 응우옌 제독의 얼굴은 거의 자줏빛으로 물들어 있었다. 그는 과시라도 하듯이 군복을 갖춰 입고 있었다.

"…이는 불법이며 전례 없는 강탈이다. 사우더 제독은 구금실로 호송될 것이며…."

다섯 개의 통신 채널에 불이 들어왔다. 각각 짧은 응답 ID와 이름이 붙어 있었다. 아바사랄라는 방송 콘솔에만 푹 빠져 통신 요청을 전부 무시했다. 방송 가능 버튼이 활성화되자마자 그녀는 카메라로 얼굴을 향했다.

"여기는 지구 문민정부를 대변하는 크리스젠 아바사랄라 사무차장보다." 그녀가 말했다. "본 함대의 적법한 지휘권은 사우더 제독에게 있다. 그의 명령을 거부하거나 무시하는 자는 법적 처벌을 받게 될 것이다. 다시 한 번 반복한다. 본 함대의 적법한 지휘권은 사우더 제독에게 있으며…."

나오미가 나지막한 신음을 내뱉었다. 아바사랄라는 방송을 멈추고 돌아보았다.

"이런." 홀던이 말했다. "저건 안 좋은데."

"뭐가?" 아바사랄라가 물었다. "뭐가 안 좋은데?"

"방금 지구함 하나가 어뢰 세 발을 맞았습니다."

"많은 건가?"

"PDC가 막지 못했습니다." 나오미가 말했다. "UN 어뢰에는 모두 응답 코드가 있어서 서로 아군으로 인식하는데, 그래서 아무 간섭도 받지 않고 명중했습니다. 보통은 아군이 어뢰를 쏠 거로 생각하지 않으니까요."

"셋이면 많은 겁니다." 홀던이 충격 흡수 소파의 안전띠를 매며 말했다. 그가 콘솔을 조작하는 것은 보지 못했지만, 틀림없이 그런 것 같았다. 왜냐하면 그가 말하는 도중에 아바사랄라의 헬멧 스피커에서도 그의 목소리가 울리기 시작했기 때문이다. "이제 우리도 전투에 들어갑니다. 20초 안에 자리 잡고 단단히 붙들어 매십시오."

"준비 완료." 선내 어디선가 바비가 대답했다.

"박사 양반도 잘 묶어 놨습니다." 에이모스가 말했다. "전 엔진실로 갑니다."

"저기로 돌진하는 겁니까?" 알렉스가 물었다.

"주력함이 서른다섯 대나 있고 하나같이 우리보다 덩치가 훨씬 큰데? 아니야. 그냥 우리한테 구멍을 내려는 놈들만 상대해."

"알겠습니다."

알렉스가 대답했다. 이제는 민주주의고 투표고 전부 날아가고 없었지만, 이것은 좋은 일이었다. 적어도 누군가가 단독 지휘를 해야 할 때 홀던이 지휘권을 쥔다는 의미였기 때문이다.

"고속 이동 물체 두 개 접근 중." 나오미가 말했다. "누군가 우리가 나쁜 편이라고 생각하나 봅니다."

"다 아바사랄라 때문일 겁니다." 바비가 투덜거렸다.

아바사랄라가 웃음을 터트리기도 전에 중력이 급상승하더니 옆쪽으로 미끄러졌다. 로시난테 호가 움직이고 있었다. 소파가 삐걱거리며 출렁거렸다. 충격 흡수 젤이 그녀를 꾹 압박했다가 다시 풀어주었다.

"알렉스?"

"하고 있습니다. 하지만 전문 사격수가 있으면 좋겠는데요."

"바비가 여기까지 올 시간은 되고?"

"아니요." 알렉스가 말했다. "세 발이 더 날아오고 있습니다."

"제가 여기서 PDC 제어를 맡겠습니다, 선장님." 바비가 말했다. "진짜 장비는 아니어도 적어도 거기서 신경 쓸 필요는 없을 겁니다."

"나오미, PDC 제어를 중사에게 넘겨 줘."

"PDC 제어권 인계 완료. 바비, 마음껏 놀아봐."

"확인 완료." 바비가 말했다.

아바사랄라의 화면에서 무수한 메시지들이 뒤섞여 반짝이고 있었다. 그녀는 메시지를 하나씩 차례대로 훑어보았다. 케네디 호는 사우더 제독의 명령이 불법이라고 선언했다. 트리톤 호의 일등항해사는 함장의 권한을 박탈했다고 보고하며 사우더 제독에게 추후 지시를 요청하고 있었다. 화성군 구축함 이아니 카오스 호는 아바사랄라에게 어떤 지구함을 공격해야 하는지 확인과 허가를 요청하고 있었다.

아바사랄라는 전술 스크린을 불러냈다. 적색 원과 녹색 원은 각각의 함선을 의미했고, 작은 은빛 선은 아마도 PDC나 어뢰의 궤적일 것이다.

"우리가 빨간색인가 녹색인가?" 아바사랄라가 물었다. "이 빌어먹을 것에서 누가 누구야?"

"화성이 붉은색, 지구가 녹색입니다." 나오미가 대답했다.

"그리고 우리 편인 지구함은 누구누구야?"

"그건 알아봐야죠." 홀던이 말한 순간 녹색 점이 별안간 사라졌다. "알렉스?"

"다리우스 호가 PDC 안전장치를 끄고 아군이고 적군이고 사정범위 내에 있는 모든 함에 무조건 뿌려대고 있습니다. 그리고…, 젠장."

아바사랄라의 의자가 다시 꿀렁거렸다. 엉덩이 밑에서 불끈 솟아오르는가 싶더니 팔을 움직이지도 못할 만큼 젤 속으로 등을 꾹 눌렀다. 전술 스크린 위에서는 피아 할 것 없이 함선 무리가 조금씩 움직이고 있었고, 두 개의 노란 점이 점점 커지고 있었다. 옆에 적혀 있는 거리가 빠른 속도로 줄고 있었다.

"사무차…인지 뭔지 님." 홀던이 말했다. "지금 들어오는 통신 요청에 대답하시는 게 좋겠습니다."

누군가 위장을 밑에서부터 꽉 쥐어짜고 있는 것 같았다. 혀 안쪽에서 짜고 시큼한 위산 맛이 났다. 아바사랄라는 춥다기보다 속이 메슥거려 식은땀이 흐르기 시작했다. 그녀는 용케 제어 패널로 손을 내밀었다. 그 순간 두 개의 노란 점이 사라졌다.

"고마워, 바비." 알렉스가 말했다. "이제 갑니다. 우리와 전투구역 사이에 있는 화성군을 가서 구해줘야죠."

아바사랄라는 연락을 돌리기 시작했다. 치열한 전투 속에서 그녀가 할 수 있는 일이라곤 고작 그것뿐이었다. 전화하기. 대화하기. 이제까지 그녀가 늘 해오던 것. 사람들을 달래고 진정시키는 것. 그린빌 호는 사우더 제독의 지휘권을 인정하고 수용했다. 다

나카 호는 응답하지 않았다. 다이슨 호는 통신 채널을 열었지만 들리는 것이라고는 서로 윽박지르는 고함뿐이었다. 그야말로 아수라장이었다.

사우더 제독에게서 메시지가 들어와 수신 버튼을 눌렀다. 메시지에 새 피아식별 코드가 포함되어 있어서 그녀가 직접 업데이트를 승인했다. 전술 화면 속 대부분의 녹색 점들이 흰색으로 변했다.

"감사합니다." 홀던이 말했다. 아바사랄라는 '천만에'라는 대답을 삼켜 버렸다. 다른 사람들은 구토 방지 약물의 효과를 보고 있는 것 같았다. 그녀는 진심으로, 정말로 '진심'으로 헬멧 안에는 토하고 싶지 않았다. 녹색 점 여섯 개가 깜박이다가 한꺼번에 흰색으로 바뀌었다.

"와! 단번에 돌아섰네." 알렉스가 말했다. "냉정들 하시군."

아바사랄라의 콘솔에 다시 사우더 제독의 ID가 떴다. 수신 승인을 누른 순간 로시난테 호가 덜컹거렸다.

"기함 킹 호와 아우구스토 응우옌 제독은 즉시 투항하라." 사우더 제독이 말하고 있었다. 그의 새하얀 머리카락이 저중력에서 공작새 꼬리처럼 곤두서 나풀거렸다. 그의 미소는 칼날처럼 예리했다. "지금부터 내 명령을 거부하는 함선은 앞서 언급한 사면 기회를 박탈당할 것이다. 결정을 내릴 수 있게 30초의 여유를 주겠다."

전술 디스플레이에서는 대부분의 은색과 금색 선이 사라졌다. 함선들은 이제 각자 복잡한 벡터로 움직이며 흩어지고 있었다. 아바사랄라가 화면을 응시하는 사이에 남아 있던 녹색 점들이 모두 흰색으로 바뀌었다. 단 하나를 제외하고.

"멍청한 짓 하지 마, 응우옌 제독." 아바사랄라가 중얼거렸다.

"다 끝났다고."

관제실이 적막에 둘러싸였다. 피부가 아릴 듯이 팽팽한 긴장감
이 이어졌다. 그것을 깨트린 것은 나오미의 목소리였다.

"고속 이동 물체 다수 접근 중. '어마어마하게' 많은 숫잡니다."

"어디서?" 홀던이 외쳤다.

"이오입니다."

아바사랄라는 아무것도 하지 않았다. 하지만 그녀가 보고 있던
전술 디스플레이가 저절로 크기를 조정해 적색 점과 백색 점과 유
일한 녹색 점이 원래 크기의 4분의 1로 줄어들 때까지 뒤로 물러났
다. 화면 아래쪽 모서리에 이오의 둥그스름한 윤곽선이 떠올랐다.

"숫자를 세 봐." 홀던이 말했다. "숫자를 알려줘."

"219, 아니 230기입니다."

"저게 뭡니까? 다 어뢰입니까?" 알렉스가 물었다.

"아니." 바비가 대답했다.

"그 괴물들이야. 놈들이 그걸 발사했어."

아바사랄라가 방송 채널을 열었다. 그녀의 머리는 사우더 제독
보다 더 엉망일 것이다. 하지만 지금은 겉모습에 신경 쓸 때가 아
니었다. 말하는 도중에 구토만 하지 않아도 다행이다.

"여기는 아바사랄라." 그녀가 말했다. "여러분이 목격한 발사체
는 새로운 프로토분자 무기이며, 방금 저들의 행위는 화성에 대한
불법 선제공격이다. 우리는 저 빌어먹을 것들을 빨리 날려 버려야
한다. 지금 즉시, 하나도 남김없이 파괴해."

"사우더 제독 기함이 통합 오버라이드를 요청했습니다." 나오미
가 말했다. "함선 제어권한을 넘길까요?"

"엿이나 먹으라지!" 알렉스가 말했다.

"아니, 하지 마. 하지만 기록은 해 놔." 홀던이 말했다. "내 배의 제어권한을 군용 사격통제 컴퓨터에 맡길 수는 없어. 하지만 해결책이 필요한 건 사실이야."

"킹 호가 고속 추진을 시작합니다." 알렉스가 말했다. "달아날 모양인데요."

디스플레이 위에서는 이오에서 발사된 무기가 꽃처럼 만발하고 있었다. 일부는 나선을 그리며, 어떤 것들은 곤충의 연접식 다리처럼 단계별로 꺾어지며 전혀 예측하지 못한 궤적을 따라 사방으로 흩어졌다. 단 하나만으로도 행성 하나를 멸망으로 몰아넣을 수 있는 존재. 측정된 가속 데이터는 10, 15, 20g까지 치달았다. 어떤 인간도 20g에서 목숨을 유지할 수 없다. 인간은 그럴 필요가 없다.

함선들에서 황금빛 선들이 솟구쳐 이오에서 발산되고 있는 궤적들을 향해 날아갔다. 디스플레이 위에서 펼쳐지는 그 장중하면서도 느릿한 광경은 단순한 데이터임에도 불구하고 전혀 무색하지 않았다. 최고속으로 날아간 플라스마 어뢰가 괴물들의 주력 부대에 닿기까지는 몇 초가 걸렸다. 아바사랄라는 놈들의 본대가 화염에 휩싸이는 것을 보았다. 프로토분자 괴물 무리가 십수 개의 가느다란 줄기로 갈라졌다. 회피 행동이었다.

"일부가 우리 쪽으로 접근합니다, 선장님." 알렉스가 말했다. "선체에 구멍을 뚫는 용도는 아닐 테지만 아무리 봐도 그럴 것 같은데요."

"우리도 가서 할 수 있는 일을 하자고. 한 놈도 놓쳐선 안 돼. 좋아….어디로 갔지?"

전술 디스플레이 속에서 괴물 부대를 표시하는 점들이 깜박였다. 선들이 사라지고 있었다.

"속도를 줄이고 있습니다." 나오미가 말했다. "RF(무선주파수) 응답기가 반응하지 않습니다. 레이저 흡수 기능을 가진 게 틀림없습니다."

"추적 데이터는 있어? 놈들이 어디로 갈지 예측할 수 있는 거야?"

전술 디스플레이가 반딧불이처럼 깜박였다. 괴물들은 앞서거니 뒤서거니 무작위로 움직이는 것 같았지만, 놈들이 차지하는 공간은 점점 늘어나고 있었다.

"이거 골치 아프겠는데." 알렉스가 말했다. "바비?"

"일부를 표적으로 지정했습니다. PDC 사정거리 안에 들어오길 기다리는 중입니다."

"꽉들 잡아요." 알렉스가 말했다. "지금부터 신나게 달릴 테니까."

로시난테 호가 갑자기 뒤쪽으로 홱 젖혀지는 바람에 아바사랄라의 몸이 소파 깊숙이 빨려 들어갔다. 덜덜 떨리는 진동이 그녀의 근육과 하나가 되는 듯하더니 PDC가 발사되고, 다음 순간 그녀도 앞으로 발사되었다. 화면 속에서 지구군과 화성군 연합 함대가 뿔뿔이 흩어져 이제는 눈에 보이지도 않는 적들을 추적하고 있었다. 추진력으로 인한 중력이 그녀의 소파를 한쪽으로 휘돌렸다가 아무런 경고도 없이 똑같은 동작을 반복했다. 아바사랄라는 눈을 질끈 감았지만, 배 속은 도리어 악화하는 것 같았다.

"흠."

"뭐야, 나오미?" 홀던이 물었다. "그 '흠'이 무슨 뜻인데?"

"킹 호가 이상한 짓을 하고 있습니다. 기동 추진기의 활동이 급격히 증가했… 오!"

"오? 뭐? 명사로, 제발 정확한 명사로 말해 줘."

"맞았습니다." 나오미가 말했다. "괴물 하나가 선체를 뚫었어요."

"그럴 거라고 했잖습니까." 알렉스가 말했다. "저 배가 어떻게 될지 상상하고 싶지도 않네요. 착한 편에 맞은 게 아니라 다행입니다."

"부하들은 아무 잘못도 없습니다." 바비가 말했다. "말단들은 사우더 제독에게 지휘권이 있다는 것도 모를 겁니다. 가서 도와줘야 해요."

"그럴 순 없어." 홀던이 말했다. "접근하면 공격할 거야."

"망할 주둥아리들 좀 닥쳐주겠나?" 아바사랄라가 말했다. "그리고 이 지랄 맞은 배 좀 가만히 놔둬 봐. 2분만 가만히 있어 보라고."

아바사랄라가 보낸 통신 요청은 무려 5분 동안이나 응답이 없었다. 10분이 흘렀다. 애거서 킹 호의 구조 요청 신호가 들어왔지만, 여전히 그녀의 요청에는 아무 반응도 하지 않았다. 그리고 잠시 후, 방송 신호가 잡혔다.

"여기는 UN 전함 애거서 킹 호의 응우옌 제독이다. 우리 함의 긴급 대피를 허용해준다면 UN 함대에 투항하겠다. 반복한다. 우리 함의 긴급 대피를 허용해준다면 UN 함대에 투항하겠다."

사우더 제독이 같은 주파수로 응답했다.

"여기는 오킴보 호. 지금 어떤 상황인가?"

"생물학적 위험에 노출되었을 가능성이 있다." 응우옌 제독이 대답했다. 누군가 목이라도 조르고 있는 것처럼 가늘고 꽉 막힌 목소리였다. 전술 디스플레이에서는 벌써 몇 개의 흰색 점이 녹색 점을 향해 달려가고 있었다.

"버티고 있어라, 킹." 사우더 제독이 말했다. "지금 가는 중이다."

"지랄하고 있네." 아바사랄라가 내뱉었다. 그녀는 조용히 욕지거리를 뇌까리며 방송 채널을 열었다. "지랄하고 있네. 여기는 아바사랄라. 나는 애거서 킹 호를 완전히 봉쇄 및 격리할 것을 명한다. 어떤 함선도 킹 호에 가까이 정박하거나 그로부터 시설 또는 인적 자원을 수용해서는 안 된다. 그 같은 행위를 하는 함선은 킹 호와 똑같이 봉쇄 및 격리될 것이다."

흰색 점 두 개가 뱃머리를 돌렸다. 세 대는 계속해서 전진 중이었다. 아바사랄라가 다시 채널을 열었다.

"여기서 에로스 사태를 기억하는 게 나 하나뿐인 거야? 킹 호에 충돌한 그 염병할 것이 도대체 뭐라고 생각하는 거야? 접근하지 말라고!"

남은 흰색 점들이 전부 방향을 틀었다. 응우옌 제독이 드디어 그녀의 통신 요청에 응답했을 때 아바사랄라는 그것을 아직 열어놓았다는 사실조차 잊고 있었다. 응우옌 제독의 몰골은 형편없었다. 아바사랄라는 그녀 역시 별다를 바 없을 것으로 생각했다. 역사상 얼마나 많은 전쟁이 이런 식으로 끝났을까. 화염에 휩싸여 무너져 내리는 세상을 배경으로, 속이 메슥거릴 정도로 지치고 기력이 쇠진한 두 사람이 서로를 죽일 듯이 노려보면서.

"나한테 뭘 원하는 거요?" 응우옌 제독이 말했다. "난 투항했고, 패배했어요. 나한테 양심이 있다고 내 부하들까지 죽일 필요는 없잖아."

"양심 따위가 아니야." 아바사랄라가 말했다. "할 수가 없는 거지. 그 배에는 프로토분자가 있잖아. 당신네의 그 번지르르한 제어 프로그램은 실패했어. 그러니 전염될 테지."

"증명된 적은 없어!" 응우옌 제독이 말했다. 하지만 그 말은 사실을 시인한 것이나 다름없었다.

"벌써 시작됐군, 그렇지?" 아바사랄라가 말했다. "함내 카메라를 연결해서 우리한테 보여줘."

"그럴 수는 없어."

온몸에서 공기가 빠져나가는 것 같았다. 정말로 벌써 시작된 것이다.

"진심으로 유감이야." 아바사랄라가 말했다. "아, 정말 안타까운 일이야."

응우옌 제독의 눈썹이 눈치채기 어려울 만큼 살짝 치켜 올라갔다. 창백한 입술이 꼭 닫혔다. 아바사랄라는 그의 눈에 눈물이 고였다고 생각했지만 어쩌면 전파의 허상인지도 모른다.

"저 괴물들을 되돌릴 응답기를 켜 줘." 아바사랄라가 말했다. 응우옌은 대답하지 않았다. "우린 프로토분자를 무기화할 수 없어. 그게 뭔지도 모르니까. 통제할 수가 없으니까. 당신은 방금 화성에 사형선고를 내렸지. 난 당신을 구할 수 없어. 그래, 그건 나도 못하지. 하지만 놈들의 응답기를 켜서 내가 화성을 구할 수 있게 해 줘."

공기 중에 긴장감이 떠돌았다. 아바사랄라는 전열기에서 뿜어져 나오는 열기처럼 홀던과 나오미의 신경이 온통 그녀에게 쏠려 있는 것을 느낄 수 있었다. 응우옌 제독이 고개를 저었다. 내면의 갈등에 열중한 나머지 그의 입술이 실룩이고 있었다.

"응우옌 제독." 아바사랄라가 물었다. "무슨 일이 벌어지고 있는 거지? 함내 상황이 얼마나 나쁜 거야?"

"여기서 빠져나가게 해 줘. 그러면 응답기를 켜지." 응우엔 제독이 말했다. "평생 감옥에 처박아 둬도 좋아. 그런 건 상관없어. 이 배에서 내리게만 해 줘."

아바사랄라는 몸을 앞으로 기울이려 했지만, 충격 흡수 소파가 그녀의 움직임에 맞춰 출렁거릴 뿐이었다. 아바사랄라는 응우엔 제독에게 그의 생각은 틀려먹었고 그가 천하의 악질이며 곧 그 자신이 만든 무기에 의해 비참하게 죽을 것이니 어떻게든 옳은 일을 해야 하지 않겠느냐고 설득할 방법을 찾아 고심했다. 그녀는 이 근시안적이고 겁먹고 화 난 작은 사내를 바라보며 그에게서 마지막으로 인간적인 품위를 끌어내려면 어떻게 해야 할지 고민했다.

그러나 실패했다.

"그럴 순 없어." 아바사랄라가 말했다.

"그럼 시간 낭비나 하게 하지 말든가." 응우엔 제독이 연결을 끊었다.

아바사랄라는 손바닥으로 눈을 덮고 몸을 뒤로 기댔다.

"수상한 수치가 읽힙니다." 알렉스가 말했다. "나오미? 이거 보고 있어?"

"미안, 잠시만."

"뭔데 그래, 알렉스?" 홀던이 물었다.

"킹 호의 반응로가 멈췄습니다. 함내 방사능 수치가 엄청나게 상승했고요. 마치 반응로 배출구를 공기 재생기에 연결한 것 같습니다."

"그거 건강에 별로 안 좋을 거 같은데." 에이모스가 말했다.

관제실이 정적에 잠겼다. 아바사랄라는 사우더 제독에게 통신 채널을 열려다 손을 멈췄다. 그에게 뭐라고 해야 할지 알 수가 없었다. 선내 채널에서 나오는 목소리가 귓전을 울리며 윙윙거렸다. 그녀가 처음에 프락스의 말을 알아듣지 못하자 그가 똑같은 말을 되풀이했다.

"배양실입니다." 프락스가 말했다. "함선을 일종의 배양실로 만들고 있는 겁니다. 에로스처럼요."

"놈들이 방법을 알고 있다고요?" 바비가 물었다.

"그런 것 같네." 나오미가 말했다.

"그럼 저걸 통째로 날려 버려야지." 바비가 말했다. "화력은 충분하잖아."

아바사랄라는 눈을 떴다. 끝없는 비통함 외에 다른 감정을 끄집어내고 싶었다. 어딘가에 희망이 있어야만 한다. 그리스 신화의 판도라도 그 정도는 갖고 있지 않았던가.

아바사랄라가 머릿속으로 생각하고 있던 것을 입 밖에 낸 것은 홀던이었다.

"그래도 화성을 구하진 못할 거야."

"놈들을 전부 해치울 수는 없을까요?" 알렉스가 말했다. "저것들이 좀 많긴 해도, 어쩌면… 어쩌면 전부 쏘아 맞힐 수 있을지도요?"

"정확한 가속 시점을 모르니까." 바비가 말했다. "한 놈만 놓쳐도… 딱 한 놈을 놓쳤는데 그게 화성에 닿는다면…."

모든 것이 그녀의 손에서 빠져나가고 있었다. 막을 수도 있었는데, 성공할 뻔했는데, 이제 하릴없이 그 모습을 지켜봐야 한다. 배

속에 무거운 바위가 들어앉은 것처럼 먹먹했다. 그러나 그들은 실패하지 않았다. 아직은 아니다. 어딘가에 분명히 방법이 있을 것이다. 아직은 뭔가를 할 기회가 남아 있을 터였다.

아바사랄라는 응우옌 제독과의 마지막 대화를 사우더 제독에게 전송했다. 어쩌면 그가 묘안을 떠올릴지도 모른다. 어디선가 갑자기 비밀 무기가 튀어나와 응우옌 제독에게 코드를 뱉어내게 할 수 있을지도 모른다. 어쩌면 군인들끼리만 공유하는 위대한 동지애가 응우옌의 마지막 한 조각 인간성을 자극할 수도 있다.

10분 뒤에 킹 호에서 탈출 포드 하나가 튀어나왔다. 사우더 제독은 아바사랄라에게 굳이 알리지도 않고 그것을 쏘아 파괴했다. 관제실의 분위기는 이제 장례식장 같았다.

"좋아." 홀던이 말했다. "할 일은 해야지. 우린 이오에 내려가야 해. 만일 메이가 거기 있다면 구해와야 하니까."

"제가 가겠습니다." 에이모스가 말했다. "그리고 박사 양반도 같이 가야죠. 그 일만큼은 딴 사람에게 맡기고 싶지 않을 테니까요."

"내 생각도 그래." 홀던이 말했다. "그럼 너희들은 로시난테 호를 몰고 이오로 내려가."

"'너희들'이요?" 나오미가 물었다.

"난 보트를 타고 전함으로 간다." 홀던이 말했다. "응답기 작동 코드가 CIC에 있을 테니까."

"자네가 간다고?" 아바사랄라가 물었다.

"에로스를 살아서 탈출한 건 단 두 명뿐이죠." 홀던이 어깨를 으쓱하며 대답했다. "제가 마지막 남은 한 사람이고요."

49
홀던

"가지 마십시오." 나오미가 말했다. 나오미는 애원하거나 눈물을 흘리거나 명령하지 않았다. 그녀가 가진 위력은 단순하고 소박한 언어에 있었다. "가지 마십시오."

홀던은 메인 에어록 앞에 있는 보관용 로커를 열어 화성군 장갑복을 꺼냈다. 에로스의 방사선 피폭으로 인한 고통의 기억이 밀려와 저도 모르게 선뜩 팔을 멈췄다. "놈들이 킹 호에 방사능을 푼지 얼마나 됐지?"

"가지 마십시오." 나오미가 재차 말했다.

"바비." 홀던이 통신을 열고 말했다.

"예." 바비가 낑낑거리며 대답했다. 그녀는 마오 스테이션 습격을 앞두고 에이모스와 함께 전투 장비를 챙기고 있었다. 프로토분자 돌연변이와 싸워본 전적이 있는 에이모스는 무조건 무기를 두둑하게 챙겨가야 한다고 우겼다.

"화성군 장갑복의 방사능 저항력이 얼마나 되지?"

"내 슈트 같은 거요?" 바비가 물었다.

"아니, 강화복 말고. 네가 입는 건 근거리 핵폭발도 견뎌낼 수 있잖아. 난 MAP 상자에서 꺼낸 걸 말하는 거야."

"일반 우주복과 비슷할 겁니다. 우주선 밖에 잠시 나갈 정도죠. 지속적인 고방사선은 못 견딜 겁니다."

"젠장." 홀던이 말했다. "고마워." 그는 통신 패널을 끄고 로커를 닫았다. "장갑복이 아니라 방호복을 입어야겠어. 방탄기능을 포기하더라도 방사능에서 살아남는 게 우선이니까."

"대체 죽기 전에 방사능 목욕을 몇 번이나 해야 직성이 풀릴 건데요?" 나오미가 물었다.

"지난번이랑 똑같지. 최소한 한 번?" 홀던이 소리 내 웃으면서 대답했다. 나오미는 웃지 않았다. 홀던이 다시 통신선을 열었다. "에이모스, 엔진실에서 방호복을 가져다줘. 있는 것 중에 제일 튼튼한 거로."

"알겠습니다." 에이모스가 대답했다.

홀던은 장비 보관용 로커를 열고 돌격소총을 꺼냈다. 그것은 크고, 검고, 위협적이었다. 누구든 그것을 들고 있는 사람을 보면 대뜸 위험하다고 판단할 것이다. 홀던은 소총을 집어넣고 권총을 꺼냈다. 방호복을 입으면 그 안에 누가 있는지 알아보기가 힘들다. 게다가 비상사태 발생 시에 대응팀이 흔히 입는 복장이기에 권총만 차고 다닌다면 아무도 그를 문젯거리로 여기지 않을 것이다.

킹 호에 프로토분자가 퍼져 있고 방사능이 가득 차 있다면, 정말로 심각한 문제가 하나 있다.

프락스와 아바사랄라의 생각이 옳다면, 즉 프로토분자가 직접

적인 접촉 없이도 서로 정보를 교환할 수 있다면 킹 호에 있는 점액질들 또한 금성이 알고 있는 것들을 알고 있을 것이다. 다시 말해 아보가스트 호를 분해하고 재조립하는 과정을 통해 함선의 구조를 파악하고 있을 것이라는 얘기다. 그리고 인간을 구토하는 좀비로 만드는 방법에 대해서도 속속들이 알고 있을 것이다. 이미 에로스에서 수백만 번이나 시험해 본 적이 있으니까. 무수한 연습과 시행착오를 거친 셈이다.

킹 호에 있던 사람들이 전부 토하는 좀비로 변해 있을지도 모른다. 가슴 아픈 사실은 그것이 외려 최선의 시나리오라는 점이다. 토하는 좀비는 피부가 노출된 사람들에게는 걸어 다니는 사형선고지만 온몸을 방호복으로 꽁꽁 감싼 홀던에게는 단순히 역겨운 생물에 불과하다.

최악의 시나리오는 프로토분자가 인간 유전자를 주무르는 데 익숙해져 로시난테 호의 화물실에 몰래 탄 그 치명적인 돌연변이종으로 가득 차 있을 경우다. 만일 그렇다면 그에게는 승산이 없다. 그래서 홀던은 그럴 리가 없다고 스스로를 다독여야 했다. 그리고 에로스의 프로토분자는 병사들을 만들지 않았다. 밀러는 그가 에로스에서 무엇을 봤는지 자세히 설명하지 않았지만, 줄리를 찾아 돌아다니며 뭔가로부터 공격을 받았다는 이야기는 하지 않았다. 프로토분자는 놀랍도록 공격적이고 침략적이다. 고작 몇 시간 만에 수백만 명의 인간을 죽이고 그것으로 그들이 원하는 뭔가의 예비 부품을 만든다. 그러나 동시에 프로토분자는 세포 단위로 침투한다. 그것은 군대가 아니라 바이러스처럼 행동한다.

'그래그래, 계속 그렇게 생각하라고.' 홀던은 속으로 생각했다.

그렇게 여기지 않으면 지금 그가 하려는 일은 불가능했다.

홀던은 로커에서 작은 반자동 권총과 총집을 꺼냈다. 나오미는 그가 탄창을 장전하고 예비 탄창 세 개를 챙기는 것을 보고도 아무 말도 하지 않았다. 홀던이 마지막 탄창에 마지막 탄환을 집어넣었을 무렵, 에이모스가 큼지막한 붉은색 방호복을 질질 끌며 날아왔다.

"이게 제일 좋은 겁니다." 에이모스가 말했다. "상황이 진짜로 좆같아질 경우를 대비해서요. 지금 그 배 안은 좆같다는 말로도 부족할 테지만요. 최대한 버틸 수 있는 시간은 여섯 시간인데 어차피 공기탱크가 두 시간 분밖에 안 되니까 별로 신경 안 써도 될 겁니다." 홀던은 크고 벙벙한 슈트를 꼼꼼히 살펴보았다. 표면은 두껍고 고무처럼 유연한 재질로 만들어져 있었다. 사람의 이빨과 손톱은 막을 수 있어도 칼이나 총알을 막을 수는 없다. 슈트의 항방사성 재질 아래 부착된 공기 공급 장치가 착용자의 등에 크고 불편한 혹을 만들었다. 홀던은 방호복을 힘겹게 잡아당기며 입다가 그 무게가 어마어마하다는 사실을 깨달았다.

"이걸 입으면 빨리 움직이기 힘들겠지?"

"그렇죠." 에이모스가 얼굴을 찡그리며 대답했다. "전투용이 아니라서요. 총알이 날아다니기 시작하면 좆된 줄 아십시오."

나오미가 고개를 주억거렸지만, 여전히 아무 말도 하지 않았다.

"에이모스." 홀던은 막 자리를 뜨려는 정비공의 팔을 붙들었다. "이오에 착륙하면 중사한테 지휘권을 넘겨. 바비는 프로고, 이건 그녀의 무대니까. 하지만 난 네가 프락스를 안전하게 보호해줬으면 좋겠어. 알다시피 그 사람이 좀 바보 같잖아. 내가 너한테 부탁

309

하는 게 딱 한 가지 있는데, 프랙스와 그 사람 딸을 이 위성에서 무사히 데리고 살아 돌아오라는 거야."

에이모스가 상처 입은 표정을 지었다. "무슨 소리를 하는 겁니까, 선장님. 당연히 그러고 말고요. 박사 양반이나 그 불쌍한 어린애를 손끝 하나라도 건드리려는 놈이 있으면 나부터 먼저 죽여야 할 겁니다. 그리고 그건 절대 쉬운 일이 아닐걸요."

홀던은 에이모스를 끌어당겨 굳게 포옹했다. "벌써 그 자식들이 불쌍하군. 너는 세상에서 제일 훌륭하고 유능한 선원이야, 에이모스. 그걸 잊지 마."

에이모스가 홀던을 밀쳐 냈다. "꼭 영영 안 돌아올 사람처럼 말하네요."

홀던은 나오미를 올려다봤지만, 그녀의 표정은 아무 변화도 없었다. 에이모스가 웃음을 터트리더니 홀던의 등을 이가 덜덜거릴 정도로 우악스럽게 내리쳤다. "개소리 좀 한 겁니다." 에이모스가 말했다. "선장님은 내가 아는 인간 중에서 제일 터프하거든요." 그리곤 홀던이 대꾸할 새도 없이 승무원 사다리를 타고 아래 갑판으로 내려가 버렸다.

나오미가 격벽을 살짝 밀어 홀던을 향해 날아왔다. 공기 저항이 그녀를 1미터쯤 앞에서 멈춰 세웠다. 홀던은 나오미만큼 무중력 상에서 발레리나처럼 우아하고 자연스럽게 움직이는 사람은 본적이 없다. 그는 나오미를 끌어안지 않기 위해 자제심을 한도까지 발휘해야 했다. 나오미의 표정이 지금 그녀가 그것을 원하고 있지 않음을 명백히 말해주고 있었기 때문이다. 나오미는 한참 동안 묵묵히 그렇게 떠 있다가 길고 늘씬한 손을 내밀어 홀던의 뺨을 감쌌다. 나오미의 손은 차고 부드러웠다.

"가지 말아요." 나오미가 말했다. 홀던은 이것이 그녀의 마지막 간청임을 깨달았다.

그는 뒤로 물러나 다시 방호복을 입기 시작했다. "내가 아니면 누굴 보내지? 아바사랄라 차장보가 토하는 좀비들 사이를 헤치고 지나가는 게 상상이나 가? 그 할머니는 CIC(Command Information Center, 명령 정보 센터)랑 주방이 뭐가 다른지도 모를걸. 에이모스는 실종된 아이를 구해와야 해. 너도 에이모스가 그걸 원한다는 걸 알잖아. 이유도 알고. 프락스 박사는 당연히 연구실로 가야 해. 바비는 두 사람을 보호해야 하고."

홀던은 방호복을 어깨까지 끌어올려 앞을 잠근 다음, 헬멧은 쓰지 않고 등 뒤에 달랑거리게 남겨놓았다. 발뒤꿈치에 달린 버튼을 누르자 자석 부츠가 작동됐다. 시험 삼아 바닥을 발로 밀어 보았지만, 그는 떠오르지 않았다.

"아니면 너?" 홀던이 나오미에게 말했다. "너를 보내, 나오미? 물론 너라면 눈 깜짝할 사이에 좀비 천 마리 정도는 가뿐히 상대하겠지만, 너도 아바사랄라 차장보처럼 CIC가 뭔지 모르잖아. 그러니 어떻게 너를 보내겠어?"

"이제야 우리 관계를 추슬렀는데…." 나오미가 말했다. "이건 불공평해요."

"대신에." 홀던이 말했다. "내가 화성을 구하면 화성군한테 그놈의 '너희가 우리 전함을 훔쳤잖아' 하는 문제를 없는 거로 해달라고 해. 알았지?" 홀던은 방금 자신이 이 순간마저도 가볍게 넘기려고 했다는 것을 깨닫고는 혀를 깨물고 싶어졌다. 하지만 나오미는 그를 안다. 그녀는 그가 지금 얼마나 무서워하고 있는지 잘 알았고, 굳이 그 사실을 지적하지 않았다. 나오미를 향한 사랑이 전기신호처럼 홀던의 척추를 타고 온몸으로 짜릿하게 퍼져 머리가죽까지 따끔따끔해졌다.

"알겠습니다." 나오미가 대답했다. 딱딱하게 굳은 표정이었다. "하지만 당신은 돌아올 겁니다. 저와 줄곧 무선으로 연결되어 있을 테니까. 우리 둘이 함께, 처음부터 끝까지 같이 헤쳐 나갈 거라고요. 영웅 노릇을 하겠다고 설쳐도 안 됩니다. 총알 대신 머리를 써서 우리 둘이 같이 문제를 해결할 거예요. 그러겠다고 약속했었죠? 그러니까 약속을 지키는 게 좋을 겁니다."

홀던은 도저히 참을 수 없어 결국 그녀를 끌어안고 키스했다. "물론이지. 제발, 제발 내가 살아 돌아올 수 있게 도와줘. 그러면 정말정말 좋을 것 같아."

부상에 허덕이는 애거서 킹 호로 고래호를 몰고 가는 것은 마치 구멍가게에 경주용 차를 몰고 가는 것과 비슷했다. 킹 호는 로시난테 호에서 겨우 몇천 킬로미터 떨어진 곳에 있었고, 그것은 EVA 팩으로도 충분한 거리였다. 하지만 홀던은 아마도 목성계에서 가장 빠를 경주용 보트를 몰고 날아다니는 주전자 모드인 5퍼센트 속도로 조금 전에 치른 전투의 잔해와 파편들을 헤치며 조금씩 전진했다. 그는 고래호가 그의 소심한 비행에 토라져 고삐에서 벗어나고 싶어 버둥거리는 것을 느낄 수 있었다. 킹 호까지 가는 길은 거리는 짧아도 상당히 위험했기에 경로계산 프로그램을 이용하면 수동으로 나는 것보다도 더 오래 걸릴 터였다. 그러나 이렇게 느린

속도에서도 고래호는 킹 호에 접근하는 것을 거부하는 것 같았다.

'나 저기 가기 싫어.' 마치 보트가 이렇게 칭얼거리는 것 같았다. '저긴 정말 끔찍하다고.'

"그래, 나도 가기 싫어." 홀던은 콘솔을 두드리며 말했다. "하지만 그래도 날 저기까지 무사히 데려다주렴, 아가야."

한때 구축함의 일부였던 거대한 고철 덩어리 하나가 쏜살같은 속도로 고래호를 스쳐 지나갔다. 깔쭉깔쭉한 가장자리가 아직도 열기로 하얗게 빛나고 있었다. 홀던은 조종간을 두드려 그 쓰레기 덩어리와 충분한 거리를 확보했다. 보트의 뱃머리가 경로를 약간 벗어났다. "어디 열심히 반항해 보렴. 그래도 우리 목적지는 변함이 없을 거야."

한편으로는 이렇게 가슴을 졸이며 수동으로 비행해야 한다는 것이 무척 아쉬웠다. 홀던은 한 번도 이오에 와 본 적이 없었고, 스크린 너머로 보이는 위성은 문자 그대로 장관이었다. 반대편 반구에 있는 규산염 화산이 우주의 검은 심연 깊숙이 원자들을 뱉어내고 있어 하늘에 그려진 궤적을 눈으로 좇을 수 있을 정도였다. 용암 기둥이 식어 만들어진 규산 결정에 목성에서 발산된 빛이 부딪쳐 검은 천 위에 흩어져 있는 다이아몬드처럼 반짝거렸다. 저 중 일부는 유유히 표류하다 이오의 중력에서 벗어나 목성의 고리로 편입될 것이다. 지금 같은 상황만 아니었다면 아름답다고 감탄할 광경이었다.

그러나 파편의 바다를 헤치며 날고 있는 홀던은 온통 정면에 있는 화면과 계기판에만 신경이 쏠려 있었다. 쓰레기 구름 한가운데 떠 있는 애거서 킹 호의 거대한 선체가 점점 가까워졌다.

킹 호가 감지 범위 내에 들어서자 홀던은 고래호의 자동 도킹 시스템을 작동시켰다. 하지만 예측대로 킹 호는 응답하지 않았다. 홀던은 가장 가까운 외부 에어록에 접근해 고래호에 에어록과 5미터 간격을 유지할 것을 지시했다. 경주용 보트에는 우주 공간에서 다른 함선과 도킹할 수 있는 기능이 없었다. 심지어 가장 기본적인 도킹 튜브도 없었다. 킹 호에 승선하려면 짧게나마 맨몸으로 우주 공간을 가로질러야 했다.

홀던은 고래호에 아바사랄라가 사우더 제독에게게서 받은 마스터 오버라이드 코드를 전송하라고 지시했다. 에어록이 돌아가며 열렸다.

홀던은 고래호의 에어록에서 방호복의 공기탱크를 최대한 가득 채웠다. 일단 킹 호에 들어서면 그곳의 공기를 믿을 수가 없고, 심지어 함내의 충전 스테이션도 믿을 수가 없었기 때문이다. 킹 호에 있는 것이라면 그 무엇도 방호복 안에 들일 수 없다. 절대로.

산소통이 100퍼센트까지 채워지자 홀던은 통신선을 열어 나오미를 불러냈다. "지금 들어간다."

홀던은 자석 부츠로 내부 에어록 문을 가볍게 걷어차 킹 호까지 날아갔다.

"시계(視界)는 좋습니다." 나오미가 말했다. 그의 HUD 영상 링크에 불이 들어왔다. 이제 나오미도 그가 보는 것을 전부 볼 수 있다. 그렇게 생각하자 마음이 한층 가벼워지는 동시에 다소 서글퍼졌다. 아주 멀리 사는 친구와 전화통화를 할 때와 비슷한 기분이었다.

에어록이 회전했다. 킹 호의 외부 에어록이 닫히는 데 2분이 걸렸다. 에어록에 공기가 주입되는 시간은 영원히 끝나지 않을 것처럼 느껴졌다. 내부 에어록 문 뒤에서 무엇이 기다리고 있을지는 아무도 알 수 없다. 홀던은 권총 손잡이에 손을 올려놓은 채 미칠 듯이 콩닥거리는 마음과는 달리 겉으로는 차분한 자세로 에어록이 열리길 기다렸다.

내부 에어록 문이 열렸다.

갑자기 홀던의 방호복에서 요란한 경고 알람이 울리는 바람에 심장이 덜컥 내려앉았다. 턱으로 버튼을 눌러 알람을 껐지만, 외부 방사능 측정기는 그대로 내버려 두었다. 마음을 진정시키는 데에는 별로 도움이 되지 않았으나 현 단계에서는 방호복이 충분히 버텨낼 수 있음을 알게 되었으니 그것만은 다행이었다.

에어록을 나오니 보관용 로커와 EVA 장비가 가득한 작은 방이 나왔다. 처음에는 비어 있는 줄 알았는데 이내 한 로커에서 부스럭거리는 소리에 정신이 번쩍 들었다. 덕분에 UN 해군 군복 하나가 갑자기 로커에서 뛰쳐나와 홀던의 머리를 향해 무거운 렌치를 휘두른 찰나, 아슬아슬하게 몸을 피할 수 있었다. 그러나 펑퍼짐한 방호복 때문에 잽싸게 움직이지 못해 헬멧 측면을 가격당하고 말았다.

"짐!" 나오미가 다급하게 외쳤다.

"죽어, 이 씨발 놈아!" 동시에 해군이 고함을 질렀다. 놈이 또다시 팔을 휘둘렀지만 자석 부츠를 신고 있지도 않았고 격벽을 밀어 반동을 얻지도 못해, 결국 한 자리에서 빙글빙글 돌기만 했다. 홀던은 그의 손에서 렌치를 빼앗아 멀리 던져버렸다. 왼쪽 손으로 그를 멈춰 세운 다음, 오른손으로는 권총을 뽑아 들었다.

"내 방호복에 구멍이라도 났으면 당장 에어록 밖으로 던져 버릴 거야." 홀던이 으르렁거렸다. 그는 흥분한 병사에게 총구를 겨눈 채 재빨리 슈트 상태를 점검했다.

"괜찮은 것 같습니다." 나오미가 안도의 기색이 역력한 목소리로 말했다. "전부 이상 없습니다. 헬멧이 보기보다 튼튼하네요."

"로커 안에서 뭘 하고 있었던 거야?" 홀던이 사내에게 물었다.

"안에서 일하고 있었는데 그…, 그게 배에 탔습니다." 사내가 말했다. 그는 몸집이 다부진 지구인으로, 흰 피부색에 불타는 듯한 빨강 머리를 두피 바로 위까지 짧게 깎았다. 우주복에 붙어 있는 패치에는 라슨이라고 적혀 있었다. "비상 봉쇄 때문에 문이 전부 잠겼는데 여기서도 내부 보안 시스템으로 다 볼 수 있었거든요. 우주복을 입고 에어록 밖으로 나가려고 했는데 그것도 잠겼습니다. 당신은 어떻게 들어온 겁니까?"

"난 제독 등급의 오버라이드 코드를 갖고 있거든." 홀던이 말했다. 그는 조용히 나오미에게 물었다. "지금 방사능 수치를 고려하면 이 친구가 살아남을 확률이 얼마나 되지?"

"아주 나쁜 편은 아닙니다." 나오미가 말했다. "두세 시간 내에 가까운 의료실에 데려다준다면 살겠네요."

홀던이 라슨에게 말했다. "좋아, 자네는 나와 함께 간다. 우린 CIC로 갈 거야. 최대한 빠른 길로 날 안내해 줘. 그러면 여기서 데리고 나가 주지."

"알겠습니다!" 라슨이 거수경례를 했다.

"선장님이 제독인 줄 아는군요." 나오미가 키득거렸다.

"라슨, 우주복을 입어. 당장!"

"예, 알겠습니다!"

에어록 로커에 들어 있는 우주복을 입으면 적어도 함선과 따로 공기 공급을 받을 수 있다. 그러면 이 젊은 군인의 방사선 피폭을 조금이라도 줄일 수 있을 것이다. 또 외부와의 접촉이 차단되기 때문에 함내를 돌아다니는 중에 프로토분자에 감염될 위험도 감소할 것이다.

홀던은 라슨이 우주복을 완전히 입을 때까지 기다렸다가 오버라이드 코드를 이용해 해치를 열었다. "앞장서, 라슨. CIC로 최대한 빨리 가야 한다. 중간에 누군가와 마주치면, 특히 입에서 뭔가를 토하고 있으면 멀찍이 물러나서 내가 처리할 때까지 기다려."

"예, 알겠습니다." 라슨이 말했다. 통신 회선에 잡음이 가득해 목소리가 뭉개져 있었다. 라슨이 복도로 나갔다. 그는 홀던의 지시대로 신속하게 제 기능을 잃은 애거서 킹 호를 가로질렀다. 발을 멈춘 것은 딱 한 번, 밀폐된 해치가 그들의 앞길을 가로막았을 때뿐이었고 그마저 홀던의 슈트가 코드를 입력해 금세 열 수 있었다.

그들이 지나가는 함내 구역은 전혀 손상을 입은 것 같지 않았다. 치명적인 생물 무기가 담긴 포드는 선수 쪽에 충돌했는데 괴물들은 곧장 반응로로 침입했다. 라슨의 말에 따르면 놈들은 반응로로 가는 길에 몇몇 선원들을 해쳤으며 그중에는 그들을 멈추려 했던 해병대 전원도 포함되어 있었다고 했다. 하지만 놈들은 일단 엔진실에 들어가고 나자 나머지 승무원을 모두 무시했다. 라슨은 괴물들이 엔진실에 침투하고 얼마 지나지 않아 함내의 모든 보안 카메라가 꺼졌다고 말했다. 그래서 놈들이 정확히 어디 있는지도 알 수 없고 에어록 보관실에서도 나갈 수가 없어 로커에 숨어 나갈 기회를 엿보고 있었던 것이다.

"에어록에 들어오셨을 때 제가 본 거라곤 커다랗고 뚱뚱한 붉은색 덩어리뿐이었습니다." 라슨이 설명했다. "그래서 괴물이라고 착각한 겁니다."

겉으로 보이는 손상이 적다는 것은 좋은 신호였다. 그것은 두 사람이 지나온 해치와 기타 시스템이 아직 작동하고 있음을 의미했다. 함선 내에 괴물들이 우글거리고 있다는 것 역시 고무적이었다. 다만 홀던이 우려하는 점이 있다면 사람들이 눈에 띄지 않는다는 것이었다. 천 명 이상을 수용할 수 있는 함선이다. 그렇다면 여기까지 오는 길에 적어도 몇 명은 마주쳐야 한다. 그러나 홀던은 지금까지 라슨을 제외하고는 다른 사람은 코빼기 하나도 보지 못했다.

간혹 바닥에 끈적이는 갈색의 점액질이 고여 있는 것도 그리 고무적인 신호는 아니었다.

라슨이 잠겨 있는 해치 앞에서 멈췄을 때야 비로소 잠깐 숨을 고를 수 있었다. 홀던이 입고 있는 무거운 방호복은 원래 장시간 착용하거나 활동하는 용도가 아니어서 슬슬 땀 냄새도 고이기 시작했다. 홀던이 이때를 틈타 방호복의 냉각 시스템을 돌려 체온을 낮춰보려는데 라슨이 말했다. "이제 선수 주방을 지나 엘리베이터 로비로 갑니다. CIC는 바로 그 위 갑판에 있습니다. 5분, 최대로 잡아도 10분이면 될 겁니다."

홀던은 산소량을 확인했다. 벌써 절반이나 비어 있다. 그는 빠른 속도로 돌아오지 못할 다리를 건너는 중이었다. 그때 라슨의 묘한 어조가 그의 귀를 사로잡았다. '주방'이라는 단어를 말할 때였다.

"그 주방에 대해 내가 알아야 할 것이 있나?"

"확실하진 않습니다만, 카메라가 나간 뒤에 저는 누가 와서 구해주길 기다리고 있었습니다. 그래서 통신으로 연락을 취하기 시작했는데 그마저 먹히지 않아서 킹 호에 제가 아는 사람들의 위치를 표시해 달라고 요청했었습니다. 그런데 제가 누구를 호출하든 대답이 항상 '선수 주방'이더군요."

"그러니까…." 홀던이 말했다. "어쩌면 그 주방에 감염된 해군들이 수천 명이나 바글대고 있을지도 모른다?"

라슨은 우주복 때문에 거의 알아보기 힘든 동작으로 어깨를 으쓱했다.

"아니면 괴물들이 그들을 다 죽인 다음에 시체를 거기다 놔뒀을지도요."

"아, 내가 생각하고 있는 게 바로 그거야." 홀던이 총을 꺼내 약실에 장전하며 말했다. "하지만 과연 그들이 죽은 상태일지는 의심스럽군."

라슨이 무슨 뜻이냐고 묻기 전에 홀던이 슈트에 해치의 잠금 상태를 해지하라고 지시했다. "이 문이 열리면 곧장 엘리베이터로 가. 난 그 뒤를 바짝 쫓아갈 테니까. 무슨 일이 있어도 절대로 멈추면 안 돼. 자네는 나를 CIC에 데려다줘야 하거든. 내 말 알겠나?"

라슨이 헬멧 안에서 고개를 끄덕였다.

"좋아. 셋까지 세겠다."

홀던은 한 손을 해치에 대고 다른 한 손으로 권총을 쥔 채 숫자를 세기 시작했다. 셋까지 세고 해치를 활짝 밀어 열었다. 라슨이 격벽을 걷어차며 반대쪽 복도를 향해 몸을 날렸다.

작고 파란 냉광 점들이 반딧불이처럼 공중을 떠다니고 있었다.

밀러가 에로스에 두 번째로 갔을 때 봤다고 보고한 것과 비슷했다. 밀러는 돌아오지 못했다. 그리고 지금, 여기에도 그 파란 반딧불이들이 있다.

복도 끝에 엘리베이터가 보였다. 홀던은 자석 부츠를 찰칵거리며 라슨의 뒤를 따라 달렸다. 복도의 절반 즈음에 이른 라슨이 열려 있는 해치 옆을 지났다.

그가 비명을 지르기 시작했다.

홀던은 펑퍼짐한 방호복과 자석 부츠가 허용하는 한 미친 듯이 앞으로 달렸다. 라슨은 계속해서 앞으로 날아가고 있었지만, 입으로는 비명을 내지르며 물속에서 허우적대듯 팔다리를 버둥거리고 있었다. 홀던이 열린 해치에 거의 도달했을 무렵, 뭔가가 갑자기 옆에서 튀어나와 앞을 가로막았다. 처음에는 에로스에서 봤던 토하는 좀비인 줄 알았다. 그것은 느릿느릿하게 움직였고 군복 앞판은 지저분한 갈색 물질로 덮여 있었다. 그러나 그것이 고개를 들어 홀던을 쳐다보았을 때, 홀던은 안구 안쪽에서부터 뿜어져 나오는 듯한 밝은 파란색 안광을 보았다. 에로스의 좀비들과 달리 지성이 깃든 눈빛이었다.

프로토분자는 에로스에서 깨달음을 얻었다. 놈들은 이제 토하는 좀비의 개량 버전을 만들어내고 있었다.

홀던은 잠시도 주저하지 않았다. 그는 계속해서 발을 놀리며 손으로 권총을 들어 올려 앞에 있는 놈의 머리에 대고 발사했다. 다행히도 파란 눈빛이 꺼졌다. 놈이 갈색 점액질을 뿌리며 핑그르르 쓰러졌다. 홀던은 열린 해치 옆을 지나면서 슬쩍 안을 엿보았다.

해치 안쪽은 토하는 좀비들의 개량 버전으로 들끓고 있었다. 수

백은 족히 되어 보였다. 불안하게 흔들리는 푸른 눈들이 홀던에게
못 박혔다. 홀던은 죽어라 달리기 시작했다. 뒤에서 좀비들이 동시
에 신음을 내지르며 격벽과 갑판을 타고 쫓아오는 무시무시한 소
리가 들렸다.

"어서 가! 엘리베이터에 타!" 홀던은 라슨에게 고래고래 소리 지
르며 무거운 방호복에 저주를 퍼부었다.

"하느님 맙소사, 저게 뭡니까?" 나오미가 물었다. 그녀가 그와
같은 것을 보고 있다는 것을 깜박하고 있었다. 홀던은 굳이 대답하
지 않았다. 라슨은 공포 발작에서 벗어나 엘리베이터에 달라붙어
절박하게 문을 벌려 열고 있었다. 엘리베이터에 도착한 홀던이 몸
을 돌려 라슨의 앞을 막아섰다. 수십이 넘는 푸른 눈의 좀비들이 거
미떼처럼 천장과 갑판에 달라붙어 몰려오고 있었다. 공중을 배회
하는 푸른 냉광 점들이 홀던은 느낄 수 없는 기류를 따라 선회했다.

"빨리, 빨리." 홀던은 라슨을 재촉하며 권총으로 선두에 있는 좀
비의 머리에 총알을 박아 넣었다. 놈이 벽에서 추락하며 갈색 점
액질을 주변에 흩뿌렸다. 그 뒤에서 다른 좀비가 시체를 옆으로 밀
치며 튀어나왔다. 공중에 둥둥 뜬 시체가 빙글빙글 돌며 그들 쪽
으로 날아왔다. 홀던이 라슨을 보호하러 몸으로 시체를 막자 그의
가슴과 보호유리에 갈색 점액질이 철퍽 묻었다. 외부와 완전히 차
단된 우주복을 입고 있지 않았더라면 사형선고나 다름없었을 것이
다. 홀던은 몸서리를 치고 싶은 것을 참으며 둘을 더 쏘아 맞혔다.
그러나 좀비 떼는 동료들이 죽어 나가는 광경을 보고도 속도를 늦
추지 않았다.

홀던의 등 뒤에서 라슨이 욕지거리를 내뱉었다. 억지로 비집어

연 문이 갑자기 닫히면서 팔이 낀 것이다. 해군은 등과 한쪽 다리를 사용해 어떻게든 다시 빈틈을 만들려 했다.

"됐습니다!" 라슨이 소리 질렀다. 홀던은 엘리베이터를 향해 뒷걸음질 치며 탄창에 남아 있는 총알을 전부 퍼부었다. 대여섯 마리가 또다시 점액질을 흘리며 쓰러졌다. 다음 순간 그는 엘리베이터에 들어와 있었다. 라슨이 문을 닫았다.

"한 레벨만 더 올라가면 됩니다." 공포와 탈진으로 지친 라슨이 헐떡거리며 말했다. 그가 격벽을 발로 차며 공중으로 떠올라 위 갑판으로 이어지는 문을 밀어 열었다. 홀던은 그 뒤를 따라가며 탄창을 교체했다. 엘리베이터 맞은편에 있는 크고 육중한 해치에 흰 글씨로 CIC라고 새겨져 있었다. 홀던은 해치에 접근해 오버라이드 코드를 패널에 전송했다. 등 뒤에서 라슨이 엘리베이터 문을 닫았다. 통로를 타고 좀비들의 포효가 메아리처럼 울려 퍼졌다.

"서둘러야 해." 홀던은 열림 버튼을 누른 다음 해치가 다 열리기도 전에 조급하게 안으로 들어갔다. 라슨이 그 뒤를 따라왔다.

CIC에는 아직 한 명이 남아 있었다. 제독 정복을 입은 다부진 풍채의 작달막한 아시아인이 떨리는 손에 대구경 권총을 쥐고 있었다.

"멈춰." 그가 말했다.

"응우옌 제독님!" 라슨이 외쳤다. "무사하셨군요!"

응우옌 제독은 라슨을 무시했다. "생물 무기 로켓의 원격 코드를 가지러 왔겠지. 그래, 바로 여기 있다." 응우옌 제독이 핸드터미널을 내밀었다. "나를 이 배에서 탈출시켜 주면 이건 자네 거야."

"이 분이 탈출시켜 주실 겁니다." 라슨이 홀던을 가리키며 말했다.

"저도 데리고 가주겠다고 하셨습니다."

"웃기고 있네." 홀던이 응우옌 제독에게 말했다. "꿈도 꾸지 마시지. 남은 인류애를 발휘해서 코드를 나한테 넘기거나 아니면 죽은 다음에 넘겨. 난 어느 쪽이든 상관없으니까. 알아서 결정해."

응우옌 제독이 한 손에 핸드터미널을 꽉 쥔 채 라슨과 홀던을 번갈아 쳐다보았다. 권총을 쥔 손은 뼈마디가 하얗게 핏기가 가셔 있었다. "그럴 순 없어! 난 '절대로'…."

홀던은 그의 목을 쐈다. 머릿속 어디선가 밀러 형사가 장하다는 듯이 고개를 끄덕였다.

"내 배로 돌아갈 수 있는 다른 길을 찾아봐." 홀던은 라슨에게 말하고 응우옌 제독의 시체 옆에 동동 떠다니고 있는 핸드터미널을 거머쥐었다. 잠겨 있는 패널 뒤에 숨어 있는 킹 호의 자폭 스위치를 찾는 데에는 그보다 약간 더 시간이 걸렸다. 사우더 제독의 오버드라이브 코드는 거기에도 접근할 수 있게 해 주었다.

"미안." 홀던은 패널을 열며 조용한 목소리로 나오미에게 말했다. "이런 짓 안 하기로 약속한 건 알지만, 도저히 시간이…."

"아니요." 나오미가 구슬픈 목소리로 말했다. "저 개자식은 죽어도 쌉니다. 그리고 선장님이라면 나중에 반드시 이 일을 후회하겠죠. 전 그것만으로도 괜찮습니다."

잠긴 패널을 열자 버튼 하나가 보였다. 심지어 빨간색도 아니었다. 덤덤한 흰색이었다. "이걸 누르면 배가 자폭한다고?"

"타이머가 없네요." 나오미가 말했다.

"적들에게 함선을 넘기지 못하게 막는 마지막 안전장치니까. 이 패널을 열고 버튼을 누른다는 건 벌써 배가 함락됐다는 뜻이거든.

타이머 같은 게 있으면 중간에 누가 해제할 수도 있잖아."

"공학적인 문제군요." 나오미가 말했다. 그녀는 홀던이 무슨 생각을 하고 있는지 알고 있었고, 그가 입 밖에 내기도 전에 대답했다. "우리 둘이 같이 해결할 수 있어요."

"못 해." 홀던이 대답했다. 그는 천천히 슬픔이 북받쳐 오르길 기다렸지만 놀랍게도 그가 느낀 것은 평온함이었다. "지금 이 순간에도 성난 좀비 수백 명이 엘리베이터 통로를 기어 올라오고 있다고. 어쨌든 내가 여기 남는 것 말고 다른 해결책은 없어."

손 하나가 그의 어깨를 붙들었다. 홀던이 고개를 들자 라슨이 말했다. "제가 하겠습니다."

"아니, 그러지 않아도 돼."

라슨이 팔을 내밀었다. 그의 우주복 소매에 작게 찢어진 곳이 있었다. 엘리베이터 문에 끼었을 때 찢어진 것이다. 그리고 그 주변에 손바닥 크기의 갈색 얼룩이 묻어 있었다.

"운이 더럽게 나빴던 거겠죠. 저도 에로스 피드를 봤습니다." 라슨이 말했다. "저를 데려가선 안 됩니다. 저도 얼마 후면⋯." 라슨이 잠시 뜸을 들이다 엘리베이터를 고갯짓했다. "저렇게 되겠죠."

홀던이 라슨의 손을 잡았다. 두꺼운 장갑 때문에 아무런 감각도 느껴지지 않다. "정말 미안해."

"노력해 주셨잖습니까." 라슨이 처량한 미소를 지으며 대답했다. "적어도 로커에 갇혀서 목말라 죽진 않을 테니까요."

"자네가 어떤 일을 했는지 반드시 사우더 제독님께 말씀드리겠어." 홀던이 말했다. "모두에게 알릴 거야."

"꼭 좀 부탁드립니다." 라슨이 대답했다. 그는 애거서 킹 호를 단 몇 초 만에 작은 초신성으로 만들 수 있는 버튼 옆으로 다가갔다. 라슨이 헬멧을 벗고 숨을 깊이 들이마셨다. "세 갑판 위로 올라가면 에어록이 있습니다. 놈들이 아직 엘리베이터 통로를 장악하지 않았다면 거기까지 가실 수 있을 겁니다."

"라슨, 나는···."

"어서 가십시오."

홀던은 킹 호의 에어록에서 방호복을 벗어야 했다. 이미 점액질로 뒤덮여서 고래호로 갖고 들어갈 수 없었기 때문이다. 방사능에 노출되는 위험을 감수하고 로커에서 연합군 우주복 하나를 슬쩍했다. 라슨이 입고 있던 것과 똑같아 보였다. 홀던은 고래호로 귀환하자마자 사우더 제독의 배로 원격 명령 코드를 전송했다. 그가 로시난테 호에 거의 도착했을 즈음, 킹 호가 새하얀 화염에 휩싸였다.

50
바비

"방금 선장님이 출발했어." 에이모스가 기계제작실로 들어오며 말했다. 바비는 첨단 기술의 결정체로 구성된 작은 원 위에 나지막이 떠 있었다. 그녀의 뒤에는 먼지 한 톨 없이 닦인 정찰용 강화복이 앉아 있었는데, 새로 설치한 총의 총열 하나가 오른쪽 팔 포트 안에서 번득였다. 바비의 왼쪽에는 분해했다 다시 조립한 에이모스의 자동산탄총이 공중에 떠 있었다. 그리고 원의 나머지 부분은 권총과 수류탄, 전투 나이프, 그리고 다양한 무기의 탄창으로 구성되어 있었다. 바비는 머릿속으로 각각의 무기들을 하나씩 점검한 다음, 이제 그녀가 할 수 있는 일은 모두 끝냈다고 결론 내렸다.

"자기가 살아 돌아오지 못할지도 모른다고 생각하나 봐." 에이모스가 말을 이으며 허리를 굽혀 자동산탄총을 집어 들었다. 그는 비판적인 눈빛으로 자신이 가장 좋아하는 무기를 꼼꼼히 살펴보고는 고맙다는 듯이 고개를 끄덕였다.

"돌아올 수 없는 전투에 나설 때면 일종의 깨달음을 얻게 되지."

바비가 대답했다. 그녀는 손을 내밀어 강화복을 붙잡은 다음 몸을 구부려 안으로 집어넣기 시작했다. 무중력에서는 결코 쉬운 일이 아니었다. 몸을 비틀어 다리를 끼워 넣고 슈트를 가슴까지 잠갔다. 바비는 에이모스가 자신을 빤히 쳐다보고 있는 것을 발견했다. 바보 같은 웃음이 얼굴 가득 떠올라 있었다.

"진심이야? 진짜로?" 바비가 물었다. "당신네 선장이 죽으러 간다는 얘기를 하면서 머릿속에 '오오, 저 가슴 좀 봐' 하는 생각밖에 없냐고."

에이모스는 바비의 비아냥에도 전혀 기죽지 않고 히죽이며 대꾸했다. "그 보디슈트는 상상의 여지를 남겨주지 않거든. 그냥 그렇다고."

바비는 한심하다는 듯이 눈동자를 굴렸다. "아, 네. 만약에 이 완벽한 무장장갑 전투강화복 안에 헐렁한 스웨터를 입을 수 있었더라도 난 그딴 걸 안 입었겠지. 당연하잖아? 얼마나 바보 같아 보이겠어." 바비는 제어판을 눌러 슈트를 완전히 봉인했다. 강화복이 제2의 피부처럼 그녀를 감싸 안았다. 바비는 헬멧을 닫고, 외부 스피커로 에이모스에게 말을 걸었다. 스피커를 쓰면 자신의 목소리가 살벌하고 비인간적으로 들린다는 사실을 바비는 잘 알고 있다.

"가서 바지나 입으셔." 바비가 말했다. 방 안 가득 기계음의 반향이 울려 퍼졌다. 에이모스는 저도 모르게 한 발짝 뒤로 물러섰다. "살아 돌아오지 못할지도 모르는 건 선장만이 아니야."

바비는 사다리 리프트를 타고 관제실로 갔다. 아바사랄라가 통신 스테이션 앞 충격 흡수 소파에 앉아 있었다. 나오미는 홀던의 전용석인 전술 패널 앞에 있었고, 알렉스는 조종석에 있을 것이다.

바비가 면갑을 열고 원래의 목소리로 말했다.

"이제 가도 됩니까?"

아바사랄라가 고개를 끄덕이더니 '기다려'라고 말하듯이 한 손을 세우며 누군가와 헤드셋 마이크로 대화를 계속했다. "화성군이 이미 소대 하나를 강하시켰어." 아바사랄라가 헤드셋 마이크를 옆으로 밀고 바비에게 말했다. "하지만 그들이 받은 명령은 위에서 결정을 내릴 때까지 기지를 봉쇄하고 경계선을 구축하라는 것뿐이야."

"그렇다면 혹시⋯." 바비가 입을 열자 아바사랄라가 손사래를 치며 말을 가로막았다.

"오, 아니야." 아바사랄라가 말했다. "내가 바로 그 위에 있는 높은 사람이야. 난 벌써 자네들이 지상에서 탈출한 후에야 저 도살장을 깡그리 불살라버리기로 결정했으니까 걱정하지 않아도 돼. 그건 그저 저들에게 우리가 아직도 계속 논의 중이라고 생각하게 하려는 것뿐이야. 그동안 자네들이 아이들을 빼내 올 수 있게 말이지."

바비는 아바사랄라에게 주먹을 까딱여 보였다. 화성군 포스리콘은 전투장갑복을 입은 상태에서는 소행성대식 몸짓 언어를 사용하도록 훈련받았다. 그걸 모르는 아바사랄라는 어리둥절한 것 같았다. "빌어먹을 손장난은 작작하고 가서 애들이나 구해와."

바비는 사다리 리프트로 돌아가, 선내 채널을 열었다. "에이모스, 프락스. 5분 뒤에 에어록에서 만납시다. 즉시 출발할 수 있게 철저히 준비해 오십시오. 알렉스? 10분 뒤에 우릴 지상에 내려 줘."

"알겠다." 알렉스가 대답했다. "즐거운 사냥을 빈다, 병사." 바비는 시간만 넉넉했다면 알렉스와 좋은 친구가 될 수 있었을지도 모른다고 생각했다. 그것은 꽤 기분 좋은 상상이었다.

에이모스가 에어록 앞에서 그녀를 기다리고 있었다. 화성군 경량 장갑복을 입고 그가 좋아하는 커다란 총을 들었다. 몇 분 뒤에 프락스가 뛰어 들어왔다. 아직도 낑낑거리며 빌려온 장갑복에 몸을 집어넣으려 애쓰고 있었다. 마치 아버지의 신발을 빌려 신은 꼬마 같았다. 에이모스가 프락스를 거들어 장갑복을 입히는 도중 에어록 스피커에서 알렉스가 말했다. "강하한다. 다들 꼭 잡아."

발밑에서 선체가 요동쳤다. 바비는 자석 부츠의 출력을 최대로 올렸다. 에이모스와 프락스는 벽에서 좌석을 끄집어 펼친 다음 안전띠를 맸다.

"작전을 한 번 더 설명한다." 바비가 공중에서 찍은 연구소 사진을 불러오며 말했다. 그녀는 로시난테 호의 시스템을 불러내 벽면 모니터에 사진을 띄웠다. "이 에어록이 우리가 진입할 곳이다. 잠겨 있으면 에이모스가 폭탄으로 날려 외부 에어록을 연다. 두 사람의 장갑복은 이오 방사능대에서 오래 버티지 못하니까 최대한 빨리 건물 내부로 진입해야 해. 프락스, 당신은 나오미가 만든 무선 링크를 갖고 있으니 일단 내부에 진입하면 그것을 꽂을 네트워크 노드를 찾아보십시오. 지금으로써는 기지 구조에 관해 아는 것이 없으므로 나오미가 시스템을 빨리 해킹하면 할수록 아이들의 위치를 신속하게 파악할 수 있습니다."

"난 두 번째 계획이 더 마음에 드는데." 에이모스가 말했다.

"두 번째 계획이요?" 프락스가 말했다.

"제일 먼저 눈에 띈 놈을 잡아다 애들이 어디 있는지 죽어라 족치는 거죠."

프락스가 고개를 끄덕였다. "음, 그것도 마음에 드네요."

바비는 에이모스가 터프한 척 허세를 떨게 내버려 두었다. 전투를 앞둔 긴장과 불안감을 극복하는 방식은 사람마다 다르기 마련이다. 바비는 강박적일 정도로 목록을 만드는 것을 선호했다. 몸풀기나 위협하기도 괜찮은 전략이었다. "위치를 확보하고 나면 두 사람은 최대한 빨리 아이들을 챙겨. 나는 탈출 경로를 확보할 테니."

"괜찮은 작전 같은데." 에이모스가 말했다.

"실수하면 안 돼." 바비가 말했다. "이오는 태양계에서 최악의 장소 중 하나니까. 지각은 불안정하지, 방사능은 지랄 맞지. 놈들이 왜 하필 여기 숨었는지도 알만해. 이 빌어먹을 위성에 있다는 것만으로도 맞닥뜨릴 수 있는 위험을 과소평가하지 마."

"2분 남았다." 알렉스가 통신 회선으로 말했다.

바비가 심호흡했다. "그리고 최악은 따로 있지. 이 개새끼들이 수백 개의 프로토분자 돌연변이를 화성에 발사했어. 보유한 걸 모두 발사했다고 믿고 싶지만 나는 그렇게 생각하지 않아. 기지 안에 들어가면 그 괴물을 만날 확률이 높아."

바비는 '내가 꿈에서 봤어'라고 말하지 않았다. 그다지 도움이 될 것 같지 않았기 때문이다.

"한 놈이라도 발견되면 무조건 '내가' 처리한다. 에이모스, 당신은 화물실에서 놈을 공격하다가 하마터면 당신네 선장을 거의 죽일 뻔했지? 나한테도 그랬다간 팔을 아작내 주겠어. 궁금하면 어디 한 번 시도해 보시든가."

"알아들었습니다, 대장." 에이모스가 대답했다. "별거 아닌 거 갖고 너무 흥분하지 마셔. 잘 알아들었으니까."

"1분 전." 알렉스가 말했다.

"현재 화성 해군이 해당 지역을 봉쇄하고 있지만, 우리에게 진입 허가를 내주지는 않았어. 혹시 누가 탈출하는 걸 보더라도 체포할 필요는 없어. 어차피 멀리 가기 전에 화성 해군이 알아서 처리할 테니까."

"30초 전."

"준비해." 바비는 HUD에 상태 디스플레이를 띄웠다. 탄약소 지량 계기를 포함해 모두 정상이었다. 그녀는 2천 발의 소이 탄환을 소지하고 있었다.

길고 희미한 쉭쉭 소리를 내며 에어록에서 공기가 빠져나가기 시작했다. 에어록 내부 기압은 이제 이오의 희박한 유황 대기와 비슷한 수준으로 떨어졌다. 배가 지면에 닿기 직전, 에이모스가 의자에서 벌떡 튕기듯이 일어나더니 바비의 헬멧에 머리를 가볍게 부딪쳤다. 그가 외쳤다. "가서 놈들한테 지옥을 보여줘!"

바깥쪽 에어록 문이 열리자 바비의 강화복이 방사능 경고 알림을 울려댔다. 우주선 외부 대기가 생명 유지에 적합하지 않다는 사실도 추가로 경고했다. 바비는 에이모스를 열린 문밖으로 밀어낸 다음 프락스의 등을 밀었다. "돌격! 돌격! 돌격!"

에이모스가 어색한 동작으로 풀쩍거리며 이오의 대지 위를 달렸다. 무선을 타고 헐떡이는 숨소리가 들렸다. 프락스는 그보다 훨씬 저중력에 익숙한 움직임으로 에이모스에게 바짝 따라붙어 잘 따라가고 있었다. 바비는 로시난테 호에서 내린 다음 긴 곡선을 그리며 지상에서 거의 7미터 높이까지 훌쩍 뛰어올랐다. 강화복이 레이더와 EM(Electro Magnetic, 전자기) 센서로 목표물을 찾아 주변을 스캔하는 동안 그녀는 눈으로 근방을 둘러보았다. 슈트도 그녀도 아무것도 포착하지 못했다.

바비는 뒤뚱거리는 에이모스의 옆에 착지했다가 다시 땅을 박차고 뛰어올라 단숨에 에어록 문에 도착했다. 버튼을 누르자 바깥쪽 문이 돌아가며 열렸다. 당연하지. 누가 이오에서 문을 잠그겠는가? 누가 이 녹아내린 규소와 유황의 불모지에 금은보화를 훔치러 침입하겠는가.

에이모스가 그녀의 옆을 스쳐 에어록 안으로 들어가더니 발을 멈추고 숨을 골랐다. 바비가 프락스를 먼저 들여보낸 후 에이모스에게 막 에어록을 닫으라고 말하려는 순간, 무선이 죽었다.

바비는 몸을 돌려 움직이는 것을 찾아 지평선 너머를 살폈다. 에이모스가 다가와 그녀의 등에 헬멧을 지그시 대고 거의 들리지도 않는 목소리로 소리쳤다. "왜 그래?"

바비는 똑같이 고함을 지르는 대신 에어록 밖으로 나갔다. 에이모스를 가리켰다가 다시 에어록 안쪽을 가리켰다. 손가락으로 걸어가는 흉내를 냈다. 에이모스가 알았다는 뜻으로 한 손을 까딱이더니 에어록 안으로 돌아가 외부 문을 닫았다.

이제 기지 안은 전적으로 에이모스와 프락스에게 달렸다. 바비는 부디 두 사람이 성공하기를 빌었다.

슈트보다 바비가 먼저 움직임을 포착했다. 노르스름한 유황 대지 위에서 뭔가가 움직이고 있었다. 배경과 다른 색깔의 물체였다. 바비는 눈으로, 강화복은 표적 레이저로 그것의 뒤를 쫓았다. 이제와서 놓칠 수는 없다. 놈은 전파를 흡수할지는 몰라도 눈으로 볼 수 있다는 것은 적어도 빛을 반사한다는 의미다.

놈이 다시 움직였다. 빠르지는 않고, 지상에 붙어 움직이고 있다. 바비가 계속 눈으로 추적하고 있지 않았다면 놓칠 뻔했다. 교활한 새끼. 어쨌든 놈은 그녀에게 들켰다는 사실을 아직 모르고 있었다. 강화복의 레이저 거리 측정기에 따르면 놈과의 거리는 약 300미터 이상. 바비의 추측이 옳다면 놈은 자신이 발각된 것을 알면 직진으로 돌진해 그녀의 몸을 손으로 붙잡아 찢으려 할 것이다. 만약 그녀에게 빨리 도달하지 못한다면 뭔가를 집어 던지겠지. 바비가 해야 할 일은 놈의 유전자 제어 프로그램이 해제돼 몸 안의 폭탄이 터질 때까지 계속해서 상처를 입히는 것이었다. 물론 아직은 전부 이론일 뿐이지만.

이제 그 이론을 증명할 시간이다.

바비는 총을 들어 올려 놈을 겨냥했다. 슈트는 표적까지의 거리를 계산해 총알의 편차를 수정하는 기능을 갖추고 있으나 지금 그녀는 저중력 위성에서 초고속 탄환을 사용하는 중이었다. 300미터 거리의 탄도 낙하율은 미세한 수준에 그칠 것이다. 건너편에 있는 괴물이 어두운 보호유리 너머를 볼 수 있을 리는 만무하지만, 바비는 기분 좋게 키스를 날려 보냈다. "내가 돌아왔단다, 귀염둥아. 엄마한테 인사해야지."

바비는 방아쇠를 눌렀다. 3분의 1초도 안 되는 짧은 찰나에 총구에서 50발이 넘는 탄환이 뿜어져 나갔다. 한 발도 빠짐없이 명중한 총알들이 놈의 몸에 운동에너지를 쏟아부었다. 총알의 뾰족한 앞부분이 터지면서 내장된 인화성 젤에 불이 붙었다. 유지 시간은 짧지만 강력한 50개의 화염이 괴물의 몸통을 쑤시고 지나갔다.

검은 필라멘트가 벌겋게 타오르며 총알의 사출구로 뿜어 나오더니 곧 불꽃과 함께 흔적도 없이 사라졌다.

괴물이 저중력에서는 불가능한 속도로 바비를 향해 포탄처럼 돌진해왔다. 팔다리를 휘저을 때마다 그 반작용으로 몸뚱이가 공중에 떠올라야 하건만, 놈은 마치 자석 부츠를 신고 금속 갑판 위를 달리는 것처럼 이오의 규토 위를 안정적으로 미끄러지고 있었다. 경이로운 속도였다. 새파란 눈이 번개처럼 번득였다. 이 세상 것이 아닌 것 같은 길쭉한 손가락이 아직 닿지도 않은 바비를 더듬거리며 허공을 움켜쥐었다. 바비가 꿈속에서 본 것과 똑같았다. 순간 바비는 그 자리에 서서 꿈속에서 보지 못한 결말을 보고 싶다는 충동에 휩싸였다. 이제까지 몇 번이고 그랬듯이, 식은땀에 젖어 잠에서 깨어나고 싶었다.

점점 더 가까이 다가오는 놈의 몸뚱이에서 소이탄이 남긴 검은 화상 자국을 보니 가슴이 벅차올랐다. 검은 필라멘트가 뿜어 나오지도 않았고 상처가 감쪽같이 아물지도 않았다. 이번에는 달랐다. 놈을 다치게 할 수 있었다. 계속해서 다치게 하고 싶었다.

바비가 몸을 돌려 놈의 진로에서 90도 각도로 꺾어 점프했다. 표적 레이저가 고정되어 있었기 때문에 그녀는 눈으로 보지 않고도 괴물의 위치를 파악할 수 있었다. 바비의 짐작대로 놈은 그녀를 쫓기 위해 방향을 틀었다가 몸이 꼬여 넘어지고 말았다. "직선 주행은 빠르지만, 코너링은 형편없지." 바비가 중얼거렸다.

바비가 가만히 서서 놈을 기다리지 않을 것을 깨닫자, 괴물이 멈춰 섰다. 바비도 급하게 발을 멈추고 놈을 돌아보았다. 놈이 허리를 구부려 오래 묵은 용암 덩어리를 떼어 내더니 다른 한 손으로 지면을 붙들었다.

"시작이군." 바비가 중얼거렸다.

괴물이 팔을 앞으로 휘두르자마자 바비는 재빨리 옆으로 회피했다. 그녀가 몸을 모로 비트는 순간 바윗덩어리가 아슬아슬하게 스치고 지나갔다. 바비는 지표면 위를 미끄러지면서 사격을 개시했다. 이번에는 몇 초 동안 수백 발을 놈에게 퍼부었다.

"네가 무슨 일을 하든 나는 더 잘할 수 있어." 바비는 노래를 흥얼거렸다. "난 뭐든 너보다 더 잘할 수 있어." 놈의 몸 안쪽에서 커다란 화염이 솟구치더니 왼팔이 거의 떨어져 나가다시피 덜렁거렸다. 괴물이 휘청거리며 바닥으로 쓰러졌다. 바비는 제자리 뜀박질을 하며 놈이 일어나면 다시 도망칠 준비를 하고 있었다. 하지만 놈은 일어나지 않았다. 대신에 온몸을 바르작거리며 바닥을 굴렀다. 놈의 머리가 부풀어 오르고 파란 눈이 전보다도 더 밝게 빛나기 시작했다. 검은색 키틴질 피부 아래에서 뭔가가 꿈틀댔다.

"꽝! 끝이다, 이 개새끼야!" 바비는 탄성을 지르며 폭탄이 터지길 기다렸다.

그때 놈이 갑자기 두 발로 우뚝 일어서더니 복부에서 살점을 한 움큼 뜯어내 바비에게 던졌다. 그것이 무슨 의미인지 깨닫기도 전에 폭탄은 이미 그녀의 코앞에 다가와 있었다. 바비는 폭탄의 충격파에 휩쓸려 뒤로 날아갔다. 발바닥으로 버티며 한참을 미끄러지자 강화복이 경고 신호를 보내왔다. 가까스로 멈춰 섰을 때는 HUD가 크리스마스트리처럼 점멸하는 적색과 녹색등에 장악되어 있었다. 다리를 움직여보려 했지만, 납덩이라도 달아놓은 것처럼 무거웠다. 슈트의 동작제어기, 즉 그녀의 움직임을 분석해 구동장치를 지시하는 컴퓨터 시스템이 고장 난 것이다. 강화복은 시스템의 재부팅을 준비하는 한편 우회경로를 이용해 다른 위치에 있는 프로그램을 가동하려 하고 있었다. HUD에 반짝이는 노란 메시지가 나타났다. "대기 요망."

고개를 돌릴 수가 없게 된 바비는 갑자기 얼굴 앞에 괴물이 불쑥 나타나자 소스라치게 놀랐다. 비명이 터지는 것을 가까스로 억눌렀다. 하지만 비명을 질렀어도 별 상관은 없었을 것이다. 이오의 유황 대기는 소리가 전달되지 않을 만큼 희박했다. 괴물은 바비의 소리를 들을 수 없다. 그러나 새로운 바비가 전장에서 생을 마감할 준비가 되어 있었다면, 옛 바비는 전투 중에 갓난아기처럼 비명을 질러서는 안 된다는 것을 기억하고 있었다.

놈이 몸을 숙여 그녀를 물끄러미 살펴보았다. 어린아이처럼 호기심이 깃든 커다란 눈이 파랗게 빛났다. 소이탄 때문에 몸 곳곳에 심각한 상처를 입었는데도 상처를 입었다는 사실조차 모르는 것 같았다. 놈이 바비의 가슴 보호판을 기다란 손가락으로 쿡 찔러 보더니 갑자기 부들부들 떨며 끈적거리는 갈색 점액질을 그녀에게 토해 냈다.

"웩, 더럽잖아!" 바비가 악을 빽 질렀다. 장갑복에 조금이라도 구멍이라도 나 있다면 프로토분자 구토물이 묻는 것은 그나마 가장 사소한 문제일 것이다. 어쨌든 간에 이 빌어먹을 자식을 어떻게 떨어내지?

놈이 고개를 한쪽으로 기울이며 신기하다는 듯이 바비를 관찰했다. 안으로 들어갈 빈틈이 없는지 손가락으로 강화복을 찔러 보았다. 바비는 이것과 똑같은 놈이 9톤짜리 전투 기계를 맨손으로 찢는 것을 본 적이 있다. 그녀의 슈트를 박살 내고 싶은 거라면 언제든지 간단히 할 수 있으리라. 그러나 놈은 어떤 연유에서인지 바비를 다치게 하고 싶지 않은 모양이었다. 이번에는 놈의 허리 부근에서 길고 유연한 튜브가 튀어나오더니 손가락 대신에 강화복을 톡톡 건드리기 시작했다. 새로운 촉수에서는 갈색 점액이 쉴 새 없이 뚝뚝 떨어지고 있었다.

바비의 총기 상태 표시등이 붉은색에서 녹색으로 변했다. 시험 삼아 재빨리 총열을 회전해 보았다. 슈트는 아직도 제대로 움직일 수 있을 때까지 '대기'하라고 말하고 있었다. 놈이 우연히 그녀의 총구 앞에서 어슬렁거린다면 몇 발을 쏠 수 있을지도 모른다.

이제 놈의 튜브는 본격적으로 강화복을 탐하고 있었다. 촉수는 슈트에 구멍이나 빈틈이 없는지 끈질기게 쑤셔 보고 꾸준히 갈색 점액질을 흘려보냈다. 무섭기도 했지만, 무엇보다 역겨웠다. 마치 십 대 사춘기 소년의 집요함을 발휘해 여자의 옷자락을 들춰보는 연쇄살인마 밑에 깔린 기분이었다.

"젠장, 될 대로 되라지." 바비가 내뱉었다. 놈이 꼼짝도 못 하고 무력하게 누워 있는 그녀를 더듬고 추행하는 데 진절머리가 났다. 슈트의 오른팔은 무지막지 무거웠고, 평소에 바비를 강력한 전사로 만들어주는 구동장치는 그녀의 움직임에 저항했다. 팔을 들어 올리는 것은 납으로 된 장갑을 끼고 한 손 벤치 프레스를 하는 것과 비슷했다. 바비는 있는 힘을 바닥까지 짜내 팔을 위로 밀었다. 뭔가 뚝하는 소리가 난 것 같았다. 그녀가 슈트를 망가뜨렸는지도 모른다. 실은 그녀의 팔일 수도 있다. 하지만 아직은 알 수 없다. 통증을 느끼기에는 너무 격앙되어 있었기 때문이다.

그러나 그것이 뚝 하고 끊어진 순간 그녀의 팔이 들렸고, 놈의 머리에 바비의 주먹이 닿았다.

"잘 가라." 바비가 말했다. 괴물이 고개를 돌려 재미있다는 눈빛으로 그녀의 손을 바라보았다. 바비는 탄약량이 0을 가리키고 총열이 회전을 멈출 때까지 방아쇠에서 손을 떼지 않았다. 놈의 어깨 위에 아무것도 남지 않을 때까지 꼼짝도 하지 않았다. 마침내, 기진맥진한 바비가 팔을 툭 떨어뜨렸다.

"경로 우회 성공." 슈트가 말했다. "시스템을 재부팅합니다." 익숙하고 나지막한 기계음이 돌아왔다. 바비는 저도 모르게 깔깔거리기 시작했다. 웃음이 멈추지 않았다. 바비는 괴물의 시신을 옆으로 밀치고 상체를 세우고 앉았다.

"다행이네. 배까지 한참 걸어가야 하니까."

51
프락스

프락스는 달렸다.

스테이션의 벽은 중앙에서 길쭉한 육각형을 이루며 꺾어지고 있
었다. 중력은 가니메데보다 약간 높았지만 몇 주일간 1g에 있었던
그로서는 발을 디딜 때마다 천장까지 튀어 오르지 않으려고 신경
을 곤두세워야 했다. 옆에서는 에이모스가 낮고 길게, 그리고 빠른
속도로 성큼성큼 뛰고 있었다. 그 와중에도 손에 들려 있는 산탄총
은 완벽한 평형을 유지했다.

앞에 보이는 삼거리 복도에 한 여자가 불쑥 나타났다. 검은 머
리와 검은 피부. 메이를 데려간 여자가 아니다. 여자의 눈이 휘둥
그레지더니 다급하게 모습을 감췄다.

"우리가 왔다는 걸 알겠네요." 프락스가 숨을 몰아쉬며 말했다.

"우리가 첫 번째 단서는 아닐 겁니다, 박사님." 에이모스가 말했
다. 대수롭지 않다는 듯이 가벼운 목소리였지만 강렬한 감정이 실
려 있었다. 뭔가 분노에 가까운 것이었다.

두 사람은 복도와 복도가 만나는 지점에서 발을 멈췄다. 프락스는 무릎에 팔꿈치를 짚고 몸을 구부린 채 가쁜 숨을 골랐다. 그것은 오래되고 본능적인 반사 반응이었다. 0.2g 이하의 중력에서는 머리를 심장 아래로 놓는다고 해서 혈액순환이 많이 증가하지 않는다. 엄밀히 말하자면 차라리 혈관이 수축하지 않게 똑바로 선 자세를 유지하는 편이 나을 것이다. 프락스는 몸을 억지로 일으켜 세웠다.

"나오미한테 받은 무선 링크를 어디에다 꽂아야 할까요?"

에이모스가 어깨를 으쓱하며 벽을 가리켰다. "그냥 저 표지판을 따라가면 될 것 같은데요."

벽에는 방향을 표시할 때 쓰이는 화살표가 여럿 그려져 있었다. '환경제어실', '카페테리아', 그리고 '제1 실험실'. 에이모스가 총신 끄트머리로 '제1 실험실'이라는 글자를 툭 쳤다.

"저도 거기가 맞을 것 같네요." 프락스가 말했다.

"그럼 갈까요?"

"네. 준비됐습니다." 실은 전혀 그렇지 않았지만, 대답은 그렇게 했다.

프락스의 발밑에서 바닥이 덜컹 흔들리는가 싶더니 길고 그르렁대는 듯한 떨림이 느껴졌다.

"나오미? 제 말 들립니까?"

"그래. 다른 회선으로 선장님과 얘기하는 중이었어. 계속 양쪽을 왔다 갔다 할 것 같아. 그쪽은 괜찮아?"

"크게 보면요." 에이모스가 대답했다. "그런데 누가 총을 쏴대는 것 같은 소리가 들리는데. 설마 군인들이 기지를 공격하는 건 아니겠죠? 예?"

"응, 아니야." 로시난테 호에 남아 있는 나오미가 대답했다. 무선 신호가 약한 탓에 목소리가 작고 가늘게 들렸다. "기지 쪽 사람들이 방어에 나선 것 같아. 하지만 우리 해병대는 아직 반격하지 않고 있어."

"제발 가만히 있으라고 해 주십시오." 에이모스가 말했다. 그는 벌써 제1 실험실 쪽으로 달려가고 있었다. 프락스도 서둘러 그 뒤를 따라 뛰어올랐지만 잘못된 판단이었다. 천장에 팔을 세게 부딪쳤기 때문이다.

"연락이 오면 그렇게 답할게." 나오미가 대답했다.

복도는 미로처럼 복잡했지만 프락스에게는 평생 봐 왔던 익숙한 모습이었다. 연구 시설의 구조는 어딜 가나 비슷하다. 물론 공간의 설계 자체는 다르고 예산이 얼마나 풍부하냐에 따라 세부 시설이 늘어나고 연구소의 종류에 따라 사용하는 기기와 장비도 달라진다. 그러나 그 본질은 항상 똑같았고, 이곳은 프락스의 고향이나 마찬가지였다.

그들은 이곳 사람들과 두 번이나 더 마주쳤다. 첫 번째는 젊은 벨트인 여성으로 흰색 실험복을 입고 있었다. 두 번째는 엄청나게 뚱뚱한 검은 피부의 사내였는데 지구인 특유의 땅딸막한 체형을 지니고 있었다. 어디서나 흔히 볼 수 있는 전형적인 관리자로, 갓 다린 빳빳한 양복을 입고 있었다. 두 명 다 그들을 막으려 들지 않았기에 프락스는 그들이 시야에서 사라지자마자 금세 잊어버렸다.

영상지원실은 음압실 건너편에 있었다. 음압실 문을 열고 들어가자 강렬한 바람 샤워가 어서 지나가라고 등을 떠밀었다. 또다시 어디선가 그르렁거리는 소리가 들렸다. 이번에는 아까보다 소리도 더 크고 거의 15초 동안이나 계속됐다. 누군가 싸우고 있나 보다. 어쩌면 가까운 곳에 활화산이 있을 수도 있다. 어느 쪽인지 알아낼 방도는 없었다. 프락스는 이 연구실이 의도적으로 불안정한 지질 구조 위에 세워져 있다는 사실을 알고 있었다. 대체 어떤 보호 장치가 되어 있는지 궁금했지만 이내 생각을 떨쳐버렸다. 어차피 그가 할 수 있는 일은 없었다.

영상지원실은 그가 가니메데에서 사용하던 것과 거의 똑같았다. 방사형으로 복잡하게 늘어선 공명 디스플레이에서부터 사고중력 렌즈에 이르기까지 모두 익숙한 모양새였다. 방 한쪽 구석에 있는 낮은 주황색 테이블 위에는 빠르게 움직이는 세포 분화 홀로그램이 둥둥 떠 있었다. 방에는 그들이 들어온 출입구 말고도 문이 두 개 더 있었다. 어디선가 말다툼 소리가 들려왔다.

프락스가 문 하나를 가리켰다.

"이거요. 문지방을 봐요. 바퀴 달린 들것을 들락날락할 수 있게 만든 겁니다."

그 문과 이어진 복도는 따뜻하고 습한 공기로 채워져 있었다. 온실이라고 부르기는 힘들어도 거의 비슷했다. 천장까지 높이가 5미터나 되는 높고 길쭉한 공간이 나타났다. 천장과 바닥에는 무거운 장비와 격납장을 나를 수 있는 레일이 설치되어 있고, 양옆으로 늘어선 각각의 구획에는 프락스가 대학원 시절에 사용하던 것과 비슷한 작업대가 놓여 있었다. 스마트 테이블과 벽면 디스플레이, 물품 목록 관리 상자, 표본 용기 등등. 말다툼 소리가 더 커지고 있다. 프락스가 뭔가를 말하려는데 에이모스가 고개를 젓더니 안쪽에 있는 실험 구역을 가리켰다. 그쪽에서 남자의 목소리가 새어 나오고 있었다. 그의 목소리는 크고, 높고, 성이 나 있었다.

"…대피할 곳이 없는데 어디로 대피하라는 거야." 그가 말했다. "나한테 딱 하나 남은 협상 카드를 포기하라고?"

"당신한테는 선택권이 없어." 여자가 말했다. "그 총 내려놔. 말로 하자고. 난 7년 동안이나 당신의 담당관이었어. 그리고 앞으로도 계속 이 일을 하게 도와줄 거야. 하지만…."

"제정신이야? 지금 이 꼬락서니를 보고도 내일이 있을 거라고?"

에이모스가 산탄총으로 전방을 경계하며 천천히 목소리를 향해 접근하기 시작했다. 프락스는 최대한 발소리를 죽여 그 뒤를 따랐다. 스트릭랜드 박사의 목소리를 들은 지 벌써 몇 개월이 됐지만, 저 고함을 지르는 사내가 그일 수도 있다. 정말로 그 사람일지도 몰랐다.

"분명히 말해두겠는데 이젠 우리한텐 아무것도 없어." 남자가 말했다. "아무것도 없다고! 협상하려고 해도 손에 카드 패를 쥐고 있을 때나 가능한 거지. 내가 왜 이 아이들을 지금까지 살려뒀는데?"

"카를로스." 여자가 말했다. 프락스가 막 모퉁이를 돌았을 때였다. "이 이야기는 나중에 해도 돼. 지금 기지에는 적들이 침입했고, 그들이 저 해치로 여기 들어왔는데 당신이 남아 있으면…."

"나도 궁금하네." 에이모스가 불쑥 끼어들었다. "그러면 어떻게 되는데?"

다른 연구 구역과 똑같이 생긴 공간이었다. 스트릭랜드가(의심의 여지가 없는 스트릭랜드였다) 엉덩이 높이까지 올라오는 철제 수송 상자 옆에 서 있었다. 상자 안에는 대여섯 명의 아이들이 죽은 듯이 누워 있었다. 잠을 자고 있거나 약에 취한 것 같았다. 스트릭랜드는 작은 총으로 영상에서 봤던 여자를 겨냥하고 있었다. 그녀는 몸에 꼭 맞는 제복을 입고 있었는데, 냉정하고 위협적으로 보이고 싶은 치안대가 입는 종류의 복장이었다. 그것은 그녀에게 무척 잘 어울렸다.

"우린 다른 해치로 들어왔지요." 프락스가 자신의 어깨너머를 가리키며 말했다.

"…빠?"

단어도 아닌 음절 하나. 운반 카트에서 들려온 그 자그마한 목소리는 이제까지 그가 들었던 어떤 폭발음보다도, 가우스 포탄이나 상처를 입고 죽어간 자들의 비명보다도 더 크게 들렸다. 프락스는 숨을 쉴 수가 없었다. 몸이 움직이지도 않았다. 그는 모두에게 빌어먹을 무기들을 조심하라고, 당장 치우라고 외치고 싶었다. 아이가 있다. 그의 딸이 여기 있었다.

스트릭랜드의 권총이 불을 뿜었다. 일종의 고폭탄이 여자의 목과 얼굴에 명중해 붉은 피와 연골 조각을 공중에 흩뿌렸다. 여자는 비명을 지르려 했지만 이미 후두의 상당 부분이 손상된 까닭에 쌕쌕거리는 젖은 숨소리밖에 나오지 않았다. 에이모스가 잽싸게 산탄총을 들어 올렸지만, 스트릭랜드는(카를로스라고 해야 할지도 모른다) 상자 위에 권총을 내려놓고 안도의 한숨에 가까운 숨을 뱉었다. 여자의 몸이 반쯤 돌며 바닥으로 쓰러지자 핏방울과 살점 조각이 붉은 레이스 담요처럼 팔랑거리며 바닥으로 내려앉았다.

"하느님 감사합니다. 드디어 오셨군요." 박사가 말했다. "때맞춰

오셔서 정말 다행입니다. 저 여자를 잡아두느라 고생했어요. 프락
스 박사. 그동안 얼마나 마음고생을 하셨나요. 진심으로, 진심으
로 죄송합니다."

프락스가 한 발짝 앞으로 다가섰다. 여자가 힘겹게 숨을 헐떡였
다. 그녀의 신경계는 이제 불규칙하게 점멸하고 있었다. 스트릭랜
드가 프락스에게 살짝 웃어 보였다. 지난 몇 년간 메이의 일로 병
원에 갈 때마다 봤던 상냥하고 믿음직한 미소였다. 프락스는 수송
카트의 제어 패드를 발견했다. 바닥에 무릎을 꿇고 패드를 열었다.
찰칵하는 소리와 함께 자석 잠금장치가 해제됐다. 금속판이 위로
빨려 올라가 카트의 본체 속으로 사라졌다.

숨이 멎을 것만 같은 찰나의 순간, 프락스는 메이가 아닌 다른
아이를 보고 있었다. 찰랑거리는 검은 머리칼과 다갈색 피부. 아이
는 마치 메이의 언니처럼 보였다. 그러다 아이가 움직였다. 고개를
조금 까딱인 것에 불과했지만, 프락스가 다른 여자아이 속에 그의
어여쁜 딸이 들어 있다는 사실을 깨닫기에는 충분한 단서였다. 그
가 가니메데에서 몇 개월, 타이코에서 몇 주일을 보내는 동안에 메
이는 혼자 이렇게나 자란 것이다.

"많이 컸네." 프락스가 말했다. "정말로 많이 컸어."

메이가 얼굴을 찡그렸다. 소녀의 미간에 작은 고랑이 파였다.
니콜라와 정말 똑 닮은 모습이었다. 그때 메이의 눈이 번쩍 뜨였다.
멍하고 텅 빈 눈빛이었다. 프락스는 황급히 헬멧을 벗어 옆에 내려
놓았다. 공기 중에서 희미한 유황과 구리 냄새가 났다.

메이가 프락스를 물끄러미 쳐다보더니 방긋 웃었다.

"…빠." 아이가 말했다. 그리곤 손을 내밀었다. 프락스가 팔을

345

뻗자 메이가 작은 주먹으로 그의 손가락을 쥐고 잡아당겼다. 프락스는 딸을 품에 끌어안았다. 메이의 자그마한 몸과(아니, 더 이상은 자그맣지 않았다. 그냥 작다면 모를까) 따스한 체온이 느껴진 순간, 격렬한 감정이 그를 사로잡았다. 지금 이 순간만큼은 별들 사이의 광활한 우주도 메이에 비하면 터무니없이 작게 느껴졌다.

"안정제를 맞았습니다." 스트릭랜드가 말했다. "하지만 건강은 완벽합니다. 면역 상태도 최상이고요."

"내 아가." 프락스가 중얼거렸다. "사랑스러운 내 아가."

메이는 눈을 감은 채 방실거리는 얼굴로 행복하게 칭얼거리고 있었다.

"제가 아버님께 얼마나 죄송한 마음을 품고 있는지 모르실 겁니다." 스트릭랜드가 말했다. "연락할 길만 있었다면, 이게 다 어떻게 된 일인지 몽땅 털어놓을 수만 있었다면 반드시 그랬을 겁니다. 정말 악몽보다 더 끔찍한 악몽 같았어요."

"그러니까 당신 말은, 당신도 여기 억지로 잡혀 있었던 거라고?" 에이모스가 말했다.

"여기서 일하는 연구원들은 거의 전부 강제로 머무르고 있는 겁니다." 스트릭랜드가 말했다. "처음에 여기서 일하기로 계약했을 때, 우리는 그야말로 꿈에서나 가능한 엄청난 자원과 연구의 자유를 보장받았어요. 연구를 시작했을 때만 해도 전 제가 진짜로 세상을 변화시킬 수 있을 줄 알았죠. 그렇지만 그땐 아무것도 몰랐어요. 전혀 잘못 알고 있었지요. 정말 제가 아무리 사죄를 해도 모자랄 겁니다."

온몸의 혈관이 환희의 노래를 부르고 있었다. 몸 안쪽에서 시작된 따스한 기운이 손과 발까지 서서히 번져 나갔다. 프락스는 마치 역사상 가장 완벽한 도취감을 선사하는 약물을 맞은 것 같았다. 메이의 머리카락에서 그가 젊었을 적에 실험실에서 개를 씻길 때 사용하던 싸구려 샴푸 냄새가 났다. 프락스는 벼락이라도 맞은 듯이 벌떡 일어났다. 어찌나 빨랐던지 메이의 중량과 가속도 때문에 그의 몸이 잠깐 두둥실 떠올랐을 정도였다. 무릎과 발이 이상하게 미끈거렸다. 프락스는 잠시 후에야 그가 지금껏 피 웅덩이 위에 무릎을 꿇고 있었다는 것을 깨달았다.

"이 애들은 어떻게 된 거지? 다른 아이들은 어디 있어?" 에이모스가 물었다.

"제가 구할 수 있었던 건 이 아이들이 전부였습니다. 다른 곳으로 옮기려고 진정제를 투여했죠." 스트릭랜드가 대답했다. "우리도 지금 떠나야 합니다. 스테이션에서 탈출해야 해요. 난 경찰에 가야 하고요."

"왜 그래야 하는데?" 에이모스가 물었다.

"여기서 무슨 일이 있었는지 알려야죠." 스트릭랜드가 말했다. "여기서 있었던 범죄 행위에 대해 전부 털어놓을 겁니다."

"그래그래, 알겠어." 에이모스가 말했다. "어, 프락스 박사? 저것 좀 챙겨주겠습니까?" 에이모스가 총신 끝으로 상자 위에 있는 뭔가를 가리켰다.

프락스가 고개를 돌려 에이모스를 쳐다보았다. 지금 여기가 어디고 무엇을 하고 있는지 전혀 모르겠다고 말하는 듯한 넋 나간 표정이었다.

"아." 프락스가 입을 열었다. "물론이죠."

그는 한쪽 팔로 메이를 고쳐 안은 다음 스트릭랜드의 총을 집어 들어 겨눴다.

"왜 이러십니까." 스트릭랜드가 말했다. "이해를 잘 못하신 것 같은데…. 당신들은 몰라요. 나도 피해자라고요. 억지로 이런 일을 해야 했으니까. 그 사람들이 나를 협박했단 말입니다. 저 여자가 나를 억지로 시켰다고요."

"이것 보쇼." 에이모스가 말했다. "나도 이른바 당신네가 노동 계급이라고 부르는 인간이긴 한데 그렇다고 멍청이는 아니거든. 당신은 프로토젠에 알랑거리는 소시오패스 새끼고, 난 당신이 아까 한 말은 아무것도 못 믿어."

마치 가면이 벗겨진 것처럼, 스트릭랜드의 얼굴이 싸늘한 분노로 뒤덮였다.

"프로토젠은 망했어." 그가 말했다. "프로토젠 같은 건 없다고!"

"저런." 에이모스가 말했다. "내가 이름을 잘못 알았나 보네. 그게 문제라니까."

메이가 뭔가를 웅얼거리며 손을 꼼지락거리더니 프락스의 머리카락을 움켜쥐었다. 스트릭랜드가 주먹을 불끈 쥐며 뒷걸음질 쳤다.

"내가 저 애를 구했어." 스트릭랜드가 말했다. "나 때문에 산 거야. 2세대 실험체로 내정되어 있었지만 내가 프로젝트에서 빼냈단 말이야. 저 애들 전부 내가 빼돌렸어. 내가 아니었으면 이 애들은 죽는 것보다도 더한 고통을 겪고 있었을걸. 차라리 죽었으면 했을 정도로."

"방송 때문이었겠지." 프락스가 말했다. "우리가 메이를 찾으러

올 거라는 걸 알고 방송에 나온 메이를 빼돌린 거야. 태양계 전체가 찾고 있는 아이니까."

"그럼 내가 그러지 말았어야 했나?" 스트릭랜드가 말했다. "어쨌든 저 애를 구한 건 나야."

"사실 난 메이를 구한 건 홀던 선장님이라고 생각해." 프락스가 말했다. "하지만 무슨 말을 하고 싶은지는 알겠어."

스트릭랜드가 갖고 있던 권총은 뒤쪽에 엄지손가락으로 간단히 조작할 수 있는 스위치가 달려 있었다. 프락스는 그것을 눌러 안전장치를 잠갔다.

"내 고향은 이제 없어." 천천히, 프락스가 말했다. "난 직업을 잃었고, 전에 알고 지내던 사람들은 거의 모두 죽거나 시스템에서 지워졌지. 태양계에서 가장 강력한 정부는 내가 아내와 아이를 학대했다고 중상했고, 지난 한 달 동안은 얼굴도 모르는 사람들한테 살해 위협을 80개가 넘게 받았어. 그런데 그거 알아? 난 그따위 것에는 이제 상관 안 해."

스트릭랜드가 혓바닥으로 입술을 핥았다. 그의 시선이 프락스에게서 에이모스에게로, 그런 다음 다시 프락스에게로 옮겨갔다.

"난 당신을 죽이고 싶지 않아." 프락스가 말했다. "메이를 찾았으니까. 나한테 복수는 별로 중요하지 않거든."

스트릭랜드가 숨을 깊이 들이켰다가 천천히 내뱉었다. 프락스는 그의 몸에서 긴장이 빠져나가는 것을 보았다. 그의 입매가 안도감과 기쁨의 중간에 있는 듯한 선을 그렸다. 에이모스의 산탄총이 불을 뿜은 순간에, 메이는 잠깐 움찔거리는가 싶더니 고개를 들지도 울지도 않고 다시 프락스의 어깨 위에 힘없이 늘어졌다. 스트릭랜드의 시신이 양팔을 벌린 채 천천히 아래로 쓰러졌다. 머리가 있던 곳 뒤의 벽은 붉은 동맥혈로 얼룩졌고, 맥박에 맞춰 조금씩 뿜어져 나오던 핏줄기가 서서히 잦아들었다.

에이모스가 어깨를 으쓱했다.

"이래도 상관없고." 프락스가 말했다.

"자, 그럼 이제⋯."

등 뒤의 해치가 벌컥 열리더니 한 남자가 황급히 뛰어 들어왔다.

"무슨 일입니까? 방금⋯."

에이모스가 자동산탄총을 잘 보이게 들어 올렸다. 새로 나타난 남자가 뒷걸음질을 치더니 겁에 질려 깽깽거리며 줄행랑쳤다. 에이모스가 헛기침했다.

"이제 애들을 어떻게 데리고 나가죠?"

메이를 카트에 누이는 것은 이제까지 프락스가 해 본 중에 가장 어려운 일이었다. 그는 메이를 줄곧 품에 안고 있고 싶었다. 그의 얼굴에 맞닿는 아이의 체온을 느끼고 싶었다. 그것은 메이가 지금 이곳에 안전하게 있다는 사실을 계속 인지하고자 하는 뇌의 본능적인 반응이었다. 그러기 위해서는 신체적인 접촉이 필요했다. 그러나 프락스가 입고 있는 장갑복은 메이를 이오의 방사능이나 진공에 가까운 희박한 유황 대기로부터 보호하지 못한다. 이 수송용 카트는 가능했다. 프락스는 아이 둘이 누워 있는 상자 안에 메이를 조심스럽게 눕혔고, 에이모스는 다른 네 아이를 두 번째 카트에 실었다. 그중에서 가장 어린 아이는 아직 기저귀도 떼지 못했다. 프락스는 그 애도 가니메데에서 왔는지 궁금했다. 카트가 스테이션

바닥 위를 부드럽게 구르기 시작했다. 복도에 설치된 레일 위를 지날 때는 조금 덜컹거렸다.

"밖으로 나가는 길 기억납니까?" 에이모스가 물었다.

"음, 아마도요." 프락스가 말했다.

"헬멧은 다시 쓰는 게 좋을 겁니다."

"아! 맞다. 고마워요."

문제의 삼거리에서 치안대 제복을 입은 대여섯 명이 외부 공격에 대비해 바리케이드를 치고 있었다. 그렇지만 에이모스가 뒤에서 수류탄을 던지는 바람에 바리케이드는 그들이 의도했던 것보다 훨씬 더 무용지물이 되고 말았다. 대신에 카트를 밀고 지나가려고 시체와 잔해를 치우는 데 몇 분이 소비되었다.

언젠가 프락스도 폭력을 생각하는 것만으로도 불쾌감을 느끼던 시절이 있었다. 피나 시체를 말하는 것이 아니다. 그는 눈앞에 있는 것과 본능적인 두려움을 분리할 수 있을 만큼 해부나 살아있는 팔다리를 자르는 데 익숙했다. 그러나 방금 목격한 사람들은 시신이나 세포를 기증한 것이 아니다. 예전이라면 프락스도 저 사람들이 다른 마땅한 이유 없이 오롯이 강렬한 분노의 폭발에 휩쓸려 저렇게 되었다는 사실에 깊은 충격을 받았을 것이다. 그러나 세상은 프락스에게서 그런 감정을 앗아갔다. 언제부터 이렇게 됐는지 기억조차 나지 않는다. 프락스의 일부분은 이제 눈앞에서 이런 일이 벌어져도 무덤덤했고 어쩌면 앞으로는 늘 이럴지도 모른다. 약간 허무한 느낌이 들기도 했지만, 그마저 머릿속에서 일어나는 일일 뿐이다. 지금 프락스가 느낄 수 있는 유일한 감정은 메이가 상처 하나 없이 무사히 돌아왔다는 가슴 벅찬 안도감과 다시는 메이를 놓치지 않겠다는 흉포한 보호 본능이었다. 적어도 아이가 대학에 갈 때까지는 말이다.

지상으로 나오자 울퉁불퉁한 지표면 때문에 카트를 굴리기가 힘들어졌다. 프락스는 에이모스를 따라 카트를 밀기보다 뒤로 돌려 잡아끌기 시작했다. 힘과 방향각을 생각하면 확실히 현명한 판단이었지만 에이모스가 그러는 것을 보지 않았다면 떠올리지 못했을 발상이었다.

바비가 로시난테 호를 향해 천천히 걸어가고 있었다. 강화복은 검게 그을리고 얼룩덜룩했으며 움직임도 영 어색했다. 등에서 맑은 액체가 새어 흘러내리고 있었다.

"가까이 오지 마십시오." 그녀가 말했다. "프로토분자 점액으로 목욕했으니까."

"저런, 안 됐네." 에이모스가 말했다. "깨끗이 닦을 방법은 있어?"

"그다지." 바비가 대답했다. "구출 작전은 어떻게 됐어?"

"합창단은 턱도 없지만, 야구팀을 만들기에 약간 부족할 정도?" 에이모스가 대답했다.

"메이를 찾았어요." 프락스가 말했다. "무사해요."

"그 말을 들으니 기쁘군요." 바비가 대답했다. 피곤하고 지친 와중에도 그 말만큼은 진심으로 들렸다.

에어록에 들어서자 에이모스와 프락스는 카트를 한쪽 벽에 안전하게 실었다. 바비는 아직 황량한 바깥에 서 있었다. 프락스가 수송 카트의 계기판을 살펴보았다. 아직 40분은 더 버틸 수 있었다.

"오케이." 에이모스가 말했다. "준비 다 됐어."

"비상 해체." 바비가 말했다. 그녀의 강화복이 순식간에 조각조각으로 흩어졌다. 그것은 묘한 광경이었다. 전투강화복의 단단하고 튼튼한 금속판이 낱낱이 부서져 꽃잎처럼 흩날리며 떨어졌고, 그 속에서 두 눈을 감고 입을 살짝 벌린 여성의 모습이 드러났다. 바비가 팔을 내밀자 에이모스가 그녀를 안으로 잡아끌었다. 그 모습은 처음 눈을 뜨고 프락스를 발견한 메이를 생각나게 했다.

"갑시다, 박사 양반." 에이모스가 말했다.

"회전합니다." 프락스가 말했다. 외부 에어록 문을 닫자 신선한 공기가 주입되었다. 10초가 지나자 바비의 가슴이 우렁찬 소리를 내며 오르내리기 시작했다. 30초가 지나자 공기가 8분의 7가량 찼다.

"어떻게 됐어, 친구들?" 나오미가 물었다. 프락스가 수송 상자를 열었다. 아이들은 모두 잠들어 있었다. 메이는 어렸을 때 버릇 그대로 손가락 두 개를 입에 넣고 쪽쪽 빨고 있었다. 프락스는 아직도 그가 못 본 사이에 메이가 이렇게 자랐다는 것을 믿을 수가 없었다.

"모두 무사합니다." 에이모스가 말했다. "빨리 여길 날려버리죠."

"씨발, 잘했어." 뒤편에서 아바사랄라의 목소리가 들렸다.

"알겠다." 나오미가 말했다. "이륙 준비 중. 우리 새 손님들이 안전하게 자리 잡고 나면 알려줘."

프락스는 헬멧을 벗고 바비 옆에 앉았다. 새까만 보디슈트를 입은 바비는 방금 체육관에서 운동을 마치고 나온 사람 같았다. 아니, 그녀는 누구라도 될 수 있었다.

"따님을 찾아 다행입니다." 바비가 말했다.

"고맙습니다. 강화복을 그렇게 버리게 되어 안타깝네요." 프락스가 말했다.

바비는 어깨를 으쓱했다.

"어차피 거의 상징 같은 거나 마찬가지였으니까요." 바비가 대답했다. 내부 에어록이 열렸다.

"에어록 회전 완료." 에이모스가 말했다. "나오미, 우리 돌아왔습니다."

52
아바사랄라

다 끝났다. 다만 그것이 사실이 아니라는 점만 빼면. 이런 일은 절대로 끝나지 않는다.

"이제 우린 전부 친구가 됐어요." 사우더 제독이 말했다. 시간 지연 없이 그와 대화를 나누는 것은 오랫동안 그리워했던 사치였다. "하지만 다들 절뚝거리며 원래 자리로 돌아가고 나면 한동안은 회복하기가 힘들 겁니다. 화성이나 우리나 예전처럼 돌아가려면 수년은 걸리겠지요. 양쪽 다 상처를 크게 입었으니까요."

"애들은요?"

"지금 검사 중입니다. 우리 의료담당이 면역체계 전문가들과 연락하고 있습니다. 남은 건 부모들을 찾아 집으로 돌려보내는 것뿐이고요."

"잘됐네요." 아바사랄라가 말했다. "그게 바로 내가 고대하던 소식이에요. 또 다른 건요?"

사우더 제독이 고개를 끄덕였다. 저중력에서 그는 평소보다 더 젊어 보였다. 그들 둘 다 그랬다. 밑에서 잡아끄는 중력이 없어 피부가 늘어지지 않으니 사우더 제독의 젊었을 적 모습이 쉽게 상상이 됐다.

"171개의 포드 응답기에 잠금 설정을 걸어놨습니다. 모두 태양 쪽으로 빠르게 이동 중이지만 가속이나 회피기동은 하고 있지 않습니다. 지금은 화성에 충분히 접근할 때까지 기다리는 중이고요."

"과연 그게 현명한 판단일까요?"

"접근하려면 현재 속도로 몇 주일이나 더 있어야 합니다. 우주는 광대하니까요."

잠시 두 사람의 거리 외에 다른 것을 의미하는 정적이 흘렀다.

"우리 쪽 함선을 타고 귀환하셨으면 좋겠습니다." 사우더 제독이 말했다.

"그래서 거기서 몇 주일간 서류작업이나 하라고요? 천만의 말씀. 그럴 일은 없을 겁니다. 더구나 제임스 홀던과 로버타 중사, 그리고 메이와 함께 지구로 돌아간다? 그거야말로 제대로 된 화합의 상징이죠. 언론에서 좋아서 까무러칠걸요. 지구, 화성, 거기다 외행성까지 있으니까요. 지랄 맞은 홀던이 어느 편인지는 차치하고 말이죠."

"이제는 완전히 유명인사죠." 사우더 제독이 말했다. "나라라도 하나 세울 수 있을 겁니다."

"그 독선적인 정의감만 어떻게 하면 나쁜 인간은 아니에요. 어쨌든 난 지금 이 우주선을 타고 있어요. 전속력 추진을 하기 전에 수리가 필요한 곳도 없고요. 게다가 난 벌써 그를 고용한 걸요. 지금은 내가 꼴리는 대로 돈을 써도 아무도 뭐라고 못 할 테고."

"알겠습니다." 사우더 제독이 말했다. "돌아가서 지구에서 뵙지요."

"거기서 봐요." 아바사랄라가 대답하고 통신을 끊었다.

아바사랄라는 의자에서 일어나 관제 갑판 위로 사뿐히 떠올랐다. 어렸을 적에 상상하던 것처럼 공중에 떠서 승무원 사다리 통로로 내려가는 것은 별로 어려운 일이 아닐 터였다. 상당히 매혹적이기도 했다. 그렇지만 현실은 힘을 너무 세게 줘서 어딘가에 부딪히거나 반대로 힘을 너무 빼서 아무것도 없는 허공에서 멈춰버려 난감한 상황에 처하게 될 것이다. 아바사랄라는 벽에 붙은 손잡이를 잡고 천천히 주방으로 내려갔다. 가압문이 열렸고, 그녀가 통과하자 나직한 신음과 금속 소리를 내며 문이 텅 닫혔다. 승무원 갑판에 이르자 소곤거리는 말소리가 들렸는데 내용을 알아들을 즈음이 되자 대화의 당사자들이 눈에 들어왔다.

"…닫아야 해요." 프락스가 말하고 있었다. "제 말은, 이제 그건 사기나 다름없잖습니까. 설마 그것 때문에 제가 소송을 당하진 않겠죠?"

"소송이야 언제든지 당할 수 있죠." 홀던이 말했다. "하지만 저쪽이 이길 확률은 거의 없을 겁니다."

"전 그냥 그런 일에 휘말리고 싶지 않은 겁니다. 그러니까 닫아 버리죠."

"그럼 사이트에 공지를 올려 우리 상황을 알리고, 돈이 더 들어오지 못하게 해 달라고 요청하죠."

아바사랄라가 주방에 들어섰다. 프락스와 홀던이 커피메이커 근처에 둥둥 떠 있었다. 프락스는 놀란 표정을 짓고 있었지만, 홀던은 다소 우쭐해 하는 것 같았다. 두 사람 모두 손에 커피 튜브를 들고 있는데 프락스는 자신이 그것을 들고 있다는 것조차 잊어버린 것처럼 보였다. 식물학자는 눈을 휘둥그레 뜬 채 무중력 상태에서도 입을 헤 벌리고 있었다.

"누가 소송을 당한다고?" 아바사랄라가 물었다.

"메이를 찾았으니까요." 홀던이 말했다. "더 이상 사람들에게서 성금을 받고 싶지 않답니다."

"너무 많아요." 식물학자가 문제를 해결해 달라고 부탁하듯이 아바사랄라를 호소하는 눈길로 쳐다보았다. "제 말은…."

"돈이 너무 많이 남아돈다?" 아바사랄라가 말했다.

"지금 있는 거로는 '편안하게' 먹고 살기 힘들 텐데 말이죠." 홀던이 말했다. "적어도 떵떵거리며 살지는 못할 겁니다."

"하지만 그 돈은 당신들 겁니다." 프락스가 기대를 담아 홀던을 돌아보며 말했다. "계좌를 연 건 당신들이잖아요."

"우리 수수료는 벌써 챙겼어요. 믿어주십시오. 그것도 아주 넉넉히 받았거든요." 홀던이 됐다는 듯이 손사래를 치며 말했다. "남은 돈은 다 당신 겁니다. 당신과 메이의 돈이죠."

아바사랄라는 못마땅한 얼굴을 했다. 그녀의 계산이 어긋났기 때문이다. 지금이 프락스를 꾀어 계약을 맺을 수 있는 완벽한 타이밍이라고 생각했는데, 이번에도 짐 홀던이 끼어들어 초를 치고 있었다.

"잘 됐군." 아바사랄라가 말했다. "그건 그렇고 누구 바비 본 사람? 바비한테 할 이야기가 있는데."

"아까 기계제작실로 가는 것 같던데요."

"고마워." 아바사랄라는 다시 몸을 이동시키기 시작했다. 프락스가 경제적으로 자립할 수 있다면 가니메데 재건이라는 일자리를 금전적 이유로 수락할 가능성은 적다. 그러니 애향심을 빌미로 접근하는 것이 나을 것이다. 프락스와 그의 딸은 이번 참사의 상징이나 다름없었고, 따라서 그를 참여시킨다면 식량 공급 시스템이 회복되지 않을 경우에 그들 모두의 삶이 얼마나 엉망진창이 될지 통계나 숫자로 보여주기보다 더 의미심장한 메시지를 전달할 수 있다. 프락스는 그런 것에 쉽게 흔들리는 부류의 인간 같았다. 이 점에 대해서는 생각해 봐야 할 필요가 있었다.

아바사랄라가 천천히 조심스러운 동작으로 기계제작실 근처에 도착했을 때, 이번에도 그녀를 먼저 맞이한 것은 안에서 새어 나오는 목소리였다. 바비와 에이모스가 웃고 있었다. 민망해하며 둘만의 은밀한 시간을 방해해야 할지 고민하는 찰나, 간지럼을 태우는지 몸끼리 부대끼며 부스럭대는 소리가 들렸다. 그러더니 메이가 좋아서 자지러지는 비명을 질렀다. 아바사랄라는 그제야 안에서 무슨 일이 일어나고 있는지 알 수 있었다.

아바사랄라에게 기계제작실은 엔진실 다음으로 어린아이가 놀기에 가장 어울리지 않는 장소였다. 하지만 메이는 여기에 있었다. 공중에서 팔다리가 버둥거렸다. 어깨까지 내려오는 긴 머리칼이 진공 속에서 원을 그리며 펼쳐지자 그 뒤를 따라 아이의 몸이 천천히 회전했다. 메이의 얼굴이 웃음기로 환히 빛나고 있었다. 바비와 에이모스는 방의 반대편에서 서로 마주 보고 있었다. 바비가 공중에서 소녀를 휙 낚아채더니 다시 에이모스에게 밀어 보냈다. 아바사랄라는 그 광경을 보며 생각했다. 메이는 곧 젖니가 빠질 나이지. 저 아이는 어른이 된 후에 이 소동을 과연 얼마나 기억할까.

"이 인간들이 미쳤나?" 에이모스가 메이를 붙잡은 순간, 아바사랄라가 버럭 외쳤다. "여긴 놀이터가 아니야."

"어서 오십시오." 에이모스가 말했다. "이러고 오래 놀 생각은 아닙니다. 선장님과 박사 양반이 둘이서만 할 얘기가 있다길래 여기서 잠시 놀아주려고 한 것뿐이라고요. 함선도 구경시켜주고요."

"그 둘이 자네더러 메이와 놀아주라고 했을 때는 애를 염려…, 아니 공 취급할 거라곤 상상도 못 했을 거야. 자네가 여태껏 살아 있는 게 용하군."

"이러고 노는 게 뭐 어때서요." 에이모스가 메이를 아바사랄라에게 내밀며 쾌활하게 말했다.

"할미한테 오너라." 아바사랄라가 말했다.

"할미가 뭐예요?" 메이가 물었다.

"내가 할미란다."

아바사랄라가 메이를 받아들며 말했다. 아바사랄라는 소녀의 팔을 자신의 다리에 두르고 싶은 충동을 느꼈다. 어린아이가 다리에 무겁게 매달린 느낌이 그리웠다. 무중력에서 아이를 안는 기분은 이상했다. 좋긴 했지만 그래도 이상했다. 메이한테서는 왁스와 바닐라 냄새가 났다. "추진에 들어갈 때까지 얼마나 남았지? 이러고 있으니 꼭… 정처 없이 떠다니는 풍선이 된 느낌이라, 원."

"알렉스와 나오미가 곧 드라이브 컴퓨터 정비를 끝낼 겁니다. 그럼 여기랑도 바이바이죠." 에이모스가 말했다.

"아빠는 어디 있어요?" 메이가 물었다.

"다행이군." 아바사랄라가 대답했다. "일정이 빽빽하니까 말이야. 그리고 난 무중력 수업을 듣자고 자네들에게 돈을 주는 게 아니야. 아빠는 선장님과 말씀 중이란다, 메이."

"어디서요?" 아이가 물었다. "우리 아빠 어딨어요? 아빠 보러 갈래요."

"내가 데려다주마, 얘야." 에이모스가 솥뚜껑 같은 손을 내밀었다. 그가 아바사랄라에게 말했다. "한 5분간 정신없이 놀더니 금방 아빠는 어딨냐는군요."

"좋은 거지." 아바사랄라가 말했다. "이 둘은 그럴 만도 해."

"그건 그렇죠." 덩치 큰 정비공이 말했다. 그는 메이를 품에 안고 주방 쪽으로 날아갔다. 손잡이 같은 건 사용하지도 않았다. 아바사랄라는 에이모스가 사라지는 것을 확인하고는 바비를 돌아보았다.

바비는 머리카락을 부드럽게 흩날리며 공중에 떠 있었다. 아바사랄라가 기억하는 한 처음 보는 편안한 표정과 몸짓이었다. 드디어 마음의 평온을 되찾은 행복한 모습이라 해야 할 테지만, 아바사랄라는 묘하게 물에 빠져 죽은 시신을 떠올렸다.

"어서 오세요." 바비가 말했다. "지구의 과학자들한테서는 무슨 소식 없습니까?"

"있지." 아바사랄라가 말했다. "또 금성에서 에너지 급증 현상이 나타났다더군. 변화 폭도 지난번보다 훨씬 크고. 프락스가 옳았어. 놈들은 모두 연결되어 있는 거야. 그보다 더 최악은 놈들에겐 시간 지연이 없다는 거야. 전투 소식이 거기까지 닿기도 전에 금성이 먼저 반응했어."

"그렇군요." 바비가 말했다. "그거 나쁜 소식이죠?"

"주교 가슴에 달린 젖꼭지만큼이나 이상하지만, 그게 무슨 뜻인지 누가 알겠나? 과학자들은 회전엉킴이니 뭐니 내가 모를 소리만 해대고 있어. 제일 그럴싸한 이론은 그게 인간으로 따지면 아드레날린이 급증하는 것과 비슷하다는 거야. 일부는 폭력과 관계되어 있고, 나머지는 위험이 지나갔다는 게 확실해질 때까지 각성 상태를 유지하는 거지."

"그럼 그것들도 두려워하는 게 있다는 뜻이군요. 그것들도 약점이 있다는 거잖아요. 그건 좋네요."

두 사람은 한참 동안 아무 말도 하지 않았다. 멀리서 쨍그랑하는 소리가 나더니 메이가 새된 비명을 질렀다. 바비는 순간 몸을 흠칫했지만, 아바사랄라는 놀라지 않았다. 어린아이에 익숙하지 않은 이들이 메이를 대하는 것을 보는 것은 꽤 재미있었다. 그들은 아이들이 표현하는 즐거움과 놀라움의 차이를 구분하지 못했다. 어린애의 비명에 관한 한 이 배에서는 그녀와 프락스만이 유일한 전문가였다.

"자넬 찾고 있었어." 아바사랄라가 말했다.

"찾으셨네요." 바비가 어깨를 으쓱하며 말했다.

"그게 문제야?"

"무슨 뜻인지 모르겠는데요. 뭐가 문제라는 겁니까?"

"자네가 여기 있다는 거."

바비가 시선을 피했다. 그녀의 표정이 닫히고 빗장이 걸렸다. 아바사랄라의 짐작대로였다.

"자네는 죽으러 갔어. 그렇지만 세상은 자네를 또다시 엿 먹였고, 자네는 이겼지. 살아남았어. 하지만 문제는 해결되지 않았지."

"몇 개는 해결 됐습니다." 바비가 대답했다. "전부 해결된 게 아닐 뿐이죠. 그리고 적어도 차장보님 게임에서는 우리가 이겼잖습니까."

자기도 모르게 너무 호탕하게 웃은 나머지 몸이 회전했다. 아바사랄라는 손을 내밀어 벽을 붙들었다.

"그래, 그건 내 게임이야. 자네는 이긴 적이 없어. 지지 않았을 뿐이지. 에린라이트? 그 인간은 졌지. 소렌, 응우옌 제독. 난 그 작자들을 게임에서 쫓아냈고, 살아남았어. 앞으로는 어떻게 될까? 에린라이트는 적대적인 분위기 속에서 은퇴하겠지. 그리고 내가 그 자리에 앉게 될 거야."

"그러고 싶으세요?"

"내가 원하는지 아닌지는 상관없어. 얼굴마담이 나한테 그 직책을 제안하지 않으면 사람들은 그가 나를 무시한다고 생각할 거거든. 아, 난 그 제안을 수락할 거야. 수락하지 않으면 사람들은 더 이상 날 두려워할 필요가 없다고 생각할 테니까. 그 자리에 앉으면 나는 사무총장에게 직접 보고하게 돼. 더 많은 권력과 책임을 쥐게 되겠지. 친구와 적도 늘어나고. 그게 바로 게임의 대가야."

"대안이 있어야 할 것 같군요."

"물론 있어. 은퇴하는 방법이 있지."

"그럼 왜 은퇴하지 않는 겁니까?"

"오, 그럴 거야." 아바사랄라가 말했다. "내 아들이 집에 돌아오면. 자네는 어때? 자네도 그만두고 싶은가?"

"그러니까 저더러 아직도 죽고 싶냐고 물어보시는 건가요?"

"그래, 그거."

잠시 침묵이 흘렀다. 그건 좋은 징조였다. 바비가 어떤 대답을 할지 고민하고 있다는 증거였으니까.

"아니요." 마침내 바비가 대답했다. "아닌 것 같습니다. 싸우다 죽는 건 괜찮습니다. 그건 자부심을 느낄 수 있는 결말이니까요. 그렇지만 단순히 죽으려고 죽는 건, 그건 아니죠. 전 그런 짓은 못합니다."

"지금 자네는 아주 흥미로운 위치에 있어." 아바사랄라가 말했다. "그걸 어떻게 이용할 수 있을지 생각해 보게."

"어떤 위치요? 어디에도 속하지 않는 떠돌이 무사 같은 거 말입니까?"

"화성 정부에 자네는 반역자인 동시에 구국의 영웅이야. 죽지 않은 순교자이기도 하지. 거기다 화성인이지만 하나뿐인 절친한 친구가 지구 정부의 수반에 앉아 있지."

"차장보님이 제 유일한 친구는 아닌데요." 바비가 대답했다.

"지랄. 알렉스와 에이모스는 거기 안 들어가. 그치들이 원하는 건 자네 바지 안에 기어들어가는 거잖아."

"차장보님은 아니고요?"

아바사랄라가 다시 웃음을 터트렸다. 바비는 얼굴에 미소를 띠고 있었다. 그녀가 귀환한 뒤로 가장 웃음다운 웃음이었다. 바비가 길고 우울한 한숨을 내쉬었다.

"전 아직도 벗어나지 못했어요." 바비가 말했다. "금방 사라질 거라고 생각했는데…, 제가 정면으로 직시하면 사라질 거라고 생각했는데 말입니다."

"그건 절대로 사라지지 않아. 하지만 시간이 지날수록 익숙해지지."

"뭐에 익숙해져요?"

"거기 사로잡혀 있는 거." 아바사랄라가 대답했다. "앞으로 뭘 하고 싶은지 생각해 봐. 무엇이 되고 싶은지, 뭘 하고 싶은지. 그런 다음에 날 만나러 와. 내 힘이 닿는 한 한껏 도와줄 테니까."

"왜요?" 바비가 물었다. "아니, 정말로, 대체 왜요? 저는 군인입니다. 그리고 저는 임무를 완수했지요. 네, 제가 이제껏 해 본 중에서 제일 어렵고 이상한 임무긴 했지만, 그래도 완수했습니다. 왜냐하면 그건 제가 해야 할 일이었으니까요. 사무차장보님은 제게 빚진 게 없습니다."

아바사랄라가 한쪽 눈썹을 치켜 올렸다.

"정치적인 호의가 내 애정 표현 방식이거든." 그녀가 말했다.

"자, 여러분!" 선내 방송을 타고 알렉스의 목소리가 흘렀다. "모든 게 정상으로 돌아왔습니다. 이의 있는 사람이 없으면 30초 뒤에 발진할 테니 다들 무거워질 준비들 하시죠."

"제안 감사합니다." 바비가 말했다. "하지만 제가 원하는 게 뭔지 파악하는 데 시간이 좀 걸릴지도 모르겠는데요."

"이제 뭘 할 건가? 내 말은, 지금부터 말이야."

"집에 가야죠." 바비가 대답했다. "가족들을 보고 싶습니다. 아버지도요. 한동안은 가족들과 함께 시간을 보내려고요. 제가 누군지도 곰곰이 생각해 보고, 어떻게 다시 시작할 건지 그런 것도 생각해 봐야죠."

"문은 열려 있네, 바비. 언제고 자네가 원하기만 한다면 문은 항상 열려 있어."

*

　루나로 귀환하는 길은 고역이었다. 아바사랄라는 하루에 7시간을 충격 흡수 소파에 앉아 시간 지연을 고려해 태양계의 온갖 장소와 메시지를 주고받았다. 지구에서는 사다비르 에린라이트가 UN에서의 업적을 기리는 작은 기념행사를 열고 죽을 때까지 여생을 가족들인지 농장의 가축들인지와 함께 즐기겠다며 사무차장 자리에서 물러났다. 어쨌든 남은 생애 동안 다시 정치판에서 뒹굴 일은 없을 것이다.

　이오 기지에서는 아직도 진상 조사가 한창이었고 지구에서는 많은 사람이 쉼 없이 머리를 굴리고 있었다. 하지만 화성은 아니었다. 이번 사건에서 유일하게 빠져나간 인간들이 있다면 프로토분자 무기의 입찰을 놓고 에린라이트와 경쟁하던 화성 측 인사들이었다. 그들은 인류 역사상 가장 강력한 생물 무기를 손에 넣지 못한 대신 정치 생명을 지키는 데 성공했다. 정치판이란 원래 이런 작은 아이러니로 가득한 곳이다.

　아바사랄라는 부재중에 새로운 보좌진을 꾸렸다. 아바사랄라가 마침내 그쪽으로 눈을 돌렸을 무렵 그들은 벌써 한 달간이나 알아서 업무를 수행하던 중이었다. 꼭 자동차 뒷좌석에 앉아 운전하는 기분이라 아바사랄라는 영 탐탁지 않았다.

　더불어 메이는 아바사랄라가 재미있는 사람이라고 생각했고, 그래서 날마다 그녀의 관심을 독차지하기를 원했다. 아바사랄라는 어린아이와 놀아줄 시간이 없었지만, 원래 애들과 노는 시간은 아무리 바쁜 와중에도 어떻게든 낼 수 있기 마련이다. 그래서 아바사랄라는 메이의 요구에 기꺼이 응해 주었다. 또 1g로 돌아갔을 때 재활원 따위에 처박히는 건 질색이었기에 틈틈이 운동도 해 줘야 했다. 스테로이드 약물은 그녀에게 열감을 선사하고 밤에도 잠을 못 이루게 하였다. 두 손녀딸의 생일에는 화면으로만 참석했다. 한 번은 20분의 시간 지연을 견뎌야 했고 다른 한 번은 네 시간이나 됐다.

우주선이 태양을 향해 돌진 중인 프로토분자 괴물 무리 옆을 지날 때는 이틀 연속 악몽을 꾸었지만, 이내 서서히 진정되었다. 두 개의 정부가 그것들을 추적 중이었고, 에린라이트의 작은 죽음의 꾸러미들은 비활성화된 채 조용히, 그리고 행복하게 그들 자신의 파멸을 향해 달려가고 있었다.

아바사랄라는 어서 집으로 돌아가고 싶었다.

루나에 정박한 시간은 오래도록 굶주린 입술에 달콤한 사과 한 조각이 닿았으나 씹을 수 없는 것과 비슷했다. 은은한 푸른색과 흰색으로 구성된 낮과 검은색과 금색의 밤이 그녀의 발아래에 있었다. 지구는 아름다웠다. 태양계 그 어떤 곳과도 비견할 수 없는 곳. 그녀의 정원이 저기 있었다. 그녀의 집무실도, 그녀의 침대도 저기 있다.

하지만 아르준은 거기 없었다.

아르준은 제일 좋은 양복을 빼입고 라일락 꽃다발을 든 채 루나의 선착장에서 그녀를 기다리고 있었다. 저중력 덕분인지 더 젊어 보였다. 비록 눈가는 아직도 충혈되어 있었지만 말이다. 아바사랄라는 홀던과 다른 승무원들의 호기심 어린 눈총 속에서 남편을 향해 걸어갔다. 크리스젠 아바사랄라처럼 냉혹하고 입이 험한 여자와 결혼한 저 남자는 제정신인 걸까? 그녀를 쥐고 흔들 수 있는 부류의 사람인 걸까 아니면 그녀의 또 다른 희생양인 걸까? 어떻게 저 여자와 결혼 생활이 가능하지?

"집에 돌아온 걸 환영해." 아르준이 다정하게 말했고, 아바사랄라는 그의 품에 안겼다.

아르준의 냄새가 났다. 아바사랄라는 그의 어깨에 머리를 기댔다. 이제는 지구가 전처럼 간절하게 그립지 않았다.

그녀는 이미 집에 와 있었으므로.

53
홀던

"여보세요, 엄마? 우리 여기예요!"

루나와 지구 사이의 시간 지연은 메시지가 왕복하는 데 6초도 걸리지 않았지만, 상대방의 대답을 듣기 전에 어색한 공백이 존재하기에는 충분했다. 홀던의 호텔 방 화면에 나타난 엘리스 어머니는 5초 정도 그를 뚫어져라 쳐다보더니 갑자기 불이 들어온 것처럼 얼굴이 환해졌다. "지미! 내려오는 거니?"

그것은 중력 우물 아래로 내려간다는 의미였다. 집으로. 그 말에 가슴이 에이는 것 같았다. 부모님이 소유하고 있는 몬태나 농장에 가 본 지도 벌써 몇 년이나 됐다. 하지만 이번에는 나오미가 함께 있고, 벨트인은 지구에 내려갈 수 없다. "아니요, 엄마. 이번에는 안 돼요. 대신에 부모님들이 전부 루나에 와 주셨으면 해요. 셔틀비는 제가 낼게요. 그리고 UN 사무차장인 아바사랄라가 초대하는 거니까 꽤 호화롭게 즐기실 수 있을 거예요."

시간 지연이 있을 때는 저도 모르게 계속해서 떠들게 된다. 상대방이 이번에는 자신이 말할 차례라는 미묘한 신체적 단서를 던져주지 않기 때문이다. 홀던은 간신히 입을 다물고 대답을 기다렸다. 엘리스가 화면을 응시하며 기다리는 동안에 홀던은 자신이 고향에 들르지 않는 사이에 어머니가 얼마나 나이 들었는지 볼 수 있었다. 검은색에 가까운 암갈색 머리에는 새치가 섞여 있고 눈가와 입매의 주름도 더 깊고 뚜렷해졌다. 5초 후에 그녀가 화면을 쳐다보며 손사래를 쳤다. "오, 톰은 절대로 루나 셔틀을 타지 않을 거다. 그 사람이 무중력을 얼마나 싫어하는지 너도 알잖니. 그냥 네가 내려오면 안 되겠니? 파티를 열어줄게. 네 친구들도 데려오면 좋고."

홀던은 미소를 지었다. "엄마, 엄마아빠들이 여기 오셔야 해요. 왜냐하면 제가 소개하고 싶은 사람이 있거든요. 나오미 나가타라고 기억하세요? 제가 지난번에 얘기했잖아요. 사귀고 있다고. 제 생각엔 그보다 더 깊은 사이가 된 것 같아요. 아니, 그렇다고 확신하고 있어요. 어쨌든 지금 우리 둘 다 루나에 와 있는데 좀 복잡한 정치적인 문제를 해결하느라 시간이 걸릴 것 같거든요. 그래서 부모님들이 여기로 올라와 주셨으면 좋겠어요. 저도 보고, 나오미도 만나고요."

5초 뒤에 홀던은 그의 모친이 미묘하게 망설이는 것을 눈치챘다. 그녀는 그것을 커다란 미소로 솜씨 좋게 위장했다. "더 깊은 사이라고? 그게 무슨 뜻이니? 그러니까 결혼 같은 거 말이야? 난 항상 네가 자식을 갖고 싶어 할 거로 생각했다만…." 엘리스 어머니가 말꼬리를 흐리며 거북할 정도로 경직된 미소를 지었다.

"엄마." 홀던이 말했다. "지구인과 벨트인 사이에도 아이는 가질 수 있어요. 우리가 무슨 다른 종도 아니잖아요."

"그렇지." 몇 초 후에 엘리스가 부자연스러울 정도로 재빨리 고개를 주억거리며 대답했다. "그렇지만 거기서 아이를 낳으면…." 그녀가 입을 다물었다. 어머니의 미소가 다소 흐려졌다.

"벨트인이 되겠죠." 홀던이 말했다. "네, 그리고 거기 익숙해지셔야 할 거예요."

5초 후에 엘리스가 고개를 끄덕였다. 이번에도 어색하리만큼 지나치게 빠른 반응이었다. "그러면 우리가 올라가서 네가 지구를 포기할 정도로 사랑에 빠진 여인을 만나봐야지. 정말 특별한 사람인가 보지?"

"네." 홀던이 대답했다. "그래요."

엘리스는 불편한 듯이 잠시 꼼지락거렸다. 잠시 후 한결 가벼운 미소가 얼굴에 번졌다. "톰의 머리끄덩이를 붙잡아서라도 셔틀에 태워 가마."

"사랑해요, 엄마." 홀던이 말했다. 그의 부모들은 평생을 지구에서 살았다. 그들이 아는 유일한 벨트인은 저속한 오락 피드에 나오는 우스꽝스러운 악당들뿐이었다. 그러나 홀던은 부모님들의 뿌리 깊은 편견에 대해 그리 걱정하지 않았다. 나오미와 만난다면 단번에 고쳐질 테니까. 나오미와 며칠만 함께 지내면 그들도 그녀와 사랑에 빠질 것이다. "참, 하나만 더요. 지난번에 제가 보낸 데이터 있잖아요? 혹시 모르니까 한동안 보관해 주시겠어요? 아무한테도 말하지 말고 그냥 갖고만 계세요. 앞으로 몇 달간 일이 어떻게 진행되느냐에 따라 그게 필요해질 수도 있으니까요."

"우리 부모님은 인종차별주의자야." 그날 밤 홀던은 나오미에게 말했다. 그녀는 몸을 동그랗게 말고 그의 귀에 얼굴을 바투 붙인 채 옆에 누워 있었다. 긴 갈색 다리 한 짝은 그의 골반 위에 걸쳐져 있었다.

"그렇군요." 나오미가 속삭였다.

아바사랄라가 그들을 위해 마련해 준 스위트룸은 호화로움을 넘어 과분할 정도였다. 매트리스는 너무 푹신해서 마치 구름 위를 떠다니는 느낌이었고, 공기 재생 시스템에서는 호텔의 전속 조향사가 직접 제작한 은은하고 절묘한 향이 분사됐다. 밤에 풍기는 향은 '바람결에 나부끼는 잔디'라는 이름이었는데, 딱히 풀 내음처럼 느껴지지는 않아도 기분 좋은 냄새였다. 흙냄새도 약간 섞여 있었다. 홀던은 조향사들이 향 이름을 아무렇게나 지은 건 아닌지 미심쩍었다. 그리고 호텔의 산소 농도도 일부러 높게 올려놓은 건 아닐까? 왜냐하면 하늘을 나는 것처럼 기분이 지나치게 좋았기 때문이다.

"우리 애가 벨트인이 될까 봐 우려하고 계셔." 홀던이 말했다.

"애는 없어요." 나오미가 속삭였다. 홀던이 그게 무슨 뜻인지 묻기도 전에 나오미가 자그맣게 코를 골기 시작했다.

다음 날 홀던은 나오미보다 일찍 일어나 제일 좋은 옷으로 차려입은 다음 스테이션으로 갔다. 이 피투성이 사건이 끝나기 전에 그가 해야 할 일이 하나 더 남아 있었다.

그는 줄스-피에르 마오를 만나야 했다.

아바사랄라는 마오가 이오 전투 이후에 대거로 체포된 수십 명의 고위급 정치가와 장군, 그리고 기업 총수 중 한 명이라고 말했다. 마오는 그가 소유한 L5 스테이션에서 우주선을 타고 외행성으로 도주하려다 체포되었고, 아바사랄라는 그를 루나로 호송해 올 것을 명했다.

그날은 아바사랄라와 마오가 대면하는 날이었다. 홀던은 아바사랄라에게 자신도 그 자리에 참석해도 되겠냐고 물었다. 단칼에 거절당할 각오를 하고 있었는데, 놀랍게도 아바사랄라는 한참 동안 깔깔대며 웃다가 이렇게 말했다. "홀던, 마오가 자네 앞에서 나한테 자근자근 밟히는 것만큼 그 인간한테 치욕스러운 것도 없을 거야. 씨발, 당연하지. 와서 봐도 좋아."

그래서 홀던은 서둘러 호텔을 나서 러벨 시티로 들어섰다. 삼륜택시를 타고 튜브 역으로 가서 20분 정도 튜브를 타고 뉴헤이그 UN 청사에 도착했다. 기운에 넘치는 젊은 수행원이 그를 기다리고 있었다. 홀던은 UN 청사의 복잡한 미로를 따라 '회의실 34'라고 적혀 있는 문 앞으로 안내되었다.

"안에서 기다리십시오." 발랄한 수행원이 말했다.

"아니, 그보다는." 홀던은 젊은이의 어깨를 가볍게 두드리며 말했다. "밖에서 기다리는 게 좋을 것 같군요."

수행원은 고개를 살짝 숙이고는 언제 꺼냈는지도 모를 핸드터미널을 들여다보며 바쁜 걸음으로 복도 끝으로 사라졌다. 홀던은 복도 벽에 기대섰다. 저중력에서는 서 있으나 앉아 있으나 별반 다르지 않은 데다, 마오 자식이 긴 복도를 돌아 걸어오는 모습을 보고 싶었다.

홀던의 터미널에서 알람이 울렸다. 아바사랄라에게서 온 짧은 문자메시지였다. "가는 중."

5분도 지나지 않아 줄스-피에르 마오가 엘리베이터에서 내렸다. 양옆에는 홀던이 본 중에 가장 덩치 큰 헌병 둘이 붙어 있었다. 양손은 몸 앞에 수갑이 채워져 있다. 죄수복을 입고 손에는 수갑을 차고 등 뒤에는 무장한 간수가 붙어 있는데도, 줄스-피에로 마오는 여전히 당당하고 오만해 보였다. 그가 가까워지자 홀던은 벽에서 몸을 일으켜 그에게 다가갔다. 헌병 하나가 마오의 팔을 잡아당겨 세우고는 홀던에게 슬쩍 턱을 까딱였다. 마치 '이 자식한테 뭔 짓을 하든 난 찬성이요'라고 말하는 것 같았다. 홀던은 지금 그가 허리춤에서 권총을 꺼내 마오를 쏘아 죽인대도 이 두 헌병이 동시에 머리에 둔기를 맞고 쓰러지는 통에 아무것도 목격하지 못했다고 증언할 것 같다는 강한 예감이 들었다.

그러나 그는 마오를 쏘고 싶지 않았다. 홀던이 원하는 것은 이런 상황에 처할 때마다 그가 늘 원하던 것이었다. 그는 이유를 알고 싶었다.

"그럴 가치가 있었나?"

실제로 두 사람의 키는 비슷했지만 마오는 못마땅한 얼굴로 홀던을 내려다보는 데 성공했다. "당신은 누구요?"

"아우, 왜 이러시나." 홀던이 피식 웃으면서 말했다. "나를 모를 리가 없을 텐데. 난 제임스 홀던이요. 프로토젠의 당신 친구들을 끌어내리고 이제는 당신마저 끝장낼 사람이지. 프로토분자 때문에 죽은 당신 딸을 발견한 장본인이기도 하고. 그러니까 다시 물어보지. 그럴 가치가 있었나?"

마오는 대답하지 않았다.

"딸은 죽고, 회사는 망하고, 수백만 명이 학살되고, 태양계는 다시는 평화롭던 시절로 돌아가지 못하겠지. 그럴 가치가 있었나?"

374

"네가 왜 여기 있는 거지?" 마침내 마오가 물었다. 별안간 그가 초라해 보였다. 그는 홀던과 눈을 마주치지도 않았다.

"난 그때도 거기 있었거든. 드레스덴이 최후를 맞이한 순간 말이야. 아, 참, 당신이 총애하던 불쌍한 제독을 죽인 것도 나요. 그러니 당신 차례에도 자리에 참석하면 꽤 재미있는 구도가 될 거로 생각했지."

"안토니 드레스덴." 마오가 입을 열었다. "그 사람은 처형되듯이 머리에 세 방을 맞았지. 그게 네가 생각하는 정의인가?"

홀던은 웃음을 터트렸다. "오, 크리스젠 아바사랄라는 당신 머리를 쏘지는 않을 거야. 하지만 당신이 그 사람보다 더 나은 결말을 맞이할지는 의심스럽군."

마오는 대답하지 않았다. 홀던은 헌병들에게 회의실을 손짓했다. 그들은 거의 실망한 표정으로 마오의 등을 떠밀며 안으로 들어가 의자에 수갑을 연결했다.

"밖에서 기다리겠습니다. 필요하시면 불러주십시오." 두 헌병 중에서 더 큰 덩치가 말했다. 그들은 문 양옆을 지키고 섰다.

홀던은 회의실 안으로 들어갔다. 의자에 앉았지만 더 이상은 아무 말도 하지 않았다. 잠시 후 아바사랄라가 핸드터미널에 대고 열심히 통화하며 방으로 들어왔다.

"누구 생일인지는 좆도 관심 없으니까 지금 내가 들어가는 회의가 끝나기 전에 해결해 놓으란 말이야. 안 그랬다간 자네 불알을 떼다가 내 책상 위에 문진 대용으로 써먹을 테니까." 그녀는 잠시 입을 다물고 상대방의 말을 경청했다. 그리곤 마오에게 히죽 웃어 보이며 말했다. "흠, 서두르는 게 좋을 거야. 왜냐하면 이번 회의는 별로 오래 걸릴 것 같지 않거든. 좋아, 그럼 나중에 보지."

아바사랄라는 홀던에게는 눈길 한 번 주지 않고 마오의 맞은편에 앉았다. 그를 아는 척도 하지 않았다. 오늘 이 방에 있었던 일에 관한 어떤 기록에도 그의 존재는 남지 않으리라는 생각이 들었다. 아바사랄라가 회의 탁자 위에 핸드터미널을 놓고 의자 등받이에 편안히 기댔다. 긴장감이 팽배한 정적 속에서, 마침내 그녀가 입을 열었다. 그러나 그녀가 말을 건 상대는 홀던이었다. 아바사랄라는 홀던을 쳐다보지도 않고 말했다.

"날 여기까지 데려온 보수는 제대로 받았나?"

"보수 문제는 깔끔하게 해결됐습니다."

"다행이군. 자네한테 장기 계약을 체결할 의향이 있는지 묻고 싶어. 당연히 민간 쪽 일인데, 다만….."

마오가 목청을 가다듬었다. 아바사랄라가 미소 띤 얼굴로 그를 바라보았다.

"당신이 여기 앉아 있다는 거 다 아니까 기다려요."

"하지만 우리 배는 벌써 고용 계약을 맺었습니다." 홀던이 대답했다. "가니메데 재건을 위한 1차 소규모 건축 선단의 호위를 맡았거든요. 그런 다음에 거기서 또 다른 호위 계약을 맺을 수 있겠죠. 아직도 많은 사람이 해적을 무서워하니까요."

"완전히 결정한 건가?"

마오의 얼굴은 굴욕감 때문에 하얗게 질려 있었다. 홀던은 이 순간을 마음껏 즐겼다.

"얼마 전까지 정부 밑에서 일해 봤는데 별로 제 취향이 아니더군요." 홀던이 대답했다.

"맙소사, 자네는 OPA 밑에서 일했잖아. 그건 정부가 아니야. 화폐만 따로 가진 왈패들이지. 네, 뭡니까, 마오? 화장실 가고 싶어요?"

"이런 건 당신답지 않군요." 마오가 말했다. "난 모욕을 당하러 온 게 아닙니다."

아바사랄라의 미소는 눈부시게 밝았다.

"정말 그런가요? 하나만 물어보죠. 우리가 처음 만났을 때 내가 한 말 기억합니까?"

"프로토젠이 운영하는 프로토분자 프로젝트에 관해 아는 게 있으면 전부 말해달라고 했지요."

"아니, 그거 말고요." 아바사랄라가 말했다. "그래요, 그렇게 묻기도 했지. 하지만 지금 당신이 걱정할 부분은 그게 아니에요. 당신은 나한테 거짓말을 했어요. 프로토젠 프로젝트를 무기화하는데 관여했다는 사실이야 벌써 다 들통났으니 이젠 화요일이 무슨 색깔이냐고 묻는 것처럼 의미 없는 일이지."

"본론으로 들어갑시다." 마오가 말했다. "나는…."

"아니, 아니야." 아바사랄라가 그의 말을 가로막았다. "당신이 걱정해야 할 건 당신이 방을 나서기 직전에 내가 한 말이에요. 그때 내가 뭐라고 했는지 기억납니까?"

마오가 어안이 벙벙한 표정으로 아바사랄라를 바라보았다.

"그럴 줄 알았지. 난 그때 이렇게 말했어요. 아는 게 있으면서 나한테 말하지 않은 게 밝혀지면 각오하는 게 좋을 거라고."

"정확히는 이렇게 말했죠." 마오가 억지웃음을 지으며 말했다. "'날 잘못 건드렸다간 좆되는 수가 있어요.'"

"오, 잘 기억하고 있군요." 아바사랄라가 웃음기 하나 없는 무미건조한 목소리로 말했다. "잘 됐군. 그럼 이제부터 그게 무슨 뜻인지 알게 될 테니까."

"나한테는 도움이 될 만한 다른 정보가…."

"씨발, 그 주둥아리 닥쳐." 아바사랄라가 말했다. 처음으로 그녀의 목소리에 노여움의 기색이 드러났다. "한 번만 더 입을 열면 복도에 대기 중인 헌병들을 불러서 꼼짝도 못 하게 붙잡으라고 한 다음에 씨발 의자로 좆나 두들겨 패버릴 거야. 무슨 뜻인지 알아듣겠어?"

마오는 대답하지 않았다. 알아들었다는 뜻이었다.

"내가 당신 때문에 얼마나 손해를 입었는지 알아?" 아바사랄라가 말을 이었다. "승진을 해버렸다고. 경제계획위원회? 지금은 내 책임이야. 공공보건서비스? 옛날엔 그딴 것 따위 신경 안 써도 됐어. 전부 에린라이트의 골칫거리였으니까. 하지만 이젠 내 골칫거리가 됐지. 경제규제위원회? 염병, 그것도 내가 운영해야 하고. 당신은 앞으로 20년간 내 일정을 지랄같이 망쳐놨어. 협상하자고 당신을 부른 게 아니야." 아바사랄라가 말했다. "내가 자랑을 하려고 부른 거지. 난 당신을 당신 아내도 까먹을 정도로 깊고 바닥 없는 구덩이에 처박을 거야. 전에는 에린라이트가 갖고 있던 지위를 사용해 당신이 이제까지 쌓아 올린 것들을 전부, 하나도 남김없이, 조금씩 차례대로 무너뜨릴 거야. 그것도 당신이 보는 앞에서. 당신이 갇혀 있을 구덩이에 딱 하나 존재하는 게 있다면 그건 바로 24시간 뉴스 피드일 테니까. 앞으론 나를 다시 볼 일이 없을 테니 내가 당신의 유산을 하나씩 파괴할 때마다 내 이름이 뼛속까지 깊이 새겨지게 만들어주지. 난 당신을 세상에서 '지워버릴' 거야."

마오는 아바사랄라에게 반항적으로 눈을 부릅떴지만, 홀던은 그것이 허세에 불과하다는 것을 알 수 있었다. 아바사랄라는 마오에게 가장 큰 타격을 입히는 방법을 정확하게 알고 있었다. 마오 같은 부류의 인간은 세상에 자신의 유산을 남기기 위해 산다. 그들은 자신이 미래를 건설하는 건축가라고 믿는다. 아바사랄라는 마오에게 죽음보다 더 비참한 것을 선사해주겠다고 약속하고 있었다.

마오가 홀던을 힐끔 쳐다보았다. 마치 '제발, 차라리 머리를 쏴줘'라고 말하는 것 같았다.

홀던은 그에게 웃어 주었다.

54
프락스

메이는 프락스의 무릎에 앉아 있었지만 온 신경은 레이저처럼 온통 왼쪽에만 집중되어 있었다. 아이는 입가로 손을 가져가 천천히, 그리고 신중하게 반쯤 씹은 스파게티 덩어리를 제 손바닥에 뱉어 에이모스에게 내밀었다.

"이거 구역질 나요." 메이가 말했다.

덩치 큰 정비공이 킬킬거렸다.

"아까는 안 그랬는데 지금은 확실히 그렇구나." 에이모스가 냅킨을 펼치며 말했다. "여기 놓을래?"

"미안합니다." 프락스가 말했다. "메이는 그냥…."

"어린애인 거죠." 에이모스가 말했다. "애들은 원래 이렇잖습니까."

저녁 식사라고 부르지 않는 저녁 식사 자리였다. 그들은 루나의 뉴헤이그에서 UN이 개최한 리셉션 행사에 참석해 있었다. 창문인지 초고화질 스크린인지 알 수 없는 한쪽 벽에는 푸른색과 흰색으로 빛나는 지구가 지평선 위에 떠 있었다. 테이블은 널찍한 공간 곳곳에 거의 반유기체적 형태로 흩어져 있었는데, 아바사랄라는 그것이 최신 유행 스타일이라고 했다. '어떤 멍청이가 아무렇게나 뿌려놓은 것처럼 만드는 거지.'

행사장 안에는 프락스가 아는 사람과 모르는 사람이 반반씩 섞여 있었다. 그들이 물과 기름처럼 나뉘어 있는 모습은 나름대로 흥미로웠다. 프락스의 오른쪽에 있는 몇몇 작은 테이블에는 군복과 멋들어진 정장을 입은 키가 작고 다부진 몸매의 남녀들이 아바사랄라와 재밌다는 표정을 짓고 있는 그녀의 남편을 둘러싸고 앉아 있었다. 그들은 자금조달 체계 분석과 언론통제에 관해 떠들고 있었는데, 그들이 벨트인의 손을 잡고 악수를 할 때마다 그것은 앞선 대화 주제가 거부되었다는 것을 의미했다. 프락스의 왼쪽에는 옷장에서 제일 좋은 옷을 꺼내 입고 나온 과학자들이 앉아 있었다. 대부분 10년쯤 전에 유행한 재킷과 최소한 대여섯 개의 서로 다른 디자인 시즌에 나온 정장을 걸치고 있다. 지구인과 화성인과 벨트인이 골고루 섞여 있지만 대화 내용만큼은 가장 배타적이었다. 영양 등급과 조절 가능한 투과막 기술, 강제 형질 발현 등등. 그들은 과거에, 또 미래에 프락스와 같은 곳에 속할 사람들이었다. 한때 와해되었다가 드디어 다시 뭉친 가니메데의 주민들. 로시난테 호 승무원들과 바비와 같이 앉아 있는 이 중간 테이블만 아니었다면 프락스도 저기 앉아 연쇄효과와 비가시광흡수 엽록체에 관해 늘어놓고 있었을 것이다.

홀던과 동료 승무원들은 중앙에 있는 테이블에서 이곳이 마치 우주를 항행 중인 로시난테 호의 주방이라도 되는 듯이 조용하고 평화로운 시간을 만끽 중이었다. 메이는 에이모스를 좋아하긴 했지만, 아직도 프락스와 잠시라도 떨어지게 되면 울고 보채곤 했다. 프락스는 메이의 심정을 정확하게 이해할 수 있었기 때문에 아이가 그래도 별로 대수롭지 않게 여겼다.

"가니메데에 살았으니 저중력 출산에 대해 잘 알고 있겠죠?" 홀던이 물었다. "벨트인한테 많이 위험한 건 아니겠죠?"

프락스는 입안 가득 씹던 샐러드를 삼키고 고개를 저었다.

"아이고, 천만에요. 엄청나게 위험한 일이죠. 특히 광범위한 의료시설이 갖춰져 있지 않은 배 안에서는 더 그렇고요. 자연임신의 경우에는 여섯 명 중에 다섯은 발달장애나 형태학적 장애가 생기거든요."

"여섯 중 다섯이요?" 홀던이 물었다.

"대부분은 생식계열 문제지만요." 프락스가 말했다. "가니메데에서 태어나는 거의 모든 아이는 철저한 유전자 분석을 거친 다음에 자궁에 착상됩니다. 만약에 유전적으로 치명적인 결함이 있으면 수정란을 폐기하고 처음부터 다시 시작하고요. 그래도 생식세포 이상은 지구와 비교하면 겨우 두 배 정도죠. 그 정도면 별로 나쁜 편은 아니에요."

"아." 홀던은 풀이 줄었다.

"그런데 그런 건 왜 묻는 거지요?"

"아무 의미도 없어요." 나오미가 대답했다. "그냥 대화를 나누고 싶었던 거죠."

"아빠, 나 두부." 메이가 프락스의 귓불을 잡아당기며 칭얼댔다. "두부!"

"저기 가서 찾아보자꾸나." 프락스가 의자를 뒤로 밀치며 일어났다.

프락스가 짙은 색 턱시도를 입은 웨이터와 또 다른 종류의 짙은 색 양복을 입은 외교관들을 헤치며 두부를 찾으러 가는데 한 젊은 여성이 그에게 다가왔다. 한 손에 술잔을 들고 뺨은 붉게 상기되어 있었다.

"프락시디케 멩 씨?" 그녀가 말을 걸었다. "제가 누군지 모르겠어요?"

"음, 네. 모르겠는데요." 프락스가 대답했다.

"저 캐롤 키예소프스키예요." 그녀가 '저'라는 단어를 강조하려는 듯이 손바닥으로 뺨을 감싸며 말했다. "당신이 메이를 찾는 영상을 올린 뒤에 메시지를 몇 번 주고받은 적이 있죠."

"아, 기억납니다." 프락스는 부디 이 여자와 이 여자가 한 말에 대해 하나라도 기억을 떠올릴 수 있길 빌며 대답했다.

"당신과 메이가 정말로, 정말로 용감하다는 말을 하고 싶었어요." 여자가 고개를 끄덕이며 말했다. 프락스는 그녀가 취했다고 생각했다.

"니미, 씨발 새끼." 방 안에 가득 깔린 웅성거리는 소음을 뚫고 갑자기 아바사랄라의 목소리가 커다랗게 울려 퍼졌다.

모두의 이목이 쏠렸다. 아바사랄라는 핸드터미널을 들여다보고 있었다.

"씨발 새끼가 뭐야, 아빠?"

"음, 날씨의 일종이란다." 프락스가 대답했다. "무슨 일입니까?"

"홀던의 예전 상사가 우리한테 한 방 먹였어." 아바사랄라가 말했다. "적어도 그 새끼가 훔쳐간 미사일이 어떻게 됐는지는 알게 됐군."

아르준이 아내의 어깨를 어루만지며 프락스를 가리켰다. 아바사랄라는 진심으로 당황한 것 같았다.

"입조심을 해야 했는데." 아바사랄라가 말했다. "메이가 있다는 걸 깜박했어."

홀던이 프락스의 옆에 나타났다.

"제 상사요?"

"프레드 존슨이 방금 영상을 퍼트렸어." 아바사랄라가 말했다. "우린 응우엔 제독이 발사한 괴물들이 화성에 적당히 접근할 때까지 기다렸다가 처치하려 했거든. 어차피 응답기 신호를 파리똥구멍마냥…. 음, 철저하게 추적하고 있으니까. 그런데 소행성대에 들어가자마자 프레드 존슨이 기다렸다는 듯이 핵미사일을 쏴서 날려버렸어. 하나도 남김없이 말이야."

"하지만 그건 좋은 거 아닌가요?" 프락스가 말했다. "좋은 거 맞죠?"

"그 작자가 그랬으면 좋은 일이 아니지." 아바사랄라가 말했다. "우리한테 무력시위를 하는 거니까. 소행성대에도 무기가 있다, 이거지."

아바사랄라의 왼쪽에 있는 군복쟁이와 그녀의 뒤에 있는 여자가 동시에 말을 하기 시작했다. 뒤이어 프레드를 맹렬히 규탄해야 한다는 주장이 테이블 전체로 퍼져나갔다. 프락스는 거기서 빠져나왔다. 그에게 인사를 했던 술 취한 여인은 프락스와 메이를 까맣게 잊고 다른 남자에게 뭔가를 빠르게 말하고 있었다. 프락스는 벽 근처에 서 있는 웨이터에게서 두부를 갖다 주겠다는 약속을 얻어낸 다음 다시 테이블로 돌아갔다. 에이모스와 메이가 누가 더 코를 세게 풀 수 있는지 게임을 시작했다. 프락스는 바비에게로 고개를 돌렸다.

"화성으로 돌아갈 건가요?" 프락스가 물었다. 정중하고 악의 없는 질문이었지만 바비는 입술을 꼭 다물며 고개를 끄덕였다.

"네." 바비가 대답했다. "알고 보니 우리 오빠가 결혼한다고 하더라고요. 빨리 가서 총각파티를 엉망으로 만들어 줘야죠. 박사님은요? 아바사랄라가 제안한 자리를 수락하실 겁니까?"

"음, 그럴 것 같습니다." 프락스는 바비가 아바사랄라의 제안을 알고 있다는 데 약간 놀랐다. 아직 공표되지도 않은 사안이었다. "어쨌든 가니메데가 지닌 기본적인 장점은 고스란히 남아 있으니까요. 자기권도 그렇고, 얼음도 그렇고, 남은 거울을 조금이라도 회수할 수 있으면 맨땅에서 시작하는 것보다 훨씬 나을 겁니다. 제 말은, 그게 왜 중요하냐면요, 일단 가니메데에 대해 아셔야 할 게…."

한 번 말문이 열리니 봇물 터지듯 터져 나왔다. 가니메데는 여러 가지 측면에서 외행성 문명의 중심지였다. 식물과 관련된 최첨단 이론과 기술은 모두 가니메데에 있었다. 생명과학도 마찬가지였다. 그뿐만이 아니다. 가니메데가 재건되는 과정은 어찌 보면 그 위성이 처음 거친 성장 과정보다도 더 흥미로울 것이다. 무언가를 처음에 할 때 우리가 하는 일은 탐구다. 그러나 같은 일을 두 번째로 반복할 때는 배운 지식을 활용하고 정제하고 개선하고 완벽하게 보완한다. 프락스는 그 생각만으로도 가슴이 설레서 머리가 아찔할 지경이었다. 프락스의 이야기를 듣는 바비의 얼굴에는 씁쓸한 미소가 떠올라 있었다.

그리고 이것은 가니메데에만 해당하는 일이 아니다. 모든 인류 문명은 과거의 무너진 잔해에서 탄생했다. 생명은 거대한 화학적 우연이고, 단순한 세포복제에서 시작해 성장과 파멸을 거쳐 또다시 성장을 거듭한다. 자연의 대참사는 늘 일어나는 일이며, 다음 단계로 나아가기 위한 전주곡에 불과하다.

"낭만적으로 말씀하시는군요." 바비가 거의 힐난조로 말했다.

"그럴 의도는 아니었는데…." 프락스가 입을 연 순간 뭔가 차고 축축한 것이 그의 귓속으로 파고들었다. 프락스는 짧은 비명을 지르며 몸을 뒤로 젖혔고, 메이의 밝은 눈과 환한 미소와 마주쳤다. 메이의 집게손가락에서 침이 뚝뚝 떨어지고 있었다. 그 뒤에서는 에이모스가 시뻘게진 얼굴로 한 손으로는 배를 부여잡고 다른 한 손으로는 접시가 흔들릴 정도로 테이블을 죽어라 내리치며 낄낄대고 있었다.

"뭘 한 거니, 애야?"

"안녕, 아빠. 사랑해요."

"자, 받아요." 알렉스가 프락스에게 깨끗한 냅킨을 건넸다. "필요할 겁니다."

프락스는 주변이 고요해진 것을 깨닫고 깜짝 놀랐다. 언제부터 이랬는지는 몰라도 거센 파도처럼 갑작스러운 깨달음이 그를 휩쓸고 지나갔다. 만찬장의 절반을 차지하고 있던 정치가들이 죽은 듯이 조용했다. 울창한 숲처럼 빽빽한 사람들 사이로, 그는 아바사랄라가 무릎에 팔꿈치를 괸 채 핸드터미널을 얼굴에 바짝 대고 뚫어져라 보고 있는 것을 발견했다. 그녀가 자리에서 일어나자 사람들이 기적처럼 갈라졌다. 아바사랄라는 몸집이 아주 작은 여인이었지만 그저 걷는 것만으로도 방 전체를 지휘할 수 있었다.

"예감이 안 좋은데요." 홀던이 의자에서 일어나며 말했다. 프락스와 나오미, 에이모스, 알렉스와 바비도 말 한마디 없이 일어서 아바사랄라의 뒤를 따라갔다. 정치가와 과학자들도 마찬가지였다. 드디어 진정한 화합의 장이 열린 것 같았다.

널따란 홀 건너편에 있는 회의실은 고대 그리스의 원형극장을 본뜬 것이었다. 거대한 고화질 스크린 앞에 높은 연단이 있었다. 아바사랄라는 핸드터미널에 대고 뭔가를 낮고 빠르게 말하며 걸어갔고, 모두가 그 뒤를 졸졸 따랐다. 불안감에 몸이 덜덜 떨리는 것 같았다. 커다란 화면이 검은색으로 변하자 누군가 조명을 낮췄다.

컴컴한 화면 속에 태양을 등에 업은 금성의 윤곽이 떠올랐다. 전에도 프락스가 수없이 봤던 광경이었다. 어떤 관측 스테이션도 보내올 수 있는 흔한 영상이었다. 화면 좌측 하단에 적힌 시간은 영상이 47분 전에 찍힌 것임을 말해주었다. 숫자 밑에는 '셀레스틴'이라는 선박 이름이 적혀 있었다.

금성은 프로토분자가 폭력 사태에 연루될 때마다 반응했다. 그리고 방금 OPA가 수백이 넘는 반인반프로토분자 병사를 소멸시켰다. 프락스는 흥분과 공포가 뒤섞인 감정을 느꼈다.

화면 속 이미지가 센서에 간섭이 일어난 것처럼 흐릿해졌다가 다시 선명해졌다. 아바사랄라가 '보여줘'와 비슷한 단어를 날카롭게 외쳤다. 영상이 정지하더니 확대되었다. 화면 속에 회녹색의 선박이 떠 있었다. HUD에는 '머맨'이라는 글자가 떠 있었다. 화면이

나시 흐트러지더니 머맨 호가 아까보다 2센티미터쯤 왼쪽에서 정처 없이 빙글빙글 돌고 있었다. 아바사랄라가 다시 뭔가를 말했다. 몇 초 후, 화면이 첫 장면으로 다시 돌아갔다. 이제 무엇을 봐야 할지 알게 된 프락스는 금성의 그늘 아래에 점처럼 떠 있는 머맨 호를 발견했다. 그러고 보니 그 주변에도 그런 점들이 몇 개 더 있었다.

금성의 어두운 면이 두꺼운 구름 속에서 갑자기 번개가 치듯 덜컹 맥동했다. 그러더니 다음 순간 행성 전체가 빛을 발하기 시작했다.

금성을 둘러싸고 있는 바퀴살처럼 생긴 수천, 수만 킬로미터에 달하는 길고 거대한 필라멘트가 하얗게 달아오르다가 돌연 씻은 듯이 자취를 감췄다. 금성을 빈틈없이 뒤덮고 있는 구름층이 밑에서부터 동요하며 소용돌이쳤다. 프락스는 언젠가 물고기가 수면으로 올라올 때 서서히 깨어나듯이 파동하는 물결을 보며 신기해했던 기억을 떠올렸다. 금성의 구름 커튼을 가르고, 거대하고 빛나는 것이 부상했다. 무지갯빛으로 반짝거리는 기다란 가닥들이 무시무시한 번개 폭풍을 내뿜으며 동그랗게 휘더니, 문어 다리처럼 꿈틀거리면서 중앙에서 만났다. 그것은 금성의 구름층에서 벗어나자마자 태양의 반대쪽으로 엄청난 속도로 돌진했고, 화면 속 우주선 옆을 무심하게 스쳐 지나갔다. 그것의 진로에 있던 다른 우주선들이 황급히 방향을 틀어 흩어졌다. 그것의 탈출과 함께 딸려 나온 기다란 구름 기둥이 햇빛을 반사해 눈송이와 얼음 조각처럼 반짝거렸다. 프락스는 그것의 크기를 가늠해보려 했다. 적어도 세레스 스테이션에 맞먹을 정도로 컸다. 가니메데만큼이나 컸다. 어쩌면 그것보다 더 클지도 모른다. 그것은 팔을(촉수라고 해야 할지도 모른다)

접을 수도 있었고, 드라이브의 분사 흔적을 남기지도 않고 가속할 수 있었다. 그것은 진공 속을 헤엄쳤다. 프락스의 심장이 미친 듯이 뛰었다. 그러나 그의 몸은 바위처럼 뻣뻣하게 굳어 있었다.

메이가 손바닥으로 프락스의 뺨을 톡톡 건드리더니 화면을 가리켰다.

"저게 뭐야?" 아이가 물었다.

에필로그: 홀던

홀던은 영상을 재생했다. 로시난테 호의 주방에 있는 벽면 스크린은 셀레스틴 호가 녹화한 고화질 영상을 세세한 부분까지 포착하기에는 너무 작았다. 그러나 홀던은 어딜 가든 손에서 그 영상을 뗄 수가 없었다. 테이블 위에서는 커피가 식어가고 있고 그 옆에는 손도 안 댄 샌드위치가 놓여 있었다.

금성이 복잡하게 엉클어진 패턴으로 번쩍인다. 행성 전체에 거센 폭풍우가 몰아치듯이 두꺼운 구름이 소용돌이친다. 그리고 그것이 나타났다. 꼬리에 금성의 두꺼운 구름 기둥을 매달고.

"침대로 가요." 나오미가 말했다. 그녀가 의자 위에서 상체를 기울여 그의 손을 잡았다. "잠을 자긴 해야죠."

"너무 커. 우주선들을 무슨 파리처럼 쉽게 날려버리는 것 좀 봐. 꼭 구피 떼 사이를 지나가는 고래처럼 말이야."

"그래서 당신이 뭘 할 수 있는데요?"

"이게 그들의 최종 형태인 거야, 나오미." 홀던이 화면에서 시선을 들어 그녀를 쳐다보며 말했다. "이게 진짜 마지막이면 어떻게 하지? 이제 외계 바이러스 같은 건 없어. 이게 바로 프로토분자가 원했던 거야. 이게 바로 그것들이 지구의 모든 생명체를 빨아들여서 만들고 싶어 했던 거라고. 이건 '무엇도' 될 수 있어."

"그래서, 당신이 뭘 할 수 있는데요." 나오미가 다시 물었다. 질문은 가혹했지만, 목소리는 부드러웠다. 그녀가 그의 손가락을 따뜻하게 감아쥐었다.

홀던은 다시 화면으로 시선을 돌려 재생 버튼을 눌렀다. 금성 근처를 날던 십수 대의 우주선이 허리케인에 휩쓸리듯이 가볍게 나가떨어져 가냘픈 낙엽처럼 휘휘 돌았다. 금성의 대기권이 일그러지며 비틀렸다.

"좋아요." 나오미가 의자에서 일어나며 말했다. "전 자러 갈 거예요. 들어와도 깨우지 말아요. 피곤하니까."

홀던은 고개를 들지도 않고 그저 끄덕였다. 거대한 형체가 늘씬한 유선형 화살처럼 접히더니 빨래통 한가운데서 젖은 옷을 빼내는 것처럼 우주 공간 속으로 쏜살같이 날아갔다. 뒤에 남은 금성이 왠지 초라해 보였다. 마치 그 외계 생명체에 생기를 다 빨리기라도 한 것 같았다.

드디어 그것이 여기에 탄생했다. 프로토분자는 존재 그 자체만으로 인류 문명을 혼돈 속에 몰아넣었고, 기나긴 투쟁 끝에 드디어 수십억 년에 걸친 임무를 완수했다. 과연 인류는 저것으로부터 살아남을 수 있을까? 장대한 임무를 마친 지금, 과연 프로토분자가 인류의 존재를 신경이나 쓸까?

홀던이 무서운 것은 하나의 단계가 끝났기 때문이 아니다. 그가 진짜 두려운 이유는 인간의 지식과 경험으로는 이해할 수 없는 무언가가 시작되었기 때문이다. 앞으로 무엇이 기다리고 있든, 인류는 무방비한 상태로 그것을 맞이해야 할 것이다.

홀던은 그것이 죽도록 무서웠다.

등 뒤에서 누군가 헛기침을 했다.

홀던은 천천히 억지로 고개를 돌렸다. 주방 냉장고 옆에 한 남자가 서 있었다. 늘 거기 있었다는 듯이 너무도 태연하게 거기 있었다. 구깃구깃한 회색 양복, 찌그러진 중절모. 그의 뺨에서 새파란 반딧불이가 피어올라 공중을 선회했다. 사내는 귀찮다는 듯이 손을 저어 그것을 털어 냈다. 그는 겸연쩍으면서도 내심 미안하다는 표정을 짓고 있었다.

"어이." 밀러 형사가 말했다. "우리 얘기 좀 하지."

감사의 글

소설을 집필하는 과정은 사람들이 흔히 생각하는 것처럼 외롭지 않다. 이 책을 비롯한 〈익스팬스〉 시리즈는 쇼나 맥카시와 대니 바로어의 고된 노고, 그리고 송동원, 앤 클라크, 알렉스 렌시키, 독보적인 잭 워맥과 오비트 출판사의 뛰어난 직원들의 지지와 헌신이 없었다면 탄생하지 못했을 것이다. 더불어 아낌없는 피드백과 지지를 보내 준 캐리, 캣, 제인, 그리고 사커리버 패거리들에게도 감사의 말을 보낸다. 이 책에서 멋지고 근사한 부분은 상당 부분 그들의 덕분이다. 실수와 부적절한 표현, 그리고 허튼소리는 오롯이 우리 탓이다.

스페이스 오페라, 셰익스피어를 만나다

하나의 세계를 창조하고 그것을 받아들이도록 타인을 설득하는 것은 쉬운 일이 아니다. 그 세계를 좋아하게 만드는 것은 더더욱 어렵다. 그리고 제임스 S. A. 코리는 그것을 해냈다. 《칼리반의 전쟁》은 전작 《깨어난 괴물》을 읽고도 이 세계의 가능성에 여전히 회의를 품고 있던 이들에게 건네는 의미심장한 초대장이다.

21세기 들어 대중적, 그리고 문학적으로 가장 큰 성공을 거둔 스페이스 오페라로 손꼽히는 제임스 S. A. 코리의 〈익스팬스〉 시리즈. 그 시작을 알린 첫 번째 책 《깨어난 괴물》의 원제는 '리바이어던이 깨어났다(Leviathan Wakes)'로, 리바이어던은 본래 구약성서 욥기에 등장하는 거대괴물의 이름이다. 리바이어던은 바다에 사는 거대한 짐승으로 육지의 짐승 비히모스(Behemoth)와 쌍을 이루며 절대악의 힘을 상징한다.

17세기 영국의 철학자 토마스 홉스는 그의 저서 《리바이어던》과

《비히모스》를 통해, 정치적인 의미에서 육지에 사는 괴물 비히모스가 '내란'을 의미한다면, 바다에 사는 신비의 존재 리바이어던은 전쟁의 불안과 공포를 극복하여 평화를 영구적으로 유지할 수 있는 절대주권을 가진 '국가'를 상징한다고 해석하기도 했다.

제임스 S. A. 코리는(또는 타이 프랭크와 다니엘 애이브러햄은) 장대한 시리즈의 첫 번째 책 《깨어난 괴물》을 통해 먼저 구약성서의 괴물을 소환했다. 물론 그 괴물은 바다에 사는 괴물이 아니라, 23억 년 전에 가늠할 수 없는 먼 외계에서 지구를 향해 발사된 소행성에 타고 있는 외계생명체다. 그 소행성은 불행하게도, 혹은 인류를 위해서는 다행히도 토성의 중력에 포섭되어 고작 위성 신세로 긴 시간을 보내야 했지만 말이다.

그리고 인류는 여전히 전쟁 중이다. 태양계 전체를 삶의 터전으로 만들 만큼 과학과 기술이 발달한 23세기에도 여전히 인간은 인간을 착취하고, 필요하다면 학살을 서슴지 않는다. 지구는 UN이라는 하나의 단일국가로 통일되었지만, 신흥 무장 세력이 된 화성, 그리고 식민지로 전락한 신세지만 독립의 열망이 끊이지 않는 소행성대의 '내란'은 결코 만만하게 볼 상황이 아니다. 그리고 그 내란을 종식할 거대한 괴물 '리바이어던'이 깨어났다.

세계가 이야기를 압도하던 《깨어난 괴물》의 우주

《깨어난 괴물》은 그 이름을 가져온 구약성서처럼, 새로운 세계가 창조되었음을 알리는, 거대한 또 하나의 우주의 탄생을 알리는 잘 짜인 서막이었다. 과학적 엄밀함에 기반을 둔 세계관에는 확실한 존재감이 있었고, 서로 다른 개성의 두 주인공 홀던과 밀러는 각각 스페이스 오페라의 장쾌함과 하드보일드 누아르의 우수를 빚으며 이야기의 표정을 풍부하게 만들었다. 복잡하게 얽힌 정치 세력 간의 힘겨루기는 현실을 연상시켰고, 그 속의 개인에 지나지 않는 로시난테 호 승무원들의 동료애와 줄리 마오가 보여준 용기는 이 세계를 지탱하는 인간성에 대한 신뢰를 갖게 했다.

그러나 한편으로 이와 같은 장점들 아래에는 소년의 자의식이 있었다. 자기가 오랜 시간 조립한 세계를 열심히 설명하며 플레이어를 모집하려 애쓰는 '너드' 소년들의 열정 말이다. 장대한 시리즈의 첫 번째 책이라는 이유도 있었겠지만, 《깨어난 괴물》은 중반까지 소설이라기보다는 게임의 설정집을 연상시킬 만큼 세계관의 설정에 집중했다. 그러다 보니 인물들의 입체성은 다소 미흡했던 것이 사실이었다. 홀던과 밀러는 할리우드 스테레오타입에서 벗어나지 않는 주인공들이었고(크리스 프랫, 윌리엄 샤트너, 험프리 보가트, 해리슨 포드…. 누구를 그들 위에 갖다 붙여도 위화감이 없다), 나오미 나카타와 홀던의 로맨스에는 오리엔탈리즘의 그림자가 어른거렸다. 줄리에 대한 밀러의 집착은 수시로 설득력을 잃어버려서 독자들은 밀러를 따라잡기 위해서 밀러 자신만큼이나 몇 번씩 걸음을 멈추고 그를 이해하려 노력해야 했다. 클라이맥스는 인상적이었지만 일본 애니메이션 속의 유사한 장면들을 떠올리게 했다. 어쨌건 이 시리즈의 첫 번째 책은, 세계가 이야기를 압도하는 소설이었다.

"나는 저주하기 위해 너의 언어를 배웠다"

그런데! 《칼리반의 전쟁(Caliban's War)》은 여기서 같은 작가의 책이 맞나 싶을 정도로 놀랍게 도약한다. 그 도약은 비유하자면, 구약성서에서 갑자기 셰익스피어급으로의 진화다. 사실 제목의 '칼리반(Caliban)' 역시 윌리엄 셰익스피어의 희곡 〈템페스트〉에 나오는 반인반수 괴물의 이름이다. 《깨어난 괴물》에서 '리바이어던'이 정체를 알 수 없이 두렵기만 한 먼 바다의 괴물이었다면, 이제 《칼리반의 전쟁》에서 괴물은 반쯤 인간의 모습을 하고 등장한다. 그리고 감히 인류는 그 괴물을 '이용'하고 싶어 한다.

셰익스피어의 〈템페스트〉에서 괴물 '칼리반'은 "나는 저주하기 위해 너의 언어를 배웠다"고 울부짖는다. 첫 번째 책 《깨어난 괴물》을 통해 아서 C. 클라크의 《라마와의 랑데부》에서처럼 갑자기 등장한 외계생명체의 존재에 맞선 인류의 고군분투를 다뤘다면, 《칼리반의 전쟁》에서는 외계생명체가 인류의 과학과 언어를 배워 진화해 마침내 '지성의 푸른 눈빛'을 갖게 된다.

《깨어난 괴물》의 성공으로 작가들이 자신감을 얻은 덕일까, 두 번째 이야기는 한층 안정되고 선명해졌다. 시점이 전작의 두 배로 늘었음에도(홀던, 바비, 아바사랄라, 프락스. 여기에 프롤로그의 '메이'를 포함하면 다섯 명이 번갈아 조명된다), 따라가기가 훨씬 수월하다. 《깨어난 괴물》에서 홀던과 밀러의 색조는 종종 상충했고 둘이 함께 행동하고부터는 더욱 삐거덕거렸다. 그러나 《칼리반의 전쟁》은 네 주인공에게 저마다 자기 존재감을 과시하게 하면서도 이를 능란하게 조화시킨다. 딸을 빼앗긴 식물학자, 동료들을 잃고 혼자 살아남은 거대한 체구의 군인, 손녀들에게는 인자한 할머니이지만 공석에서는 욕을 입에 달고 사는 UN의 권력자, 그리고 해결사가 된 전 우주적 트러블메이커. 접점을 찾기 어려울 법한 네 인물이 각자의 이야기를 전개하는 동시에 서로에게 영향을 미치고, 마침내 하나가 되어 움직인다. 초자연적인 존재 앞에서 화해를 이루는 셰익스피어의 희곡 〈템페스트〉가 21세기의 스페이스 오페라에 강림하는 순간이다.

풍부해진 캐릭터, 호소력 있는 주인공들

또한 작가들은 전작에 가해진 비평을 민감하게 받아들였음이 틀림없다. 제임스 홀던은 연인과 동료들을 잃을지도 모른다는 두려움, 밀러에 대한 죄책감, 사선을 넘은 자의 무모함, 통제하기 힘든 자만심으로 분열하면서 좀 더 깊이 있는 인물이 되었다. 프락스는 밀러와 마찬가지로 아내에게 버림받은 남자지만, 면역질환이 있는 딸을 지극히 사랑하며 혼자 키웠고 아이가 납치되자 온 우주를 향해 구호를 요청한다. 그의 절실함은 물론 밀러에 비해 훨씬 강한 호소력을 지니고 있다.

크리스젠 아바사랄라와 로버타 드레이퍼(바비)는 넷 중에서도 유독 흥미로운 주인공들이다. 전작의 히로인이라 할 수 있는 나오미와 줄리는 남성 화자인 홀던과 밀러의 눈을 통해서만 해석이 가능한 인물이었다. 그러나 아바사랄라와 바비는 단순히 제 목소리를 내는 수준을 넘어서는 여성 캐릭터들이다. 지구의 단일국가 UN의 사무차장보인 아바사랄라는 거칠고 교활하고 정치 역학에

통달한 거물이다. 하지만 사적 영역에서는 가족을 사랑하는 아내이자 할머니이고, 아들을 잃은 고통을 극복하지 못한 어머니이고, 바로 그 이유 때문에 "어떤 아이도 부당하게 죽게 할 수 없다"라는 신념 안에서 공적 가면으로 무장하고 인류의 운명이 걸린 '게임'을 지배한다.

바비는 육체와 정신 모두 기이할 만큼 강건한 군인으로, 사태의 핵심을 꿰뚫어보는 직관을 지니고 있다. 신장 2미터, 체중 100킬로그램이 넘는 거구이지만 이성을 압도하고 매료시킬 만큼 아름답다. 그녀가 발산하는 생명력과 강인함은 이야기 전반에 구심점으로 작용한다. 그리고 속이 뻥 뚫릴 만큼 호쾌한 액션 역시 바비의 전담이다.

아바사랄라는 지구를, 바비는 화성을, 홀던은 무법지대를, 프락스는 외행성대의 소시민을 대표한다. 성별과 지역은 물론 인종적으로도 다양해진 인물 구성이다(아바사랄라는 인도계이고 프락스는 동아시아계, 바비는 폴리네시아계로 암시된다). 전작이 얻은 반응에 대한 세심한 고려 없이는 가능하지 않을 법한 설정이다.

밀러와 홀던, 두 시점의 교대로 사건이 진행된 《깨어난 괴물》이 마초 성향의 백인 남성 주인공들의 시선을 태생적으로 벗어나지 못했다면, 《칼리반의 전쟁》은 기본적인 설정에서뿐만 아니라 그 캐릭터들이 자신의 목소리를 풍성하게 냄으로써 전작의 한계를 스스로 뚫고 나선다.

새 주인공들이 시리즈에 종적 깊이를 더했다면 세계는 횡적으로 확장되었다. 프레드 존슨이 대표하는 OPA(외행성 연합)는 이야기 너머로 잠시 물러났지만 지구와 화성, 초행성적 거대 기업이 전면으로 나서면서 각 세력의 면모가 조금 더 뚜렷해졌다. 가니메데의 주민 프락스는 지구와 화성 밖에서 일상을 영위하는 소시민의 삶이 어떤 것인지를 보여준다. 프로토분자 괴물이 성장하고 있는 금성도 본격적으로 대두된다.

그리고 결말, 충격적인 그 반전. 마지막 장면은 이어질 이야기에서 금성(프로토분자)이 또 다른 역할을 할지도 모른다는 사실을 암시한다. 지구와 화성은 아바사랄라의 게임에 연루됨으로써 잠시 힘을 합쳤지만, 다가올 위협 앞에서도 연합할 수 있을까? 홀던이 제공한 무기를 쥐고 있는 프레드 존슨의 OPA는 어떤 역할을 하게 될까? 로시난테 호는 시리즈 끝까지 기존 질서를 교란하며 새로운 흐름을 만들어내는 조커의 포지션을 유지할까?

세 번째 책《파멸의 문》을 기다리며

《칼리반의 전쟁》은 성공적인 데뷔작만큼이나 중요한 것이 시리즈의 수명을 연장하는 후속작임을 분명히 보여주는 소설이다. 전작의 주인공 밀러는 끊임없는 피로 속에서 '사람은 언제 사람이기를 그만두는 걸까?' 하고 스스로에게 묻는다.《칼리반의 전쟁》에서 네 주인공은 사람이 사람이기를 바라는 한, 자신과 타인의 사랑을 지키는 한 세계는 지속될 가치가 있다고 화답한다. 그리고 이는 또한, 제임스 S. A. 코리가 만들어낸 우주를 사랑해야만 하는 훌륭한 이유이기도 하다.

작가들은 첫 번째 책《깨어난 괴물》의 헌사를 (당연하게도) 그들의 아내 제인과 캣에게 바쳤지만, 두 번째 책《칼리반의 전쟁》에서는 알프레드 베스터와 아서 C. 클라크에게 그 공을 돌렸다. "SF판 얼음과 불의 노래"라는 찬사를 받는 〈익스팬스〉 시리즈가 클라크를 비롯하여 얼마나 충실하게 SF 고전들의 익숙한 문법을 따르면서 발전시켰는가 하는 것은 논란의 여지조차 없을 만큼 명확하지만, 작가들은 한 권씩 시리즈를 이어 나갈 때마다 놀랍도록 발전된 모습으로 한 걸음 더 나아가고 있다.

올여름 번역본이 나올 예정이라는, 〈익스팬스〉 시리즈의 세 번째 책은《파멸의 문(Abaddon's Gate)》이다. 아바돈(Abbadon)은 신약성서에 나오는 사도 요한의 계시록 중 다섯 번째 환상에 등장하는 메뚜기떼 왕 '아볼루온'의 히브리식 이름으로 무저갱의 사자, 곧 파멸의 사탄을 가리킨다.《파멸의 문》은 시리즈 중 처음으로 로커스상을 수상하고 휴고상에 최종 노미네이트 되는 등 현재까지 가장 큰 성공을 거두기도 했다. 제목으로 상징되는 괴물의 이름만으로도 벌써부터 그 출간이 기다려진다.

유진*, 소설가

---

* 소설가이자 출판기획자로, 현재 리디북스에서 소설 MD로 일하고 있다. 장르문학서 평가로도 활동 중이다. 대표작으로《춤추는 자들의 왕》(황금가지)이 있다.

스페이스 오페라가 있는 밤

스페이스 오페라, 뉴턴 역학을 다시 품다

1920년대에 싸구려 SF로 시작하여 이후 수십 년간 착취 장르의 대명사로 여겨지던 스페이스 오페라는 1970년대에 이르러 SF계의 거목인 편집자 레스터 델 레이와 〈스타워즈〉의 감독 조지 루카스 덕분에 현대적 의미, 즉 '최신 과학 지식과 외삽법을 이용해 먼 미래의 광대한 우주를 배경으로 영웅들의 활약상을 그리는 SF'로 발전했다. 그리고 1980년대 이후 C. J. 체리, 데이비드 브린, 오슨 스콧 카드, 로이스 맥마스터 부졸드, 댄 시먼스, 버노 빈지 등이 등장하며 미국의 스페이스 오페라는 황금기를 맞이했다. 또한 스페이스 오페라를 저급 SF로 취급하던 뉴웨이브의 탄생지인 영국에서도, 풍부하고 치밀한 등장인물 성격 묘사, 세련된 서술, 박진감을 덕목으로 추구하는 이언 M. 뱅크스, 피터 해밀턴, 켄 매클라우드 등의 주도로 '뉴 스페이스 오페라'라는 새로운 하위 장르가 발전했다.

이러한 과정을 통해 스페이스 오페라는 현재 그 황금기를 누리고 있지만, 오락적인 면에 치중하는 과정에서 과학 기술의 부정적 측면은 무시한 채 과학 만능주의를 지나치게 강조했다는 지적이 끊이지 않았다. 그리고, 광대한 우주를 그 배경으로 하는 특성상, 스페이스 오페라는 그 넓은 공간을 채우기 위해 전쟁을 소재로 선택하는 경우가 많은데, 그 과정에서 파괴와 폭력을 지나치게 강조하고 선악의 이분 논리가 너무나 단순하게 반영된다는 지적도 있다. 또한 스페이스 오페라에서는 광대한 우주 공간을 이동하느라 소비하는 시간을 줄이기 위해 초공간 도약이나 워프처럼 과학으로 설명할 수 없는 소재를 차용하는 경우가 흔하고, 이 때문에 과학 소설이 아니라는 지적을 받기도 한다. 이런 이유로, 일부 독자들은 스페이스 오페라는 그 내용이 폭력적이며 황당하고 유치하며 비과학적이라는 인식을 하게 되었다.

이러한 비판을 극복하기 위해 알레스터 레이놀즈, 스티븐 박스터 등은 하드 SF와 스페이스 오페라를 접목한 하드 스페이스 오페라를 발표하기 시작했다. 또한 하드 SF의 개념을 한층 더 엄밀하게 적용한 뉴터니언 스페이스 오페라, 즉 초광속이나 초공간처럼 현재 과학으로 볼 때 불가능한 개념이나 상대성이론과 같이 일반 독자가 이해하기 어려운 이론의 도움 없이, 뉴턴 역학을 바탕으로 한 스페이스 오페라도 하나둘씩 발표되기 시작했다. 이러한 하드 스페이스 오페라 작품들 가운데 가장 성공한 작품이 바로 본서 《깨어난 괴물》로 시작하는, 제임스 S. A. 코리의 〈익스팬스〉 시리즈이다.

익스팬스 시리즈

〈익스팬스〉 시리즈는 기존의 스페이스 오페라가 자주 다루는 먼 미래의 광대한 우주와 현재의 지구 사이, 즉 인류가 태양계 전체로 팽창해 나가는 시기를 다루고 있다. 이 시리즈에서 인류는 크게 세 가지 세력으로 나뉜다. 폭발적인 인구 증가로 인해 엄격한 산아 제한을 시행 중인 지구, 지구에서 독립해 지구와 협력하는 한편 은근히 경쟁하는 화성, 그리고 지구와 화성에 무시당하며 독립을 꿈꾸는 소행성대 사람들의 단체인 외행성 연합이 그들이다. 본서는 모종의 음모로 인해 태양계 전쟁이라는 극한 대립으로 치닫는 상황에서 우연히 사건에 휘말리는 주인공들이 사건의 진실을 밝혀내고 문제를 해결해가는 과정을 담고 있다. 이러한 스토리는 기존의 스페이스 오페라의 공식을 잘 따르고 있다.

하지만 〈익스팬스〉 시리즈는 기존의 스페이스 오페라와 다른 점이 몇 가지 있다.

우선 본 시리즈는 과학 법칙을 엄격히 적용함과 동시에 과학 소설만의 특징인 외삽법을 그 극한까지 밀어붙였다. 스텔스 기술의 우주선 적용, 대기권에 들어갈 일이 없는 우주선의 구조, 소행성에서 원심력을 중력으로 삼았을 때 중력에 비해 상대적으로 큰 코리올리 힘 속에서의 생활 환경, 자원의 재보급이 제한적인 소행성에서 살아가는 거주민들의 일상, 우주선이 급가속을 할 때 그 안에 탄 승무원들이 받게 되는 신체적 영향과 그 영향을 최소화하기 위한 보호 대책, 미세 중력 아래 우주선 승무원의 생활 등 우주에서 벌어질 수 있는 상황 묘사의 과학적 엄밀함은 하드 SF의 교과서라 할 수 있는《라마와의 랑데부》와 비교해도 전혀 뒤지지 않는다.

주인공 역시 독특하다. 전쟁이 주소재가 되는 스페이스 오페라에서는 그 특성상 주인공 역시 군인 또는 정부 소속인 경우가 많다. 그에 반해,《깨어난 괴물》의 주인공들은 평범한 시민이다. 홀던과 그 동료들은 하급 수송선의 승무원이며, 본서의 또 다른 한 축인 밀러는 소행성의 계약직 형사였다가 해고된 알코올 의존증 환자이다. 그리고 이들은 자신이 감당할 수 있는 것보다 더 큰 상황에 직면하고, 제한된 자원을 최대한 활용하여 그 상황을 빠져나간다. 군인이나 정부 요원의 경우 상부에 도움을 요청할 수 있는 것과는 다른 상황인 것이다.

또 다른 차이점으로는 등장인물의 입체적인 묘사를 들 수 있다. 기존의 스페이스 오페라는 은하계 전반에 걸친 커다란 대립 구조에만 이야기를 집중하는 경우가 많았다. 그 과정에서 등장인물은 자신의 고민을 깊이 있게 풀어나갈 기회를 얻지 못한 채 평면적으로 묘사되고 소모되곤 했다. 그러나 본서의 주인공인 밀러는 그렇지 않다. 우리의 삶이 그러하듯 밀러 역시 복잡하고 고단한 삶을 사는 인물이다. 밀러는 '한때는 유능한' 형사였지만 이제는 실패한 결혼과 외로움, 자괴감으로 알코올에 의존하는 퇴물이고, 작가는 이런 밀러의 상황과 심리를 구체적으로 잘 묘사하고 있다. 그리고 그렇게 삶에 지치고 자포자기하던 밀러가 줄리 사건을 접하고 줄리에게 집착하기 시작하다가 급기야는 줄리를 따라 죽기로 결심하고, 결국은 스스로 프로토분자에게 감염되는 심리적 변화의 과정 역시 역동적이면서도 세밀하게 그려내고 있다. 그리고 이토록 심층적인 밀러의 이야기도 독보적이지만, 밀러를 더욱 돋보이게 하는 것은 밀러와 대조적인 캐릭터인 홀던이다. 홀던은 일반적 스페이스 오페라의 전형적 캐릭터로, 건들거리며 자신의 자유를 소중히 여기지만 한편으로는 정의감으로 가득 차 있다. 그러나 형사로서 오랜 경험을 통해 당장의 행동이 미래에 어떤 영향을 미칠지 고민하고 또한 어떤 일이 옳은지 그른지는 중요하지 않으며 어느 정도의 도덕적 타협이 필요하다고 생각하는 밀러와 달리, 홀던은 선악의 구분이 명확하며 자신이 생각하는 그 정의를 실현하기 위해 깊은 생각 없이 일단 행동부터 하고 보는 가벼운 인물이며, 이 두 사람은 그러한 반대 성향 때문에 같은 문제를 두고도 계속 티격태격하며 독자에게 생각할 거리를 수없이 던져준다. 그리고 이러한 두 인물의 적절한 배치 덕분에 본서는 너무 무겁거나 또는 그 반대로 너무 가볍지 않은, 균형 잡힌 이야기가 되었다.

하지만 위에서 언급했듯 본서에서는 평범한 사람들을 주인공으로 내세웠고, 따라서 힘과 자원이 부족한 개인들이 강력한 단체와 시스템을 상대하는 것이 현실적으로 불가능하다는 한계가 있으며, 그 한계가 소설을 이끌어나가는 데 문제가 된다. 이 부분을 해결하기 위해 작가는 프레드 존슨이라는 OPA의 지도자를 이야기에 집어넣었다. 프레드 존슨은 군인 시절 당연하게 명령에 복종하다가 학살자가 된 처절한 경험을 통해 전향, 외행성 연합으로 들어가 인간을 위한 정치를 주장하며 실천하는 인물이다. 그러나 단순히 밀러와 홀던의 조력자이자, 거대 권력들의 싸움 속에서 정말로 인간을 위한 선택을 해줄 진정한 지도자로 보이던 프레드 존슨은 에필로그에서 연단에 서는 순간 엄청난 권력과 인류역사의 혁명을 이루는 주인공이 될 수 있다는 유혹 앞에 맥없이 무릎을 꿇고 만다.

이 반전으로, 밀러가 프로토젠의 드레스덴을 죽인 이유, 즉 '어쩌면'을 경계한 그 행동은 당위성이 더욱 강조된다. 그리고 정적이고 사고형인 밀러와 동적이고 행동형인 홀던의 이야기가 번갈아 나오며 그 대조 효과가 극대화되다가 마침내 둘의 협력으로 사건이 해결된 뒤 에필로그에서 프레드 존슨이 독자의 허를 찌르는 구조는 반전의 묘미뿐 아니라 잘 짜인 소설 구조가 주는 미학적 즐거움도 함께 선사하고 있다.

스페이스 오페라의 가장 큰 장점은 뛰어난 오락성에 있다. 여기에 이제 하드 SF의 장점인 진지함과 설득력, 그리고 스페이스 오페라에서 자주 간과되던 인간 본성과 심리에 대한 깊이 있는 관찰이 더해져 본 작품은 그 누구도 감히 청소년 오락물로만 비하할 수 없는 걸작이 되었다. 이러한 면면들이 모여 《깨어난 괴물》은 처음 발간된 2011년부터 독자들에게 큰 인기를 얻고 현재까지 13개국어로 번역되었으며 2012년 휴고상과 로커스 상의 후보로 올랐다.

제임스 S. A. 코리, 또는 타이 프랭크와 다니엘 애이브러햄

이 시리즈의 작가인 제임스 S. A. 코리는 타이 프랭크와 다니엘 애이브러햄 두 명의 공동 필명이다. 제임스와 코리는 각자의 중간 이름이며 S. A.는 다니엘 애이브러햄의 딸 이름의 머릿글자이다.

타일러(타이) 코리 프랭크는 소년 시절, 앤서니 보처가 편집한 《위대한 과학 소설 명작집 제2권(A Treasury of Great Science Fiction, Vol Two)》을 선물 받았다. 그 책에는 폴 앤더슨, 주디스 메릴, 아서 C. 클라크, 로버트 하인라인, 그리고 앨프레드 베스터의 글들이 담겨 있었다. 어린 프랭크는 그 책을 수십 번 읽었으며, 그중 앨프레드 베스터의 《타이거, 타이거(Tiger, Tiger)》에 특히 깊은 감명을 받았다. 《타이거, 타이거》의 태양계의 식민지 묘사는 이후 〈익스팬스〉 시리즈의 세계관 구축에 큰 영향을 주게 된다.

2001년, 성인이 된 타이 프랭크는 직장 생활을 하면서 틈틈이 자신만의 SF 세계를 구상하기 시작했다. 그리고 프랭크가 이렇게 자신만의 SF 세계를 구축해가고 있을 때, 대규모 다중 사용자 온라인 롤플레잉 게임 프로젝트를 진행하는 그의 친구가 도움을 요청했다. 아쉽게도 프로젝트는 중간에 취소되었지만, 이 프로젝트를 돕는 과정에서 그는 그동안 단편적으로만 생각했던 세계관에 대해 상세한 설정을 만들 수 있었다.

이때까지 프랭크의 주 관심 분야는 글쓰기보다 아이디어 구상이었지만, 창작 수업을 듣던 여동생의 글쓰기를 돕다가 자신의 아이디어가 제대로 표현되지 못한 걸 보게 되면서 글쓰기에 대한 흥미가 생겼다. 이후 프랭크는 오슨 스콧 카드가 운영하는 작가 워크숍에 참가하여 글쓰기에 대해 좀 더 전문적으로 배우고, 이때 쓴 단편 〈관객(Audience)〉은 2006년 카드가 발행하는 잡지인 〈인터갤럭틱 메디신 쇼(Intergalactic Medicine Show)〉에 팔리게 된다. 하지만 여전히 글쓰기 보다는 세계관 구성에 더 관심이 있던 프랭크는 온라인 게임 프로젝트에서 구축했던 세계관을 더욱 발전시켜 롤플레잉 게임으로 만들어 주위 사람들과 즐겼고, 개인 포럼에도 올렸다. 그리고 이 게임은 많은 인기를 끌게 된다. 그러던 중, 프랭크는 뉴멕시코의 앨버커크에 사는 친구를 방문하고, 앨버커크의 연례 SF 컨벤션인 부보니콘에서 그 지역에 사는 다니엘 애이브러햄과 처음 만나게 된다.

글쓰기 경험이 많지 않았던 타이 프랭크에 비해, 다니엘 애이브러햄은 1999년부터 단편을 발표해 온 프로 작가였다. 어린 시절 애이브러햄이 처음 읽은 책은 아서 C. 클라크가 쓴 단편집《하늘의 저편(The Other Side of the Sky)》이었으며, 특히 좋아한 작품은 〈90억 가지 신의 이름(The Nine Billion Names of God)〉이었다. SF의 불같은 세례를 받은 애이브러햄은 아서 C. 클라크, 래리 니븐 등 손에 잡히는 모든 SF를 읽었고, 틈나는 대로 습작을 했다. 대학에서 생물학을 공부한 애이브러햄은 졸업 후 10년 정도 전공과 관련된 일을 했지만, 그동안에도 계속해 글을 쓰고 출판 가능성을 탐색했다. 그리고 1996년과 1998년에 단편 소설 두 개를 팔고, 1998년에는 클라리온 웨스트 작가 워크숍에 참가하여 조지 R. R. 마틴, 가드너 도조와, 코니 윌리스 등에게 6주 동안 글쓰기 교육을 받았고, 이 과정에서 조지 R. R. 마틴과 친해진다. 이 워크숍은 그에게 인생의 분수령이 되었다. 이 워크숍 이후 애이브러햄은 〈아시모프의 과학 소설(Asimov's Science Fiction)〉, 〈판타지와 과학 소설 매거진(The Magazine of Fantasy and Science Fiction)〉과 같은 잡지들을 비롯해 단편 모음선 등에 글을 팔 수 있었다. 타이 프랭크를 만났을 때, 애이브러햄은 이미 장편들을 출간하며 작가로서 입지를 다지는 중이었다.

다니엘 애이브러햄과 타이 프랭크는 곧 친구가 되었고, 아내가 뉴멕시코 대학에 입학해 앨버커크로 이주한 프랭크는 그 지역 SF 작가 모임인 뉴멕시코 크리티컬 매스에 합류한다. 또한 그 모임을 통해 조지 R. R. 마틴을 알게 된 프랭크는 그의 조수로 일하게 된다. 프랭크는 작가 모임에서 우연한 기회에 다른 작가들과 함께 자신이 만든 롤플레잉 게임을 하게 되는데, 바로 그 자리에 다니엘 애이브러햄이 있었다.

자신의 게임을 소설로 출간하는 데 별 관심이 없던 타이 프랭크에 반해, 다니엘 애이브러햄은 게임을 하자마자 그 가능성을 알아보았고, 소설 출간에 관심을 보였다. 특히 다니엘은 타이 프랭크가 준비해놓은 방대한 자료, 그리고 게임의 세계관에 대해 그 어떤 질문을 받든 타이 프랭크가 상세하게 답을 하는 점에 감탄했다. 애이브러햄은 출간된 소설 중에 이 정도로 탄탄한 세계관 설정을 해놓은 작품이 드물다며 타이 프랭크를 설득했고, 마침내 둘은 소설을 쓰기 시작했다.

그 결과는 좋지 못했다. 원래 계획은 타이 프랭크가 아이디어와 자료를 제공하고 다니엘 애이브러햄이 그 이야기를 글로 옮기는 것이었지만, 애이브러햄이 쓴 프롤로그와 첫 챕터를 본 타이 프랭크는 예전 여동생의 글쓰기를 도왔을 때와 마찬가지로, 자신의 아이디어가 글로 제대로 표현되지 못했다는 것을 깨달았고, 결국 자신도 글쓰기에 참가하기로 한다. 그리하여 둘은 각자 등장인물을 정해 한 챕터씩 쓰고, 상대방이 쓴 챕터는 자신이 원하는 대로 고치는 방식을 택했다. 비록 글은 둘이 함께 썼지만, 소설 집필 경력이 더 많은 애이브러햄은 등장인물들의 세부 묘사 등 글 자체에 집중했고, 프랭크는 플롯과 액션, 세계관에 더 큰 기여를 했다.

먼저 《깨어난 괴물》을 완성한 둘은 필명으로 제임스 S. A. 코리를 택했으며, 출판사들에 원고를 보내기 시작했다. 그리고 2010년에 영국의 출판사 '오비트(Orbit)'가 판권을 획득하여 출간했고, 출간 즉시 큰 호응을 불러일으킨다. 처음에 오비트는 두 사람과 세

권의 출간 계약을 했지만, 제1권《깨어난 괴물》의 인기에 고무받아 제2권인《칼리반의 전쟁(Caliban's War)》이 출간되기도 전에 제4권~제6권까지 세 권을 더 계약한다.《칼리반의 전쟁》역시 인기를 끌고 제3권인《파멸의 문(Abaddon's Gate)》은 뉴욕 타임즈 베스트셀러 목록에 오른다(이 세 권의 성공에 고취된 오비트는 다른 스페이스 오페라의 출간을 더욱더 적극적으로 고려하고, 그 결과는 그 해의 SF 상을 휩쓴 앤 레키의《사소한 정의》의 출간으로 이어진다). 이후 이 시리즈는 SF 전문 유선 채널인 Syfy 눈에 띄었고, 2015년부터 드라마화되었다. 드라마〈익스팬스〉는 Syfy 역대 최고의 드라마인〈배틀스타 갤럭티카(Battlestar Galactica)〉에 필적하는 드라마라는 평을 들으며 2017년 2월 두 번째 시즌이 방영을 시작했다.

오비트는 두 사람과 또 다시 세 권의 추가 계약을 했고, 현재까지 장편 여섯 권과 중단편 여섯 편이 출간되었으며 장편 세 권이 출간 예정이다. 작가의 공식 홈페이지는 http://www.jamessacorey.com이며, 열성팬들의 노력으로 이 시리즈의 모든 정보들을 공유하는 위키페이지(http://expanse.wikia.com)도 운영되고 있다.

최용준*

* 1968년 대전에서 태어나 서울대학교 천문학과를 졸업했으며, 미국 미시간 대학에서 이온 추진 엔진에 대한 연구로 비(飛)천문학 박사 학위를 받았다. 저온 플라스마를 연구한다.〈익스팬스〉시리즈의 첫 번째 책《깨어난 괴물》을 번역했고, 그 외에 옮긴 책으로 코니 윌리스의《개는 말할 것도 없고》,《화재감시원》, 세라 워터스의《핑거스미스》,《끌림》, 어슐러 K. 르귄 걸작선《바람의 열두 방향》을 비롯해 수많은 작품이 있다. 헨리 페트로스키의《이 세상을 다시 만들자》로 제17회 과학 기술 도서상 번역 부문을 수상했다. 열린책들의〈경계 소설선〉, 시공사의〈그리폰 북스〉, 샘터의〈외국 소설선〉을 기획했다.

〈익스팬스〉 시리즈 출간 목록

장편
Novels

1: 깨어난 괴물(Leviathan Wakes) (2011)
2: 칼리반의 전쟁(Caliban's War) (2012)
3: 파멸의 문(Abbadon's Gate) (2013)
4: 시볼라의 소실(Cibola Burn) (2014)
5: 네메시스 게임(Nemesis Games) (2015)
6: 바빌론의 폐허(Babilion's Ashes) (2016)
7: 페르세폴리스 라이징(Persepolis Rising) (2017 예정)
8, 9: 미정

중편
Novellas

모험의 신들(Gods of Risk) (2012)
혼란(The Churn) (2014)
생사의 심연(The Vital Abyss) (2015)

단편
Short stories

앤더슨 스테이션의 학살자(The Butcher of Anderson Station) (2011)
드라이브(Drive) (2012)
먹은 후의 배고픔(The Hunger After You're Fed) (2016)

옮긴이 **박슬라**

연세대학교에서 영문학과 심리학을 전공했으며, 현재 전문 번역가로 활동하고 있다. 옮긴 책으로 《아머》,
책 리처 시리즈 《61시간》, 《사라진 내일》, 애거서 크리스티 전집 시리즈 《구름 속의 죽음》, 《3막의 비극》
등의 소설과, 《부자 아빠의 투자 가이드》, 《인비저블》, 《디지털 평판이 부를 결정한다》, 《홀로 분투하는 사
장을 위한 안내서》, 《스틱》 등 다수가 있다.

칼리반의 전쟁 ❷

초판 1쇄 인쇄	2017년 4월 10일
초판 1쇄 발행	2017년 4월 15일
지은이	제임스 S. A. 코리
옮긴이	박슬라
펴낸이	박은주
기획	김창규, 최세진
디자인	김선예, 장혜지
마케팅	박동준, 정준호
발행처	아작
등록	2015년 9월 9일(제300-2015-140호)
주소	03174 서울시 종로구 사직로 8길 24 1618호
	(내수동, 경희궁의 아침 2단지 오피스텔)
대표전화	02.324.3945 **팩스** 02.324.3947
이메일	decomma@gmail.com
홈페이지	www.arzak.co.kr
ISBN	979-11-87206-47-7 04840
	979-11-87206-14-9 04840 (세트)

책 값은 표지 뒤쪽에 있습니다.

아작은 디자인콤마의 문학 브랜드입니다.

이 도서의 국립중앙도서관 출판예정도서목록(CIP)은 서지정보유통지원시스템 홈페이지
(http://seoji.nl.go.kr)와 국가자료공동목록시스템(http://www.nl.go.kr/kolisnet)에서
이용하실 수 있습니다. (CIP제어번호: CIP2017007313)